eye

守望者

——

到灯塔去

Wildest Dreams
An Anthology of Drug-Related Literature

RICHARD RUDGLEY

梦幻之巅
迷幻文学集萃

[英]理查德·罗吉利 编著
彭贵菊　熊荣斌 译

南京大学出版社

献给戴维、多米尼克、多戈、纳沙、尼尔和汤姆

目 录

序　言　迷幻文学拾零

第一辑　飞天药膏

潘菲乐的药膏　　　　　　　　阿普列乌斯　015

猪圈里的审判　　　　　　巴托洛米奥·司比纳　022

让女人脱衣裸舞的方法　约翰·巴普提斯塔·波塔　024

蚂蚁壮阳药酒配方　　　　　　　约翰·海顿　025

让人疯狂一日的方法　　约翰·巴普提斯塔·波塔　027

隆底比里斯医师开出的抑制性欲药方

　　　　　　　　　　　　　弗朗索瓦·拉伯雷　030

神奇的药粉　　　　　　　　乔万尼·薄伽丘　032

恶魔修女　　　　　　　　　蒙塔古·萨默斯　041

讨烟檄　　　　　　　　　　　詹姆士一世　052

第二辑　移动快感

他们是怎样拿回烟草的　　　　詹姆士·穆尼　062

墨西哥祭司滥用涂膏礼　　何塞·德·阿科斯塔　065

佩奥特之舞	安托南·阿尔托	068
穆拉人的迷幻鼻烟	约翰·巴特斯特·冯·斯比克斯	
	卡尔·弗里德里希·菲利普·马修斯	082
迷幻鼻烟及其鼻祖	吉拉多·瑞歇尔·多尔马托夫	084
希瓦罗猎头者的迷幻药	米迦勒·乔·哈纳	087
海地僵尸毒	韦德·戴维斯	092
堪察加半岛上的蘑菇	约瑟夫·戈比	094

第三辑　大麻——从俾格米村到格林尼治村

为俾格米人辩护	卡尔·萨根	105
大麻起源	维利尔·艾尔文	106
和卓南斯尔丁	唐纳尔·巴依巴尔斯	108
山中老人	马可·波罗	109
印度大麻之歌	夏尔·波德莱尔	112
夜的入口	菲茨休·鲁德洛	123
俾路支花园	布莱恩·巴里特	133
身份危机	霍华德·马克斯	138

第四辑　鸦片精粹

拉祜族祈求鸦片丰收的祷文（1）	安东尼·R.沃克	160
拉祜族祈求鸦片丰收的祷文（2）	安东尼·R.沃克	162
鸦片：戒毒日记（节选）	让·科克托	164
鸦片的乐趣	托马斯·德·昆西	165

丽姬娅	埃德加·爱伦·坡	175
初试鸦片的埃罗尔	埃罗尔·弗林	195
鸦片:戒毒日记(节选)	让·科克托	198
豪瑟和奥布莱恩	威廉·巴勒斯	199
损毁形象	威尔·塞尔夫	208

第五辑　液体、气体、烟雾和粉末

我的尼古丁夫人	J. M. 巴里	220
可卡因成瘾的夏洛克	亚瑟·柯南·道尔爵士	230
节礼日的笑气	汉弗莱·戴维爵士	233
手术刀下的幽魂	H. G. 威尔斯	236
醚瘾	刘易斯·卢因	253
药袋	亨特·S. 汤普森	257
可卡因意识:美食之旅	杰里·霍普金斯	261

第六辑　迷幻的历史

麦司卡尔:一个全新的人造天堂	哈夫洛克·霭理士	284
迷幻药与性爱的问题	亨利·米修	302
诗人的天堂	罗伯特·格雷夫斯	326
塑造人类头脑的药物	阿道司·赫胥黎	347
蒂莫西·利里、LSD 和哈佛	斯图尔特·腾德勒　大卫·梅	362
加里·格兰特的另一面	沃伦·何格	371

第七辑　化学组合

天仙子的黑色疯狂	古斯塔夫·申克	381
马尔多罗之歌	洛特雷阿蒙伯爵	388
豪饮	阿尔弗雷德·雅里	396
月光时间	布莱恩·巴里特	399
醉蜘蛛	亨利·米修	401
疯子的血	特里·索泽恩	402
前往维加斯	亨特·S.汤普森	424
排毒	欧文·威尔士	431

序言

迷幻文学拾零

意识即裁剪。

——威廉·巴勒斯①

我先期关于精神药物的著作,《文化之魔:瘾品社会》和《精神药物百科全书》,②重点讨论了这些药物对人类文化历史的影响。我想消除一个荒诞不经却被普遍接受的认识,即"滥用毒品始于20世纪60年代",这种说法没有任何根据。本作品集所收录的最早涉及精神药物的文学作品是阿普列乌斯(Apuleius)创作于公元2世纪的《金驴记》(The Golden Ass)。然而,即便在古代,精神药物的使用也不是什么新鲜事,史前学家已经发现,早在石器时代已有很多精神药物为人类所用。

人类使用致幻植物的最早确凿证据出现在约 13,000 年前。汤姆·德·迪拉哈依(Tom D. Dillehay)率领的考古学家团队在地处智利南部温带雨林中的蒙特沃德(Monte Verde)古人类遗址发现了一个棚屋的遗迹,看起来棚屋的主人是一位男性或女性药师,在屋里发现了 20 多种草药,其中两种据称具有致幻特性(茅

---

① William S. Burroughs, 1914—1998.
② *The Alchemy of Culture: Intoxicants in Society* (1993); *The Encyclopedia of Psychoactive Substances* (1998).

膏菜和波耳多叶)。蒙特沃德古人类遗址也是公认最早的人类定居美洲的例证,这意味着,人类踏上新大陆时,已经对致幻草药有所了解。

然而,这个日期也很难说是最早的,如果要说考察人员正巧发现了人类最早接触精神药物的证据,这显然有些荒谬。事实上,把这段历史看作某个进化链条上的最后一节更合乎情理,顺着这根链条,我们可以返祖回到我们遥远的动物过去。因为我们不是唯一体验精神药物的物种——我们已知捕蝇伞菌的刺激性和致幻性,吸食了颠茄毒汁的蜜蜂也无法逃离茄属植物的魔力。如果我们真要找寻致幻状态的源头,那将会是原始时代,远远早于人类起源。

一方面,研究者注意到,动物会觅食这类物质,而人类使用精神药品的情况也引起了它们的注意。让·科克托(Jean Cocteau)在《鸦片:戒毒日记》(*Opium: The Diary of a Cure*)里写道:

> 所有的动物都对鸦片着迷。殖民地的瘾君子们深知鸦片对野兽和爬行动物的危险诱惑力。
>
> 苍蝇趴在盘子边缘神游太虚,带着小"手套"的蜥蜴吸附在吊灯上方的天花板上如痴如醉,等待天黑,老鼠爬到近前舔舐残渣。更不用说狗和猴子和它们的主人一样上瘾了。
>
> 马赛的安南人(即印支人)用特殊的工具吸食鸦片,以迷惑警察(一段煤气管、一个有洞的酒瓶和一个帽针),蟑螂和蜘蛛兴奋地围成一圈。

人类用动物来做药物实验,使动物喜欢上了这些药物。本书提到这方面的例子,如阿道司·赫胥黎(Aldous Huxley)在《塑造人类头脑的药物》("Drugs that Shape Men's Minds")一文中证实,有些老鼠天生喜好酒精,而另一些则滴酒不沾,亨利·米修(Henri Michaux)在《醉蜘蛛》("Drugged Spiders")中提到蜘蛛在药物作用下不同的织网方式。动物不仅被人类喂食毒品,或自己觅食,它们本身也可能成为毒品源。日本人视河豚肉为美味佳肴,但也害怕中毒,很多东方的食客都深受其害。韦德·戴维斯(Wade Davis)在《海地僵尸毒》("Zombie Poisons of Haiti")中提到,河豚还有别的用途,海地的邪恶巫师们用河豚毒制成粉剂,用于将正常人变成僵尸。

即便是最高等的哺乳动物——智人——也和其同类一样无法摆脱永不餍足的寻求新刺激的欲望。在《惧恨拉斯维加斯:一场直捣美国梦的凶蛮之旅》①一书中,亨特·S.汤普森(Hunter S. Thompson)笔下疯狂的旅行者四处寻觅新鲜的肾上腺和松果腺。特里·索泽恩(Terry Southern)的小说《疯子的血》("The Blood of a Wig")讲述了如何获取一个分裂症患者的血。这些故事带我们走进一个把人血和人肉当兴奋剂的世界。尽管这些都是小说,但众所周知,蟾蜍的毒液里含有天然强致幻物5-甲氧基二甲基色胺,而且很少有记载提到,人脑脊髓液里也有这种物质。有研究表明,在精神分裂症患者身上,5-甲氧基二甲基色胺[和另一种致幻物DMT(二甲基色胺)]的含量可能高于常人。

---

① *Fear and Loathing in Las Vegas: A Savage Journey to the Heart of the American Dream*.

精神分裂症患者体验到意识层面天翻地覆的改变多半是不由自主的,但萨满巫师服用致幻草药却是有意为之。世界各地的萨满巫师——尤以致幻物丰富的亚马逊盆地最著名——试图让自己变形为动物以获取其他物种的能量。据卡洛斯·卡斯塔尼达(Carlos Castaneda)和他的追随者所言,这些做法是物种之间最真实的交流。这类变形在欧洲巫师中间也屡见不鲜,他们相信,通过涂抹用天仙子、曼德拉草和颠茄等致幻草药制成的"飞天药膏"可以变成鸟和兽类。《金驴记》描述了这种软膏的用法,女巫潘菲乐把自己变成了一只猫头鹰。中世纪之后,寻巫者认为变形是魔鬼的障眼法,在质疑者看来,变形仅仅是幻觉。16世纪科学家约翰·巴普提斯塔·波塔(John Baptista Porta, C. 1535—1615)在《让人疯狂一日的方法》("To Make a Man Out of His Senses for a Day")中写道,他调制出一种类似"飞天药膏"的膏剂,试着涂在室友身上,结果让他乐不可支,而室友们则惊恐万状。

从阿普列乌斯到巴勒斯,西方文学中对变形的描述比比皆是,至少对于本人吸毒或让他们笔下的人物吸毒的作家是如此。因而,蜥蜴男孩、巴勒斯作品中随处可见的其他性嵌合体人物以及洛特雷阿蒙(Lautréamont)笔下和母鲨交配的马尔多罗(Maldoror),都是《金驴记》里猫头鹰女人潘菲乐的后裔。如果说巴勒斯确实沿袭了动物变形这一文学传统(萨满教义和古代神话昭示我们,这种传统比《金驴记》要早几千年),那么他1959年出版的《裸体午餐》(Naked Lunch)则彻底背离了这个传统。该书标新立异,首次运用了现在广为人知的"剪裁手法",不同的文本被糅合在一起,还有些文本被剪裁成片段,重新组合。20世纪初,达达主义诗人特里斯坦·查拉(Tristan Tzara)就开始了名副其实的文本剪裁,但巴勒斯宣称,他的实验性写作技巧直接受艺术家布莱恩·吉森(Brion Gysin)的影响。并不是所有同时代作家都赞成这种激进的创作手法;巴勒斯自己曾经提到,塞缪尔·贝克特(Samuel Beckett)就曾表示反对,称其更像是在安装下水管道而不是在进行真正意义上的写作。

对巴勒斯来说,剪裁是一种反叛行为,部分是为了抗拒由书写的文字结构强加的极权态势。如同某种文学界的弗兰肯斯坦博士(抑或更确切地说,是由巴勒斯本人创造的本维博士,他象征着医学的无能为力和对病人最为严苛的"照顾"),巴勒斯先将文本劈成碎片,再用这些碎片合成新的组合体,并企图在组合体内注入生命。巴勒斯说,书名受了杰克·凯鲁亚克(Jack Kerouac)的启发,"含义即文字的字面意思:**裸体午餐**——一个凝固的时刻,每个人看着叉子上叉着的东西"。他说"意识即裁剪",他的意思是,将该创作手法运用到写作中能够更好地在作品中表现我们所感知到的世界。我们走在熙熙攘攘的街市,无意中听到只言片语,没有前文,也没有后续;跳过一个个电视频道,无数毫无关联的节目无序地在屏幕上闪过;我们遐想的时候,大脑掠过一个又一个不相关的思维对象。

当精神药物进入人体,意识的多变属性更突出地表现出来。此类药品会改变使用者的意识状态,尤其是致幻剂,它能使人的自我意识和时空感发生巨大变化。不仅会出现幻视,也会出现幻听和味觉、嗅觉、触觉失调。在药物作用下,生命的断裂感会更加明显——感觉失调、异常兴奋、妄想、恐慌、延展的景象、与活在内心的生命的互动,这可能导致和正常清醒状态下反差巨大的体验。

本作品集本质上也有剪裁元素,编者或编辑决定剪哪里和贴到哪里。在同一个主题下,作家们呈现了完全不同的场景——有些经历是旁观者讲述的,而有些则是亲身经历,有些冷静,有些狂躁,罪恶感或任性放纵遭遇冰冷的黑色幽默。那么,本作品集也是一个嵌合体,由不同的文本和不同世界的经历及想象嵌合而成。

第一辑

飞天药膏

> 世界之大，无奇不有。我听说，在遥远的北方，有人在密涅瓦赐福的圣池里沐浴，连续9次，身上就会长出鸟的绒毛和羽毛。谁知道是不是真的呢？据传，塞西亚妇女涂抹的一种润肤膏，也能产生这种神奇的效果。理智、值得信赖的科学家写出的有关同样惊奇之物的报告，我们都深信不疑。
>
> ——奥维德，《变形记》

欧洲的女巫最常用于促使意识状态改变的药物是由多种精神类物质组合制成的，这种致幻膏就是众所周知的"飞天药膏"。成分可能有鸦片、大麻、烟草、乌头、猫脑或蝙蝠血，但总少不了一种或多种颠茄科植物，具体要看她们能获得哪些物质，和个人偏好以及当地习俗也有关系。像天仙子、颠茄和曼德拉草这些茄属植物都含有相同的致幻物质，那就是莨菪烷生物碱。女巫们把这种神奇的药膏抹在身上，就会产生幻觉，体验到飘飘欲仙的状态。有女巫事后说，她们感觉到自己飞起来了，还见到了妖魔鬼怪，并参与了狂欢仪式，还有人说，她们被变形为动物。

阿普列乌斯的《金驴记》最早详细讲述了这种飞天药膏的使用情况。阿普列乌斯于公元2世纪20年代出生在一个古罗马殖民地,位于现在的阿尔及利亚。他父亲在那里担任要职。他对哲学兴味盎然,30岁左右,他先后到访了希腊、罗马和埃及。在去亚历山大港的路上,他病倒了,决定在奥亚的朋友家住下来,也就是现在的利比亚首都的黎波里。在那里,有人控告他为了让一位有钱的寡妇嫁给他而使用了催情药。他被控犯了施魔法罪(当时为死罪),他成功地为自己进行了辩护,最终被判无罪。虽然他最终证明了自己的清白,但本书从《金驴记》中节选的片段可以证明,作者对巫术的旁门左道了如指掌。在《潘菲乐的药膏》中,该书主人公卢修斯让他的恋人福娣丝从她女主人潘菲乐那里弄些神奇药膏给他,结果却让他自己出尽了丑。

《猪圈里的审判》("Inquisition in the Pigsty")是很久之后的作品,也写到了女巫的"飞天药膏",作者为巴托洛米奥·司比纳(Bartolommeo Spina,C. 1475—1546)。他是位道明会修士,也是当时一位重量级神学家,他的代表作《审判女巫》(*Quaestio de Strigibus*)讲述了当时意大利的女巫案。《让女人脱衣裸舞的方法》("Women are Made to Cast Off Their Clothes and Go Naked")和《让人疯狂一日的方法》选自《自然魔法》(*Natural Magick*)一书,作者为早期博学的科学家约翰·巴普提斯塔·波塔。波塔称自己在15岁"高龄"就写出了该书,鉴于该书于1558年在那不勒斯第一次出版,可以推断他写书时很可能已经20出头。该书涉猎内容多得吓人,既有冶金术、化学和望远镜头的使用(波塔宣称他在伽利略之前发明了望远镜),也有烹饪术、化妆品和魔法。只因他在女巫的药膏和各类巫术方面的知识和他的年龄不相称,教皇保罗五世召他去罗马面谈。他解释说,他对巫术的痴迷只是为了揭露骗子和巫师的骗局,教皇信了他的话,只是对他提出了警告。《自然魔法》一书很受欢迎,很快就成了畅销书,10年之内,拉丁文版再版6次,还被翻译成意大利语、法语、西班牙语、英语、荷兰语和阿拉伯语。

《蚂蚁壮阳药酒配方》("The Ant Wine Aphrodisiac")里的两个配方摘自约翰·海顿(John Heydon)医生的一本书,该书于1662年出版,书名有点奇葩:《宝典:带你见证世间奇迹:(医师之作)内容包罗万象,过去、现在和将来:集快乐、长寿、健康、青春、福气、智慧和美德之大成;对症下药,治愈和改善各类疾病,老少咸宜》①。好像担心书名信息量还不够大,扉页上接着写道:书中的方子和剂量均按照地地道道的蔷薇十字会药品记载(显然,作者想借这个神秘组织的大名火一把,该组织由炼金术士和神秘医师组成)。不过,这本医药大全里的大部分内容都不太可信,这一点,从用蚂蚁和树虱制作催情药的方子就能看出来。用面包屑制作人造肉的配方也是海顿给出的,他告诉读者,把面包屑加热后密封起来,过两个月就成。他还讲述了如何让鸟像凤凰那样复活,先把死鸟化为灰烬,然后拌在马粪里让它腐烂。如果你的期望值不高的话,他还会教你糖的提炼方法。

海顿的催情药方本无意逗趣,而《隆底比里斯医师开出的抑制性欲药方》("Anti-Aphrodisiac According to the Physician Rondibilis")则不然,该文选自弗朗索瓦·拉伯雷(François Rabelais,1495—1553)的《巨人传》(*Gargantua and Pantagruel*)。在该选文里,巴奴日欲火焚身,向医师隆底比里斯请教抑制良方,隆

---

① *The Holy Guide: Leading the Way to the Wonder of the World: (A Compleat Phisitian) teaching the Knowledge of all things, Past, Present, and to Come: Viz, Of Pleasure, Long Life, Health, Youth, Blessedness, Wisdome and Virtue; and to Cure, Change and Remedy all Diseases in Young and Old*.

底比里斯给他推荐了一些精神类药物，其中有酒、大麻和曼德拉草。另一部早期欧洲文学的杰作是乔万尼·薄伽丘（Giovanni Boccaccio，1313—1375）的《十日谈》（*Decameron*），书中有个小故事名为《神奇的药粉》（"The Powder of Marvelous Virtue"），故事的主人公身为托斯卡尼一座修道院的院长，品德却不怎么高尚，生性好色。他得到了"山中老人"[见第三辑马可·波罗所著《山中老人》（"The Old Man of the Mountain"），薄伽丘借鉴的便是这个故事]曾经用过的药粉，内含可致人昏睡的物质，于是用这种药粉送一位丈夫去炼狱，达到霸占他妻子的目的。

20世纪前半叶，蒙塔古·萨默斯（Montague Summers）写过很多关于巫术和鬼神方面的书，本书选取了他的一篇故事：《恶魔修女》（"The Satanic Nun"）。作者用哥特式煽动性文字描述了一系列令人毛骨悚然的事情（包括女巫的药膏、下毒、鬼魅作祟、闹鬼事件），故事发生在18世纪中期的一座德国女修道院内。英王詹姆士一世（1566—1625）早在《恶魔学》（*Demonology*）一书中已经谴责过魔鬼的所作所为，后到了1604年，他才发表了《讨烟檄》（"A Counter-blaste to Tobacco"），谴责日益严重的抽烟恶习。从本书选取的部分看，他视抽烟为魔鬼的消遣，指出抽烟有害健康，这一点他是对的。他的小册子站在种族主义立场上，诋毁外来物质，有强烈的反印第安人色彩。后世的反毒品游说团说鸦片和"黄祸"有千丝万缕的联系，大麻是移民带来的诱人上瘾的东西，和詹姆士一世的种族歧视言论一脉相承。

潘菲乐的药膏

阿普列乌斯

我急不可耐地将嘴唇贴上了我的福娣丝那湿润而颤抖的眼睛,她也是情不自禁,眼神迷离,在我急切的亲吻下,两眼微闭。

她又变得兴致勃勃。"等等,"她说,"我先把卧室的门关上,我可不想乱说话,到时候会后悔。"她边说边插上门栓,扣上钩锁。然后,她回到我身边,双手勾住我的脖子,压低声音说:"我非常害怕,可以说是怕得要死,我要说的是这家人见不得人的事和这家女主人的秘密勾当。我非常相信你,相信你的学问。你不仅出身高贵,才智出众,还是好几个神圣组织的成员。你当然知道这件事是不能说出去的。所以,我今天给你讲的这些,你必须守口如瓶,不辜负我对你的真挚信任,半个字也不要吐露。我是那样爱你,离不开你,我必须把只有我一个人知道的话对你说出来。你将会知道这家人到底是怎么回事,知道我女主人那神奇的魔法。她能用魔法召唤鬼魂,调动万物,让星辰移位,令神仙俯首听令。只是我的女主人一般不会使用魔法,除非她看上了某个长相俊俏的小伙子,而这种事是经常发生的。

"眼下她就迷上了这样一位年轻英俊的皮奥夏小伙子,正想着施展自己的法力。今晚,我亲耳听见她威胁太阳,要用乌云把它遮起来,用连续的黑夜让它不能露头,因为太阳下山太晚了,天黑得太迟,让她无法施展魔法。昨天,她洗完澡回来,一眼看见那个小伙子坐在理发铺里,她命我去悄悄捡一些他剪落在地上的头发。我正在小心翼翼、佯装若无其事地捡头发,不想被理发师看到了。我们在这个城市里,名声已经坏了,大家都知道我们玩弄巫术。所以,他一把抓住我骂道:'你这个不要脸的娼妇,看上哪个男人就来偷他们的头发,还没完了?再不住手,我立马抓你去见官!'说话间,他动手在我胸前摸来摸去,愤怒地扯出了我藏在那里的头发。事到如今,我急坏了,想到了我女主人的暴脾气。她不顺心的时候,会非常生气,总是恶狠狠地把气撒在我身上。我真想一走了之,但想到了你,我立马打消了这个念头。

"我垂头丧气往回走,害怕空手回去面对女主人,这时,我看到一个人正在用剪子剥羊皮。我看着那人把羊皮吹起来,扎紧,挂起来,有羊毛掉在地上,颜色很浅,很像那个皮奥夏青年的头发,我就捡了几缕,回去交了差,绝口不提从哪儿弄到的。就这样,天刚黑,你赴宴还没有回来,我的女主人潘菲乐就按捺不住激动的心情,噌噌爬上了顶楼。顶楼的一角,有一块地方没有遮挡,是露天的,朝东的一面,视野开阔,一览无余,其他方向也是如此。因此,很方便她在那里秘密做法。她先布置了一个阴森的做法场地,放好备用的家伙事儿,有各种各样的香草、上面刻着神秘文字的金属条、不祥之鸟的尸骨、各种死人的残肢——有被亲人祭拜过的,有从坟墓里扒出来的。鼻子和手指堆成一堆,绞架上的钉子堆在另一处,上面还有被绞死之人的血肉。被屠杀的人流的血被单独保存,还有被野兽咬烂的脑壳。

"接下来,她对着颤动的肠子念了一段咒语,泼出各种液体祭品——一会儿是泉水,一会儿是牛奶,一会儿是山蜜,还有蜂蜜酒。她将那卷毛发拧成条编起来,放入炭火中和各种香草一起烧。立刻,在她不可抗拒的魔力作用下,加上被她驱使的神灵的神秘力量,随着毛发在火里噼噼啪啪冒着烟,长出那些毛发的身体就有了人的生命,它们能摸索着往前走,它们的毛发发出的焦臭味引导着它们,所以,咣咣撞门试图破门而入的不是那位皮奥夏青年,而是它们。就在此刻,你出现了,喝得烂醉,外面又黑灯瞎火。你抽出短剑,像疯狂的埃阿斯一样拼杀。不过,他杀的是活牲口,撕碎了一群群牲畜,而你英勇捅死的是 3 具吹起的山羊皮。你放倒了它们,却没有一滴血,所以,我怀里的这个人没有杀人,他杀了羊皮。"

福娣丝优雅地讲完,我笑了。我也开个玩笑回应她:"好吧,我可以把这当作我骁勇善战的第一项大功,继赫拉克勒斯之后,完成 12 项功绩,革律翁有 3 个身体,刻耳柏洛斯也有 3 个头,而我斩杀了 3 具羊皮。但是,毕竟因为你的失误,让我陷入如此窘境,要想我痛痛快快饶恕你,你得满足我一个日思夜想的愿望:让我观看你的女主人施展超自然法力。我想看她如何召唤神灵,看她如何变形也可以。我很想近距离见证魔法。听好了,你自己也不像对此类妖术一无所知的小女子吧?我对此深信不疑,你如水的双眸,红润的香腮,闪光的秀发,吻我时微微张开的双唇和香喷喷的酥胸已经彻底迷住了我,使我心甘情愿做你的奴隶和仆从,而以前，我才不屑和妇人搂搂抱抱呢。所以，现在一点也不想回家，也不打算离开，只想和你共度良宵。"

"卢修斯，"她说道，"我很乐意满足你的愿望，但是，先不说她性格乖戾，她举行这些秘密仪式的时候从来都要求单独行事，不许旁边有人。尽管如此，我会不顾个人安危来满足你的愿望。我会找个有利时机，精心安排。我唯一的要求是，事关重大，一定不能吐露半点风声。"

聊着聊着，我们欲念渐生，身心彼此需要。我们开始脱衣服，脱到一丝不挂，享受狂野的性爱。我充分享受了福娣丝的柔媚，她还让我尝到了阳刚的滋味。终于，困倦来袭，我们一觉睡到天亮。

我们就这样度过了几个激情之夜。一天，福娣丝高兴地跑来，兴奋得浑身颤抖。原来，她的女主人用惯常的手段一直没能得到心上人的青睐，所以，她打算第二天给自己弄身羽毛，飞着去见心上人。我必须做好准备，小心翼翼地偷觑这次壮举。就这样，天一黑，福娣丝就悄悄带着我，踮起脚尖儿爬上顶楼的房间，教我从门缝里观看所发生的一切。

潘菲乐先脱去衣服，然后，她打开一个匣子，从里面拿出几个小盒子，打开其中一个的盖子，从里面挖了药膏出来。她先把药膏在两手掌之间搓了搓，然后抹在身上，从头到脚抹了个遍。接着，她对着油灯好一阵念念有词，过后，她开始颤颤巍巍地扇动胳膊和腿，随着她轻轻地扇动，她的胳膊和腿上长出了柔软的羽毛，四肢渐渐化为一双强壮的翅膀。她的鼻子开始弯曲变硬，指甲变成了鹰爪。这样，潘菲乐变成了一只猫头鹰。她发出苍凉的嘎嘎声,试着飞离地面,以适应自己新的外形。不久她就飞起来了,依靠她强壮的翅膀飞离了房屋。

这就是潘菲乐借助魔法变形的过程。我也像是着了魔道,不过不是因为咒语,是因为被吓得不轻,站在地上半天没动,我好像不再是卢修斯,变成了另外一个人。这一刻,我兴奋异常,脑子一片空白,睁着眼睛做了一场梦,我不停揉眼睛,看看我是不是醒着。终于,我清醒过来,知道自己身在何处。我抓过福娣丝的手,放在我的眼睛上,请求她:"如果有机会,你要是爱我,一定要帮我一个大忙。我的小乖乖,帮我弄点儿那个盒子里的药膏吧——我求求你了,小亲亲。你帮了我这个忙,我愿一辈子给你当牛做马,只有这样做,我才能变成有翅膀的丘比特,靠近我的维纳斯。"

"这就是你想要的吗,我狡猾的爱人?"她问我,"你这不是要逼我剁掉我的手脚吗?你一旦变成那样,我怎样才能保护你不被那些两条腿的萨塞利狼祸害呢?你要是变成了鸟,我到哪里去找你,啥时候才能见到你?"

"神灵会保佑我,我不会做出那样的事,"我对她说,"即使我像朱庇特的信使和快乐的侍从那样,用鹰的翅膀翱翔天空,我也会常常放下在高空尽情飞翔的享受,飞回地上的爱巢啊!我以你可爱的发结起誓——它绑住了你的头发,也缠住了我的心,我爱福娣丝胜过任何其他女孩。等等,我想起一件事:我抹上药膏,变成鸟之后,我得远离人类居住地才能保安全。我变成了猫头鹰,对女人来说,是多漂亮、多可爱的玩物啊!那种夜间出没的鸟,一旦进了屋子,屋里的住户就会千方百计逮住它们,把它们钉在门上,折磨它们,以祛除它们飞进屋子带来的晦气。差点忘了问,我要想去除羽毛,变回卢修斯,我得说些什么,做些什么?""这个你不用担心,"她说,"我的女主人给我看过每一样让变形的人恢复人形的药物。不要以为她是出于好心才这么做的,她是为了让我帮她配制有效的药物,让她恢复人形。请看,这些廉价平常的草药却可以导致不可思议的变形。这是用莳萝茎和月桂树叶泡的水,你用它洗个澡,再喝一点儿。"

这话她反复说了好几遍,然后,她忧心忡忡地爬上顶楼房间,从那只匣子里拿出了一个小盒子。我抱住盒子亲吻它,祈祷它带给我幸福的飞行时光。接着,我急急忙忙脱衣服,急切地把手指伸进盒子,挖出好大一坨药膏,把四肢涂抹了一遍。然后,我扇动手脚,学鸟的样子做飞翔动作。但是,没有绒毛,也没有羽毛长出来。倒是我身上的汗毛变成了粗硬的鬃毛,柔软的皮肤变硬变厚。肢端的双手没有了五指,因为它们变成了两只蹄子。我尾椎部位长出了一条大尾巴。我的脸变形了,嘴巴变宽,鼻孔外翻,嘴唇下垂,双耳变大,并且竖起来了。这次糟糕的变形唯一令我欣慰的是阴茎变大了——可是我却不能抱抱我的福娣丝。

我绝望地从头到尾看了看我的身体,确信自己不是变成了鸟,而是变成了驴,我要找福娣丝算账。可是我已经不会说话,不能做手势了。我只能咧开下嘴唇,两眼含泪,斜着眼睛看她,表达无声的谴责。她一看到我那副样子,急得一拍脑门,呼天抢地:"完了,完了!因为害怕,匆忙之间我拿错了盒子,那些一模一样的盒子太容易弄混了。谢天谢地,我有变回来的方法,而且再简单不过。你只需要把玫瑰花放在嘴里咀嚼,就能马上由驴子变回卢修斯。可惜我今晚没有像往常那样编个玫瑰花环,这样你就不用辛辛苦苦等一夜了。但是,天一亮,解药就会来到你面前。"

她就这样哭喊着。我现在就是头驴,一个由卢修斯变来的畜生,但是并没有丧失人的本领。我花很长时间,严肃认真地考虑了一个问题:我要不要用蹄子踢死这个恶毒、讨厌的女人,用牙齿撕碎她?但转念一想,我还是觉得不能鲁莽行事,如果福娣丝这女人被弄死了,我岂不是失去了得救的希望?我愤怒地左右晃着我的大脑袋,暂时忍下这口恶气,接受这种悲惨的命运。我回到马厩,和那些马在一起,它们曾经都是我的好坐骑。

猪圈里的审判

巴托洛米奥·司比纳

　　首先,我们说说这位显赫的亲王 N 的事,趁当事人都还在世。有个女巫说她经常邪魔附体飞来飞去,于是她被投入某个宗教裁判官的监狱里。这位亲王听说后,想弄清楚她所说的到底是事实还是梦境。他召见了宗教裁判官 D,说服他把那女人带来,当着他们和一班王公贵族的面给她涂上她平常用的药膏。裁判官答应了他的要求(即使这样做是不对的),女巫当着他们的面,信誓旦旦地说,如果她像原来那样给自己涂上药膏,她就会飞走,被魔鬼掳走。然而,她抹了好几遍药膏,还是留在原地一动不动,也没有什么不同寻常的事情发生。很多目睹这件事的王公贵族都还在世。这说明,魔鬼按约定带着女巫飞行这件事显然是假的,事情很可能是这样的:她们以为自己飞起来了,其实是被魔鬼的假象所迷惑。

　　还有不少类似的事例,我很高兴和大家分享,据说这些事就发生在当代。贝加莫市有位图雷的多明纳斯·奥古斯汀,他是当时造诣最深的医学家。几年前,我在贝加莫听他说,他年轻时在帕图瓦求学,有一天,他和朋友们半夜回到住处。敲门,但没人来开,于是,他爬上梯子,翻过一扇窗户进到屋内。他到处寻找女佣,结果发现她仰面躺在她屋里的地上,像具死尸一样,身上一丝不挂。她完全失去了知觉,所以,他怎么也叫不醒她。第二天早上,她总算醒过来了。他问她昨夜是怎么回事,她交代说,自己昨夜在外面飞行。这件事清楚地表明,女巫们的身体没有感觉,但是她们的脑子出现了谵妄,或者她们在做梦。她们想象自己在飞,实际上,她们留在屋里哪里也没去。

几年前在萨卢佐,我还听帕图斯·塞拉博士讲过这样一件事,他曾经是萨卢佐侯爵领地的牧师,现在还健在。相同的事情也发生在他家使女身上,他同样也发现她被蛊惑了。

然而,我们中间也流传着这样一个故事:当时,科莫主教教区的宗教裁判所由我们这里的人经管,位于卢加诺城内。一天,有人状告宗教裁判所公证人的妻子是女巫和魔法师。她丈夫陷入了无尽的烦恼,因为他一直以为她是个圣洁的女人。上帝保佑,耶稣受难日那天清早,他发现妻子不见了,就去猪圈看看,结果,他看到他妻子一丝不挂躺在猪圈的一个角落里,身体裸露,不省人事,满身污秽。他本来无法相信诉状里所言,现在却不能不信了。他怒不可遏,抽出宝剑要杀她。但是,冷静一想,他停下来等了一会儿,想弄清楚到底怎么回事。喏,过了一会儿,她清醒了。看到她丈夫气势汹汹要杀她,她躬身匍匐在地求原谅,答应将实情一一说清楚。她交代说那天夜里她飞出去了云云。听完,她丈夫拂袖而去,直接去宗教裁判所告发她,让她领受火刑的惩罚。有人立刻前来抓捕她,却发现,她竟不知所踪了。他们推测她可能跳湖自尽了,那里有人滨湖而居。

让女人脱衣裸舞的方法

约翰·巴普提斯塔·波塔

为了防止江湖骗子招摇撞骗,他们支起一盏上面刻有文字的油灯,油灯里倒上兔子油,然后念一段咒语,点燃油灯。油灯在一群女人中间燃烧,迫使她们脱掉衣服,主动在男人面前赤身露体,她们本应该被遮盖的地方也被男人一览无余,她们持续舞蹈,直到油尽灯灭。这事是一位正人君子讲给我听的。我认为,问题出在兔子油,它效力巨大,穿透人体,进入人的大脑,使人疯狂。荷马说,马萨革太人也有这种做法,还有一种树,把树上的果子丢进火里,周围的人就会变得醉醺醺的,一个劲儿犯傻,他们站起来,又蹦又跳,翩翩起舞。

蚂蚁壮阳药酒配方

约翰·海顿

配方一：

取螘（蚂蚁的古字）或蚂蚁（要最大的，闻起来有股骚味的最好）两把，酒精一加仑，混合密封在玻璃瓶中，放置一个月，其间，它们化成了酒。然后用巴尼奥锅（即蒸锅）蒸馏提纯。再用相同分量的蚂蚁，用相同的方法浸泡和提纯，如此3次，最后加入肉桂增加香味。

注意：酒上面浮着一层油脂，需要进行分离。

此药酒能唤起人的野性，效力非凡。莱茵的约翰·卡西米尔·帕斯格里夫和攻打土耳其人的将军科伦的塞弗利，打仗之前都要喝这种酒，以增加英雄气概和勇气，他们做到了，让人敬仰。

此酒也可帮助性欲低下者增强性欲。

配方二：

取蚂蚁一把，蚂蚁卵 200 枚，千足虫即树虱 100 条，蜜蜂 150 只，加入两品脱掺入纯黑煤烟的酒精，浸泡一个月，然后倒出清亮的酒液，保存起来。这种液体或酒和配方一中提到的药酒功效相同。

让人疯狂一日的方法

约翰·巴普提斯塔·波塔

前面介绍了让人入睡的药物,现在说说让人疯癫的药:方法几乎一模一样,因为大剂量服用催眠药物会使人癫狂。这里,我们不提那些让人永久性癫狂的东西,只说说那些为了好玩,让人癫狂一天,不会留下后遗症的药物。第一种就是:

让人疯狂的曼德拉草

前面说过,小剂量可助人入眠,稍多一点,让人癫狂,再多一点,致人死命。迪奥斯科里第斯说过,一德拉克马粪便会让人丑态百出。用酒要容易得多,具体制造方法如下:取曼德拉草根若干,浸入新酿的酒中,煮熟,密封,放置在暖和的地方浸泡两个月。需要的时候,拿出来给人喝。喝这种酒的人,先好好睡一觉,喝下这种酒就会开始发狂,一整天胡言乱语不止,事后睡一觉就能恢复神智,对身体没有伤害,看上去特别好玩,试试吧!我们还可

以用:

曼陀罗,或者山茄

将它的种子风干再放入酒中浸泡,放置一夜,取一德拉克马混入一杯酒中服下(服用方法要得当,不然会伤人),几个小时以后,这人就疯了,他看到奇怪的景象,有令人愉快的,也有恐怖吓人的,不一而足。随着药力过去,疯癫也会停止,睡一觉,没事的,早说过,服用方法得当就没事。我们还可以将曼陀罗根磨成粉,用3个指头捏起一撮撒在肉上面,一起食用。这个量足以让人疯狂一整天,但只要睡一觉,毒性就会消散,用醋或柠檬汁洗太阳穴和脉搏也行。还有一种茄属植物也可以用:

颠茄

除了其他属性,一德拉克马颠茄根可以让人疯狂,但不会造成伤害。围观服药的人发疯、胡言乱语是件非常好玩的事情,睡一觉就恢复正常了。只是,有时候他们不愿意服用。尽管如此,我们还是得提出如下警告:我们提到的根也好,种子也好,它们可以让服用者看到奇异的景象,如果增加剂量,这种大脑谵妄状态会持续3天,但是,如果服用了四倍的剂量,就会致死。所以,一定要十分小心。我有个朋友,只要他愿意,他可以随时:

让人相信自己变形了

变成鸟或者禽兽,随心所欲致人发疯。有人服用了某个剂量的药物,会感觉自己变成了一条鱼,伸出双手,在地上做游泳的动作,一会儿跳起来,一会儿做入水的动作。另一个人感觉自己变成了一只鹅,他会吃草,像鹅一样用牙齿碰地面,不时嘎嘎地叫,还扇动翅膀。他正是利用上文中提到的植物来达到目的,除此之外,他还用了天仙子。他用溶媒提取植物精华,再和植物的脑、心、枝叶以及其他部分混合。记得我年轻的时候,在室友身上试用了这些东西,他们疯狂后谵妄的内容和他们之前吃的食物有关,他们的幻觉围绕他们之前吃的什么肉。其中一个,曾经大吃了一顿牛肉,发疯之后满脑子都是公牛,一个个挺着角冲向他,诸如此类。另一个,服用药剂之后,匍匐在地上,好像一个快要淹死的人,划动双臂双腿,好像在做垂死挣扎。随着药力减弱,他像从沉船上得救的人一样,拧干头发和衣服上面的水,同时,深呼一口气,仿佛劫后余生。好奇的探索者可以自己去发现,这些事情,还有好多别的好玩的事情,我只是稍稍提了下具体的方法,这就够了。

隆底比里斯医师开出的抑制性欲药方

弗朗索瓦·拉伯雷

隆底比里斯医师给巴奴日的建议

巴奴日继续说:"阉割了索西尼阿克那些花天酒地的和尚之后,那人说的第一句话就是'下一个',然后,他就掏出了科多里耶教士的睾丸。我也说一句'下一个!'恭请名医隆底比里斯告诉我一声,我到底该不该结婚?"

隆底比里斯说:"我以我骡子的稳健步伐起誓,我真不知道怎么回答你的问题。你说你感到性欲的刺激,并由此产生性冲动。从医学角度来看,我们的解决方案和结论基于柏拉图哲学,我们认为,如下方法可以抑制和消除肉欲。"

约翰修士说:"我先插一句,酒能抑制性欲,我觉得很有道理,每当我喝了这种葡萄酿制的浆液,我啥都不想干,只想睡觉。"隆底比里斯接着说:"我的意思是大量饮酒才有这种效果,过量饮用烈酒之后,大量酒水进入人体,会让血液冷却,肌肉松弛,精子失去活力,意识麻木迟钝,肌肉扭曲震颤,这一切都会极大地妨碍并伤害生殖行为。所以，酒神巴克斯作为酒鬼、酒徒、酒疯子们的神，出现在画作里，通常没有胡须，穿着女人的衣服，女性化，像个阉臣。然而，适量饮酒却有催情效果，古人云，'没有（谷神）刻瑞斯和（酒神）巴克斯相伴，（美神）维纳斯会兴味索然'。有种看法很早就有了，西西里人狄奥多罗斯的书中有佐证，帕萨尼亚斯进一步证实，兰萨库斯人普遍认同，生殖之神普里阿波斯是酒神和美神的儿子。"

"第二种方法是借助某些药物、植物、草药、根茎来抑制性欲，让服药者性冷淡，受药物影响，产生不适，不能完成生殖行为。下列植物曾经被用来实验：莲花、独活、贞操木树、柳树枝、大麻杆、忍冬、金银花、柽柳、贞树、曼德拉草、小杨梅树、牛舌草、河马皮，诸如此类，这些东西，只要根据病人体质和病情，调配合适的剂量，让身体及时吸收——一方面是它们的本质属性，另一方面是它们各自具有的特性——要么让精液和精子变冷来降低和消除欲望，要么让性欲所需要的情绪和兴致变得涣散，把精子引到它们该去的地方——或者，最后一招，关闭、阻止、堵住精子排出、散出、射出的通道。当然，我们也有用于催情的药物，能让人热血沸腾，精神焕发，情绪高涨，思维敏捷，肌肉有力，产生性冲动，变得兴奋起来，帮助男性精神饱满地完成性事。"巴奴日连忙说："我可不需要这个，谢天谢地，谢谢您，医师先生。无论如何，请你们不要反驳我的话，也别生我的气，我说这些，没什么恶意，老天爷看着呢。"

神奇的药粉

乔万尼·薄伽丘

在托斯卡尼有座修道院,就是当地常见的那种。该修道院地处偏僻,修道院院长在各个方面还算品行端正,唯独和女人的关系有些不清不楚。他颇有心机,能做到神不知鬼不觉,很少有人怀疑过他这方面的问题——更不用说看破他的所作所为——毕竟他在其他方面是那样圣洁,那样刚正不阿。院长和当地一位富有的农场主交往甚密,此人名叫费隆度,十分粗鄙、低俗。院长和他交往的唯一理由是,他的蠢笨可以给他带来欢乐。此外,院长还发现,他有一位貌美如花的太太,这位美人让院长垂涎欲滴,禁不住日思夜想。院长打听到,费隆度虽然在其他方面愚不可及,可他在爱老婆和看管老婆方面却很精明,这让院长深感绝望。不过,院长心眼儿灵活,他说服费隆度偶尔带着他的太太来修道院的花园里玩,在那里,他谦和地和他们谈论永生之福,讲述善男信女们曾经的衷心付出,这位女士听了,产生了向他做忏悔的想法,在她的一再要求下,费隆度竟同意了。这样一来,当那位女士坐在他的脚旁做忏悔的时候,院长简直欣喜若狂。她开口说道:"院长大人,如果上帝赐我一个丈夫,或者不许我有丈夫,那么,在您的指引下,我可能很容易达到您说的永生之福。但是,看看费隆度这个样子,还有他的愚蠢,我可以说我就是个寡妇,可是我却结了婚,只要他活一天,我就不能有别的丈夫。他虽然愚蠢,嫉妒心却特别强,我和他在一起生活,只有痛苦和忧伤。所以,在我做忏悔之前,我诚心诚意请求您给我出个主意,因为在您这里,也只有在您这里,我才能找到脱离苦海的希望,如果您都不能帮我,忏悔也好,虔诚修行也好,又有什么用呢?"院长听她这么说,简直高兴坏了,他想,这是命运之神的眷顾,要满足他内心的热望。他说:"我的女儿,我丝毫也不怀疑,像你这样漂亮优雅的女士,却嫁了个愚蠢还嫉妒成性的丈夫,当然会痛苦。这两样,你丈夫都占全了,你的痛苦可想而知。但是,言归正传,对此我真的没什么好办法,除非治好费隆度的嫉妒。治好嫉妒的药我倒是知道怎么配的,但有一点很重要,你必须对我将要说的话保守秘密。"女士答道:"这个您放心,神父大人,我宁愿去死也不愿意向外人吐露半点。那么,那种药怎么配呢?"院长说:"要治好他的病,必须让他进炼狱才行。"女士问:"怎么做呢?他活着能进炼狱吗?"院长答道:"他必须死了才能去,等他在那儿吃够了苦头,治好了嫉妒,我们通过祈祷请求上帝让他复活,上帝会让他活过来。"女士问:"那我不是要守寡?"院长说:"在一段时间内,你必须小心谨慎,不能和别的男人结婚,因为这样做对上帝不敬,费隆度复活后,你回到他身边,他的嫉妒心会变本加厉。"女士说:"那就这样吧,只要能治好他的嫉妒,让我不用一辈子生活在牢笼里,你怎么做都行。"院长说:"我会尽力,但我这么做能得到什么回报呢?"女士答道:

"神父大人,您随便提要求,只要我能做到。像我这样普通的人能为您这样一位德高望重的院长做什么呢?"院长说:"太太,我能帮你,你同样也能帮我,我要帮你做的事能够让你得到舒适和安慰,你能帮我做的事却是救我的命。"女士说:"这样的话,我愿意效劳。"院长说道:"那么,你得爱我,满足我的渴念,我已经欲火焚身憔悴不堪啦!"听到这儿,女士吃惊地说:"天呐,神父大人,您想什么呢? 我把您当一个圣洁的人,像您这样一位圣人,向找您咨询的女士提出这样的要求合适吗?"院长答道:"有什么好吃惊的,我的小乖乖,这样做,我的圣洁也不会有一丝一毫的减少,因为圣洁在灵魂,我的要求只涉及肉体的堕落。何况,无论如何,你的千娇百媚让我怎能不动心? 我还可以告诉你,你的美貌连惯于欣赏天堂之美的圣徒都无法抗拒,你比别的女人更有理由为此感到自豪。并且,我虽然身为修道院院长,但我也像别的男人一样有七情六欲,你看,我也还不算老。你也不必为此担惊受怕,应该感到高兴才是,费隆度在炼狱期间,我会夜夜与你相伴,像他一样给你慰藉。没有人会发现的,因为大家对我的印象就像刚才的你,甚至比你更尊敬我。不要拒绝上帝的恩典,你有这个本事得到,如果你够明智,听我的话,你会得到很多女人想得也得不到的东西。除此之外,我的稀世珍宝都归你,没别人的份儿。因此,我的甜心,答应我吧,我乐意帮你,请给我应得的回报!"

那位女士双目低垂,不知怎样拒绝他,有点犹豫不定。院长眼看她听进了自己的话,只是难以决断罢了,感觉已经成功了一半,于是接着刚才的话题继续滔滔不绝讲了很久,直到说服她答应配合,她糊里糊涂地跟他说,她会按他说的去做,但要等到费隆度去炼狱了再说,院长此时心满意足,他说:"我们会送他去的,请你想办法让他明天或者后天到我这里来一趟就是。"他边说边把一枚非常漂亮的戒指戴在她手上,让她离开了。女士很喜欢那件礼物,还想得到更多,她高高兴兴地和随同来的人汇合,和他们讲起院长的圣洁和各种美德,一同回家了。

过了几天,费隆度来到修道院,院长一看到他马上决定送他去炼狱。他选了一种神奇的粉状药物,这是他在黎凡特的时候,从某位王公贵族那里弄到的,那位王公贵族肯定地说,"山中老人"曾用这种药送人进天堂或者把他从天堂召回来,对服药的人不会造成什么伤害,只是让他在药效发作期间睡上一段时间,睡得和死了没什么两样,睡的时间长短和深度因药物剂量大小而不同。于是,他取出让人大睡3天的量,放入装有酒的杯子里,递给待在他房间里的费隆度,费隆度毫无戒心地喝了下去。然后,他把费隆度带到长廊上,在那里,他和其他修士拿费隆度取乐,嘲笑他的笨拙。不一会儿,药物起作用了,突如其来的一阵睡意袭来,费隆度站着就睡着了,紧接着倒在了地上。院长显得很焦急,指使众人将他的衣服解开,取来冷水,喷洒在他脸上,还采取了一系列措施,仿佛要唤回他因癔症或其他病症而丧失的生命和意识,但是,无论他和修士们怎样努力,费隆度还是没有醒来,他们摸了摸他的脉搏,发现没有了生命体征,便异口同声地宣布他已经死了。于是,他们给他妻子和亲友送去凶信,他们赶来,哀悼了一会儿,院长指示,将费隆度穿戴整齐放入墓穴。费太太回到家,告诉众人她要寸步不离地照看她和费隆度所生的儿子,她的时间都花在照看儿子和费隆度的家业上。夜里,院长悄无声息地起床,在一位波隆那修士的帮助下,把费隆度从墓穴里背出来,送到一个地下室里。这位修士当天才从波隆那来,深得院长信任。地下室里没有亮光,原本是违规修士关禁闭的地方。他们先脱下他的衣服,给他换上修士的服装,然后把他放在一捆稻草上面,等他醒来。院长授意那个波隆那修士守在墓穴旁边(没人知道这里发生的一切),见机行事。

第二天,院长带着几名修士去费太太府上做例行拜访,只见她身穿丧服,满面悲苦。简单安慰了几句之后,院长悄声提醒她履行诺言。她现在自我感觉无拘无束,费隆度管不了她,别人更不相干。看到院长手上又有一枚漂亮戒指,费太太马上表示悉听尊便,请院长晚上去会她。所以,当夜幕降临,院长穿上费隆度的衣服,在手下修士的陪同下欣然赴约,与费太太同床共枕直到第二天早祷时间,才心满意足地回到修道院。如此这般,多次往返,难免被人看到,他们以为是费隆度的灵魂在此处游荡悔罪,流言蜚语在那些乡巴佬中间传来传去,费太太也听到些风声,她很清楚是怎么回事。

费隆度醒来的时候,不知道自己身在何处,这时,那名波隆那修士进来了,只见他凶神恶煞,骂骂咧咧,手上拿着棍子,一把抓住费隆度,狠狠地抽打起来。费隆度痛苦地哀号着,勉强喊出一声:"我在哪里啊?"修士答道:"在炼狱里。"费隆度问:"怎么回事啊?我死了吗?"修士告诉他,他确实死了。于是,他大哭起来,哭自己,哭太太,哭儿子,看起来滑稽无比。修士给他拿来吃的喝的,费隆度看到这些,不由问道:"啊!死人吃东西吗?"修士说:"他们吃东西啊。我给你带来的这些,是你人间的妻子今天早上送来供教堂做弥撒用的供品呢,上帝有心让这些食物归你。"费隆度说道:"上帝保佑她全年幸福安康!我活着的时候是那样爱她,整夜将她抱在怀里,不停亲吻她,唉,如果我想,还会干点儿别的。"说完,他贪婪地吃喝起来。他发现酒的味道不太对,抱怨道:"这倒霉娘儿们!干吗不把那个靠墙的坛子里的酒送给教堂?"吃完饭,那名修士又抓住他,抡起棍子暴打了一顿。费隆度大声哭喊着:"老天爷!你为什么要这样对我?"修士答道:"每天打你两顿是上帝的安排。"费隆度问:"为什么呢?"修士告诉他:"因为你嫉妒成性!你有一个多好的妻子啊,村里没有一个女人比得上她。"费隆度赞同道:"是呢,她确实像他们说的那样好,是最最温柔可人的女人,蜜糖一样甜美。可是,我不知道原来上帝不喜欢男人的嫉妒心,早知道我也不会嫉妒了!"修士说:"关于这一点,你应该能想到,早就该改掉这个毛病。如果命运让你重返人间,你要牢记我给你的教训,再也不要妒火重燃!"费隆度问:"啊!死人还能回去吗?"修士说:"只要上帝开恩,他们能回去的。"费隆度说:"哦,如果我能重返人间,我会成为世上最好的丈夫,再也不打她、骂她了,只有一件事还得说道说道——今天早上送来的酒可不怎么样!还有,也不给我送些蜡烛,让我摸黑吃饭。"修士说:"她没错,她送来了,不过在今天早上做弥撒时用完了。"费隆度说:"原来如此!我信你的话,如果能回去,我肯定让她想干吗就干吗。但是请告诉我,你是谁啊,这样对我?"修士答道:"我以前住萨丁尼亚,现在也是死人。因为我怂恿我主人的嫉妒心,上帝罚我给你拿吃的喝的,拿棍子打你,直到他满意,我们这样的关系才算结束。"费隆度问道:"这里只有我们两个人吗?"修士说:"才不是呢,附近有成千上万人,只是你看不到他们,也听不到他们说话,同样,他们也看不见你,听不见你说话。"费隆度又问道:"那我们离家乡远吗?"修士笑道:"呵呵,远着呢,远到不可计数。"费隆度叹道:"唉,真是远啊,我们已经不在世上了吧?"

　　日子就这样过了整 10 个月,费隆度每天轮番挨打、吃饭、闲聊,而院长大人则每天优哉游哉陪美人儿,度过了最快乐的时光。然而,造化弄人,她怀孕了。她第一时间把这个事情告诉了院长,两人一致认为,必须马上把费隆度从炼狱弄回她的身边,还要让他觉得孩子是他的。于是,就在第二天夜里,院长来到地牢,换一种声音呼唤费隆度的名字,对他说:"费隆度,恭喜你,上帝决定让你重返人间,你和妻子将有一个儿子,你给他取名本尼迪托,上帝所赐予的恩典,是圣洁的院长和你的妻子祈祷的结果,还有圣徒本尼迪克特的爱。"听到这儿,费隆度高兴地说道:"太好了!谢天谢地,愿上帝赐福院长、圣本尼迪克特和我的宝贝妻子!"接着,院长在他带来的酒里加入让他睡 4 个小时的药粉,在那名修士的帮助下,给他换上了日常的衣服,悄悄把他转移到当初埋他的墓穴里。第二天一早,天刚蒙蒙亮,费隆度醒过来了,透过墓穴上的一条缝隙,10 个月来,他第一次看到了一丝光亮,他意识到自己还活着,开始大声喊叫起来:"放我出来,放我出来!"他使尽力气,用头顶墓穴的顶盖,那顶盖本来就没盖死,被他一顶,便松动了,旋即被他推到一边儿去了。正逢早祷结束,修士们跑过来,听出是费隆度的声音,见他从墓穴里爬出来,他们被这灵异的事件吓得半死,纷纷逃窜。他们飞奔到院长那里,院长从祷告中抬起头说道:"孩子们,不要怕,拿上十字架和圣水,跟我来,我们看看上帝用什么神力护佑我们。"他带领众人来到墓穴跟前,看到费隆度站在一边,面如死灰,因为长时间没有见阳光的缘故。一看到院长,他连忙爬过去跪在他面前嚷道:"我的神父大人,神灵已经明示我,您和圣徒本尼迪克特还有我妻子一直为我祈祷,才使我得以逃脱炼狱的折磨,重返人间。请接受我的祝福,我祝您永远幸福安康!"院长说:"赞美上帝的神威!去吧,孩子,上帝既然让你重返人间,去安抚你的妻子吧,自从你离开人世,她整天以泪洗面,愿你们从此以后,和和美美,敬奉上帝。"费隆度答道:"大人,您说得没错,我这就回去,请相信我,见到她,我就会亲吻她,我爱她呢!"说完他就走了,剩下院长和修士们,他装得好像对此事感到惊异,投入地唱起了圣歌《上帝怜我》。费隆度就这样回到了村里,所有的人看见他就跑,像见了鬼一样,他把他们叫回来,给他们解释说,他从坟墓里复活了。一开始,连他的妻子也躲躲闪闪,后来,村民们开始平静下来,知道他是个活人,向他问这问那,他都一一作答,像个归来的旅人讲述自己的丰富经历,还带回了他们已故亲人的消息,编了很多炼狱里的故事,当着一众村民,他大谈复活之前大天使加百利①亲口对他讲出神灵的启示。

费隆度重新掌管了家产,并与妻子团聚,妻子身怀有孕,他认为那是他的孩子。妻子分娩的日子倒也符合乡野村夫们的说法:女人怀孕整整9个月才会生产。生的是个男孩,取名本尼迪托·费隆迪。费隆度自炼狱重返人间,加上他本人的讲述,一下子让这位修道院院长声名远播。像院长预言的那样,暴打治好了费隆

---

① Ragnolo Braghiello 实为 Angel Gabriel 之戏仿。——译注

度的嫉妒，他再也没有对妻子严加约束。表面上看，他和她像以前一样生活在一起，然而一有机会，她就会和圣洁的院长幽会一番，院长总能用心地满足她的需求。

恶 魔 修 女

蒙塔古·萨默斯

  1746年底,温特采尔修道院的西西莉亚修女得了一种神秘、难以解释的病症。开始,有人说可能是神经出了问题,采取了相应的措施,试图消除病症。但是,很快又出现了其他症状。病人全身痉挛,身体肿胀得像得了浮肿病一样,肌肉一会儿收缩,一会儿松弛,痛苦不堪,还出现了感觉失调、幻听、幻视和触觉异常,一步步加重,出现了精神错乱。尽管资深修女打过招呼,不让透露西西莉亚修女生病的细节,医务室也加强了隔离,不久,离奇的说法还是在修道院里悄悄传开了。有人夜里在走廊里看到影子,有人听到一声带着嘲讽意味的狂笑,瞬间消失在一片死寂里,还有人听到动物的叫声,有猪的哼叫,大型犬的狺狺声,猫愤怒的喵呜声,明明听到声响在饭厅里,可是猛地推开门,发现里面什么也没有,很安静。和闹鬼的情形一样,家具上的摆设动来动去,好像自己长了腿,椅子没人动,自己倒了,需要两个人才能搬动的笨重橡木箱子翻倒在地,发出巨大响声,在修道院穹隆里回响。一种无法描述的恐怖笼罩着修道院,看不见的异类盘踞在这神圣的地方,它们不是来自地上,也不是来自天堂。

生病的修女西西莉亚·比思托里妮来自汉堡,父母为意大利人,久居汉堡。在温特采尔修道院做见习修女期间,她非常热诚和虔诚,然而一般来说,为了考验她的坚定,她的正式宣誓时间被故意推迟了。有人说,在院长们讨论她的宣誓问题时,副院长马丽亚·热内塔·桑格态度非常坚决,粗暴地反对让这位年轻的见习修女立誓,甚至主张将她赶出修道院。知道内情的罗斯切特神父说,为了避免做出错误决定,为了证实她对修道的热诚不是仅仅出于浪漫的冲动,修道院的长辈们"让她承受了艰难的,甚至严酷的耐心考验,给了她足够的机会锻炼她的谦卑美德。有人注意到,主张严苛对待这位见习修女的院长中,热内塔最引人注目,当有人怀疑西西莉亚修女的病症是有恶魔附体作祟时,她公开宣称,世上没有女巫,也没有通神者,所谓恶魔附体,只不过是传说——很多撒旦信徒抛出这种理性主义观点作为邪恶的遮羞布以掩盖他们的真实目的——西西莉亚修女只不过是歇斯底里发作,她的病是她自身的问题。因此,她应该受到惩罚而不是得到安慰"。戈雷斯说:"整座修道院里,热内塔和别人不一样,她表现得特别仇恨西西莉亚修女。"注意,这位在修道院里位高权重的修女,不仅使用嘲讽的、无神论的语言表达自己的想法,还对一位纯粹、虔诚的见习修女充满恶意和仇恨。热内塔可能预感到,这位卑微的见习修女会导致她的罪恶暴露在光天化日之下。西西莉亚修女于1745年立誓,成为正式修女。

一天,修女们正在集体诵日课,突然,几名修女倒在了座位下面,嘴里发出粗野的喊声和刺耳的尖叫。她们从头到脚抖作一团,仿佛疟疾发作,身体抽搐着,不停挥拳打向看不见的、攻击她们的敌人。她们口吐白沫,身体扭曲,用超出人类的力气挣扎着。要想瞒住几年来时时抬头的风言风语几乎不可能了。然而,因为担心修道院的名誉受损,也因为怜惜被狠残酷践踏过的羊群,院长以巨大的勇气毫无怨言地承担一切,默默压下内心的疑惑,没有向上面反应。然而,最终事情不可避免地一下子暴露了出来。有位年长的修女得了不治之症。她的临终忏悔师是奥伯采尔的一位牧师,她对他说,耗尽她生命的病其实是副院长秘密策划施害的结果,几年前她就看出副院长是个撒旦教徒,她精通巫术,擅使魔法,还会鼓捣毒药。弥留之际的妇人证实,热内塔曾密谋用草药和药物让4位唱诗班的修女和一位在俗的姐妹得病,迟迟不愈。事实上,几乎可以肯定,副院长是个熟练的下毒者,精通罗马女巫的可怕法术,她们是海亚隆尼玛·斯帕拉、她的同伴拉·格拉兹奥沙和臭名昭著的托法娜,"托法娜仙液"遍布半个欧洲,又叫"巴里的圣尼古拉斯仙油",此油的配方里不同的浓度和剂量,可以让受害者分别在一周、一个月和一年死去。

一开始,面对这可怕的控诉,忏悔师心惊肉跳,不敢相信她的话。他劝诫了她一番,提醒她去日无多,以上帝的名义请求她,一定要讲实话,不久她就会在上帝面前,接受上帝的评判。年迈的修女非常严肃地重申,该说的她都说了,没有其他要说的了。她请求在证人面前讲出来,以免这件事永远被封锁在忏悔室里。因此,圣体被捧进了她的房间,在造物主的见证之下,当着众人的面,她把她悄悄给牧师讲的话又说了一遍,公开指控热内塔是一系列罪行的始作俑者,马上就要接受临终圣餐了,她请求上帝做她真诚和忠实的见证。此情此景肯定显得过于戏剧性,如此恐怖,令人瞠目结舌。简陋的屋子,弥留的女人躺在床榻上,布满皱纹的脸颊,颤抖着的、青筋暴露的双手和床单及枕头一样煞白,她双手轻搭在床上,头靠在枕头上,干裂的嘴唇一张一合,带着陌生的口音,断断续续地讲述着,缓慢而犹疑。听到这些话,修女们跪在床边,吓得面无人色,抖若筛糠,手上捧着的一头刻着星星的蜡烛也跟着颤动。经历过上千次做忏悔师的磨炼,牧师表情严肃地站在床边,一言不发。他身穿白色的袍子,外罩飘逸的麻绒布圣衣,外搭紫色长巾,形成窄窄的一条彩色点缀。在屋子正中间的位置,有一张桌子,上面铺着缎子和细麻布,金色的圣体盒被烛光照亮,熠熠生辉,将要逝去的修女一双浑浊的眼睛紧紧盯着圣体盒。

罗斯切特神父说:"即便如此,修道院还是不想公开向上级告发副院长。他们宁愿耐心等待,也不愿相信一位穿着修女服的修女会做出这样的事情。但是,恶魔通过被附体的修女之口说出,热内塔还在母亲子宫里的时候,它已经控制她了,她是它的奴隶,是被诅咒过的。"

马丽亚·热内塔·桑格·摩梭于1680年生于慕尼黑,19岁开始在温特采尔的普雷蒙特雷修会修道。据后来披露,她7岁时就已经为撒旦效力,两年后重复了恪守誓言的仪式。一名老妇教她秘教知识和魔法,毫无疑问,还教了她下毒方法。11岁,她献身给一个上流社会的男人,满足其兽欲,13岁,和两名好色的官员勾勾搭搭。不久之后,一个坏女人给她举行了撒旦洗礼,这女人是她父亲家族的亲戚,一名撒旦教徒,把她也拉进了这个恐怖组织。

经过非常神秘的盖提亚教招魔仪式,一名高级别的女性成了她的教主,经过悉心教导,她成了一名熟练的术士,在草药和毒品知识方面,她堪比当代的洛库斯塔①。她进修道院的唯一目的就是在上帝坚不可摧的堡垒里种下纷争和邪恶的种子,腐蚀和折磨那些向往天国的人。正如若望·谢尔所言,她不是"一般的女人",她是个悍妇,一心向恶,不像有些人一心向善。她以奸诈的伪善掩盖变态的邪恶长达 50 年,她总是按时祷告、开会和就餐,投入地唱赞美诗,处处显得专注、守时和低调,简直是好修女的典范。正是这层伪装为她赢得了副院长的位置。她还差点被选为院长,只是众人在她身上感觉到了某种难以描述的东西,不是疑心,也不是暗示,而是某种模糊的不信任的影子,才没有把她推上那个重要的职位。

这就是天意,我相信这个词的确切含义。从进修道院的那一刻起,热内塔就秘密地和乌兹堡的撒旦教取得了联系,有时在日课前,有时在日课后,她会偷偷溜出去参加他们的集会,他们送给她有毒的植物根茎和托法娜仙液,还有魔力布条和护身符,在她屋里发现了很多类似的物品,包括女巫用的软膏。有个老妪频繁造访修道院,总是找热内塔长时间私聊,这引起了不少闲话。几乎可以肯定,在他们的帮助下,她另配了修道院内外门的钥匙,用一点融化的蜡,很容易做成钥匙的模子,于是大功告成。罗斯切特神父说,热内塔年轻时几乎每夜光顾当地的魔筵,乌兹堡撒旦教的大长老接见了她,当着这班该死的邪恶信众,她宣称放弃对

---

① Locusta,古罗马著名的制毒者。——译注

上帝和圣母的信仰,把她名字中的马丽亚改为伊玛,马丽亚这个名字让撒旦发抖和恐惧。她以伊玛这个名字被载入了恶魔《黑皮书》,她背上还文有地狱的标记。我以前说过,尽管在这种魔筵上,撒旦的角色由撒旦教的长者充当,但我十分肯定,在某些地方,有时候会有邪恶力量的实体现身,信众们拥戴它,为它说些亵渎神灵的话,举行神秘的膜拜仪式。

年迈修女临终揭穿热内塔的事情发生后,修道院安排了一系列特别祷告活动,有9日祷、13日祷、苦修课、禁食、连祷和告解诗合唱,举行了公开的圣餐礼,唱诗班合唱了《上帝怜我》祈赐恩典,保佑大家度过黑暗痛苦的日子。圣诞节那天,修道院里的施赈修士决心给那几位生病的修女举行驱邪活动,他一贯态度虔诚,为人谨慎。驱邪活动一连进行了3天,直到圣婴蒙难日那天,某位圣徒的遗物被摆出来供修女们膜拜,一件可怕的事发生了。大家都集中到小教堂,施赈修士启动了驱邪仪式,被邪魅附体的那几名妇人突然开始猛烈地抽搐,满地打滚、嚎叫,像疯狗一样狂吠。难听的脏话伴着刺耳的喊叫。最后,她们尖叫道:"我们的时间到了!我们的时间到了!我们再不能躲着了!"在圣主光明普照的日子,恶魔只能借用受害者的嘴说话。

魔鬼附体的事情被证实了。罗斯切特神父说:"从这一刻起,没有人怀疑那6位修女被魔鬼附了体。一个人只能在心里默默思忖,上天怎么会允许这么可怕的事情发生在修道院里?这里可是日日夜夜都在祷告和歌颂主呢。然而,上帝借用这一刻来揭露在修女袍子下面藏着巫术的邪恶女巫,将她赶出那个圣洁的集体,无论在精神上还是事实上,她从未属于那个群体。"

又一次为受害的修女们驱邪的活动在教堂的高坛举行,魔灵按指令说出它们在魔界的名字——都是些古怪、难听、怪诞的名字——达塔斯·凯尔沃、杜萨克拉斯、那塔斯库拉斯、那巴斯库拉斯、阿塔尔法斯、艾利法坦。热内塔就在场。她阴郁沉默,撇着嘴,脸上挂着轻蔑的微笑,两眼放光。院长和修女们,甚至牧师本人,看到她这个样子,都吓坏了,她仿佛被一团恶意和仇恨包围,由一股地狱般的怒火推动着,恶毒地射向他人。

可以预料的是,热内塔的仇恨主要指向施赈修士,他在揭露撒旦教事件中起了关键作用。

接下来,奥伯采尔修道院的院长正式拜访了女修道院,在这期间,他命令将热内塔单独关在一个屋子里,不许她和女修道院里的任何人接触。这次快速行动可能让她担忧,瞬间失去了自由,连回自己房间的机会也没有,她一改往日无动于衷的样子,看起来有些痛苦。她认真地请求让她带几本修道的书,很快证明,这只是一个借口。罗斯切特神父说:"她请求回一趟自己的房间,以便带上些修道用的东西,但这是站不住脚的托词,很快真相大白,她是急于销毁一些藏在她屋里的亵渎神灵的东西,是念咒和做法的必需物件儿。她的请求没有得到批准。"另一方面,她的执念和明显的惶惶不安引起了高度怀疑。几位博学的牧师搜查了她的房间,发现了有毒草药和装着膏剂的药瓶,经过专业药师的化验,发现都是些快速致命的毒药。还发现了几个罐子,里面装着味道刺鼻的药膏,即巫药膏。还找到了一件黄色的袍子,上面绣着奇怪的图案和符号,据热内塔后来交代,这件长袍是她参加撒旦教大会的时候穿的,她经常秘密参加这样的聚会。这里写几

条巫药膏的配方也不算题外话吧,是韦耶①医生为我们保存下来的,一共3条:

1. 欧芹,或者毒芹,乌头水,杨树叶,煤烟灰。
2. 水毒芹,甜菖蒲,委陵菜,蝙蝠血,毒颠茄,油。
3. 婴儿油,毒芹汁,乌头,委陵菜,毒颠茄,煤烟灰。

阿·吉·克拉克教授说:"这些配方的存在,表明女巫们对下毒的技艺非常了解。"因为热内塔一直对温特采尔的施赈修士表现出极大的敌意,他们决定请求选派一位临时忏悔师来,这位忏悔师的职业素养和精神劝导可能促使她坦白承认自己的罪行,以便她罪恶的灵魂得到解脱。这样做完全符合特利腾大公会议的规定:"第10章第25条:(修道机构)除了一位常任忏悔师以外,每年两到三次,可由主教或其他上级主管人员任命另一位牧师充当临时忏悔师,他将主持该地的忏悔事务。"一接到修道院的正式申请,乌兹堡的王子主教立刻授权选派一位临时忏悔师到修道院。得到院长的许可,乌兹堡修道院的本笃会修士多姆·毛拉斯接受了这个任务,他是位博学而经验丰富的主管。城里有很多教派,有奥古斯丁修会、圣方济会、道明修会、耶稣会等,但在它们中间,本笃会成员以学识著称,深谙秘教的那些事,他们是真正的修士,真正的思想者,不与世俗同流合污,专心修炼内心,志存高远。多姆·毛拉斯是位出了名的圣徒,他对精神世界的了解,他的温

---

① Weyer,荷兰医生。——译注

良,他的乐善好施,不仅赢得了人们的爱戴,还得到了全教区的尊敬。第一次会见不幸的热内塔,他诚恳的劝诫打动了她的心,使她敞开心扉,向他坦白了自己的滔天罪行,彻底放下了良心的包袱。她的讲述是公开的,不受忏悔圣礼的私密保护,后来,她冗长、恐怖的忏悔内容被归纳为13个方面:(1)她承认自己是个撒旦教徒;(2)她和恶魔之间有约,把名字马丽亚改为伊玛,因为撒旦非常恨马丽亚这个名字,她以伊玛之名入了当地女巫名册;(3)她身上文有魔鬼的文字;(4)夜晚,她经常将巫药膏抹在身上去参加魔筵,穿着在她房间里找到的那件黄色袍子;(5)在魔筵上,她背弃了上帝、圣母玛利亚和圣礼;(6)她曾经与恶魔本尊以及撒旦教徒们交媾;(7)她曾引诱3个院外俗人加入魔教;(8)有一个老鼠精和她生活在一起;(9)她曾企图对修道院的施赈修士以及奥伯采尔的修道院院长施魔法,但没有成功;(10)她利用魔法(毫无疑问,还有她的毒药)让修道院里的6个人还有院外几个人得了消耗性病症,还导致好几个人瘫痪和患上其他疾病;(11)6名修女被恶魔附体也是她干的;(12)她曾魅惑过埃布拉赫修道院的格里高利神父和伊姆斯达特的尼古拉斯·维尼诺神父;(13)在圣餐礼上,她没有吃下圣体,而是拿走丢进鱼池或丢在垃圾堆上,或者丢进厕所,还经常带到魔筵上,让同伙们带着对上帝麻木不仁的仇恨,用匕首捅、用针刺。正是这最后一条可怕的罪孽让她万劫不复。

这个不幸的女人做了诚恳、完整的忏悔,但是她作恶的后果一时半会儿还无法消除。生病的修女们还在被魔鬼折磨着。有句圣言说得好:"无计可除魔,唯有祷告和斋戒。"王子主教收到了一份全面的报告,他下令将热内塔转到马林贝格堡,严加看守。脱去她的修女服,给她穿上了世俗款式的黑色长袍。好几位虔诚的牧师拜访了她,与她长时间交谈,劝诫她,并为她祷告。"尽管他们明知她是个顽固的丑恶罪人,但是,他们相信她已真心悔过,因为她已明确表示忏悔,并痛改前非。"眼看自己的猎物被夺走,恶魔恼怒异常,通过那些被附体的人的嘴,它们更加疯狂、更加恶劣地诅咒,撕扯、扭动那些可怜的受害者,让她们可怕地抽搐、一阵阵发疯。

宗教法庭开庭审理此案。助理法官是两位经验丰富、为人正直的牧师,其中一位就是罗斯切特神父。还有两位耶稣会神父。列席的还有多姆·毛拉斯和修道院的施赈修士。经过长达几个星期的磋商,热内塔被判犯有巫术罪、异端罪、背教罪,还有以摩尼教的方式玷污圣体罪。她被逐出教会,转交世俗法庭。"经过重新调查,一份报告被提交给了王子主教殿下(时间是 1749 年 5 月 23 日),犯人被判了火刑,但是,阁下,考虑到被告第一次被诱惑犯下巫术罪的时候,年纪尚小,火刑宜改为斩首,就在监狱内执行,事后将她的尸体进行公开焚烧。"热内塔平静地听完判决,悄无声息地接受对自己罪行的惩罚。

1749 年 6 月 21 日,在 8 点到 9 点之间,犯人坐在椅子上被抬入刑场,那是城堡的垒台。她穿着黑色长裙,系着白色围裙,穿着白色护领,戴着一条黑白相间的头巾。两位牧师到场,一位是多姆·毛拉斯,她的忏悔师,另一位是监狱的施赈官,盖尔神父走在她旁边,在死亡之前给她安慰和劝导。一位目击者作为公民代表正式莅临行刑现场,据这位目击者说,她最后时刻表现很好,谦卑顺从地接受刑罚,刽子手举剑轻轻一挥,她已身首异处。

两名军士将尸体运到美因河对岸的一座小山上,当地人称其为"女巫广场",这一命名记录下一个事实:150年前,一大批女巫在这里被烧死。尸体被放进熊熊大火,柴捆和焦油桶在前一天就已放好。一大群人集聚起来围观,盖尔神父登上移动讲台,首先对众人做了演讲,言词感人,逻辑严密。他让听众领悟到,巫术虽然不常见了,但仍然存在这样的犯罪行为,我主光辉普照,但一些人还会被恶灵附体,还会被它们折磨,魔鬼仍然"像一头怒吼着的狮子,伺机对人下口"。

马丽亚·热内塔·桑格的事情被清晰、客观地记录了下来。相关文献齐全,事件脉络很简单,合乎逻辑。很明显,她是个撒旦教徒,早年被引入那个邪恶组织,接受了多年的秘密培训,最终,事情意外地暴露了。

讨 烟 檄

詹姆士一世

抽烟之恶习，贻害种种，不可不晓。先宜考其缘起，再察其何以进入我国。当然，此类习俗的兴起，如果出于某个神圣而体面的目的，或者有极大的必要性，将这些习俗带入我国的人是杰出、高尚的大人物，那么智慧、高尚、节制的君子自然都会给予它们高度评价和认可。但是，如果正好相反，它源于堕落和野蛮，同样，将其带入我国的行为是出于草率、幼稚的猎奇心理，它带来的只能是一种极大的耻辱！抽烟的恶习正是这样兴起的，也正是这样流入我国的！烟草本是普通植物（各地命名各异），各地皆有生长，野蛮的印第安人首先发现，烟草可以用来保鲜，还可以用来治疗天花这种丑陋的疾病，得这种病的多半就是这群野蛮人（无人不知无人不晓），因为他们的身体肮脏，当地气温又高。他们将这种令人憎恶的疾病带入了基督教国家，随之带来的还有烟草的使用，这种有臭味儿、难以下咽的药物被用来治疗一种腐烂、令人作呕的疾病，他们用臭熏熏的熏蒸法治病，以毒攻毒。

各位亲爱的同胞，我请你们想一想，何种礼法和谋略促使我们去效仿粗野、不信神、甘为奴隶的印第安人粗鄙、禽兽一般的行为,尤其是这种肮脏发臭的行为?我们不屑于效仿我们的邻居法国(它毕竟是世界上第一个基督教国家),我们也不屑于就教于西班牙人(其国王的王土面积快要赶上突厥皇帝的了)。长期以来,我国民风淳厚,国泰民安,威震四方,国运恒昌。邻国有难,我们一向慷慨相助(却从不轻易向别国伸手乞怜)。我们能不能不要这么下作?跟在禽兽一般的印第安人后面邯郸学步,脸红不脸红?他们给西班牙人当牛做马,是被世界抛弃的渣滓,听都没听说过与上帝之约!我们何不索性像他们一样,赤身露体到处走呢?我们何不扔掉金银珠宝,像他们一样去玩玻璃珠子和羽毛?是啊,我们何不像他们一样背离上帝,敬奉魔鬼?

至于这种恶习,简直是极不卫生又毫无意义。每当高朋满座,宾主干净整洁、温文尔雅、彬彬有礼,此时有人掏出烟袋,对着众人吞云吐雾,臭味伴着烟灰,飘过杯盘碗盏,污染了空气,通常在旁边就餐的还有对烟雾深恶痛绝的人,这些抽烟的人难道不会感到羞耻吗?当然,在厨房里抽烟比在餐厅里要文明得多,但也会弄脏和污染厨房,通常还会弄脏和污染人的内脏,抽烟很厉害的人,死后被解剖,发现他们内脏里有油烟。不仅吃饭的时间不适宜抽烟,其他时间也不允许公开做出这些不文明行为。如果迪耶普①的太太们希望和我们比谁的教养好,她们最没有教养的地方也绝不会这么糟糕(不像我们这样不堪)。如今,公共场所,不分时间、地点,抽烟的行为很普遍,头脑清醒、仪表堂堂的人也不

---

① Dieppe,法国城市。——译注

例外，他们并非有烟瘾，而是不得已而为之。一方面，他们耻于特立独行（就像那两位哲学家不得不把头伸进雨水里，变成和其他人一样的笨蛋）；另一方面，为了以毒攻毒，就好比为了盖过别人嘴里的蒜味儿而吃大蒜（他们自己并不喜欢吃）。现如今，有客来访，主人不是悦然迎客，而是直接把烟袋塞给对方，这种行为何其虚荣！他们可不这么认为，他们认为这样可以修复关系，增进友谊，如果有人拒绝了朋友们的抽烟邀请（如果让他自己选，他宁愿闻下水道），朋友们会认为他不合群，不适合做朋友，就像一些寒冷的东方国家的喝酒礼仪。是的，最能体现女主人懿范的行为就是用自己的纤纤玉手，亲自递给仆人一袋烟。然而，这不仅是一种严重的虚荣而已！清新的气息乃上帝所赐，污染它是对上帝礼物的轻慢。上帝善意的礼物，将被这种发臭的烟雾任意毁掉。这里，我必须声明，这件礼物非比寻常：它是天然的装饰，非人工可造，一旦失去，再无复原之日，却要被这种无法清除的臭烟污染！烟草有益健康的说法是完全错误的，事实正好相反，因为毒品的毒性与其保鲜功能南辕北辙。

此外，抽烟还有一项更严重的罪孽，这项罪孽事关全人类。即丈夫心安理得地让他优雅、健康、整洁的妻子陷入两难境地：她要么和他一样抽烟，变得满嘴发臭，要么日复一日忍受丈夫腐臭气息的折磨。

让这种肮脏的新生事物大行其道，你们难道问心无愧？抽烟的理由是如此卑鄙无耻，人们对待抽烟的态度又愚不可及，麻木不仁地弄错了烟草的正当用途。滥用烟草是对上帝的亵渎，既伤害你们自己的身体，又耗费家财。无论走到哪里，你们身上都带着那种虚荣的印记,让文明国家的国际友人侧目,令异乡客惊异,他们鄙视你们,诅咒你们。这种恶习看起来邋遢,闻起来恶心,对大脑有害,对肺部致命,那黑色的臭烟雾同无底的阴曹地府里冒出来的烟何其相似!

第二辑

移动快感

关于幸福的奥秘，哲学家们争论了几个世纪，现在有了答案。一个便士就能买到幸福，装在背心口袋里带走。移动快感可以装在瓶子里保存，内心安宁可以放在信封里邮寄。

——托马斯·德·昆西，《一个英国瘾君子的自白》

德·昆西(De Quincey, 1785—1859)提到的"移动快感"指的正是精神类药物。自史前时代开始，随着人类不断寻求新的快感和治病偏方，这类药物就越过地理和文化边界快速传播开来。本辑选取了几篇游记，内容主要与奇异植物和毒品有关，使用这些植物和毒品的人和社会同样不可思议。人类学家詹姆士·穆尼(James Mooney)收集了两种切罗基族(Cherokee)神话，名为《他们是怎样拿回烟草的》("How They Brought Back Tobacco")。从这两篇故事里，我们可以看出，印第安人关于烟草的看法和英王詹姆士一世大相径庭。

早期造访新世界的旅行者发现，当地土著的一些习俗和欧洲女巫施法有很多相似之处。英王詹姆士一世发表禁烟檄文的同一年，何塞·德·阿科斯塔(José de Acosta)也在英格兰出版了一本书，名为《墨西哥祭司滥用涂膏礼》(*The Abominable Unction of the Mexican Priests*)。他不仅描述了欧洲女巫所用的飞天药膏的印第安款,还写到致幻植物牵牛花的邪恶用法。后来造访墨西哥印第安人的旅行者倒不怎么指责当地的祭司了,其中就有法国作家、曾经的超现实主义者安托南·阿尔托(Antonin Artaud),《佩奥特之舞》("The Peyote Dance")一文记载了他个人在塔拉乌马拉(Tarahumara)印第安人中间生活的情况。为了寻求精神和肉体的解脱,解决他吸食鸦片和脱离社会的困境,他参加了食用致幻佩奥特仙人掌的仪式。他认为该仪式让参与者体验到一种更真实的生活,这是腐朽的欧洲文明所不能给予的。遗憾的是,参加这种活动并没有让他从痛苦中解脱出来,一回到欧洲,他就进了疯人院,在那里写他的墨西哥游记。

长期以来,亚马逊河流域的土著人使用致幻植物的数量让人类学家、民族植物学家和其他旅行者惊奇不已。由约翰·巴特斯特·冯·斯比克斯和卡尔·弗里德里希·菲利普·马修斯二人合著的《穆拉人的迷幻鼻烟》①讲述了各类致幻植物的奇特用法。选文记叙了一种持续 8 天 8 夜的迷幻仪式,其间,印第安人用鞭子把自己抽打到癫狂。哥伦比亚人类学家吉拉多·瑞歇尔-多尔马托夫(Gerardo Reichel-Dolmatoff)从代萨纳(Desana)人的萨满教徒那里收集了大量传说,《迷幻鼻烟及其鼻祖》("Narcotic Snuff and First Origins")便是其中一篇,故事讲述的是,他们的祖先如何通过吸食迷幻鼻烟唤起天地初开时的幻影。

与现代科学正相反,亚马逊流域的土著人认为,我们眼里的

---

① Johann Baptist von Spix, Carl Friedrich Philip von Martius, *The Hallucinogenic Snuff of the Muras Indians*.

真实世界只是幻影,萨满教徒在精神类植物的帮助下所进入的意识状态,才能让他们看到凡夫俗子没有见过的真实世界。希瓦罗人是其中的一支,他们因使用折中法缩小敌人的头而闻名于世,他们所使用过的致幻植物也多不胜数,有莽林金虎尾属藤蔓植物和含生物碱的曼陀罗属植物,如天仙子、颠茄和剧毒龙葵这些欧洲女巫们使用过的植物。美国人类学家米迦勒·乔·哈纳(Michael Jo Harner)所著的《希瓦罗猎头者的迷幻药》("Hallucinogens of the Jívaro Headhunters")描述了萨满教徒的魔幻世界、他们的妖术和偏方。

加拿大优秀民族植物学家韦德·戴维斯的大作《海地僵尸毒》写到了巫都的巫师(bokor,对巫都社群里邪恶祭司或术士的称呼)所用的两种有毒的粉末,它们可以让倒霉的受害者变成僵尸。巫都的巫师用妖术将受害者推向死亡的边缘,而下一篇——《堪察加半岛上的蘑菇》("Mushrooms in Kamchatka")——里的萨满教徒却用致幻菌蛤蟆菇将病重的波兰陆军准将从死亡线上救了回来。18世纪90年代末,约瑟夫·戈比(Joseph Kopec),即上面提到的那个人,正在东西伯利亚的堪察加半岛旅行,有一天,他发着烧,爬进了一个当地人的毡房。此时,一位堪察加萨满教徒治好了他的病,约瑟夫·戈比称他为"福音传教士"。

他们是怎样拿回烟草的

詹姆士·穆尼

版本一：

天地初开，人和动物没有分别，世上只有一株烟草，人和动物都来采烟叶，可达谷库鹅把它偷走啦，偷到遥远的南方去了。没有烟草，人们痛苦难熬。有一位老妈妈变得十分瘦弱，人们都说，如果没有烟草救她的命，她怕是活不了多久啦。

动物们主动请缨，要去夺回烟草，去了一个又一个，个子大的冲锋陷阵，个子小的紧随其后，但达谷库看到他们啦，把他们一个一个都杀了，没有一个能拿到烟草。后来，小鼹鼠试着从地下到长着烟草的地方去，但达谷库看到他的路线，他一出地面就被杀死了。最后，蜂鸟请求出战，可是大家都说，蜂鸟个子太小啦，还是在家里歇着吧。蜂鸟请求让他试试，他们指着田里的一棵植物，让蜂鸟先试试怎样才能抵达。在他离开的瞬间，他们看到他已经停在植物上了，下一秒，他又回来了，一来一去，大家竟没有看清，因为他飞得太快啦。蜂鸟说："这就是我的方法。"大家同意让蜂鸟试试。

他向东飞去,当他看到烟草的时候,达谷库盯得可紧呢,好在他们看不到他,因为他个子很小,飞得又快。他对着烟草,俯冲下去——嚓!——折断了带有叶子和种子的草梢,达谷库还没有反应过来,他又飞走啦!没等他带着烟草回到家,那位老妈妈已经晕过去了,大家以为她已经过世,他赶紧向她的鼻孔里吹了一股烟,老妈妈大喊一声"嗦芦(烟草)!"她睁开眼睛,又活过来啦。

版本二:

最初,人们是有烟草的,但都用完了。没有烟草,日子非常难熬。有一位老人,十分衰弱,需要吸食烟草才能延续生命。他儿子不忍看他逝去,决定亲自出发去找烟草。烟草国在南方,四周有崇山峻岭环绕,各通道都有重兵把守,没人能轻易进入,可这位年轻人是个魔法师,无所畏惧。他一路向南,行至烟草国边境的山下。他打开药袋,取出一副蜂鸟皮,像穿衣服那样给自己穿上,现在他变成了一只蜂鸟,飞过群山,来到烟草地,采下叶子和种子,放入药袋。他娇小敏捷,那些守卫的士兵(不管他们是谁)没有注意到他,直到他采的烟草刚好拿得动,他就用同样的方法飞回去了。他脱下蜂鸟皮,放回药袋,变回人形。他准备回家,路上碰到一棵树,树干上面,靠近第一节树枝的地方,有个洞,像一扇门,门口有位美丽的妇人向外面看。他停下来,开始爬树。尽管他很会爬树,但每次都滑了下来。他从背包里拿出一双药鞋穿上,现在他可以爬树了。可是,当他爬到第一节树枝的时候,抬头发现洞口还是像以前一样遥远,他越爬越高,可是,每次抬头看都发现,洞口离得更远了。最终,因为太累了,他就下来了。到家的时候,他发现父亲已经非常衰弱,但有一息尚存。他抽了一口烟,就恢复了元气。人们把种子种在地里,从此又有了烟草。

墨西哥祭司滥用涂膏礼

何塞·德·阿科斯塔

墨西哥祭司和其他民族令人恶心的涂膏礼以及他们的巫术。

古律法里,上帝已指定亚伦和他的儿子以及其他祭司就职的仪礼,福音书里也说明了耶稣的祭司们举行仪礼用的油膏和涂膏礼。在古律法里还有一条温馨的规定:上帝的庇护同样适用于其他圣礼。魔鬼一直在以他惯有的方式伪造这些东西,并为此目的创造了替代品,因为它们污秽肮脏,当然能看出始作俑者是谁。墨西哥邪神祭司的涂膏礼就属于这一类,他们将身体从脚到头全部涂上油膏,包括所有的头发,看起来一绺一绺垂着,像马鬃一样,因为涂膏礼把头发涂湿了。他们的头发会不断长,直到长及大腿,分量很重,重到他们难以承受,因为他们终身不能剪头发,除非年龄太大,可免除这一礼仪,或者受雇于政府部门,抑或在联邦政府高就。他们的头发被梳成6个指头宽的发绺儿,用冷杉或杉树或松香染成黑色,因为在各种古代习俗里,这些东西是他们献给邪神的祭礼,因此,他们很看重它们,毕恭毕敬。他们全身上下总是涂着这种染料,所以,个个看起来都像黑得发亮的黑人,这就是他们的普通涂膏礼。然而,他们进山或者到山顶祭祀烧香,或者到摆放邪神偶像的昏暗的洞穴里祭拜的时候,他们施行的是另一种完全不同的涂膏礼,他们会举行一种消除恐惧、获得勇气的仪式。这种涂膏礼需要用到各种有毒的小动物,如蜘蛛、蝎子、毛虫、火蜥蜴和蝰蛇。这些小动物都是学校的孩子们抓来的,他们很在行,每次祭司需要的时候,他们总能提供。孩子们最用心的事情就是抓这些毒虫了。如果他们走在路上,碰巧看到一只毒虫,他们会马上放下一切去抓,为此吃尽苦头也在所不惜,仿佛他们是靠这个活命。正因为如此,印第安人一般不怕这些毒虫,在这种环境里长大,他们对此一向不当回事。为了用这些毒虫做成膏药,他们先把它们收集起来,放在神庙祭坛旁边的灶上烧成灰,然后将这些灰烬和烟草或者一种叫皮通(Petum,一种草药,当地人用来减轻长途跋涉时的肌肉酸痛)的草药一起放入研钵里,进行研磨,直到变得松软,再把活蝎子、蜘蛛和毛虫混入,加以研磨,再把当地人称为奥萝鲁葵(Ololuchqui,一种牵牛花属植物,有致幻效果)的一种植物的种子加进去,印第安人用这种植物制作饮料,喝下后能看到幻影,这种植物的作用就是让人疯狂。他们将这些灰烬同黑色有毛的虫子一起研磨,那些毛里面含有毒素。他们再掺入松香灰,搅拌均匀,装进一个罐子里,放在邪神偶像前方,说这是肉。因而,他们称这种膏体为神肉。这种油膏能让他们变成巫师,还能见到魔鬼,并同他讲话。在油膏的作用下,那些祭司变得胆大包天,凶残暴戾,胆子大到可以杀人祭神,深更半夜，独自进山，造访那些昏暗的洞穴，蔑视所有野生动物，认为在山里和森林里生活的狮子、老虎、毒蛇以及其他猛兽都必须滚得远远的。他们的神草皮通就是这么神通广大。

事实上，皮通草并没有让他们飞起来的神力，但足以把他们变成魔鬼的样子。皮通草确实有治病效果，对孩子有好处，因此，所有人都称它为神药。人们从四面八方来拜见长老和祭司，把他们当救世主，请求在他们疼痛的部位涂抹神药。他们说，疼痛明显减轻了，这可能是因为，烟草和奥萝鲁葵草做成的膏药本身具有止痛作用，更重要的原因是，里面掺入了毒药，所以能减轻和消除疼痛，他们以为这就是健康，相信那种药物有神效。因此，他们纷纷去找祭司，把他们当作神人，祭司们将错就错，利用他们的盲目和无知忽悠他们，使他们对自己制作的神药和魔鬼的仪式趋之若鹜。祭司的权威达到了登峰造极的高度，他们的话被当作信条来崇拜。他们在普通人中制造出成百上千种迷信，包括烧香的方式，剪头发的禁忌，在脖子上挂小花朵和蛇骨头串成的项链，必须在某一特定时辰洗澡，彻夜守护，不能让灶火熄灭，只能吃祭过神的面包，随时去找天赋异禀的巫师算命，凝视装满水的罐子和水桶。魔鬼的巫师和祭司作恶多端。女巫、神父、魔法师和其他的假先知多不胜数，这种不良风气现在还有，只不过已经转入地下，不敢公开做出渎神行为、举行魔鬼的仪式以及开展迷信活动，但这些活动和它们的恶劣影响还是没有得到遏制，特别是在秘鲁高级教士的忏悔仪式上。

佩奥特之舞

安托南·阿尔托

远离文明的人

墨西哥北部,离墨西哥城 48 小时路程的地方,居住着塔拉乌马拉人,他们是地道的印第安人,人口 4 万,生活方式还停留在大洪水时代。他们对世界是个挑战,在这个世界上,人们连篇累牍讨论进步问题,因为他们对进步已经不抱希望。

这个民族的身体应该已经退化了,但 400 年来,他们成功抵御了各种势力的入侵:文明、杂交、战争、寒冬、动物、暴风雨和森林。塔拉乌马拉人冬天不穿衣服,住在大雪封锁的山区,所有医学理论都解释不通。他们中的共产主义基于自发的团结。

可能有点不可思议,但是塔拉乌马拉人活着的方式就好像他们已经死了。他们对现实置若罔闻,他们从对文明的鄙视中获得力量。

……塔拉乌马拉人的生活紧紧围绕色情的佩奥特仪式。佩奥特这种植物的根是雌雄同体的,形状像男女生殖器的结合体。

这个仪式是这些野蛮印第安人的全部秘密所在。对于我来说,那根嚓嚓响的棍子似乎象征着仪式的能量,那是一根弯成弧形的木棍,上面刻着凹槽,佩奥特祭司整夜整夜有节奏地用小棍子摩擦那根木棍。最奇怪的部分是巫师的招募方式。一天,某个印第安人感觉自己受到召唤去担任仪式上摩擦木棍的巫师,于是,他去山里一个隐秘而神圣的地方隔离起来,那里埋着其他巫师成千上万年积累下来的大量小棍子,它们是木质的,他们说,那是热土上的木头。那个塔拉乌马拉人要在那个棍子庄园里住满3年,他将在第3年年底回去——他已经是个掌握了仪式要领的人。

这就是这个奇异的民族的日常生活,没有任何文明能够左右他们。

塔拉乌马拉人的佩奥特仪式

那是一个星期日早上,年迈的印第安酋长用剑在我脾脏和心脏之间捅了一下,我醒了。他对我说:"大胆些,别怕,我不会伤到你的。"他迅速后退了三四步,用剑在他身后的空中画了一个圈儿,然后,全力向我冲了过来,好像要一剑捅死我。但是,他的剑锋刚刚碰到我的皮肤,只有一小滴血流出来。我一点没感觉到痛,但我的确感到有了某种觉悟,以前从来没有过这种感觉,也没有任何准备,感到内心充满了光亮,以前从来没有过的。几天之后的一个早上,我才开始和图图古里(Tutuguri)的祭司接触,两天后,我接触到希古里(Ciguri)仪式。

"把你重新缝在一起成为完整的一个人,没有同化你、创造你的上帝,仿佛你在自己创造自己,每时每刻,无关上帝,你自己从虚无中创造自己。"这是那位印第安酋长的原话,我只是在转述,但不是他对我说的话,而是我在希古里仪式的作用下,在产生的幻觉里听到他说的话。

那么,如果太阳祭司在践行上帝之言或上帝之道,即耶稣基督,那么,佩奥特祭司让我体验到的是神秘世界的神话本身,沉浸在原始神话的神秘之中,通过它们进入神秘仪式的神秘之中,深入观察那些极端的表演,**非男非女的"父"**(the father man)创造一切。当然,我并不是马上就能参透这一切,很长时间以后才明白。其实很多舞蹈动作以及人们的态度、希古里祭司在空中画的形状——他们就好像在黑夜的表面或者在黑夜的洞穴里作画,他们自己也不明白,一方面,他们只是在按部就班地做一种传统的身体动作,另一方面,他们开始跳舞之前,为了达到一种浑然忘我的境界,已经吸食了佩奥特精油,佩奥特不知不觉发挥了作用。我的意思是,那种植物指挥他们去做,他们一遍遍地重复动作,仿佛他们的肌肉在完成一项作业,神经松弛下来的时候,他们已经不明白自己为什么会那么做,他们的父辈、祖父辈也没人知道。他们每一根神经都绷得很紧。我并不满足,舞蹈结束之后,我还想了解更多。在目睹印第安祭司主持的希古里仪式之前,我曾向山上的很多塔拉乌马拉人打听过,还在一个年轻人家里住了一晚,那家的丈夫就很擅长这种舞蹈,好像知道不少秘密。我听了他很多解释,特别是,他非常精确地讲解了佩奥特如何通过神经系统唤起对某种真谛的记忆,人的意识并没有失去这些记忆,而是正相反,重获对造物主的感知。这个男人对我说:"我没有义务给你明示这些真谛,但我有义务在你作为人的头脑中唤醒它们。人的头脑已经厌倦了神,因为它出问题了、病了,我们的责任就是让头脑渴望神。但你知道,时间不给我们这个便利。明天你会看到,我们到底还能做些什么。并且,如果你愿意与我们合作,可能在另一个人的善心帮助下,我们又能清除一个障碍,这个人住在海对岸,不是我们族的人。"印第安人听到希古里这个词会不舒服。我有个混血向导,也是我的塔拉乌马拉语翻译,他曾警告我,提到这个词必须小心翼翼、毕恭毕敬,因为他们会害怕这个词。但据我观察,这个词不太可能在他们身上引起的情绪反应就是恐惧。相反,这个词唤起了他们的神圣感。欧洲人已经没有这种感觉了,这也是我们所有不幸的根源,因为人们不再对任何东西怀有敬畏之心。我说出**希古里**这个词之后,我面前的这个年轻人的一连串表现让我悟到很多东西,我意识到一个人如果心中有神,他的意识所具有的潜力。我承认,他的动作传达出恐惧,但不是他本人的恐惧,恐惧像盾牌和披风一样罩着他。他仿佛带着只有处于巅峰时刻才有的幸福,脸上流淌着快乐和热爱。他们的感受一定是这样的:当还没有创造出来的人的灵魂在雷和火中间升起,俯视遭受重创的世界,分娩中的人类长子一定站立着。那些骷髅一定在地下墓穴里祷告,他们已得讯息,人出现了。

他双手合十,两眼放光,面无表情,关闭了交流。然而,他越是沉入自己的内心,我越是能感觉到一种奇怪的情绪清晰地从他身上流露出来。他动了两三次。每次,他原本一动不动的眼神会移动到他身边的某个东西上,就好像他想感觉到某种可怕的东西。但是,我意识到,由于某种疏忽大意,他所害怕的东西可能达不到他欠神的敬畏。我还注意到很重要的两点。第一,那个塔拉乌马拉印第安人对身体的重视程度和我们欧洲人不同,他对身体的认识也完全不一样。他仿佛告诉我们:"这根本不是我,这是身体。"当他回头盯着他身边的东西看的时候,他好像在审视和观察他的身体。

"我在哪里,我是什么,只有希古里能告诉我,给我指示,而你会撒谎和反叛。你从来不愿意去感受我所感受到的现实,你总是给我相反的感觉,从来不想得到我想得到的东西。你给我提出的建议,大多都是邪恶的。你什么都不是,就是一段过渡性的折磨,一个负担。有朝一日,我会命令你离开,等希古里自由的那一天,不过,"他突然哭道,"你也不能完全离开,毕竟,正是希古里造就了你,而你也多次帮我避开暴风雨,没有我,希古里就会消亡。"

第二,我观察到,在祷告仪式中间——因为我见证到的这一系列在他面前似乎让他不能自已的动作,实际发生的时间其实比我描述起来还要短,就是那个印第安人听到希古里这个词所做的即兴祷告——让我震惊的是,如果那个印第安人是他身体的敌人,那么他把他的意识也祭给了神,这一切都是在佩奥特传统的引导下进行的。他流露出来的多种情绪,在他的脸上一个个闪过,也可以读懂,但明显不是他自己的情绪;他不拥有这些情绪,以及一种在我们看起来很个人的情绪,或者他的情感联结方式和我们不一样,我们可以选择并在瞬间酝酿出情绪。在我们脑子里闪过的念头中,有我们接受的和不接受的。在自我和意识形成的那一天,在连贯的酝酿过程中,即确定了一种独特的旋律和自然选择,我们自己的思想留在了意识里,剩下的就自动消失了。从我们的情绪中切开、剥离出我们自己的脸,这需要时间,但是,在最重要的问题上,我们思考的方式就像一套无可争议的语法系统的图腾,每个词都得符合其规范。我们的自我碰到质疑的时候,总是以同样一种方式回应:就像一个人知道是自己在回答问题,而不是别人。但印第安人不是这样的。

一个欧洲人不会认为他的身体感知到的东西不是他自己的,例如,触动过他的情绪、刚刚从脑子里闪过的奇怪想法和激发了他灵感的美,也不会认为有另一个人在他的身体里感受和体验这一切——否则,他会认为自己疯了,人们也会说他是精神病人。相反,塔拉乌马拉人在思考、感受和做事情的时候,系统地将自己的和他人的区分开来。但是,他和精神病人的差别是,在这一内在区分和分配的过程中,佩奥特引导他,坚定了他的意志,使他的个人意识得到了扩展。尽管可能他所了解的自己不比现实中的自己好,但他毕竟知道他是什么和他是谁,比我们更知道自己是什么,想要什么。他说:"每个人的心里都有一个古代神的影子,在这个影子里,我们想象这种无限力量的具象,某一天,神把我们抛入一个灵魂,再把这个灵魂抛入一个身体,佩奥特带领我们认识神的形象,因为希古里召唤我们回到神这里来。"……

我到达了那个印第安小村庄,我得到通知,到这里观看佩奥特仪式。仪式在天黑后举行。祭司带着两名助手来了,一男一女,还有两名儿童。他在地上画了一个巨大的半圆,两名助手的狂欢活动将在半圆里进行,他在半圆的开口处放了一根粗壮的树干,让我坐在上面。圆圈的右边和一块8字形的单独场地相接,我想那就是祭司的至圣所了。左边便是"虚空"(the Void)，孩子们站在那里。装满佩奥特根的旧木钵就放在至圣所里，祭司们不用整株植物来举行特别仪式，至少现在不这么做了。

祭司手上拿着一根木杖，孩子们拿着小棍子。按照宗教仪式程序，做完一套舞蹈动作之后，开始吃佩奥特根，经验老到的人已经成功进入一种状态，希古里希望借此进入他们的身体。

我注意到，两个助手的舞蹈并不顺利，给我的感觉是，如果他们不知道希古里降临在他们身上的正确时间，他们就不跳舞或者跳得很别扭。因为希古里仪式是创造仪式，解释虚空境里的万物如何存在，以及虚空即无极的道理，还有他们如何从虚空境中进入现实境，被创造出来。正当万物按照神的旨意，启动了在身体里的有灵存在，仪式就结束了。这是那两名助手舞蹈的内容，但是在很长的讨论后才开始的。

"只有当神触及我们的灵魂，我们才能感悟到他，否则，我们的舞蹈就没有任何意义，而幽灵，"他们大声叫道，"追随希古里的幽灵会在此地再一次降生。"

祭司一直犹豫不决，过了很久，他才从胸前掏出一个小袋子，在那两个印第安人手上倒了一些白色的粉末，他们立刻吃了下去。

他们开始跳舞。他们吃下粉状佩奥特之后，我看见了他们的脸，意识到他们将把我从来没有经历过的事情展示给我看。我聚精会神，以免错过我要看到的东西。

两名助手脸对着脸躺在地上，像两个静止的球体。老祭司自己可能也吃了那种粉末，脸上悄悄浮现出一种非人类的神情。我看着他伸开四肢,高高在上,双目放光,神情异常威严。他用木杖在地上击打了两三下,发出沉闷的砰砰声,接着走进了他画的8字形仪式场地。助手们仿佛从沉睡状态醒了过来。先是男人晃动脑袋,用手掌拍打地面。女人抖动脊背。接着,祭司啐了一口,吐的不是唾沫,而是气息。他将气息嘶嘶地从牙齿之间挤出来。在这种肺部震动的影响下,男人和女人同时振奋地从地上站了起来。但是,从他们脸对脸站着的样子,特别是他们各种站立的样子看来,他们仿佛站在虚空的皱褶里,或者无极的缝隙里,显然,他们不再是站在那里的一个男人和一个女人,他们就是两个本能的象征物。男的,张着嘴,火红的牙床发出啪啪的声音,淌着血,仿佛被牙根扎烂,此时清晰地显露出来,好像发出指令的舌头。女的,像只没有牙齿的肉虫,臼齿都已经磨平了,她像关在笼子里的一只发情的母老鼠,在公鼠面前转来扭去。也很显然,他们最终会触碰,疯狂地撞向对方,像两个物体。彼此面对面,然后厮打,最后在肆无忌惮而罪恶的神的面前交合,他们的行动逐渐替代神。他们说:"因为希古里是人,神谋杀他的时候,他创造了自己,他处在他为自己建造的空间里。"

这就是事情发生的具体经过。

但有一件事尤其让我震惊,整个过程中,他们相互威胁、躲避彼此、撞在一起,最终双双心甘情愿地结合。他们的本能不在身体里,从未到达身体,而是像两个抽象的理念,固执地悬置在存在之外,和存在永远相对,并且造出自己的身体,在这些身体里,物质的理念被希古里蒸发。我观察他们的时候,想起了那些诗人、教师和我在墨西哥认识的各类艺术家给我讲的印第安人宗教和文化，还有我借来读过的那些关于墨西哥人形而上学传统的书。

开头那位希古里祭司说："恶灵永远不能也不会相信神是无法接近的唯一存在，并且，神不可预测的本质昭示，神不只是一种存在。"

但这正是我观看佩奥特之舞时看到的。在舞蹈中，我想我能看到普遍意识处于病态的节点，即处于神之外。祭司会用右手摸他的脾或者肝，用他的左手握着木杖击打地面。他的每一个动作都引起男人和女人在远处的反应——一会儿是急切高傲的肯定，一会儿是愤怒的否定。但当祭司用双手握着木杖快速多次击打地面时，他们有节奏地向彼此接近，两肘分开，双手握在一起，形成两个运动中的三角。同时，他们的脚在地上画圆圈和一些像字母的形状，有一个S、一个U、一个J和一个V。其中，8字形状出现的频率最高。一次、两次，他们没有相遇，而是错过彼此，只是试探性地打个招呼。第3次，他们明确无误地打招呼。第4次，他们拉手、围着彼此转圈，男人的脚仿佛在地上寻找女人站过的地方。

这个程序他们重复了8次。但第4次过后，他们的面部表情生动起来，保持容光焕发的样子。第8次的时候，他们朝着祭司的方向看，祭司威风凛凛地走向圣所最远端，那里一切都靠北。他用木杖在空中画了一个巨大的8字。但是，当时他的喊叫声实在惊人，用遗落的尤卡坦半岛的玛雅人的诗句来说，足以打败那罪孽深重的死人恐怖的阵痛。我不记得在我的生命中曾经听到过这样的声音，清晰、洪亮地揭示出人类为了唤起对黑夜的预见，甘愿坠落的深度。仿佛在梦中，我再一次从无极中看到神召唤生命的原物质。祭司的喊叫声仿佛为了让木杖停在空中。祭司一边这样叫喊，一边画同样的8字，整个身体向空中抬起，脚站在地上，直到在南边画成一个完整的8字。

舞蹈基本结束了。一直待在圆圈左边的两个孩子问他们能不能走，祭司挥杖示意他们解散。但他们都没有吃佩奥特。他们随便做了个类似舞蹈的动作就走了，大概回家了。

之前我就说过，我对这一切并不满意，我还想进一步了解佩奥特。我走过去向祭司提问。

他告诉我："上一次庆祝活动没能举行，我们气馁了。现如今，我们不再把希古里看作仪式，而是当作陋俗。不久，我们的民族就会出问题。时间对人类来说已经太古老了，无法维持我们的正常生活了。我们怎么办？我们的未来是怎样的？我们的人民已经开始离开神。作为祭司，我当然能感觉到。你看得出，我很绝望。"

我告诉他，已经和当地学校的主任有约在先，这一次，他们可以举行下一次大型庆祝活动。

我还告诉他，我不是来塔拉乌马拉部落旅游的，我此行的目的是重获欧洲正在失去而他的民族却保存下来的真谛。这使他彻底放下了戒备，给我讲了很多关于善恶、真谛和生命的趣事。

他告诉我："我所说的一切都来自希古里，是希古里教导我的。"

"大部分时间里，事物和我们看到和体验到的不一样，但它们和希古里教导我们的一样。自始至终都是这样，没有希古里，人类不可能重回真谛。一开始,它们还是真的,但等我们长大一点,它们就开始变假,因为它们更多地被邪魔控制了。一开始,世界是完全真实的,它在人的心灵里回响,和人的心灵相呼应。现如今,心已经没了,灵魂也没了,因为神已经把它们收回去了。看见世间事物就是看见无极。现在,我看着光的时候,我无法想到神。然而,正是希古里创造了一切。但是,所有事物里都有了邪魔,我作为人,再也感觉不到纯粹。我的内心有个可怕的东西,它由内心生发,却不是源于我,而是源于我内心的那些阴影,人的灵魂不清楚自我从哪里始,到哪里终,或者在它眼里,谁造就了它。这就是希古里告诉我的。有了希古里,我不再认识虚假,也不再混淆一个人是出于真实意愿还是带着恶意模仿真实意愿。很快,就都是这样的了,"他说道,同时后退了几步,"这肮脏的面具,下面罩着那在精虫和粪便之间窃笑的人。"

我转述的祭司的话是绝对真实的:我觉得它们非常重要,非常美,不忍做任何改动。就算我没有逐字逐句转述,也没有什么分别,因为,你们知道,这些话给我留下了很深的印象,关于这一点,我记得非常准确。我说过,他刚吃过佩奥特,思路清晰,我一点也不奇怪。

谈话结束的时候,他问我是否愿意亲自尝试希古里,说只有这样我才能更接近我在寻找的真谛。

我告诉他,我正求之不得,我认为没有佩奥特的帮助,没人能够抵达万物,万物皆躲避我们,因为时间和物质,我们对事物也越来越陌生。

他在我手上倒了杏仁大一撮,说道:"这个量足够你见到神两到三次,神是无法认识的。要接近神,一个人至少得3次感受希古里的效力,但每次的剂量不得大于一粒豌豆。"

所以,我在塔拉乌马拉人那里又住了一两天,以加深我对佩奥特的体验,如果要把我在佩奥特作用下的所见所感描述清楚,把祭司及他们的助手、家人关于此事给我讲的内容写清楚,得写一大本书才行。但我见到了一个幻影,并且念念不忘,祭司和他家人都说是真实的:很明显,它和希古里有关,它是神。但一个人要想见到这样的幻影必须先经历撕裂和痛苦,然后,他感觉自己好像被翻转了,和一切事物相对,再也理解不了自己刚离开的那个世界。

我所说的"被翻转",和一切事物相对,就好像有一股巨大的力量让你复原到另一边。你感觉不到你刚刚离开的身体,而你的身体让你稳稳地处于一定范围内。但是,脱离自我,活在无限里,你更幸福,因为你明白,你自己正是源于这个无限,即无极,你将会看到它。你感觉自己身处沸腾的波浪之中,四周响着噼里啪啦的声音。仿佛从你的脾脏、肝脏、心脏或肺所在的部位冒出来的东西,在介于气态和液态的大气中不停挣脱和爆裂,仿佛大气将物质聚拢,又指挥它们组合在一起。

从我脾脏或肝脏冒出来的东西,形状像被一张大嘴咀嚼过的一种神秘的古代拼音文字的字母,非常模糊,得意扬扬,无法识别,嫉妒它的隐匿;这些符号被冲散,在空中飞溅,我好像在上升,我不是一个人。有神力相助。但比在地球上我一个人的时候更自由。

在某个时刻,好像刮起了一阵风,空间缩小了。在另一边,我的脾脏所在的位置,被掏出了一个巨大的空洞,涂着海岸一样的灰色和粉色,在空洞的底部,出现了一个断掉的根,像字母 J 一样的形状,顶部有 3 个分枝顶着一个像一只眼睛一样悲伤而明亮的 E。J 的左耳朵里冒出火焰,从它后面绕过,仿佛把所有的东西都推向右边,推到我的肝脏所在的一边,但离得很远。当我回到现实的时候,我什么也看不到了,一切都消失不见了,抑或是我自己消失了。无论是哪种情况,我好像是见到了希古里的真神。我相信,这一切,客观上和某幅画里对终极、至高现实的超验表现是一致的。那些神秘主义者依据一定的程序抵达最高境界的烧身和变化前一定经历了类似的状态,看到过类似的景象之后,他们像娼妓一样俯身接受神之吻,毫无疑问,他们扑进了皮条客的怀里。

这次经历激发了我关于佩奥特心理影响的几点思考。①

佩奥特引导自我回到它真正的本源。一旦一个人经历过这种幻境,他就再也不可能混淆谎言和真实。他看到过他来的地方,知道他是谁,再也不会怀疑他是谁了。没有任何情感或外界影响能引导一个人改变这一认识。

潜意识设计的一系列的欲望幻想不再压迫人的真实气息,因为佩奥特不是出生的那个人,而是人的属性。佩奥特被用来召唤

---

① 我的意思是,尽管这些神秘思想可能又一次影响到我的思维,但是,另一方面,佩奥特不会介入这些臭名昭著的精神同化,因为神秘主义正是打着学术和高雅招牌的伪善,这是佩奥特所抵制的,因为从佩奥特的角度,人独自存在,绝望地用自己的骷髅奏出乐曲,无父无母,无家无爱,没有神,也没有社会。
没有一个活着的人陪伴他。他的骷髅不是骨而是皮,像一张行走的人皮。一个人带着自己的人性,从昼夜平分点走到至点。[注:阿尔托于 1947 年增补]

和支撑返祖的、个人的意识。它知道什么对它是好的，什么是一无是处的：它知道它可以安全而有利地接受哪些思想和情感，哪些不利于它行使自由。最重要的是，它知道它的生命能走多远，也知道它哪些地方还没有抵达，**或者没有权利抵达，否则会陷入虚幻、错觉、杂乱和慌张。**

将梦幻当作现实（佩奥特绝对不会让你进入这种状态），一个人就会混淆从梦幻深处获得的认知和现实的形象与情感，在梦幻深处，一切都转瞬即逝，未经雕琢，尚不成熟，还未从幻觉的潜意识中浮现。因为在意识中有一种魔力，让人超越物质的东西。佩奥特告诉我们这种魔力在哪里，奇怪的具象化之后，它的呼吸受到原始的压迫和堵塞，梦幻就会出现，再一次在我们的意识里洒满磷光和薄雾。这种梦幻的本质是高贵的，它的失序是表面的，实际上，它也遵从一种秩序，这种秩序的构建方式是神秘的，处于正常意识无法抵达的层次，只有希古里能带我们抵达，这就是所有诗歌的神秘之处。但人类的存在还有一个模糊无形的层次，意识仍未进入其中，它包围在意识周围，既像是意识的延伸，又好像是一种威胁，事实就是这样。它自身产生危险的感觉和认识，这就是那些对不健康的心灵造成影响的无耻的幻想，如果心灵无法抵制住它们，就只能放弃，彻底融入它们之中。在这条可怕的分界线上，佩奥特是阻挡邪魔进入的唯一屏障。

穆拉人的迷幻鼻烟

约翰·巴特斯特·冯·斯比克斯

卡尔·弗里德里希·菲利普·马修斯

穆拉人是个流浪民族,他们有个独特的奇怪风俗,那就是吸食帕立卡鼻烟。他们用帕立卡果(一种印加果)的果干制作帕立卡粉。这种粉末一开始让人兴奋,接着就有麻醉作用。每年果实成熟的季节,每个部落的人都要举行为期8天的吸食帕立卡活动。活动中,人们会饮用烈性饮品、唱歌、跳舞。全部落的人将集中在一个宽大的房子里,妇女们会用卡吉力做的屈雅斯[①]让男人们高兴,大量供应,还有其他的植物饮品。接着,男人们根据各自的选择,结成对,用皮带相互抽打,直到鲜血淋漓。这种奇异的鞭打所表达的不是敌意,正相反,这种行为表达的是友情。有人告诉我们,这种过分的行为可以理解为一种另类的性关系。持续几天的鞭打活动结束后,两个人用一英尺长的、掏空的貘骨相互向对方的鼻孔里吹帕立卡粉末。由于不间断地用力吹,有时候会造成对方死亡,要么因为粉末冲入前额造成窒息而死,要么因为粉

---

① 卡吉力,cajiri,当地的一种植物;屈雅斯,cujas,一种自制饮品。——译注

末的兴奋作用导致过度兴奋而死。两个人无比激动地从装帕立卡粉的竹筒里装满吹管,一个掏空的鳄鱼牙齿被用来量出每一吹的量。两个人膝盖靠膝盖,向对方鼻孔里吹鼻烟粉。产生的效果是,那个人会突然变得兴奋,胡言乱语、喊叫、唱歌、蹦跳和舞蹈。男人们被各种饮料和消遣整得呆头呆脑,然后进入深深的沉醉状态。据说,用帕立卡榨的汁灌肠也有这种效果,不过要轻微一些。

莫赫人也有吸食帕立卡鼻烟的传统,不过,这个部落文明程度高一些,吸食方式更文雅一些。

迷幻鼻烟及其鼻祖

吉拉多·瑞歇尔·多尔马托夫

1. 最初,我们的祖父波利卡吸食迷幻鼻烟后产生了幻觉。

2. 最初,他在螃蟹的[颜色]的保护下,从水晶里出来了,人们开始以这种方式出现。就是这样,这就是我们的祖父谈话的时候说的。弟弟:他们是在这样说的吗? 哥哥:是的。

3. 鼻烟这个重要元素,也出现在太阳的阴茎里。

4. 因为当初太阳人通过重要元素鼻烟把这个传给了我们的哥哥波利卡和血人;他也从他那里继承了下来。这是他们在谈话时说的,弟弟。/他们是这样说的吗,哥哥?

5. 就这样,我们从我们的祖先那里继承了这个元素。他们谈话时是这样说的,弟弟。/他们是这样说的吗,哥哥?

6. 他们就是用这些做首饰的,脐带做的耳坠,蚂蚁的红色,仪式对话里的饰品就是这么来的。他们在谈话中是这么说的,弟弟。/他们是这样说的吗,哥哥?

7. 白日是生发者,也是肇始者,这就是为什么,在那个无与伦比的日子,他将丰满快乐的孩子们送给了我们的哥哥们,就这样开始孕育他们。

8. 现在的人们就是这样从我们的祖先那里继承传统的。他们以这种方式和我们的哥哥波利卡建立联系,他是为整个家族获得了价值观的那个人,所有的人都受到了启蒙,在这里,[大地上]开始了繁衍生息[之舟],进化出它拥有的孕育能力,成为遗产。他宣告:"我是酋长。"这就是他们说话的方式,我的弟弟。

9. 他们说:"我们将怎样对待这些[遗产]?"我们的祖先已经说起过:作为继承者,他们延续了传统。这是真的,弟弟,他们就是这么说的。/他们真的这么说,哥哥?

10. 这些都是我们的哥哥说的:这些价值观也是他获得的,他进了生殖的房屋,随从一起在那里住下。他们是这样说的,弟弟。/他们是这样做的吗,哥哥?

11. 他就是这么做的,在他所住的我们祖先的屋子的空地上,从那里,他还发现了[其他的]房子,他找到了草和纤维绳,他留下了,弟弟,他感觉很好。他们谈话时就是这么说的,弟弟。/他们是这么说的,哥哥。

12. 正如一位大哥应该做的,他生出了继承人,有了亲戚;还有了随从和仆人,他成了人民的领袖;接着,他还建起了更多的居住地和[开辟了]空地,他在比阿斯普鲁定居下来,建了两幢房子;在麦里尼奥克霍默也留下了两幢房子;一幢在尕贝格的石头旁边,一幢在莫里帕木鲁;他在那里定居下来,学会用金刚鹦鹉的羽毛做饰品。他就是这么做的,弟弟。/这是他做的,哥哥。

13. 他们是这么说的,我们将他们的话传了下来;他们是这么说的,我们继承了他们的话,弟弟。/这就是曾经发生的事,哥哥。

14. 这就是曾经发生的事,哥哥。/我不会再说什么,孩子。

希瓦罗猎头者的迷幻药

米迦勒·乔·哈纳

希瓦罗人认为，绝大多数疾病和非暴力死亡都是巫术造成的。事实上，他们认为只有一类疾病和巫术无关，那就是"白人的病"（他们称之为 suŋurä），一般指那些有传染性的病，如百日咳、麻疹、感冒和轻微腹泻。以前也曾提到，他们的正常清醒生活只不过是"谎言"，或者幻象，真正决定日常事务的力量都是超自然的，只有在致幻药物的作用下，他们才能看到和掌控这种力量。对现世的这种认识制造了对萨满法师的需求，法师们都是业余的通灵专家，可以自由跨界到"真实"世界里去，帮助他人处理那些影响甚至决定他们清醒生活事件的神力。

希瓦罗萨满法师（他们称之为 uwišin）分为两类：巫师和疗愈师。这两类法师都要喝一种希瓦罗人称为拿提玛（natemä）的致幻茶，才能进入超自然世界。这种茶在哥伦比亚叫亚哥（yagé）或亚也（yajé），在厄瓜多尔和秘鲁叫阿亚胡安萨（ayahuasca，印加语的意思是"死藤水"），在巴西叫卡皮（caapi），是用金虎尾科卡皮木属的一种藤蔓植物制作的。希瓦罗人将这种植物和另一种相似的、很可能也是卡皮木属的藤蔓植物亚希(yahi)的叶子放在一起煮,做成拿提玛凉茶,里面含有强致幻生物碱哈马灵、哈尔明、d-四氢哈尔明碱,很可能也有 DMT。这些化合物的化学结构和作用与麦角二乙酰胺(LSD)、佩奥特仙人掌所含的三甲氧苯乙胺(麦司卡林)、墨西哥致幻蘑菇里所含的裸盖菇素相似,但不完全相同。

萨满法师们宁愿服用拿提玛茶,而不是麦库瓦(maikua,木本曼陀罗)来给自己催眠,因为后者效力太强,可能导致法师们无法在仪式上完成吟诵、吸吮以及其他必须完成的互动环节。并且,萨满法师必须经常进入催眠状态,他不想用曼陀罗来达到这一目的,因为这种植物的药性很强,人们认为反复使用会导致疯癫。一位知情人曾提供证据证明这种危险的存在:"我父亲曾经跟我讲过,很久以前,有个人天天喝麦库瓦。结果,他疯了,经常跑到树林里,和鬼魂说话。"因为这个缘故,萨满法师倾向于服用药性弱一点的卡皮木茶拿提玛。但是,在寻找阿鲁塔姆(arutam,希瓦罗人成人仪式上寻找的神秘力量)的仪式上,进入催眠状态的人不用完成表演或者和他人互动,因此,他们会选择服用曼陀罗茶,准确地说,他们喝这个是为了产生幻觉。

希瓦罗人服用致幻拿提玛茶的习俗几乎使每个人都有可能进入催眠状态,这种状态是萨满仪式的重要组成部分。既然有了这种药和联系"真实"或超自然世界的愿望,大约每 4 个希瓦罗人中就有一个萨满法师就不足为怪了。任何成年人,无论男女,如果想成为法师,只需要给管卡皮木茶的现任法师送件礼物就可以了,现任法师还会以指导灵(tsentsak,希瓦罗语)的形态,把他的超自然力传给徒弟。所谓指导灵,或者"飞镖",被认为是导致日常疾病和死亡的主要超自然力。非萨满信徒一般看不到它们,萨满教徒们也只有在卡皮木茶的作用下才能感知到它们的存在。

最早关于运用指导灵的知识据称源于阻尼(Tsuṇi),他是传说中的第一位萨满法师,人们认为他还活着,住在水里,屋子的墙是用直立的蟒蛇建成的,它们像一根根棕榈树干一样站立着,他所坐的凳子是一只海龟。他被描述为一个白皮肤、长头发的男人,但他也能变形为蟒蛇。不时有故事流传开来,说他传给某些萨满信徒水晶指导灵(namurä,希瓦罗语),能致人死命,偶尔,他一怒之下也会杀死某些萨满信徒。人们相信,没有一个萨满信徒能抵御阻尼的指导灵。

俗人不会治疗也不会施魔法,因为他们无力控制这些神奇的飞镖。俗人只能用草药治疗上文中提到的"白人的病",但这种疗法在社会上得不到发扬光大。萨满法师们从来不用草药治病。

萨满法师把这些指导灵送入受害者的身体内,使他们生病,或者杀死他们。有时候,他们还会从受了巫蛊而生病的部落同胞的体内吸出敌方法师发送的指导灵。指导灵还可以形成屏障,保护萨满法师免受侵害。下面将从萨满法师的角度介绍希瓦罗萨满教的教旨。

为了将指导灵传给新人,现任萨满法师通过反刍吐出含有指导灵的东西——在喝过拿提玛的人眼里,那是一种宝物。他用砍刀砍下一部分,让新人吞下去。指导灵一进入他的胃,吞食者就会感到疼痛,他需要卧床 10 天,反复服用拿提玛。希瓦罗人相信,他们可以让有魔力的飞镖(即指导灵)无限期地留在胃里,并且可以根据个人意愿吐出来。定期奉献指导灵的法师会对着新人的身体吹气并摩擦全身，显然是为了增加新人的魔力。

新人必须修养和禁欲几个月。有些人不能守戒，就不能顺利地成为法师。第一个月的月末，他嘴里会出现一个指导灵，拥有了有魔力的飞镖，新萨满十分渴望施魔法。如果他满足自己的愿望，吐出指导灵，这就意味着他将成为一名萨满巫师（希瓦罗语称为 wawek，或者 yahaučĭ uwišin），如果正相反，新人能够控制自己的冲动，重新吞下这个指导灵，他就会成为一名疗愈师（希瓦罗语称为 peŋer uwišin）。出现这种结果的前提条件是，传给他指导灵的法师也必须是位疗愈师。

如果传给他指导灵的法师原本是个巫师，而不是疗愈师，那么新人也将成为巫师。这是因为巫师的魔力飞镖具有强烈的杀戮欲望，它们的新主人也不得不服从它们的意志。一位爆料人说，萨满巫师会频繁地感觉到强烈的杀戮冲动，就像一个人感到饥饿。

新萨满必须禁欲 5 个月，才具有杀人的神力（如果他是个巫师）或者治愈受害者的能力（如果他是个疗愈师）。要想成为一名真正有法力的巫师或疗愈师，他得禁欲一整年。

在禁欲期间，新萨满会收集各种昆虫、植物和其他物件，他现在有神力将这些东西变为指导灵。任何东西都可以变为指导灵，包括活的昆虫和蠕虫，只要它们体积够小，能被萨满吞下就行。有一种小蜘蛛可以变成一种特别的指导灵屯茨（tunčĭ）。不同的指导灵被用来让人得上不同种类和不同程度的病症，一个萨满拥有这种致病指导灵越多，他的能力就越强。

按希瓦罗人的理解，每个指导灵都有一个自然属性和一个超自然属性。魔力飞镖的自然属性指的是，人们在没有饮用拿提玛的时候，看它就是一件普通的物件儿。但是，喝了拿提玛的萨满就能看到指导灵超自然和"真实"的一面。喝了拿提玛，他们看到的魔力飞镖就会呈现出新的恶魔形态，名字也不一样。在魔力飞镖超自然的一面，它不再仅仅是物件儿，而是形态各异的指导灵，它们可能是巨型蝴蝶、美洲豹或者猴子，在萨满做法的时候，它们积极相助。

巫蛊针对的是具体的个人，通常是邻居，或者最多是同部落的人。一般来说，如同部落内部的暗杀行为一样，巫蛊是为了报复某个触犯了家人或朋友的人。无论是巫蛊还是暗杀，都和大规模的猎头行动有很大区别，后者针对的是敌对部落的所有成员。

实施巫蛊之前，萨满会喝下拿提玛，悄悄接近被害人的住处。在四下无人的树林里，他喝下催吐的青烟草水，吐出一只魔力飞镖，受害者一走出房屋就向他投过去。如果飞镖够结实，投掷的力气够大，它会穿过受害人的身体，让他在几天到几个星期内死去。然而，魔力飞镖经常滞留在受害者的身体里。如果实施巫蛊的萨满从他躲避的地方没有看到预想中的受害人，他也可能对他的家人下手，通常是他的妻子或者孩子。完成任务的萨满将秘密回到他自己的住处。

据目前所知，希瓦罗巫蛊实施过程中最明显的特征之一就是他们不会给受害人任何具体示意。巫师不想让受害人知道有超自然力量在攻击他，以防他采取防范措施，立刻招来疗愈师进行疗愈。但是，在采访中，无论是萨满信徒还是俗人都肯定地说，被整蛊之后绝对会得病，只是病的程度可能有很大不同。

海地僵尸毒

韦德·戴维斯

莱奥甘的巫医制作两种毒药。据他说,毒性更大的那一种是用人类的骨灰做的。成分包括碾碎的腿骨、小臂骨和头骨,和干尸粉相混合。使用者先在双手上面抹一层护手液——由柠檬、氨水和甘蔗酒混合而成——接着在地上用尸粉撒出一个十字,边撒边叫着意图要加害的人的名字。只要受害人跨过十字,他就会急病发作,全身猛烈地抽搐。如果尸粉被投入受害人的食物里,他马上就会有反应。

第二种毒药的原料是蜈蚣(有山蛩目和条马陆目两种)、狼蛛(捕鸟蛛科)和蜥蜴,包括白唇变色龙(由克普命名)和西班牙岛虹蚺(由费舍尔命名)。巫医没有使用布加蟾蜍,而用了当地的两种普通树蛙(由簇第命名),就是众所周知的白蟾蜍和棕蟾蜍。除此之外,还有一种公认最重要的材料——两种河豚,一种是刺河豚,另一种是圆豚。

在莱奥甘制作的两种毒药都只含动物性成分。和我们在圣马可找到的3种药的制作方法一样,河豚和海蟾蜍被晒干,小心翼翼地加热,然后放在研钵里。将当地2种狼蛛的新鲜样品、3种无毒的蜥蜴和2种树蛙——白蛙和棕蛙——放在一起烤。莱奥甘的巫医在制药的过程中,特别强调人类尸骨的毒性,包括碾碎的骨头和干燥尸粉。最终产品是一种经过过滤的粉末,和圣马可的药品相比要粗一些。值得注意的是,莱奥甘的制药者采取了特别的防护措施。他们给全身的皮肤都涂上了油膏,鼻孔里塞上棉塞,用麻袋包裹身体。两个人都戴着具有保护作用的大帽子。

根据巫医的说法,毒性发作时,皮肤会有蚁走感,这和纳西斯(Narcisse,此人曾被下毒,变成了僵尸)的描述不谋而合。巫医也提到剂量的重要性。他还说,受害者如能吞食动物性毒药,效果会更好。他警告说,这两种药绝对不能混合使用。

堪察加半岛上的蘑菇

约瑟夫·戈比

不大一会儿,空气陡然变了,我的病体也发生了很大的改变。在这顶封闭的帐篷里,空气总是臭熏熏的,用于照明的鲸鱼油发出刺鼻的味道,我感到十分虚弱,一副大限将至的光景。所以,我不再烤火喝茶,叫来了我的牧师,希望他能帮我。我觉得他在治病方面比其他人更专业一点。得知我的困厄,牧师不一会儿就来了,他走到火炉旁,让我坐好,继续喝茶。我喝茶的时候,堪察加人从帐篷中央搬来了很多貂皮和鹿皮。我感觉精神好点儿了,问他要干什么。牧师满足了我的好奇心,他说道:

"给你服药之前,我有要事相告。你在下堪察加半岛住了两年了,竟然不知道这里的宝贝。"他打开一片白桦树皮,里面包着几个蘑菇。"我告诉你,这些蘑菇可神奇了,只有在火山附近的一座高山上面才有,他们是大自然最宝贵的产物。"

牧师接着说:"你想想,那些当地人送那些兽皮给我,就是为了换取这些蘑菇。如果我有很多蘑菇,又有生意头脑的话,他们甚至愿意倾其所有来换取。这些蘑菇有一种特别的、仿佛超自然的特性。它们不仅对食用者的健康有好处，还能让他们看到自己的未来。既然你很虚弱，你就吃个蘑菇。它会让你睡个好觉，你缺乏睡眠。"

听了很多关于这种蘑菇的神奇好处，我考虑了很久，到底要不要吃。然而，我想尽快好起来，特别想睡个好觉，于是，我克服恐惧，吃下了半个蘑菇。马上我就躺倒了，一阵沉沉的睡意袭来。我一个接一个地做梦。我梦见自己在一个非常迷人的花园里流连忘返，那里只有快乐和美丽。我的眼前闪现着五颜六色的花朵，形态各异，香气缭绕，一群美若天仙的白衣妇人徜徉其中，迎接客人来到这人间仙境。她们仿佛十分欢喜我的到来，奉上了各种奇花异果。整个睡眠过程中，我就这样快乐逍遥，比平时多睡了好几个小时。美梦中醒来，我才发现原来这一切都是梦境。一切都消失不见了，我有些沮丧，就好像逝去的是真正的幸福生活。在这一天剩下的几个小时里，我愉快地回想着这一切。神奇蘑菇的作用让我陶醉，加上又美美地睡了一觉，我已经好久没有睡好了。我开始对它的超自然特性深信不疑（牧师也是这样引导我的），夜幕降临，我向我的医生请求再吃一次。他看我这么勇敢，很满意，马上对我慈爱有加，给了我一整颗蘑菇。我吃下了剂量翻倍的蘑菇，几分钟之内就睡着了。几个小时里，新的梦境将我带到另一个世界，恍惚中，有人命令我回到人间，向牧师做忏悔。尽管在梦中，这个印象还是十分深刻，我醒来，请求见牧师。正值午夜，牧师总是渴望履行圣职，他马上搬个凳子坐下，高兴地听我做忏悔，毫不掩饰自己的心情。做完忏悔，过了约一个小时，我又睡着了，一连睡了 24 小时。我很难说清楚，也几乎不可能描述我在如此超长的睡眠中的所见所闻，况且，由于一些原因，我也不愿意这么做。在梦境里，我看到的、经历过的事情，我感觉自己曾经在某个时候看过或经历过，还有些事情，我连想都想不到。我只能说，从我懂事开始，我所见过的一切，从五六岁开始，随着时间的流逝，我所了解的人和事，和我建立过关系的那些人，玩过的游戏，从事过的工作，干过的事，一个接一个，日复一日，年复一年，总之，我的整个过去全部都出现在我的眼前。关于未来，不同的景象相继闪现，但在这里将不再一一赘述，它们只是梦而已。我只想说一件事：仿佛受到磁力影响，我发现了我的牧师所犯的一些错误，我提醒他加以改进，我注意到，他看起来好像得到了神启。

我没有资格讨论这种神奇的蘑菇是否有效，是否对人的健康有影响。但是，我可以说，它的药用价值如果被更有文化的民族所掌握，它一定会在诸多已知的自然疗法中占有一席之地，有利于人类战胜疾病。尽管我们已经积累了很多关于自然现象的知识（和我们的能力相比），但仍然有数不清的自然现象我们只能靠猜测，有人能否认这一点吗？有没有人能够划出人类在大自然中探索和发现的边界？近年来发现的磁力有无数种，用物理的方法无法检测到，更无法精确地判断它们作用于人体的位置，这一点在某种程度上可以解释围绕这种蘑菇的争论。那么，在蘑菇的作用下，一个人有可能在睡梦中至少能够看到一部分他真实的过去，即便不能看到未来，至少他能看到他当前所处的关系。如果有人能够证明这种蘑菇的催眠作用和致幻效果不存在，各种说法都是错的，那我再也不会为堪察加半岛上的神奇蘑菇辩解了。

无论上文中提到的蘑菇是什么，有什么特性，我必须承认，吃了它对我的大脑造成了很大影响，也［给我的感官］留下了不可磨灭的印象，因此，一定程度上，我变得惶惶不安，后来加重为焦虑症，进而彻底抑郁了。首先，我对它的深信不疑建立在牧师的态度上，那位牧师深信我所看到的幻影俱是来自上天的警告；其次，我在内心深处也认可这种看法。清醒之后，我在想象里证实了梦境里所预言的事情。这让我觉得，关于未来的梦境真实可靠。然而，随着时间的推移，在我旅行途中，这种信仰开始动摇，它对我的影响消失之后，我的灵魂恢复了平静，身体也好起来了。

第三辑

大麻——从俾格米村到格林尼治村

> 亲身体验过印度大麻的人,试过麦司卡林之后,会有从乘汽车或长途火车改为骑一匹小马的感觉。然而,骑小马可能带来的惊喜是乘火车所没有的。
>
> ——亨利·米修,《痛苦的奇迹:麦司卡林》

大麻(Cannabis,印度大麻)是中亚地区的土生植物,早在石器时代,它所含的纤维和精神类物质就为人们所用。史前的农民已经开始在欧亚大陆种植大麻,卡尔·萨根(Carl Sagan)在《伊甸园的龙》(The Dragons of Eden)一书里的一条脚注["为俾格米人辩护"("In Defense of the Pygmies")]很说明问题,他认为大麻种植可能在农业和文明起源中起了一定作用。关于大麻的起源,印度民间故事《大麻起源》(The Origin of Ganja)有完全不同的说法。这个故事中,大麻是从有致幻作用的曼陀罗汁里长出来的。很多动物参加了一场婚宴,熊和老虎喜欢曼陀罗汁,而蛇和蝎子却喜欢大麻。

在中东和伊斯兰教中亚地区流传着大量关于聪明的小丑和卓南斯尔丁(Nasreddin Khoja)的民间故事。一般来说,他幽默的小闹剧掩藏着大智慧,这些短小精悍的民间故事是神秘主义苏菲教派传播教义的一种手段。本书选取的部分是一段简短的奇闻逸事,讲述了大麻如何造成感知扭曲:吸食者感觉自己的行为很正常,而旁观者却看到了真相。

同很多其他早期深入异国他乡的旅行者一样,威尼斯人马可·波罗被指责编造了离奇的故事。1273年,他到东方旅行,经过波斯,听到一些关于穆勒赫特(Mulehet,即 Alamut)山中要塞的传说。据说,此地是"异端"亚洛丁(Aloadin)的驻地,这个亚洛丁就是传说中的"山中老人"。据给波罗告密的人说,在这里,亚洛丁给他的信徒下毒,使他们相信自己已经被送进了天堂,又让他们回到人间的目的就是为了暗杀他的政敌。暗杀者的传说就这样传到了西方,和吸食大麻紧密关联。本书所选的故事是有现实依据的,在厄尔布尔士山脉还有城堡遗址,就在那里阿拉丁·穆罕默德(Ala al-Din Muhanmmad,即 Aloadin)于1221年做了尼查里伊斯玛仪派穆斯林的领袖。据伊斯兰教的主要分支逊尼派的文献记载,他是个醉醺醺的疯子,具有讽刺意味的是,他被他的手下暗杀了。但是,在西方,他的名字和吸食印度大麻紧密联系在一起。人们认为,正是使用了这种毒品,他让他的手下把他的人工花园当成了天堂(事实上,天堂这个词正是源于伊朗语,意思是"花园")。虽然伊朗和西方的学者都指出,威尼斯旅行者的故事有很多地方与事实不符,但是,马可·波罗游记点燃了19世纪的浪漫想象。

1844年,"印度大麻俱乐部"在巴黎成立,这主要是早期精神药理学家让·雅克·莫罗·德·图尔斯医生(Jean-Jacques Moreau de Tours, 1804—1884)和大作家泰奥菲尔·戈蒂耶(Théophile Gautier, 1811—1872)的主意。那种颓废又奢侈的环境挺适合他们做的事情,莫罗扮演了"阿萨辛王子"的角色,他会从一个水晶瓶里挖出绿色的大麻膏分发给大家,并对俱乐部成员说:"这个会从你们在天堂的份额中扣除。"大名鼎鼎的俱乐部成员有亚历山大·仲马(Alexandre Dumas,即大仲马)、奥诺雷·德·巴尔扎克(Honoré de Balzac)、热拉尔·德·内瓦尔(Gérard de Nerval)和夏尔·波德莱尔(Charles Baudelaire,1821—1867)。波德莱尔曾多次撰文描述药物作用下感知到的"人工天堂"(和亚洛丁的花园异曲同工)。其中有一篇《印度大麻之歌》("The Poem of Hashish"),于1858年第一次发表,用诗化语言描述吸食大麻后的状态,所达到的水平无人能及。

1857年,即波德莱尔的《印度大麻之歌》发表的前一年,另一部有关大麻的佳作出现在美国——《吸大麻的人:一个毕达哥拉斯信徒的生活片段》(*The Hasheesh Eater: Being Passages from the Life of a Pythagorean*),作者是菲茨休·鲁德洛(Fitzhugh Ludlow,1836—1870)。鲁德洛早年曾想当老师、律师,后来却成了戏剧批评家和作家。人们将他的早逝归咎于吸食大麻,但这种判断是错的,他实际上死于结核病。在他的有生之年,该书没有产生什么影响力,如今,它却被看作后世很多美国"迷幻文学"的先声。本书所节选的部分是该书的一章,题为《夜的入口》("The Night Entrance"),文中鲁德洛生动地讲述了自己开始吸食大麻的快乐和痛苦。

19世纪以来,一直有大麻吸食者造访东方,意图寻找天堂。《俾路支花园》("Baluchistan Garden")一文摘自布莱恩·巴里特(Brian Barritt)新出的迷幻药使用自述。作者描述了他于1966年参加大麻俱乐部的经历,该俱乐部在阿富汗-巴基斯坦边界地区的茶室里聚会。在东方,他可以公开享受吸食大麻的乐趣,与此形成鲜明对照的是,他一回到西方,伦敦机场的海关官员就在等着他。巴里特说,法庭上,他上缴的物证里有"7.25磅大麻,放在桌子上面,透着阴谋和阿萨辛的气氛"。《身份危机》("Identity Crisis")一文摘自《尼斯先生》(*Mr. Nice*),该书是狡猾的大麻走私者霍华德·马克斯(Howard Marks)的自传,他有无数本护照、无数种名声和身份(他有个绰号叫马可·波罗),通过反复改换身份来逃避军情六局、爱尔兰共和军、泰晤士河谷警察局等部门的注意。

为俾格米人辩护

卡尔·萨根

在为俾格米人辩护时,可能我得请大家注意一件事:我有个朋友,曾经跟他们一起生活过,据他说,在追踪和围猎哺乳动物和鱼这样的活动开始前,作为准备活动,俾格米人会吸食大麻,因为只要智商超过科摩多巨蜥的人都无法忍受捕猎过程中所需要的长久等待,吸食大麻至少能帮他们勉强忍耐下来。他说,大麻是他们种植的唯一庄稼。如果在人类历史上,种植大麻是农业的起源,从而也是文明的起源,那真是一件令人哭笑不得的事。(在大麻作用下,一个俾格米人可以稳稳地举着鱼叉等上一个小时,而那些拿着枪、灌一肚子啤酒、穿着红格子保护衣的人却一本正经地戏仿他们,每个感恩节,这些人都会在附近的树林里乱转,给美国郊区制造恐慌。)

大麻起源

维利尔·艾尔文①

[贡德族,(印度)巴拉图拉(Barratola),曼德拉地区]

在金哈尔住着拜加大祭司科沃斯和他的妻子安达罗。他们有个女儿,名叫苏妮拜。马哈德奥来到她家做她的兰瑟纳,在她家劳动5年。但是大祭司和他妻子给这孩子吃得很差,她长得很瘦弱。

5年已满,大祭司和他妻子对马哈德奥说:"去叫你的亲戚们来,我们为你们举行婚礼。"马哈德奥叫来了老虎、熊、蛇和蝎子,把它们带到了婚宴上。大祭司准备了丰盛的食物和酒,他看到婚宴上的动物和爬虫,非常恼火,他对马哈德奥说:"我准备的筵席谁来享用?"马哈德奥用魔法让动物们开口说话,它们说,它们要喝拜加烈酒,但是蛇和蝎子说:"我们要吃大麻。"

拜加人把酒壶给了熊和老虎,但是他没有大麻,不知道到哪里去弄。于是,他让妻子去采了一些曼陀罗的叶子回家,他把那

---

① Verrier Elwin.

些叶子揉了又揉,直到挤出了一滴叶汁落在地上。这滴叶汁长出了一棵大麻。接着,拜加人装满了 12 池水,做了一个有 12 个打谷场那么大的酒桶。他将曼陀罗叶子混入水中,再将这种水装满了酒桶,拿给蛇和蝎子们喝。它们很快就醉了,开始跳舞。蛇跳舞的时候——当时它们还像人一样直立行走——把背折断了,从此以后,它们只能在地上爬行。

和卓南斯尔丁

唐纳尔·巴依巴尔斯①

和卓很好奇,他想知道吸食大麻后会有什么反应。一天,他鼓起勇气从药房里买了一把回来,吸完就去了土耳其浴室。过了一会儿,他感觉没什么变化。"他们给我的肯定是假的,"他不停念叨,"我得去找他们,他们不能这样骗我。"

就这样,他光着身子就跑出去了。

"和卓,出什么事了?"人们问他,"你要到哪里去?为什么没穿衣服?"

他说:"不要问我,我以为吸食大麻会让我有不一样的感觉,但是,你们看,我一点感觉都没有。我去药房要真的大麻去。我感觉他骗了我。"

---

① Taner Baybars.

山中老人

马可·波罗

山中老人、宫殿和花园

现在来说说山中老人的事。他住的地区得名穆勒赫特,撒拉逊语的意思是"异端之地",他的族人被称为穆勒赫特人,或者"异端信徒";就像我们用帕萨里尼(Patharini)来指基督徒中的某些异端分子。下面要讲的关于这位首领的故事,马可·波罗证明,他是从多人那里听来的。他名叫亚洛丁,信仰穆罕默德。在两座高山环抱的一个美丽峡谷里,他建成了一座富丽的花园,园内各类佳果香木应有尽有。园中各处建有大大小小外形各异的宫殿,到处都是金饰、名画和贵重丝绸做的摆设。所有建筑物里都通有细细的管子,管子里流着美酒、牛奶、蜂蜜和纯净水,随处可见。宫殿里住着妙龄少女,个个娴静美貌,精通歌咏,擅长演奏各类乐器,翩翩舞姿中透着风情万种。她们穿着考究的长裙在花园和凉亭里戏耍取乐,她们的女监护人都待在屋子里,从来不出门。首领在建造这座迷人花园的时候,他的想法是这样的:穆罕默德有诺,敬奉他的人享受天堂之福,所有的感官都得到满足,有仙姬陪伴左右。他想让他的追随者明白,他也是位先知,和穆罕默德是一样的人,有能力将自己选中的人送进天堂。为了防止有人未经允许,擅自进入美丽的山谷,他在谷口建造了一座坚不可摧的城堡,只有通过一个秘密通道才能进入。

在内院,首领还豢养了一群少年,从12岁到20岁不等,都是从附近山中的居民中选出来的,他们天性好武,看上去勇猛异常。他每天都对他们描述先知所说的天堂,还有他自己将人送入天堂的本事。在某些时刻,他安排给10到12个少年喂食鸦片,在他们睡得像死人一样的时候,把他们搬到花园里宫殿中的几个房间。

老人如何训练刺客

从昏睡中醒来,他们马上感受到四周全是曾经给他们描述过的赏心悦目的事物,每个人都感觉到自己被可爱的少女包围,她们唱歌、跳舞,用最迷人的爱抚来吸引他的注意,吃的是美味佳肴,饮的是琼浆玉液;沉浸在无边的快乐之中,享受着取之不尽的牛奶和美酒,他们相信自己确实是在天堂里,再也不想失去这样的快乐。四五天过去了,他们再一次被毒晕,然后被抬出那个花园。他们被带去见山中老人,他问他们到哪儿去了,他们答道:"我们去了天堂,承蒙殿下您的厚爱。"然后,他们当着众人的面详细地讲述了自己的所见所闻,大家都好奇地听着,惊得目瞪口呆。

首领于是对他们说："先知曾经说过，保卫主人的人能得到天堂，如果你等能忠心耿耿，谨遵我命，天堂就会是你们的。"所有的人听了这话都兴奋起来，认为能得到主人的调遣是十分荣幸的事，时刻准备着为主人赴死。这一套做法的后果显著，只要邻国国君或者别的什么人得罪了首领，他们就会被这些训练有素的刺客杀死。即便有生命危险，他们也毫无畏惧，只要能完成首领交代的任务，他们将生死置之度外。因此，他的暴虐让周边国家闻之色变。他还委派了两名代理或代表，一个住在大马士革附近，另一个在库尔德斯坦。这些人执行他所制定的训练扈从的计划。所以，任何人，无论他多么强大，只要和山中老人作对，就难逃被刺杀的命运。

山中老人的结局

他的领地在蒙古大可汗的兄弟阿劳伊的辖区，亲王对他的残暴行径早有耳闻，还听说他雇人打劫路过此地的商人。1252年，亲王派了一支军队包围了首领所在的城堡。然而，事实证明，城堡的防御功能非常强大，打了3年也没能攻下，最终，因为缺乏供给，他不得不投降，束手就擒后被处以死刑。他的城堡被拆除，天堂花园也被毁掉。从此以后，再无山中老人。

印度大麻之歌

夏尔·波德莱尔

一、向往上苍

一个善于研究自己本性又能留住生活给他留下的印迹的人——任何像霍夫曼一样,能制作出自己的精神晴雨表的人——他会不时从自己的智力天文台观察到不同季节的风和日丽、幸福的日子和快乐的分分秒秒。

有些日子,一个人一觉醒来,感觉自己青春洋溢,灵感勃发。睡眼惺忪之时,色彩斑斓的物质世界清晰地凸现于眼前。精神世界也向他展开了广阔的远景,到处是新的景象。领受此等福气的人感觉到自己更有创造力、更高尚——简而言之,他感觉自己成了一个更高级的人,可惜,这种时候不多,而且转瞬即逝。

然而,令人不解的是,灵魂和感觉所处的这种罕见状态竟然没有显而易见或者说得清楚的原因——我可以毫不夸张地说这种状态只有天上才有,相比之下,公共和日常生活是那样沉闷而没有色彩。

是因为身体健康、饮食有节吗？人们首先想到的就是这个理由。但是，我们不得不认识到，这个奇迹——假如说这就是个奇迹——仿佛是某种高级的、看不见的、外部的力量所为，往往出现在一个人持续对他的身体官能造成伤害之后。

那么，我们可不可以说，这种状态是持续祷告和精神热忱的回报呢？的确，持续的热情、灵魂对天堂的不断追求，都是养成这一美好、愉快的精神健康最适宜的食粮。但是，什么荒诞的定律能够解释，它为何有时出现在可耻地放纵想象力之后呢——或者出现在对脑力复杂、刻意的伤害之后？这种伤害和正常的用脑相比，就像柔术演员的柔技和健康的体操运动之间的关系一样。这就是为什么，我宁愿把这种非同寻常的心理状态称为真正意义上的"上天的礼物"，它像一方魔镜，让接受礼物的人看到镜子里光彩照人的自己，也就是说，看到他应该并能够成为的样子，是一种天使的召唤，用溢美之词来说就是一种天降荣耀。这符合某个宗教派别的认识，它在英格兰和美国都有信徒，他们把魅影、闹鬼等超自然现象看作神的意志的显现，旨在唤醒人对不可见事物的记忆。

也许可以这么说，这种陌生而愉快的状态，让所有的动力达到平衡，所以，再怎么强大的想象力也不会将道德感拖入冒险的深渊，细腻的情感也不会受到病态神经的折磨——正如我所说，这种了不起的状态没有任何先兆。它像幽灵一样出其不意。它是魂灵浮现，但只是间歇性的。如果我们有足够的智慧，就肯定能从中获得更高质量的存在，就有希望通过每天运用自己的意志力来达到这种境界。

这种精神的敏锐,灵魂和感觉的振奋,一直以来,一定是人类的重要福祉。这也是为什么人类一直在谋求——无论他们来自何方,所处什么时代,他们根本不考虑自己是否在冒犯国法——通过自然科学、制药学、最烈性的酒或最馥郁的香水,找到逃避现实的方法,几个小时也行,只要能逃出生活的泥沼,正如《拉撒路》(Lazare)的作者所说:"瞬间抵达天堂。"

令人难过的是,无论我们把人类的恶行想得多么可怕,它们本身(无论怎样千变万化!)却包含了人类向往上苍的证据。

问题在于,这种向往经常会偏离轨道。常言说"条条大路通罗马",这句话的形而上解读倒适用于道德领域。一切都通向回报或者惩罚——永恒的两种形态。人类的精神世界热情洋溢,通俗地说,叫"热情有余"。然而,这个不幸的精神世界里,先天的堕落和突然的自相矛盾的向善倾向以及对美德的不懈追求同样强大,它充满了悖论,多余的热情有机会被邪恶所驱使。

灵魂不会相信它正无差别地出卖自己。在自我陶醉中,它忘了它的对手比它更强大、更难对付,如果允许恶魔抓住一根头发,它会毫不犹豫地拿走脑袋。

所以,可见的自然的可见主人(我是说人)试图用毒品和酒来构建天堂——如同使用舞台布景的疯子,用帆布上的画和搭建的架子代替现实中的家具和花园。在我看来,滥用毒品的原因在于对上苍的向往出了问题:孤独专注的作家不得不借助鸦片解除身体的疼痛,结果却不知不觉上了瘾,到头来只能靠它来提神,鸦片成了他精神生活里的太阳;郊区街头肮脏不堪、醉卧尘埃的酗酒者,脑子里燃烧着热情和荣耀。

用以制造我称为"人造理想"的最佳药物——如果我们不考虑烈酒，因为它会让人陷入狂躁和昏睡，或者吸入剂，吸食过量会让一个人的想象力更丰富，但也会造成他的身体机能慢慢衰退——除此之外，有两种最有效的药物，使用非常方便，也容易弄到手，它们是印度大麻和鸦片。本研究的目的是分析这两种药物的神秘药效和它们带来的病态快感，以及长期服用所产生的不可避免的后果，最后，谈谈追求这种虚假理想的重要伦理指向。

已经有人写出了关于鸦片的专著，并且写得很好，语言优美，又有医学见地，我就不画蛇添足了。在另一篇文章里，我专注于分析这部无与伦比的著作，该书还没有法文全译本。作者是位知名作家，想象力丰富而细腻，如今，他正安享晚年。他尝试以一种惨烈的坦率详细讲述在那个年代，他所发现的吸食鸦片的快乐和折磨。在该书最戏剧性的部分，他提到，他为了逃脱他不小心陷入的魔咒付出了超人的意志力。

今天，我只谈印度大麻。我的讲述基于大量的详细资料，还有长期上瘾但智力正常的人们的书面和口头陈述片段。我会把所有的资料混在一起，写一个专辑，我会选一个人——一个解释和界定起来比较容易的人——作为此类经历的典型受害者。

二、什么是印度大麻？

马可·波罗游记——像对待其他古代旅行者的游记一样对这部游记加以嘲笑有失偏颇——已经得到了学者们的证实，值得相信。我不打算重复山中老人的故事,说他给信徒吸食印度大麻(Hashishin 或 Assassins 的来源),然后把他们关进一个充满乐趣的花园,目的是让他们体验天堂,再作为交换条件,要求他们无条件服从调遣。要想了解这个秘密团体的情况,可以读德·翰默尔先生(de Hammer)的书,以及希尔维斯特·德·萨西先生(Sylvestre de Sacy)的研究成果,出自《铭文与美文学院研究文集》(*Studies by the Academy of Inscriptions and Belles Letters*)的第16卷;有关 assassin 这个词的词源知识,参考萨西写给《箴言报》(*Moniteur*)编辑的一封信,刊登在1809年第359期。

据希罗多德记载,斯基泰人(Scythians)曾经收集大麻籽,堆成堆,往上面扔烧红的石头。他们用这样的方式洗蒸汽浴,闻起来比任何一家希腊浴室都要芳香,并且让他们快乐得直喊叫。

印度大麻实际上是由东方传入的。古埃及人深知大麻的刺激作用,吸食大麻的习惯也很普遍,在印度、阿尔及利亚和阿拉伯费利克斯区都有,只是名称不同罢了。但是,在我们中间也有闻到植物的气味而中毒的奇怪案例。大家知道,孩子们在割下的苜蓿草堆里玩耍后会有奇怪的头晕发作,在大麻收割的季节,男女收割者也有类似的经历。割下的大麻好像能散发出一种有毒气味,侵害他们的脑子。收割者感到一阵阵头昏目眩,有时候还会昏昏欲睡,产生幻觉。有时候,他们还会四肢瘫软,无法动弹。我们听说,俄罗斯的农民梦游症频发,据说,因为他们做饭时使用了大麻籽油。谁没见过吃了大麻的鸡那副好斗的样子?或者在集市上或节假日里那些农民牵着的马,个个精神饱满,兴奋异常,因为它们的主人为了让它们参加障碍赛,给它们喂了大麻籽,有时还有酒。

但是,法国大麻原料不适合做印度大麻——或者,至少无数经验告诉我们,它做不出药性同样强烈的药来。

印度大麻,或者印度麻,是荨麻的一种,和我们这里的大麻各方面都很相似,除了植株矮一点。它的毒性非常大,法国科学家和上流社会的人士为此研究了好多年。人们根据大麻的产地判断它的品质:行家们最看好的是孟加拉国产的大麻;产地为埃及、君士坦丁堡、波斯和阿尔及利亚的大麻品质差不多,只有细微的差异。

"大麻"(hashish 这个词的意思就是"出类拔萃的麻"——仿佛阿拉伯人想用一个词明示它是所有非肉体快乐的源泉)因为成分不同、制作手法不同、生长的国家不同而具有不同的名称:在印度叫 bhang,在非洲叫 teriaki,在阿尔及利亚和阿拉伯费利克斯叫 adjound,等等。不同季节采割的,品质也有极大不同:开花的时候采,功效最强,所以,只有带花的顶梢被用于制作各种药品。下面我会一一介绍。

阿拉伯人制作了一种印度大麻"精华",他们将新鲜的植物顶梢放入黄油中加少许水煎煮而成。当所有的水分蒸发后,将剩余的干货放在筛子里筛一遍,得到一种像发油一样的黄绿色制剂,有难闻的印度大麻和黄油的腐臭味,然后做成 2 到 4 克的药丸。但是,因为气味太难闻,而且越来越强烈,阿拉伯人给这种精华裹了一层糖衣。

最常见的一种糖衣丸叫"绿酱"(dawamesk),成分有大麻精华、蔗糖和各种各样的香料,如香草、肉桂、开心果、杏仁和麝香,有时甚至会加一点斑蝥,这和制作印度大麻的目的背道而驰了。

这样一来,印度大麻完全没有了难闻的气味,可以一次服用15、20或30克,可以夹在饼干里吃掉,也可以加在咖啡里。

史密斯、加斯蒂内尔、德科蒂夫3位先生想通过实验找到印度大麻中的有效成分。尽管他们尽力了,关于印度大麻的化学成分及其相互作用,我们还是所知甚少。但是,一般认为它的药性源自一种含量较大的树脂成分——约含10%。为了萃取这种树脂,先得把植物烘干,磨成粗粉末,在酒精中洗几次,再用蒸馏法获取部分成分,然后蒸发水分,炼成精华。将精华进行水处理,融去胶质异物,剩下的就是纯树脂了。

成品质地松软,呈墨绿色,拥有印度大麻典型的浓厚气味,1克的5%、10%、15%足以产生令人惊奇的效果。

另一种大麻产品叫哈希辛(Hashishin),通常做成带巧克力糖衣的片剂或者带姜味的小药丸,方便服用。像绿酱和精华一样,它的效果也有强弱之分和各自的特点,具体看服用者的性情和神经耐受力。更妙的是同一个服用者,效果也会不同:有时候会出现过度的、无法抑制的兴奋,有时候是一种幸福、充实的感觉,还可能会出现充满疑虑、梦魇连连的半昏睡状态。但是,有些现象却是比较恒定的,特别是对于那些性情和受教育程度相似的人来说。多样化里面包含了某种同一性——这也是为什么我写这个专辑不会有太大困难,即我前面提到过的,关于这种特殊吸毒方式的专辑。

在君士坦丁堡、阿尔及利亚甚至法国,有些人将印度大麻和烟草混合起来用。但在他们身上,我所提到的那些现象都很轻微,也就是说,反应迟钝。我听说,最近有人发现,通过蒸馏法,可以从印度大麻中萃取出一种精油,这种精油的兴奋作用比至今所知的任何制剂都强烈得多。可惜,关于这种制剂的研究还不够,我还没办法说出它的确切功效。

毋庸赘言,茶叶、咖啡和烈酒都是很有效的辅药,可以或多或少增强这种神秘毒品效力的发挥。

说了这么多,如果依然坚称吸食印度大麻是不道德的,好像有点多余。如果我将这种行为比作自杀,一种慢性自杀,正常人都不会反对我的说法,作为自杀的工具,印度大麻总是锋利而血腥的。如果我将这种行为比作巫术或者魔法,没有任何一位哲人能在我的话中挑出毛病。巫术和魔法通过操控物质或使用神秘手段,试图占领禁地,或者涉足只有贵人才能进入的领地,这些神秘手段的奏效恰好证明了它们的虚假。教会谴责魔法和巫术,因为它们与上帝的意图背道而驰,也因为它们遮蔽了时间的作用,试图让纯洁和道德戒律成为冗赘,还因为教会认为,只有通过苦苦追求得到的财富才是正当的、合法的。

我们会用"骗子"这个词来称呼在赌博中出老千的人。如果一个人用一小笔钱购买幸福和天才,我们称他为什么?这种方法的稳赚不赔构成了它的不道德,正如魔法所谓的永不出错给它自己打上了地狱的烙印。不用多说,和其他独自享用的毒品一样,印度大麻使个体对人类毫无用处,使个体不再需要社会,驱使个体永无休止地自我陶醉,每天向那个发光的深渊更进一步,在深渊中,他将凝视着纳西索斯的脸。

然而，假如一个人以他的尊严、荣誉和他的自由判断力为代价，通过吸食大麻大大地增强他的脑力——使他变成了一个思考的机器，一个产出巨大的工具，那会怎么样？这个问题我已经听到很多人问过，我现在来试着回答。首先，印度大麻让一个人只看到他自己这一点，我已详细解释过。的确，可以说，这个人的能力增加了两倍，他也的确能在狂乱后保留记忆，那些"实用主义"理论家的愿望初看起来也不是完全没有道理。但是，我得请他们记住，他们梦寐以求的印度大麻吸食者的思想，并不像表面上看起来那么美好，只不过借助了药物的魔力带来的转瞬即逝的华美包装，可以看到，它们透出的不是仙气，而是满满的尘土气息，因为它们看起来的美好不过是神经兴奋和大脑极度渴望的产物。

因此，这些人的愿望构成了一个恶性循环。让我们假定印度大麻能够赐予或至少增强聪明才智——我们忘了，印度大麻还有一个特性，那就是削弱意志。因此，印度大麻一只手给你的东西，另一只手马上就收走了。也就是说，它一只手给了你想象力，另一只手又收走了：换言之，它给了你想象力，但收走了你利用想象力的能力。即便我们想象，有个既聪明又精力旺盛的人，他只得到好处，却没有失去什么，但我们别忘了另一个更可怕的危险，所有的习惯都有这种危险。很快这个人就离不开它们了。一个人为了更好地思考而吸毒，很快，不吸毒他就无法思考。没有印度大麻或者鸦片的帮助，他的想象力就会彻底瘫痪而失去功能，这个人的命运将是多么可怕！

在所有的哲学研究中，人脑就仿佛在轨道上运行的星辰，沿弧形运转，最后回到起点。结局便是一个圆的封口。

本文开头我曾提到人有时候会达成美好的心境,仿佛源自一种特别的天意。我说过,人永远在渴望重燃希望,渴望让自己接近上苍,于是,无论何时何地,他总是表现出对某些物质的疯狂嗜好,无论这东西是多么危险,只要能够让他本人兴奋起来,从而暂时为他唤来一个偶然的天堂,他的所有希望都寄托在上面。我曾说过,这种愚鲁的冲动,不知不觉将他推向地狱,但这种冲动本身又证明他本性崇高。但是,人类也并非如此不可救药,也并非没有抵达天堂的光明之路,以至于他非得求助于药剂学和巫术不可。他没必要出卖灵魂换取东方妖冶美人销魂的爱抚和亲昵。那么,人类以永恒救赎的代价换取的是什么样的天堂呢?

我想象这样一个人——假设他是个婆罗门,一位诗人,或者一位基督教哲学家——他登上了险峻的精神奥林匹亚山巅。拉斐尔或者曼特尼亚(Mantegna)笔下的缪斯女神围绕着他,为了褒奖他长时间的斋戒和不断的祷告,邀他一起跳起美丽的舞蹈,带着最温柔的表情和最可爱的微笑端详他。知识之神阿波罗——弗兰卡维拉(Francavilla)、阿尔布雷特·丢勒(Albrecht Durer)或者格兹乌斯(Goltzius)画笔下的,随便你们想象,每个人心目中都有自己最好的阿波罗形象吧?——正拨动琴弦,让乐曲荡漾。在这个人的下方,在山脚下,到处是荆棘和污泥,有一群人,一群农奴,因为虚假的快乐而苦着脸,在毒品刺激下发出嚎叫。诗人难过地想:"这些倒霉的人,既没有斋戒,也没有祷告,他们放弃了通过苦修来拯救自身,他们在借助巫术让自己瞬间抵达神的存在。他们被妖术愚弄了,照耀他们的是虚假的幸福和光芒。而我们这些诗人和哲学家已经通过苦修和冥想让自己的灵魂得到了救赎。

我们不断运用我们的意志,坚持不懈地追求崇高,为自己创造了一座真正的美丽花园。我们深信,信仰能移山填海,我们展现了唯一的奇迹,这是上帝的恩典。"

夜的入口

菲茨休·鲁德洛

    我的好友药剂师安德森的小店对我有种特别的吸引力,我早就把那里当作我休闲的最佳去处。小店的空气里充满了各种用于治疗和防疫的药物的混合味道,有种能唤起科学遐思的氛围,带着乳香气谈论科学,可能最容易被接受。那些药罐也逐渐让我着迷,它们静静地立在橡木架子上,像一个个低调的慈善家,沉静的内心在盘算着救死扶伤的大业。小店的最里面有一间小屋,为防外人的无礼窥视,由一幅红色的帘布隔开。屋里为我和医生各准备了一把椅子。还有一个资料室,里面汇聚了各路医学大家的著述,通过纸张,同行相聚相商,比已知的其他任何场合的交流都要友好。在4平方英尺的空间里,集中了佩雷拉(Pereira)和克里斯蒂森(Christison)的智慧和探索成果,邓格里森(Dunglison)和布拉思韦特(Brathwaite)端立在侧。《药典》就像一间办公室,药物学里的各种特效药都集中在这里开会,却互生情愫,决定不再分开,聚在一起可能有点挤,但可以无限期地坐在一起。有个拙朴的独立壁龛,像医生房间外的走廊,那里有个浅浅的箱子,打开盖子，可以看到里面整齐地放着一排排镊子、探针和柳叶刀，它们数量大、种类全，对此，我朋友深感自豪，因为，他虽然算不上享誉全城，但也绝不是"没有让国人喋血的克伦威尔"。

我在这里一坐就是几个小时，埋头研究关于人类生命的数据或者维护生命方法演进史。有关外科手术和医学实验的细节像传奇小说中的惊险情节一样，让我不禁全身心投入其中。在这里，我不顾个人安危，亲自服用实验室能合成的每一种新药和化学物质来了解效果，我的安然无恙应归功于昆图斯·库尔提乌斯（Quintus Curtius）。有时我将一瓶三氯甲烷放在鼻子下面，让自己兴奋起来，快感直冲云霄，直到自己勉强有力气把那瓶液体放回架子上去，此后，我开始享受几段大脑放空的美好时光。有时，我用乙醚替代三氯甲烷，记下它们的效果差异。我还用另一种兴奋剂做实验，一种鸦片剂或兴奋物质，直到我把能弄到手的所有千奇百怪的兴奋剂都试一遍。

在做这些事的时候，我的目的是研究，不是贪图享受。因此，在不顾一切的实践过程中，我并没有染上毒瘾。当所有的实验都画上了句号，我也就停止了实验，像制药界的亚历山大，再也没有新药可以"征服"。

19世纪50年代的一个春天，有天早上，我照例到医生那里闲聊。

他说："你看到我的新宝贝了吗？"

我顺着他指的方向看去，发现药柜上新增了一排漂亮的纸板桶，里面放着装有各种制剂的小瓶子，是由提尔顿有限公司生产的。它们按高矮顺序排列，在我这个外行看来，犹如一排药物狙击手。我走近药柜,想拿起来看看。

初看起来,大部分都是熟悉的名字。"毒芹、西洋蒲公英、大黄——哈!这是什么?是印度大麻吗?"医生答道:"那是东印度大麻制剂,是治疗破伤风的特效药。"只见他脸上带着父亲般的慈爱神情。听了他的介绍,我好奇地拿起那个小瓶,剥开翠绿色的包装,开始一探究竟。短粗的软木塞一下子就拔下来了,里面装着棕绿色的精华液,浓度和漆差不多,散发出浓烈的气味。我用削笔刀尖蘸了一点,准备放进嘴里。医生大喊一声:"住手!你想自杀吗?这东西有剧毒。"我答道:"是吗?那就算了,我还不想死。"说完,我把塞子塞上,把药瓶和其他东西一起放回到药柜上。

那天早上剩下的时光,我一直在研读《药典》中的"印度大麻"条目。我的发现和约翰逊那本《日常生活中的化学》(*Chemistry of Common Life*)中记载的差不多,那是本很有价值的科普读物,还可以找到更多内容。这本书不难找到,因此,关于那天早上的探索结果就不做赘述了,现在来谈谈我的3个结论。

第一,医生的话有对有错,足够剂量的印度大麻在胃里停留足够长的时间,像其他麻醉剂一样,的确会带来死亡,并且,已经证明习惯性服用这种药物会造成身心的严重损害。这一点上,他是对的。然而,适量服用印度大麻并不会马上致命,有几百万人每天像吸食鸦片一样吸食印度大麻来止瘾。这一点上,他错了。第二,几个月前,我曾听东方的游客提到过印度大麻制剂,读到巴亚德·泰勒(Bayard Taylor)书中相关章节栩栩如生的描述,顿生好奇仰慕之心。第三,我决定亲自尝试这种药品。

等朋友离开之后,我开始实施我的第三个决定,他把这种实验等同于自杀,我不想吓着他。我第二次平静地打开药瓶,除去恼人的包装,拿出一粒 10 格令的药丸。参照佩雷拉和《药典》的剂量,我服下了药丸,丝毫不担心有生命危险。

因为我服用印度大麻的同时没有禁食,药效应该会在未来 4 个小时之内发作。4 小时过去了,却没有任何感觉。显然,剂量太小了。

为保万无一失,我忍了好几天才进行第二次实验。同上一次一样,实验是悄悄进行的,这一次,我服用了 15 格令的药丸。和上一次一样,没有任何感觉。

以每次 5 格令的幅度,我逐渐将剂量加到了 30 格令,一天,下午茶后一个小时,我服下了这个剂量的大麻。当时,我几乎认为印度大麻对我没有效果。我没指望最后这次实验比前面几次更成功,确实也没有意识到,药效在实验成功者身上会发挥怎样的作用。那天晚上,我去一位好朋友家里玩,大家听音乐、聊天,度过了愉快的一晚上。钟敲响了 10 点整,我记起来,离我服药时间已经过去 3 个小时了,而我并没有什么不寻常的感觉。这让我觉得这次实验和以前的一样,又是徒劳。

啊！突然兴奋无比是怎么回事？某种无法想象的致命能量,像一股电流,毫无征兆地穿过我的整个身体,跳到我的指端,穿透我的大脑,惊得我差点从椅子上跳起来。

毫无疑问,我服用的印度大麻起作用了。首先,我难以抑制自己的恐惧——觉得那种感觉不是我想要的。那一刻,我宁愿倾我所有或放弃曾经希望拥有的一切,回到 3 个小时以前。

没有任何痛感——全身上下都没有一丝痛感——但是,一种无法描述的陌生感将我笼罩,所有自然、熟悉的一切都无法穿透这层迷雾。亲友熟悉的脸出现在我身边,但他们无法走进我的孤独。我已经进入一种他们无法触及的、可怕的生命形式。我看着我的亲友,就像脱离肉体的灵魂游荡在曾经生活过的家里看着他们的亲友一样。彼此就在身边,却又遥不可及,这种关系并没有一丝一毫让一切变得澄明的渴望,对于表面的人情往来,它倒是一种恰到好处的疏离。

我仍然在讲话。有人问了我一个问题,我回答了。听到一句俏皮话我还笑了。可是,那并不是我的声音,也许是很久以前,在另一个时间、地点,我所发出的声音。有一阵子,我对外界发生的一切没有了知觉,然后,最后一句话的记忆慢慢回到意识中,变得清晰起来,如同做过的梦,许多天之后,会想起一些细节,但无法确定是在哪里经历过。

那晚,风吹进烟囱,宛若阵阵叹息声,后来变成了持续的轰鸣,犹如一个加速运转的巨轮发出的声音。有一阵,轰鸣声仿佛充斥在天地之间。我目瞪口呆——我被轰鸣声吞没了。慢慢地,巨轮停止了转动,单调的嗡嗡声被大教堂里的管风琴迂回婉转的调子所代替。它难以想象的庄严曲调时而低回婉转,时而高亢激越,在我的内心激起人类无法体味的悲伤。后来,我确信我听到和感受到的一切都是真实的,于是,我走出孤独之境,看看朋友们对音乐的感受如何。啊!我们真不在同一个世界!他们脸上看不到丝毫的陶醉。

可能我当时行为怪异。突然,一双忙碌的手停了下来,一整晚,这双手握着一枚灵巧的钩针在一大块粉蓝相间的丝绸上面飞针走线，这会儿停了下来，它们的主人盯着我看。啊！我被发现啦——我暴露了。我战战兢兢地等着她随时说出"印度大麻"这几个字。她并没有说，这位女士只是问了我一个问题，和之前聊天的内容有关。我像机器人一样机械地回答了她。我再一次听到自己的声音，陌生而不真实，我开始相信那是来自另一个世界的另一个人的声音。我坐着倾听，那个声音还在回响。我第一次体验到印度大麻对时间感知的巨大影响。我回答的第一个词持续的时间足够演完一场戏，说完最后一个词我已经完全记不起整个句子始于何日。说出整个句子可能需要好几年。我的生命已经不是听到句子开头的那个生命。

和时间一样，空间也膨胀起来。朋友家里有把扶手椅是专门给我坐的。我当时坐在上面，离全家人围坐的饭桌不到3英尺。这个距离迅速拉大。空气好像有了延展性，不停地向四周旋转着展开。我们在一个宽阔的大厅里，朋友们和我分处两端。天花板和墙壁向上滑动，仿佛被某种力量注入了生命，开始肆无忌惮地生长。

啊！我再也受不了啦。我很快就会被遗留在无限空间里。每时每刻都让我更加确信有人监视我。当时我不知道，后来才了解，印度大麻引起的妄想症有一个典型症状就是怀疑世间的一切和所有人。

在我复杂的幻觉里，我能感知到我的双重存在。我的一半被裹挟着去经历这可怕的一切，另一半则高高在上，看着自己那一半，不停地观察、推理，冷静地思考所有现象。冷静的这一半对另一半感同身受，但是绝不会失控。这会儿，它警告我必须回家，不然,印度大麻的作用越来越强,可能让我做出什么不堪的事来,吓着朋友。我感受到这句话的分量,就仿佛它是由别人说出来的,我站起来要走。我向屋中间的饭桌走去。每走一步,距离就拉开一些。我像一个长途跋涉的人那样给自己打气。灯光、人们的脸和家具在向后退。终于,我几乎无意识地够到了它们。描述我的告别过程会很无趣,对于没有经历过的人来说,这种描述不仅无趣,而且难以置信。我终于来到了大街上。

周围的景色无限延伸开去,构成一幅永不重合的深景,离我最近的路灯仿佛远到以里格计。我别无选择,只能穿过这冷酷的连绵空间。此刻的我,对距离有了一种崇高的新认识,即便一个刚刚被释放的灵魂,向着能看到的最远的星球飞去,也不会比我更惶惑不安。我庄严地开始了我的无限行程。

不久,我就开始在对外界无意识的状态中行走,完全处于自己的内心。我的生活地点和状态不停变换着,要么划着小船驶过月光下的威尼斯礁湖,要么仰望高耸入云的群山,看到初升的太阳紫色的光芒照在白雪皑皑的山巅,或者在人迹罕至的热带森林里,四周笼罩在原始洪荒的寂静里,我化作一株巨大的蕨草,伸开毛茸茸的枝叶,在一条河流上的疾风中摇曳,音乐和香气从浪花里阵阵飘出。我的灵魂化作植物的精华,感受到奇妙的、无法想象的快乐。阿尔·哈伦(Al Haroun)的宫殿也无法让我回归人类。

我就不一一描述一路上的各种变形了。我不时从梦幻中恢复意识,因为有熟悉的房子跳出来挡住我的路,惊醒了我。回家的路上我被这样惊醒很多次,然后又回到抽象和谵妄中,直到抵达我住的街角。

在这里,一个新的现象出现了。在我大约第20次惊醒的时候,我瞪大了眼睛。我认出了周围的物体,开始计算到家的距离。突然,从我旁边的空白墙上冒出一个裹着头巾的人影,挡住了我的去路。他满头白发,一卷卷搭在肩膀上,肩上扛着一个沉重的包袱,就像班扬(John Bunyan)笔下的朝圣者那装满了罪恶的包裹。我不喜欢他,于是向旁边迈了一步,希望绕过他,继续赶路。在变换位置的时候,借着附近的街灯,我看清了他之前被遮挡住的脸。太吓人了!我一生都无法忘记这张脸。这张脸布满了罪恶的烙印。他带着满满的恶意看着我,绝望使他上去冷酷无情,如同一个将要下地狱的人。他可能给恶魔做过模特,成了雪莱笔下钦契的原型。看到他我就想破口大骂,因为害怕,我开始逃跑。他瘦骨嶙峋的手拉住了我,锋利的爪子刺穿了我的手腕,他缓慢地从肩上卸下包袱,放到了我的肩上。我甩掉包袱,一把将他推开。他默默地回来,再次把包袱放到我肩上。我再次将他推开,同时喊道:"你这家伙,想干什么?"他答道:"你必须和我一起扛包袱。"说完,他第3次将包袱放到我肩上。他的声音和他的脸一样带着满满的恶意。我最后一次把包袱甩下来,用尽全力将那人推开。他后退几步摔倒了,在他爬起来之前,我已跑出老远。

在我和这个幻影打斗的过程中,印度大麻的效力增强了很多。一个无法控制的生命正喷薄欲出。我像巨人那样行走,呼吸燥热而急促,像一台巨型引擎一样喘气。一股电流推动我不由自主地前行。我为自己担心,担心它会冲破肉体,绝尘而去,留下破破烂烂的一架骸骨。

我终于回到了家里。我离开期间,有个熟人从海外来访,他等着与我相见。部分因为看到熟悉脸庞的轻松自在让我恢复了意识,加上枝形吊灯的充足光照使满屋生辉,我意识到不应该让别人看出我的境况,于是努力压制住自己的感受,走近朋友,说了在这个场合应该说的场面话。然而,因为刚刚和幻影打过交道,我不禁偷偷观察,看看周围人脸上有无异常,想知道他们是否看到我和幻影握手,向幻想出的家人问安。看到他们脸上没有震惊的表情,我才感到心安,向他问过好之后,坐了下来。

很快,要保住这个我决心不让外人知晓的秘密需要很大的毅力。我的感觉开始变得非常恐怖——不是因为疼痛,而是因为我周围和我内心充满难以理解的事物。恐怖的心理内察把正常情况下无意识中的生命运作变成了生动的真实体验。我可以通过最细小的身体肌理和微血管觉察到每一寸的血液循环状态,感觉到每一个瓣膜的打开和关闭。每一个感觉器官都变得超常警觉,整个房间闪耀着异常的光芒。我能清晰地听到自己的心跳声,很奇怪,坐在我旁边的人竟然没听到。看,现在我的心脏变成了一个大喷泉,向上喷水的时候发出很响的震动,拍打着我的脑壳——它像一个巨大的穹窿,然后流回储水池,溅出水花,发出哗啦啦的回声。喷水的速度越来越快,最后,什么都听不到了,水流变成一股持续涌动的洪水,激荡的水流声响彻我的身躯。我认输了,因为没有被变态的感觉损坏的判断力警告我,马上就会发生心肌梗死,一切会因我的死亡而告终。但我没有放弃希望。我自问:心动过速是否只是想象?我决心一探究竟。

我走进自己的房间,掏出怀表,把手放在胸口。正是这个试图确认现实的行为让我恢复了认知能力。在全神贯注的这一刻,我开始意识到,我的血液循环没有我想象的那么快。从平稳的流动渐渐能感觉到一系列加速紧张的颤动,然后速度和强度变缓,最后,和另一只手做了对比,我发现,平均心跳在每分钟90下左右。我感到莫大的安慰,从而停止了实验。幻觉几乎立刻又出现了。我又开始担心中风、心肌梗死、大出血和一大堆不知名的致死方式,想象第二天早上人们发现我的情景,僵硬挺直,全身冰冷,我的神秘离世会给生者带来双倍的痛苦。我进行理性分析,用水擦洗额头——没什么效果。只有一条出路了:去看医生。

决心下定,我离开房间,走到楼梯口。家人都睡了,楼下厅里的暖气总闸也关了。我往下看,高度深不可测。走到底得好几年!微弱的光亮透过前门窄窄的门框照进屋里,像黑暗深渊里的一盏鬼灯。我永远也下不了楼!我绝望地坐在楼梯顶端。

突然,我有了一个崇高的想法。如果这个距离是无限的,那么我就是不朽的。我要试一试。我开始下楼,疲倦地走啊走,走在以里格计的征途上,走过以年计的时光。要记载我对那段历程的印象,等于重复我已经提到过的关于印度大麻对时间感知的影响。不时停下来休息一会儿,像一位旅人驻足路边小店,接着挣扎在孤独的黑暗中,一点一点地,我走到了一楼,走上了大街。

俾路支花园

布莱恩·巴里特

部落的修行者被称为马隆(Malung),穆斯林称印度教的这种修行者为苦行僧(sadhu),他们都是卡玛斯夫人①的疯狂信徒。在该部落,大麻是合法的,不会上瘾,且有益身心健康。《可兰经》禁止饮酒,认为酒精里有恶灵。鸦片被用于治病,吸食鸦片的人更有可能养成可靠的品格。

俾路支基达市的茶屋就是一间开放的茶餐厅,店门口放着一把巨大的铜壶,几把蓝白相间的小茶壶横七竖八地放在炭火上面。路人偶尔会光顾,茶屋的真正顾客是内屋的大麻吸食者,他们抽完一两烟袋大麻之后,可能需要喝一壶茶醒醒神。

茶屋后面有一个花园,围着高高的围墙,面积大约 20 平方英尺,三面围着一条土围子,最远处有一口井。花园入口处有一个一米高的红色石柱,上面盘腿坐着一位阿富汗人,穿着干净的白

---

① Madam Charas,印度大麻的戏称。——译注

衬衫和阿里巴巴灯笼裤。

他面前的石头上放了一块手绢大小的白布,上面摆放着精心挑选的几种大麻。气氛安静而优雅,比英国嘈杂的酒馆要清静得多,唯一的声音来自一位年长的弦乐乐手和一个用手指打着拍子、用阿拉伯语低声吟唱的男孩子。

我们向门口石头上坐着的阿富汗人鞠了一躬。在茶屋主人贾巴尔的敦促下,我掏出一个卢比放在布上面,换得4小块大麻。我刚要伸手去拿,贾巴尔拍了拍我的肩膀。他指着石头旁边的一丛薄荷,指示我接触大麻和进花园之前必须先用薄荷叶把手擦干净。

奥马尔·哈亚姆[①]应该会喜欢这里。四方形的花园里繁花似锦,中间立着一个古旧的大水烟筒,烟管下方布满各类奇花异草。从一开始,我们就和茶屋的主人哈比布拉和贾巴尔相处得很好。第一次进茶屋,贾巴尔接待了我们。他仿佛早就等着我们来,笑容满面地带我们进店,指着墙上的一幅照片给我们看,照片上,一挂瀑布从岩石上奔流而下。

接下来的几天里,我们在茶餐厅和花园里度过了下午时光,和那里的人混熟了,原来他们都来自巴基斯坦、阿富汗和波斯各地。大部分修行者是阿富汗人,他们高大、强壮、晒得黝黑,散发着宁静的气息。他们常常在袍子或长衬衫外面穿件马甲,马甲上面布满了邮票大小的一块块杂色补丁。如果他们喜欢你衣服的颜色,他们可能向你讨要一块,并赠送他们身上的一块布作为友

---

① Omar Khayam,《**鲁拜集**》的作者。——译注

情的象征。

他们看上去很野蛮,手上拿着短矛、来复枪或挂满铃铛的棍棒,但是他们对人很礼貌——每个人为印度大麻活着,也靠印度大麻活着。

傍晚,他们会在花园里坐一会儿,然后朝水井旁边的门走去,我们猜想,他们从那扇门出去了。过了一个星期我们才接到邀请,进入水烟筒后面的一间屋子,进入吸食大麻的贵宾才能进的私密之所:贵宾屋。

那是一间低矮逼仄的小屋,充满浓浓的大麻烟雾,20个人肩并肩坐在木凳上。屋子中央立着烟筒,两根烟管从一只大碗里伸出来。一位我们从未见过的修行者盘腿坐在烟筒旁边,他体格清瘦,腰里系着一根粗壮的钢链而不是常见的缠腰布,头上也缠着这样一条链子而不是头巾。他的四肢像一根根黑色的棍子,面容酷似一只鹰。他两只冒火的眼睛缓慢地发出狂热的光,他向烟筒里添加新鲜的印度大麻,直到从烟管里溢出来。

贾巴尔站起来灭掉了那盏灯,那是屋里唯一的光源。同时,那个坐在地上的修行者向火盆里狠狠吹了一口气,徒手取出一块炭,放进烟筒的烟锅里。

"啊哈!"

哈比布拉半弯腰站在烟筒上方,他两手握着烟管,两腿叉开以便站得更稳。炉火照亮了这个画面,修行者银色的链子闪闪发光,照着袅袅烟雾中的一张张脸,烟筒里的水发出咕噜咕噜的响声,像婴儿开心的笑声。

吸饱了烟,哈比布拉边咳嗽边摇摇晃晃地坐回板凳上,下一个吸食者立刻跳起来扑向烟管。老旧的烟管从一个人传给另一个人，它立在屋中央一动不动，整个屋子却围着它转。轮到波拉时，因为她吸力不足招来了一阵嘲笑声，我也一样。我们不习惯在这种地方吸食大麻，空气中飘浮着浓浓的大麻和炭火味儿，燥热、拥挤、漆黑一片。第一轮完了之后，吸食者开始从另一个方向轮着吸。修行者们成了《旧约》里的先知，用凤仙花染红的胡须在飘动，在烟雾、黑暗和拥挤中混为一个有机体，成为一个单细胞生物，烟筒成为核心。

每一块印度大麻成了麦加黑石，一种被加持过的化学物质、提纯过的土。它经过火的煅烧，水的洗濯，烟管里空气的洗礼，升华为第五种元素。

夜深了，白天坐在石柱上的那位高大的阿富汗人开始给吸食者按摩头部。他往我的头上倒了一些油，用力地挤压摩挲了几分钟后，他将我的头放在他硕大的手掌之间挤成了浆汁。至少我的感觉是这样的，感觉他硕大的爪子挤压我的头颅。然而，他适可而止了，不久那种被挤碎的感觉消失了。

最后一轮吸完之后，那位修行者从地上跳起身，一把扯掉烟筒上面滚烫的烟锅，一挥手，在地板上留下一行烧红的炭，用快要熄灭的灰烬给人算命。

有了第一次之后，我们经常光顾贵宾屋，去多了之后，发现每一次感觉都不一样。第一次去，发现那里秩序井然，每一个人、每一个物件都具有同样的属性。但多次光顾之后，每个人在我们面前都处于放松状态，每次都有新发现。

有个修行者整天拿着一根布满节瘤的棒子，上面缠着铜线。

有天晚上,他在疯癫状态下看到了穆斯林神话里的一名武士,就在屋子中间和这个想象的恶魔展开了一场恶战。他奔跑着,大叫着,向想象的妖怪发动攻击,打了 10 分钟(地球时间),没有一个烟客被他斩首。每个人都轻松自在地坐着,安静地观看,直到他自以为已经将对手杀死,才疲倦地回到板凳上。

有时候,这种活动带有色情意味,烟筒上的玻璃盏变成了倒立着的女鬼的屁股,两根烟管成了叉开的两腿,从她大腿间的地狱之炉里伸出来。一个修行者抓住两根烟管,将它们掰开,吸食她的脚趾头,她腹中的水欢快地咯咯笑。有时候会看一场那位修行者的好戏,所有的注意力都集中在这位带着链子的苦行僧身上,只见他像个驱邪巫师一样蹦蹦跳跳,嘴里发出奇怪的喊叫声,说着他自己都不明白的神谕,仿佛已经得道。

身份危机

霍华德·马克斯

1974年4月的一天,我正坐在伦敦道格斯岛一栋高楼顶层的一个套间里,俯瞰泰晤士河和格林尼治海军基地。我在保释期间逃走了。荷兰警方不顾我在阿姆斯特丹的律师的一再反对,将我押上了英国欧洲航空公司①的航班,飞往希思罗机场。在希思罗机场,英国海关与消费税局的执法人员登上飞机,把我带到了斯诺希尔警察局,依据1971年颁布的《滥用药物法》里从未施行过的第20条,控告我在美国的一起毒品犯罪案件中起了协助作用。比我早几天在希思罗机场被捕的加利福尼亚人詹姆士·加特尔和詹姆士·莫里斯的几个手下和我一起受到指控。在布里克斯顿的监狱里风平浪静地待了3周后,我被保释,保释金一共5万英镑。保释期间,我同罗茜和孩子们住在牛津的乐克夫德路46号,威廉·杰弗逊·克林顿曾经租住过这处房产,他后来当了美国总统。证明我有罪的证据确凿,也是我太蠢了,我向英国海关

---

① BEA,现已并入英国航空公司。——译注

与消费税局的人承认了我在荷兰被记录在案的犯罪活动,希望他们按荷兰人而不是英国人的身份来处理我的问题。我失策了,我的律师伯纳德·西蒙斯认为我肯定要被判刑,并且刑期低于3年的可能性不大。

伦敦东区的这套房子是戴的,他是我教书时候的同伴。泰晤士河谷的警察肯定已经调查过我的下落,但好像没太用心。我给伯纳德·西蒙斯写过一封短信,让大家知道没什么大事,我只是在保释期间逃走了。前一天,1974年5月1日,在我缺席的情况下,案子开庭了。我的同案犯都表示认罪,分别被判了6个月至4年不等的刑期。厄尼答应为我上缴我保释期潜逃的保释金,数额由法官判定。他觉得我对他有恩,因为我在阿姆斯特丹被捕的时候,我是唯一知道他下落的人,但我没有向当局告发他。我在等待时机。

戴在去学校之前,很早就把我叫醒了。

"霍华德,你上新闻了。"

"啊!他们怎么说?"

"是这样,一共3条重要新闻,一条关于首相哈罗德·威尔逊,一条关于尼克松总统,另一条就是你了。我没怎么看懂。好像与军情六局和爱尔兰共和军有关。我出去买报纸。"

《每日镜报》用整个第一版报道了我的案子,标题为《马克斯先生在哪里?》,报道说,我是军情六局的特务,被7个国家通缉,还说我曾经被绑架、殴打、勒令闭嘴,最后被说服成了一名爱尔兰共和军的支持者。至于《每日镜报》如何得知我曾为军情六局效力,报道只字未提,只泛泛提到我曾经告诉朋友我是间谍。事实上，我只对罗茜、我父母和麦克坎恩讲过。媒体采访罗茜的时候，她曾明确表示，我和爱尔兰共和军或情报机构没有任何关系。英国海关与消费税局知道我为军情六局工作的事；麦克的电话号码曾出现在阿姆斯特丹一家旅馆的电话记录上，我信守承诺在法庭上不提军情六局，作为保释的条件。海关不大可能向《每日镜报》透露消息。《每日邮报》的头版标题为《苏格兰场担心爱尔兰共和军再次绑架人质》，报道说，我失踪前和两名海关官员在一起，警察正着力调查我是否已被爱尔兰共和军处决。当天晚些时候，泰晤士河谷警署极力否认我是军情六局派往爱尔兰共和军的卧底，伯纳德·西蒙斯反复强调，他收到了我的信，我并没有被限制自由。但媒体置若罔闻。真无聊。为公平起见，《每日镜报》觉得有义务从另一个角度来报道：第二天的头版标题是《密报者》，报道说，我已被黑帮毒品走私团伙绑架，为了阻止我出现在刑事法庭告发他们。有报道说我自编自导了绑架事件。但是公众更愿意相信间谍和爱尔兰共和军之说，这是电视和广播新闻报道的。我的敌手是谁？——是警察，因为他们奉命到处找我；是爱尔兰共和军，因为我走私毒品；是黑帮，因为他们认为我会告发他们；是英国海关与消费税局，因为我没有出庭接受判决；是英国情报局，因为我叛变了；是媒体，原因不详？这些重要吗？我只想乔装改扮，蒙混过关。胡子已经长出来了一点儿。我的样子已家喻户晓，这让我不得不加倍小心。然而，一切都让人感觉不真实，有时候让人害怕。

媒体闹剧突然停了下来，就像当初突然开始一样。刑事庭的法官推迟了保释金的判罚。他说，我有可能被绑架了，因此不能被定义为潜逃者。眼下要务是让家人知道我安然无恙。戴不喜欢我用他的电话,我被全国通缉,所以,我家人的电话多半会被监听。我通过复杂的迂回路径与我在威尔士的妹妹通了话,偷偷和罗茜、麦凡维和我父母见了面,与此同时,我也在马不停蹄地易容改装。两个月后,我面容有了很大变化,可以放心地在街上走了。每天早上,我都会买几份报纸,在码头工人的餐馆里喝杯咖啡。七月的一个早上,天很热,我在报摊旁看到《每日镜报》的头版标题《神秘先生久无消息》。标题下有我的照片。我买了一份。报道说,泰晤士河谷警署已经撤销了搜查令,我的失踪已引起议会上下两院的热议。《每日镜报》的报道再一次让舆论沸腾。

"你得重新起个名字,更精心地改扮一番,"戴说,"地铁上人们都在谈论你。我不能再叫你霍华德,也不会叫你神秘先生。"

"叫我阿尔比(Albi)吧。"我说。我叫这个名字,一方面是为了向老朋友阿尔伯特·汉科克(Albert Hancock)致敬,另一个原因是,它是由保释这个词的字母组成的①。

"好的,"戴说,"买副眼镜戴上吧?"

"找谁买?"

"眼镜店啊,阿尔比。"

"但我眼睛没毛病啊,戴。他们不会卖给我的。"

"进了牙医的门,他们会说你牙齿不好。进了眼镜店,他们会说你需要戴眼镜。这是他们的赚钱之道。对了,我读到篇文章说,你天天吸的东西会造成远视。何不吸上一口再去眼镜店?"

---

① 保释的英文是 bail。——译注

戴所读的多半是那些描述大麻如何如何可怕的文章,说大麻让人恶疾缠身,从不孕不育到慕男狂症都能得上。但是可能有些道理。我知道大麻会影响眼内压。我吸了几根,做了视力测试。我果然需要戴眼镜,于是配了一副。眼镜让我外貌有很大改变,但看东西却有些模糊,只有吸过大麻后才看得清楚。

一个月里,媒体不时推测我的下落。美国联邦调查局担心我有生命危险。西南地区有个人说他已经把我杀了,埋在布里斯托附近的一座公路桥下,我从未听说过这个人。

"你得离开这里,阿尔比。我、简和思安都要疯了。"

"好吧,戴。对不起,我没想到会待这么久,也没想到事情会闹得这样沸沸扬扬。"

"你干嘛不出国?"

"我没有护照,戴。我不知道怎么弄。"

"拿我的护照。"

正常情况下,我和戴长得有点像。我俩都身材高大,皮肤黝黑,蓝眼睛,脸刮得很干净,面貌粗犷。可现在,我留了胡须,戴着眼镜,我们不像了。不过,照片很容易修改:外交和联邦事务部的印章只盖上照片的一小角。新换的照片缺这么一点印记不会被注意到。戴把他的驾驶证也给了我。他生怕出什么事让我继续留下来。

我决定去意大利。原因有二。我有一辆大型温尼贝戈机动篷车停在热那亚的一个宿营地。一年前我买来给埃里克用的,结果,他没有用它拉黎巴嫩人到意大利,而是让那些爱占便宜的希腊渔民随便用。我渴望住在里面。此外,我妹妹准备在帕多瓦教书,这样我很容易和家人取得联系。除了那辆温尼贝戈篷车,我的全部家当只有5000英镑现金。其他东西都没有了。在我被保释期间,厄尼曾派人去阿姆斯特丹取放在荷兰通用银行的保险柜里的10万美元和彼得·休斯的护照,但保险柜是空的。当局先一步动手了。厄尼派去的人叫伯顿·莫迪丝,这人显然和洛杉矶的黑帮有关联,我肯定《每日镜报》的黑帮之说是从这件事引申的。我确信厄尼会借钱给我,特别是,他不用为我付保释金的可能性越来越大。我给了厄尼一个通信地址,但不敢肯定他看了那些铺天盖地的报道会做何反应。等安顿下来我就联系他。

我牢记麦克坎恩的建议,没有直接飞往意大利,而是先乘轮渡去丹麦,从哥本哈根乘飞机去热那亚。护照没有问题。温尼贝戈篷车第一次启用,我绕着意大利里维埃拉的宿营地兜风。我不再戴眼镜,开始了一段放荡不羁的生活,在路上来来回回溜达,招揽女性搭车客。温尼贝戈篷车上有厨房、客厅、淋浴间、声音很大的音响设备,可供6个人舒服地过夜。我一般只搭一位客人,但偶尔也会搭15到16位。从科莫到那不勒斯,公路就是我的家。我得付油钱,但毒品、性、食物和酒好像不要钱。

罗茜带着麦凡维来看我,待了几个星期。他们把亚恩屯的房子卖了,和朱利安·皮托一家一起在牛津外面的诺斯利买了一栋大房子。我通过范妮·黑尔和罗茜保持联系。九月,我在范妮家给罗茜打电话,提到我父母希望能来看我。后来才发现,我们的对话被圣安东尼学院的校长雷蒙·卡尔通过分机听到,他正和范妮打得火热。不知道是不是雷蒙·卡尔向当局告的密,但可能性很大。我父母真来了,与我和妹妹度过了两周的假期,我们乘温尼贝戈篷车游览了意大利北部。

他们离开后,我逗留在帕多瓦的宿营地。我妹妹慌慌张张来找我。《每日镜报》试图采访她。他们知道我在意大利,还知道我父母来看过我。我只能假定当局什么都知道了。我能到哪里去呢?几乎没有什么钱。警察不会在英国找我,他们认为不可能在那里找到我,在那里,我至少有块地板可以睡觉。

1974年10月28日,我把温尼贝戈篷车开回3个月前找到它的热那亚宿营地,在戴的护照上贴上另一张照片,买了英国金狮航空公司的机票,飞往盖特威克机场。

到了热那亚机场,我喝了几杯格拉巴酒,平安地通过了护照查验,到了候机室,又大喝了一顿。在免税商店买了烟和几瓶萨姆布卡酒。飞行途中,我点了酒,并开始喝我买的萨姆布卡酒。有人分发报纸,我拿了一份《每日镜报》。只见头版上印着夺目的标题《他还活着》,标题下面还有我的照片。长达数页的文章写到,神秘先生还活着,如今是帕多瓦黑帮的座上宾。只有黑帮和他妹妹知道神秘先生的藏身之所。神秘先生顶着学生的身份生活,有黑帮打手罩着他。飞机上的乘客都在读这条独家报道。在萨姆布卡酒的作用下,我又一次神思恍惚。下飞机的时候,我失控地咯咯笑着,记不清和移民局或海关打交道的过程。我跟着其他乘客走到盖特威克火车站,搭火车去维多利亚。火车到站时,我还在喝萨姆布卡酒。我搭乘地铁到帕丁顿,在醉醺醺的回家本能驱使下,上了去牛津的火车,晚上9点抵达。我从牛津火车站走到圣奥德街上的警署。到那儿的时候,我完全是蒙的。我无法相信过去6个月里发生的事情。我想穿越回我原来的生活,当时我正在牛津签署保释文件。那时，我的脑子还是清清楚楚的。一位警员走出警署，我问他坐什么车去诺斯利。他说太晚了，只能搭的士去。我走进电话亭给诺斯利的罗茜打电话。没人接。我走到里克福德路，这是我从清醒的世界消失的地方。街角的酒馆"维多利亚之臂"还在那里，这是我和我的朋友们曾经光顾的地方。我走进去，里面的人一阵静默后，几乎每个人都认出了我。朱利安·皮托也在，他笑得合不拢嘴。我问罗茜到哪儿去了。她和麦凡维去参加晚会去了，他也正要去。我们赶到时罗茜和麦凡维已经离开了。我喝了点潘趣酒，吸了一些大麻烟。朱利安和我一起开车去诺斯利。罗茜还处于惊愕之中。泰晤士河谷警署的菲利普·费尔威瑟警长刚来过，他负责调查我的失踪案。罗茜安顿我睡下。第二天早上的新闻说，穆罕默德·阿里战胜乔治·福曼重获重量级世界冠军，尽管警方知道我躲在意大利，刑事庭法官裁定不向我的担保人收取保释金。警方的调查结束了。公众不再关注我的下落。但我还活着。至少我不再是一名死去的间谍。

朱迪·雷恩已经满 19 岁了，她正在诺斯利走亲访友。我们彼此忘不了对方，我很乐意地接受了她的邀请，去布莱顿住在她家里。朱迪有兄弟姐妹 5 人，当时，我还只见过帕特里克，之前他自我放逐了 1 年，在法国的多尔多涅养蜗牛。朱迪的母亲最近因癌症病逝，她父亲又找了个年轻的女友。她的兄弟姐妹都住在别处，或者住寄宿学校。她家在布莱顿的房子由朱迪支配。从那以后，朱迪和我从未分开过。

这一次也一样，媒体的轰动效应来得快去得也快。在朱迪家里我感觉很安全,并开始联系以前的商业伙伴约翰尼·马丁、安东尼·伍德海德和贾维斯。在他们的帮助下,我把温尼贝戈篷车卖了,还把前一年存在瑞士银行的几千英镑取了出来。我给厄尼写了封信,告诉他朱迪的电话号码,他半夜打来电话。

"阿尔比,找你的。"朱迪说。

"你过得怎么样?我还以为你躲起来再也不见我了呢。出啥事啦?你在干什么?"

"抱歉,厄尼。报纸上那么多有关我的报道,我以为你不想知道。""我不看报。你在我们这里啥也不是。嗨,我女朋友帕蒂会去找你。她会告诉你我都干了什么。你需要生活费吧?她会给你一万美元。"

安东尼·伍德海德在伦敦弄到一套顶层公寓,面朝摄政公园,租金非常低廉。我从他手上租了过来,但未办手续。我和朱迪住了进去。帕蒂来了,给我讲了有关厄尼的详细情况,还约好了今后打电话用的暗语。厄尼在纽约肯尼迪机场有个内线,所有货物通关事宜都可以找他办理,前提是该货物不会散发出气味,并且通过意大利航空公司运送。费用是美国批发价的25%。厄尼在"兄弟会"的一位弟兄名叫罗伯特·克里姆波尔,他可以从曼谷出口大麻卷。他的费用是美国批发价的35%,中间人可以拿到40%的佣金。已经进口并售卖了几千公斤了。除了泰国,我还认识别的毒品生产国的什么人呢?只要预付些许定金,事成之后付更多钱,就可以空运毒品,这样我就发大财了。

这是一辈子只有一次的好事,但是,我不认识能办这件事的人。我和穆罕默德·杜伦尼、黎巴嫩人山姆、黎巴嫩人乔都失去联系了。只有贾维斯有办法。他有位朋友在尼泊尔住了 7 年,名叫约翰·登贝,人称老约翰。贾维斯安排我们 3 人在他公寓里见面。

老约翰很像米克·贾格尔,不过,比他更高、更成熟、更结实。他打扮得像个地狱天使,戴着各种链子、珠子、护身符和半宝石首饰。他身体总是挺得笔直。但老约翰从不吸大麻,他靠购买和修理炉灶谋生。他的话里充满智慧,但如果停下来仔细想想,就会发现他不能自圆其说。老约翰的处世哲学无人能比。富勒姆的大街小巷不仅教会他说方言,还教会了他为人处世。他热衷于踢足球和打板球。他父亲上过牛津大学。老约翰为人正直诚实。没有比他更好、更亲密、更可信赖的朋友了。

贾维斯卷了大麻,泡好茶。老约翰抽拇指汤姆牌雪茄,喝威士忌。我们谈论威尔士和英格兰橄榄球队。威尔士不久前在卡迪夫橄榄球场以 20 比 4 痛宰英格兰队。一个小时后,我开始把话题转向尼泊尔。

"约翰,那里的生活很有意思吧!"

"的确很有意思,尼泊尔人很不错,我担保。"

"现在外国人去那儿的多吗?"

"嗯,有个英国人告诉我他有 9 种才能。我告诉他我只有一种才能:把他从窗户扔出去。他很用心地刷房子外墙,然后住在房子里面。疯子。"

我理解,老约翰的意思大概是,他有点瞧不起那些移居东方的人。我得说重点了。

"你回国的时候,海关刁难过你吗?"

"刁难？没有刁难我。我听见有个人说：'拦住那个贱人，我要查他个底朝天。'他走过来对我说：'对不起，先生！'我说：'先生？别叫我先生。我的名字叫贱人。请叫我贱人。'把他收拾得服服帖帖。另一个对我说：'请出示您的护照！'我说，'不是我的护照，是您的'，然后，把护照递给他。他问我在尼泊尔干什么，我说我是餐厅服务员。伏特加和莱姆果汁，请问您要哪个？他问我有没有抽过一种奇特的烟。我问他是不是指印度大麻，他说没事了。我坐巴士回到富勒姆。"

我只得开门见山了。

"约翰，你可不可以从尼泊尔空运大麻？"

"啊！不！不！我可干不了。不！不！不！对了，我认识一个人。他认识的人可能知道一些。"

"费用多少？"

"好吧，钱的事，他们的价格很公道，我保证。"

"公道是多少，约翰？"

"我相信你会告诉我的。"

"你要多少，约翰？"

"如果我帮你赚钱，你肯定会请我喝一杯。"

"喝一杯？"

"是的。如果有人给你做事，你请他喝一杯。如果一切顺利，你请我喝一杯吧！"

"你能保证质量没问题吗？"

"我只抽拇指汤姆牌雪茄，但我认识一个人，他是这方面的行家里手。"

看来他答应了。

"能保证没有气味散发吗?"

"没法保证。"

"你认识能解决气味问题的人吗?"

"不认识。你如果认识人,让他来处理,或者告诉我怎么做。"

"他们能供多少货?"

"那得看你什么时候要。"

"好吧,约翰,美国人要一吨,越快越好。"

"我去过美国。美国人总是要更多,疯狂无止境。他们是很可爱的人,没错,不过,你得让他们等。我的签证过期了,移民局问我为什么要续签,我说,因为我的钱还没用完。他边盖章边说:'祝玩得开心!'所以,如果美国人说明天要一吨,给他半吨,如果明天威尔士队赢得三冠王。对他们这种疯子就得这样。大家都好好过日子,省得异想天开。"

"异想天开?"

"谈论想象的交易。"

好不容易跟厄尼准确转述了我和老约翰的对话。我告诉厄尼,可以从尼泊尔购买印度大麻,价钱和罗伯特·克里姆波尔从曼谷买的差不多,但他们一次只能卖500公斤,得派一个人去处理气味问题。厄尼派他的心腹汤姆·桑迪出马,汤姆带着钱、具体指示和气味处理方法来到伦敦,然后再去加德满都见老约翰。厄尼授意他,不用向我隐瞒纽约黑道交易的细节。

20世纪70年代,美国最强大的黑帮犯罪家族要数卡罗·甘比诺(Carlo Gambino),他是马里奥·普佐(Mario Puzo)的小说

《教父》里的主人公维托·柯里昂的原型。甘比诺于20世纪初出生于西西里，他的思想比较传统，认为黑帮不应该卷入贩毒活动。卡明·加兰特是甘比诺纽约黑帮教父地位的主要争夺者，他认为贩毒没什么，黑帮应该控制一切，包括毒品。卡明·加兰特的黑帮组织和唐·布朗过往甚密，布朗是爱尔兰裔美国人，在纽约的皇后区做毒品交易赚钱，在洛杉矶花钱。唐·布朗认识理查德·谢尔曼，谢尔曼是位老奸巨猾的加州刑辩律师，受雇于厄尼·科姆斯。不知不觉间，谢尔曼介绍厄尼认识了唐·布朗，肮脏交易就这样开始了。

  大量失踪货物是甘比诺犯罪家族通过非法渠道，从肯尼迪机场取走货物的铁证。接下来就是走私。最受青睐的方法是，从纽约的公司发送合法货物到毒品生产国。毒品生产国的进口商佯称货物存在问题，或者货不对板，需要退还给出口商。事实上，发回的货物就是印度大麻，很快就到了黑帮手中。

  作为尼泊尔贩毒活动的序曲，我们在纽约成立了一家叫"清风"（Kool-Air）的空调设备公司，公司做好了出口真正的空调设备的准备工作。在另一架飞机上，老约翰和汤姆·桑迪带着一个小箱子，里面装满了厄尼给的美元，飞往加德满都去办事。首先，老约翰要在尼泊尔成立一家空调设备进口公司，然后把有关事宜向我通报。一星期后，我收到一封来自加德满都的电报。电报内容只有一个词YETI。我知道这是尼泊尔人对可怕的喜马拉雅山雪人的称谓，但我还是不明白电报内容。厄尼急于了解情况。我不知道怎么跟他说，所以，我给加德满都的老约翰发电报，让他给我打电话。

"约翰,电报是什么意思?"

"那是你要的东西的名称。"

我不喜欢把空调设备公司命名为"雪人"。

"约翰,这名字不太合适吧?"

"再合适不过,我保证。还没人逮住过雪人。"

我服了。

"好吧,约翰,就叫这个名字。一切都还好吧?"

"过得不好。这里的人不吃面条。他们喜欢用筷子,吃腊肠或者杂烩菜,和面条不配啊。"

每一天我都觉得跟老约翰的沟通越来越好。他不能保证货物到纽约前由意大利航空公司来运输。他只能做到用欧洲或者远东的航空公司将货物运到纽约。我告诉了厄尼,他说他来想办法。

我用厄尼给我的钱,给位于摄政公园旁的顶层公寓添置了几件奢侈品:一套音响和一些唱片。朱迪的父亲和女友搬进了她家位于布莱顿的公寓,所以,朱迪现在住在她父亲的公寓里,离摄政公园很近。春天的一个下午,大约四点多钟,我正悠闲地看看伦敦的上空,听着韦伦·詹宁斯(Waylon Jennings)的《美女爱强盗》("Ladies Love Outlaws")。我往下看,看到4个穿大衣的强壮男人从街上跑向我所在的小区入口处。我直觉他们是来抓我的,但我不知道他们是谁。位于一楼的门铃响了,我问是谁,一个捂着嘴的声音说了什么,没听清。我给他们开了门,戴上眼镜,走出了公寓,从消防通道往楼下走,以为他们会乘电梯上楼。我到达一楼时,看到那4个人还在玻璃双开门外面。门卫拉着一扇门和他们讲着话。他们都看到我了。门卫朝着我的方向摆了摆头。其中一个人给我拍了照。

另一个说:"不是他。"

"对不起,先生,请原谅。"第三个说道。

我生气地看了他们一眼,走上大街,搭的士去了索诺。

他们显然是《每日镜报》的记者,带没带警察不得而知。他们是怎么找到我的?我不知道,但我不能再回公寓了,放在那里的钱物只能不要了。房子真正的主人安东尼·伍德海德可能会遇到麻烦,除非是他本人举报了我。我本来正在策划首次从加德满都空运印度大麻给纽约的黑帮,现在我一无所有,只有口袋里的几英镑和这副眼镜。我给朱迪打了电话,她开车来接我,我们一起驶向利物浦,用假名住进了一家假日酒店。第二天早上,门下面塞进了一份《每日镜报》,我又一次占据了头版位置,这次的标题是《逃犯的面孔》,标题下是一张我戴着眼镜、留着胡须的照片。我刮掉胡须,在头发上抹了发蜡,往后面梳。朱迪在一个叫希尔园的地方,租到了最便宜的住处,每周租金4英镑,带公用厕所和厨房。我给父母打电话报了平安,给厄尼打了电话把情况告诉他。他很平静。我没好意思找他要钱。他有好消息给老约翰。货物可以通过日本航空公司运输,意大利人跟日本人说好了,一切安排妥当。

日本黑帮雅库扎(Yakuza)比世界上任何黑帮犯罪团伙规模都要大得多,拥有成员几十万人。该黑帮于17世纪初由反抗武士统治者的罗宾汉式青年叛匪创建。第二次世界大战之后,雅库扎转型为西式黑帮组织,成员穿黑色套装,戴太阳镜。20世纪60

年代末，雅库扎与中国香港、马来西亚、中国台湾和泰国的中国人创办的黑帮三合会建立了密切联系。历史上最强大的中日联合黑帮辛迪加开始将大批海洛因运到美国。有些货物要经过肯尼迪机场。现在雅库扎和美国黑帮都在等老约翰的"雪人"公司开始运作。

我把马路尽头的电话亭的号码告诉了厄尼，每周二晚上8点至8点15分之间我会在那里等他电话。我给加德满都的老约翰发了电报，通报了我的联系方式和日本航空公司的好消息。我住在利物浦最廉价的客栈里，可马上就要发达了。我向备受折磨的朋友和家人讨了几百英镑。

我有点担心自己没有身份证。爱尔兰共和军枪杀了一名21岁的警察，伯明翰黑豹和剑桥戴帽子的强奸者还没抓到。警察可能随时拦下路人加以盘问，很尴尬，我不能塞给他们一张证明我虚假身份的纸。我可以向斯旺西的一家驾驶执照签发中心申请临时驾照，无须提供身份证。我以罗伯特·莱恩的名字提出了申请，他们把临时驾照寄到我在利物浦的住处。我报名参加并通过了驾照考试。他们给我签发了正式驾照。我用罗伯特·莱恩的名字办了当地图书馆的借阅证，还在邮局开了一个邮政储蓄账户。我以极便宜的价格购买了一辆快要散架的贝德福德货车，我和朱迪开始在各种营地度假一周。我们喜欢这种永远在度假的生活方式，但朱迪经常抱怨，因为我坚持要把帐篷扎在公用电话亭附近，并已将这个电话亭的号码通知各地联系人，从洛杉矶到喜马拉雅山区。我必须随时打电话和接电话，不想顶着月光穿着睡衣在田野里走动。电话亭无一例外地都在宿营地的厕所和洗手间隔壁。只有我们会把帐篷扎在这样的地方。白天,我们要么使用宿营地的娱乐设施,要么用千奇百怪的假名字去当地图书馆消磨时光。晚上,我们尝试用新的方法获取假身份。

我们最喜欢的玩法是给人算命。朱迪把自己打扮成一个性感的女巫的样子,独自坐在酒馆里。我坐在一边。不久,就会有个和我年龄差不多的人找她搭讪,结果发现她会算命,她会占星、看手相、用数字卜吉凶。当然,她需要对方提供一些信息:出生日期和地点、母亲的闺名、到过什么地方、打算去什么地方等。有些人不打算出国,因为他们不喜欢外国啤酒。这样,我们获得了足够的个人信息,可以到伦敦的圣凯瑟琳之家办假出生证。

1975年7月4日,美国独立日那天,500公斤手工压制的尼泊尔大麻球从加德满都,经过曼谷和东京,到达纽约,这是世界上最好的大麻制品。第二天格林尼治村的人就吸上了尼泊尔大麻球。我又有钱了,而我不过20多岁。

第四辑

鸦片精粹

亚洲的年轻人不再吸烟,因为"祖父吸过烟"。欧洲的年轻人吸烟,因为"祖父没吸过烟"。因为,唉,亚洲的年轻人模仿欧洲的年轻人,所以通过我们,鸦片会回到它的起点。

——让·科克托,《鸦片:戒毒日记》

在吸食者眼里,所有的迷幻药都是神圣的——有佩奥特仙人掌崇拜和巴尼斯塔卡皮崇拜,还有印度大麻崇拜和蘑菇崇拜……但没有人暗示海洛因是神圣的。没有鸦片崇拜;鸦片是亵渎神灵的,能用数量来表示,像金钱一样。

——威廉·巴勒斯,《裸体午餐》

像大麻一样,鸦片在石器时代就有农民种植了。公元前6000年,地中海西部地区,欧洲和亚洲交汇地带,就在收割鸦片了。鸦片崇拜在这两块大陆的某些地区出现了,包括塞浦路斯、克里特岛、希腊和中亚细亚。古代人类没有忽视具有麻醉效果的罂粟潜在的商业价值;青铜时代的塞浦路斯人就开展了鸦片贸易,为埃及市场供应鸦片。

在亚洲,至少鸦片崇拜的某些方面仍然残存,例如,在泰国北部的拉祜族人中间。在《拉祜族祈求鸦片丰收的祷文》("Lahu Prayers for a Bountiful Opium Crop")中,田地之神被召唤,来帮助罂粟增长。然而,这些仪式不过是天真的劝诱。在第二篇祈祷文中,农夫向神灵许愿把一半的鸦片收成分给他。正如这些祈祷文的翻译者安东尼·R.沃克(Anthony R. Walkers)指出的那样,这种对神灵撒谎许空愿的做法在拉祜族人中间是很常见的,很显然,他们并无意兑现他们讨价还价之后的承诺。

吸食鸦片提神是托马斯·德·昆西所著的《一个英国瘾君子的自白》(*Confessions of an English Opium-Eater*)的主题。在节选的《鸦片的乐趣》("The Pleasures of Opium")一文中,德·昆西描述了他第一次吸食鸦片的经历,那是从1804年伦敦一个细雨霏霏的星期日开始的。埃德加·爱伦·坡所著的《丽姬娅》("Ligeia")是一个由神秘感和想象力结合构拟的经典故事,故事讲述了主人公由悲伤引发,加上鸦片刺激,而无法自拔的病态幻觉与忧郁麻醉。笔调比较轻松的一篇是埃罗尔·弗林(Errol Flynn,1909—1959)写的,选自他的自传《我罪恶的生活》(*My Wicked, Wicked Days*),讲述了他涉足鸦片的事。这位塔斯马尼亚魔鬼妄想以身试毒,以便像德·昆西一样写出自己的"自白"。他很快意识到这项任务完成无望,在跟朋友弗雷迪·麦克沃伊打了一架之后,他快速摆脱了染上不久的毒瘾。

威廉·巴勒斯所著的《裸体午餐》于1959年在巴黎由奥林匹亚出版社出版,后来成为第二次世界大战以来最具影响力的一部小说。这部小说的确很新奇,向文坛引入了现在广为人知的"剪裁"风格。巴勒斯早年已经写了一部更加传统的小说（就其风格而不是题材而言），题为《瘾君子》(*Junkie*)，小说里，他采用了40年代典型的美国侦探小说冷峻的写作风格。在摘自《裸体午餐》的《豪瑟和奥布莱恩》("Hauser and O'Brien")一文中，《瘾君子》冷峻的文风掺入了更激进、更具实验色彩的嘲讽意味。在威尔·塞尔夫(Will Self)所写的《损毁形象》("Junking the Image")中，我们回到了本部分开篇的两个主题——鸦片与崇拜，东方与西方。尽管他非常钟爱"伟大的毒品大师"的作品，他还是呼吁结束对巴勒斯的崇拜。

拉祜族祈求鸦片丰收的祷文(1)

安东尼·R.沃克

哦,今天,感谢赐予这片罂粟田,我给您带了两对蜂蜡蜡烛,这块土地的王啊,这个地方的统治者。

赐福给我的家人吧,让我在这罂粟地里一天的劳动换回10天的口粮。

让别人谈论我们的好运气,请赐予我们厄莎的巨大财富,让我们获得一万卡围的鸦片吧。①

从此以后,每当我们砍倒那些树木,祈愿我的家人怀着同样纯正的思想团结起来,都在这块土地上劳动。

哦,当方的神灵,请用心让我们避开铁和铜,避开尖利的木桩和锋利的木片。让我们避开锋利的木片,保护我们不受伤害;当方的神灵啊,你的子孙将在这片土地上耕耘不辍。

哦,现在和今后,请赐予我一万卡围的鸦片;不要征服我,也不要征服我的子孙,请让别人谈论我们的好运。

---

① G'ui sha,"厄莎",有的译为厄霞,是拉祜族超自然创造者的名字;caweh,"卡围",是拉祜族的一个计量单位,相当于1.6公斤。

哦，请让疾病远离这个家庭；让这家人热爱田间劳动，让他们之间永无争斗，当我们一起在土地上劳动之时，让我们同心同德，劲往一处使。让这家人之间永无争斗。

请用心赐予我们充足的食物，让别人谈论我们的好运气吧；我们会种好这块罂粟田，赐我们超过一万卡围的鸦片收成吧！

拉祜族祈求鸦片丰收的祷文（2）

安东尼·R.沃克

哦，今天，作为耕种这片罂粟田的交换，我给您带了我亲手做好的这美丽的米饭，还有我亲手做好的这些美丽的蜂蜡蜡烛，无所不知的统治者，全真的统治者，在您的脚下和您的手下，我请求得到您的许可来备好这块田地。

哦，我给您带来了我亲手做好的这些蜂蜡蜡烛，我带来了我亲手为您做好的这美丽的米饭，我带来我亲手为您做好的这些美丽的蜂蜡蜡烛，坐在山丘弯里的统治者，坐在山谷弯里的统治者。

如果这是您居住的地方，请移驾到这块田地的底部或顶部去吧；我从您这里买得这块田地，我用这些供品来交换。

哦，如果这是您居住的地方，请移驾到这块田地的底部或顶部去吧；请移驾到山顶或山脚。

我们人不可能知道所有的事，您全都知道，因此请您移驾，离开一点点。

哦，用我劳动收成的一半，我希望遵循长老的习俗，男人和女人的习俗；我会将一半给您，我将供奉您。

请将您的居所移到这块田地的底部或顶部；我从您这里买得这块田地，我跟您交换。

哦，请给予一点这样的祝福吧，如果我们在田里劳作一天，所得的食物 10 天都吃不完，如果我们在田地上劳作一年，所得的食物 10 年可能都吃不完；请把这个祝福赐予我们，护佑我们吧。

鸦片：戒毒日记（节选）

让·科克托

经过几次失败，感觉到自己被鸦片所抛弃，很难过：明知这片神奇的飞毯还在，却不能再坐着它飞行；当初购买的时候是愉快的，就像在哈里发的巴格达购物一样，在一条肮脏的街道上（两边挂着洗净的东西），从那位中国人手里把它买来；迫不及待地回到酒店房间里品尝，那个房间位于廊柱之间，乔治·桑和肖邦曾住过呢。打开包装，摊开，再打开正对港口的窗户，然后嗨起来，真是太奇妙了。

鸦片的乐趣

托马斯·德·昆西

从我第一次吸食鸦片到现在已经很久了。太久了,如果是件无关紧要的事情,我可能早忘了具体日期了,但大事是忘不了的。而且,根据与它相关的种种情况,我记得首次吸食鸦片是在1804年春天或秋天;在这期间,我到了伦敦,那可是我进入牛津大学以来第一次到那里。这件事发生的情形如下:从小我就养成了一个习惯,每天至少用冷水洗一次头。突然牙痛得厉害,我认为这是因为我松懈了,随意中断了这种做法,于是跳下床,把头猛地浸在冷水盆里,头发还湿着就去睡觉。几乎不用说了,第二天早上醒来,我的头部和脸部发了风湿性疼痛,痛得要命,此后约20天几乎没有任何缓解。到第21天,我认为就是这一天,还是个星期日,我出门走到街上,就想着,如果可能的话,尽快摆脱疼痛对我的折磨,但并没有任何明确的方法。碰巧,我遇到了一个大学的熟人,他向我推荐了鸦片。鸦片!给人带来难以想象的快感和痛苦的恐怖药物!我听说过它,正如我听说过甘露或美味佳肴,但仅此而已。当时鸦片这个词听起来完全无意义!而现在,它在我心里弹出了怎样庄严的乐曲啊！那动人心魄的悲乐交织的回忆！回首片刻，面对这些，我感到最微不足道的环境因素却具有某种神秘的重要性，这些因素包括地点、时间和人物（如果他算人的话），这些因素第一次向我敞开了鸦片吸食者的乐园。这是一个星期日下午，湿漉漉的又冷清寡欢；我们这个地球上所展示的景象没有比星期日下雨的伦敦更沉闷无聊的了。我回家的路径要穿过牛津街，就在"庄严的万神殿"（华兹华斯曾亲切地这么称呼①）附近，我看到了一间药店。药剂师（他负责传递天堂之乐，自己却浑然不知！）仿佛在向雨中的星期日表达同情，看上去沉闷而愚钝，就像任何普通药剂师一样，大概他们就应该这样看着一个雨天星期日的伦敦；我说要买鸦片酊，他就递给了我，跟任何其他人可能做的一样；而且，我付了一先令，他似乎找给我半便士铜币，是从一个木抽屉中拿出来的，这一切都是真实的。然而，他明明是个凡人，但从此以后在我心目中却有了一个神仙药师的光辉形象，他被派到地球上来，肩负着对我个人的特殊使命。我对他的这种看法后来以我的做法得到了证实，我第二次来到伦敦，便到"庄严的万神殿"附近去寻找他了，但发现他不在；因此，对于不知道他名字（如果他真有姓名的话）的我来说，他似乎硬是从牛津街消失了，而不是匆忙搬到任何别的地方去了，或者（按照某个可恶之人的暗示）已经为逃避到期的租金躲起来了。读者可能宁愿相信他不过是个尘世间普通的药剂师；也许是这样，但我认为不

---

① Stately（庄严的）：公平地说，华兹华斯指的是那幢建筑的内部，牛津街尽头呈现的外观再普通不过，毫无特点，不大可能让人想到"庄严"这样的词。

这么简单。我相信他是慢慢消隐了①。我很不情愿把任何凡俗的回忆与那个时刻、那个地点以及那个人牵扯到一起,是这些机缘巧合才让我第一次结识了那种天堂神药。

回到住处,我本应该不失片刻时机饮下处方开定的鸦片酊。可我毕竟对整个吸食鸦片的方法与奥秘一无所知;无知就无知吧,反正我就那样喝了下去。我喝下去了,过了一个小时,天啊!真是一场天翻地覆的巨变啊!内在的精神,从最深的地方被唤醒,真的复活了!这是在我内心世界掀起的一场什么样的天启啊!疼痛消失了,在我看来这只是小事一桩;这点消极影响完全被我眼前打开的浩瀚的积极影响吞噬了,被如此突然显露真容的天堂般享乐的深渊吞没了。这是一剂万灵药,一剂解除人类所有苦难的灵丹妙药($Φάρμαχον νηπενθές$)。关于幸福的奥秘,哲学家们争论了几个世纪,现在有了答案。一个便士就能买到幸福,装在背心口袋里带走。移动快感可以装在瓶子里保存,内心安宁可以放在信封里邮寄。

首先,还是要说一下它对身体的作用;因为迄今为止所有有关鸦片这个话题的文章,无论是去土耳其旅行的人写的游记(他们可以获得撒谎的特权,自古如此),还是医学教授们写作的权威论著,我只有一句批评的话要大声说出来——胡说八道!我记得有一次,经过一个书摊,从某位文笔辛辣的作者的书里偶然读到这

---

① Evanesced(消隐):这种从生命舞台上离开的方式似乎在17世纪已经众所周知了,但当时被看作王室的一项特权,绝没有下放给药剂师使用。因为,大约在1686年,一位姓名相当不吉利的诗人(显然,他配得上这个名字),即福莱特曼先生(Mr. Flatman),谈起查尔斯二世之死,表示很惊讶,哪位国君竟会粗俗地"死去",因为"国王应该不屑于死,他只会消隐"。

句话——"此时,我开始相信,伦敦报纸至少每周两次是讲真话的——那就是星期二和星期六①——而且肯定能看到它们提供的——破产者名录。"同理,我绝不否认有关鸦片的某些真相已经昭告天下;因此,经博学多闻之人反复确认,鸦片的颜色是黄褐偏棕色——这一点,请注意,我认同;第二,这东西相当贵——这个说法我也认了,在我那个时代,东印度的鸦片每磅已卖到3基尼了,而土耳其鸦片1磅要8个基尼;第三,如果你大量吸食鸦片,你的结局很可能让生活习惯正常的人不舒服——死于吸食鸦片。② 这些语重心长的话语,一字字一句句,都是千真万确的;我不能反驳;真话过去是将来也是值得称道的。但这三条定理,我相信,已经穷尽了人类在鸦片这个话题上所积累的全部知识。因此,可敬的医生们,既然还有进一步发现真相的空间,那么请站到一旁,让我就这件事来说道说道。

首先,所有曾经正式或偶然地提到过鸦片的人都未经证实理所当然地认为它确实能或者可以产生醉意,这是想当然的,其实并没有那么确定。现在,读者君,您尽可放心,我敢打赌,鸦片,不管量大量小,从来没有也不可能让人有醉意。至于鸦片酊(一般所谓的鸦片水),如果喝得够多,是可能醉人的;这是为什么?是因为它里面含那么多的酒精度,而不是含有那么多的鸦片。但未经提炼的粗鸦片,我可以断然确认绝不会产生任何类似于酒精所

---

① 星期二和星期六是或曾是《伦敦公报》(*London Gazette*)发行的日子。
② 关于这一点,后来有饱学之士似乎开始怀疑了;因为,我曾经在一个农民的妻子手中看到了盗版的《家庭医学》(*Domestic Medicine*)这本书,是苏格兰医生巴肯(William Buchan, 1729—1805)编著的,为了自身健康她正读着呢。这本书中,医生被迫告诫他的读者一定不要一次服用超过"25盎司"的鸦片酊。查阅到的真相无疑是25滴,大致相当于一格令一般品质的鸦片;但鸦片本身——未经提炼的粗鸦片——在纯度和药性上有很大差异;因此,用它配制的酊剂也不一样。大多数我认识的医学行家都会煮沸鸦片,以便清除其中的杂质。

产生的生理反应；不光在程度上不会，种类上也不会；不光在量上，而且在质上，效果都完全不同。酒激发的快感总是很快就出现了，达到高潮后，迅速下降；而鸦片之乐，一旦产生，8 或 10 小时都是稳定不变的。借用医学术语可以显示浅层区别，前者是一种急性的快乐，而后者则是慢性的；前一个是摇曳不定的火苗，后一个是稳定持久熊熊燃烧的火焰。但主要的区别在于——酒会扰乱精神官能，而鸦片，相反（如果使用得当），会给精神带来最精致的秩序、缜密、和谐。酒剥夺人的自持能力；鸦片则维持和增强自持能力。酒能颠覆判断能力，赋予饮酒者超凡的聪明劲儿，大大强化他们藐视与羡慕，珍爱与仇恨等情绪；相反，鸦片将平静和平衡力传达给所有的官能，无论是主动的还是被动的；而且，就整体的秉性和道德感而言，鸦片只会赋予某种生机勃勃的热情，这种感觉是为判断力所认可的，可能会永远伴随着原始或远古的健康体质。因此，例如，鸦片像酒一样，能让心脏得以舒展，让仁慈之心得以强健；但是，有了这样一个显著的差异，伴随着酒精带来的醉意突然生发的仁爱之心，总是或多或少掺杂着感伤，是过渡性的，容易暴露在旁观者面前，因而被人耻笑。男人们往往会紧紧握手，发誓永远做好友，而且热泪婆婆的——没有人明其就里；动物本性明显是最主要的。但鸦片引发的仁慈情感增强不是热病爆发式的，也不是无端易变的一阵发作；这是一个健康心态复原的过程，它摆脱了痛苦导致的内心的恼怒，痛苦让原本公正善良的人心绪烦乱，纷扰不宁。的确，即使是酒，某些人喝到一定程度，往往都会提升和稳定智力；我本人从来算不上善饮酒者，就曾经发现，6 杯酒有利于提高心智，让意识敏锐和强化，并给心灵一种感觉——"靠自身重量维持平衡"(ponderibus librata suis);当然,用通俗的话说起任何人,最荒谬的说法是"他用白酒伪装自己";因为,正相反,大多数男人清醒时是伪装的,而且是过度伪装;但男人喝了酒就显出自己性格的真面目;这肯定不是在伪装自己。尽管如此,酒常引诱人涉身荒唐和过分的边缘;超过一定限度,肯定会使心智能量挥发和消散;而鸦片似乎总能镇住被搅动的东西,把散乱的东西集中起来。总而言之,一个人喝醉了,或快要醉了,感觉自己所处的状态是,他本性中仅有的人性——常常是兽性——的部分被激发到极致;但吸食鸦片者(我指他处在正常的健康状态)感觉他本性中更神性的部分被激发到极致——道德情感处于澄澈万里、了无纤尘的宁静状态,而在一切之上是崇高智慧的熠熠光辉。

　　这是真正的教会有关鸦片话题的教义:这个教会我自认是教皇(因此是绝对不会出错的),并自封为全权特使,出使六合八方。但然后还是要记住,我依据广泛深刻的个人体验讲话,而大

第四辑 鸦片精粹

多数没有科学头脑的作者①都在讨论鸦片这个话题,甚至那些写了专业药物学文章的人,通过他们表达的对鸦片的恐惧,明显反映出他们对鸦片的药性完全没有实验知识。然而,我会坦率地承认,我已经会见了一个人,他有证据证明鸦片能醉人,这可动摇了我认定的看法;因为他是一名外科医生,他自己也吸食鸦片,主要为缓解某个特殊器官上的病痛(已经没有治愈的希望)。这病痛是一种难以诊断的炎症,不是急性的,是慢性的;他与病痛抗争超过 20 年了(我相信);战斗胜利了,如果胜利的意思是使自己的生命得以延续,并一直体面地维持着妻子和一群孩子的生活,他们

---

① 在大群的旅行者中——和类似的人群中——他们从来没有接触过鸦片,他们的轻率也充分展现了这一点,我必须告诫读者特别警惕那位写了《阿纳斯塔修斯》的杰出人士托马斯·霍普(Thomas Hope,1770—1831,他拥有商人王子、东方旅行家、小说家等头衔)。这位先生以他的机智谈吐会让人以为他是鸦片吸食者。但他在该书第一卷第 215 页至 217 页对药力严重失实的陈述使人无法相信他是这样的人。经考虑,作者本人一定是这样认为的;我在文章里肯定地指出了他的错误,包括其他的大众也全部采信了,作者本人不得再坚持这些错误,他自己应该承认,一位老先生,留着"雪白的胡子",吸食大量的鸦片,还能清楚表达自己的意思,郑重告诫人们吸食鸦片的不良影响,这样的人只是蹩脚的例证,无法证明鸦片要么害人早死,要么害人进疯人院。但是,在我看来,这位老先生的动机昭然若揭;事实是,他迷恋阿纳斯塔修斯随身携带的盛装"恶性药物的金黄色小容器";要得到它,没有比把它的主人吓傻更安全更可行的办法了。这段评论为这件事提供了新的说明,并使它成为一个完整的故事;因为老先生的发言,作为一个药学讲座,是荒谬的;但,把它看作一个耍弄阿纳斯塔修斯的恶作剧倒是不错。

活着完全要依赖于他。① 我碰巧对他说,他的敌人(如我听说的)指控他在政治上胡说,而他朋友为他道歉,暗示他一直处于鸦片中毒状态。现在我说,乍看起来,指控并不荒谬,辩护反而是荒谬的。然而,令我惊讶的是,他坚称他的敌人和朋友都是对的。"我会坚持认为,"他说,"我的确在胡说八道;第二,我坚持认为,我在原则上并没有胡说,或没有为得利而说空话,仅仅只是,"他说,"仅仅只是——仅仅只是(重复3次),因为我服用鸦片后迷醉了,而且每天如此。"我回答说,对于他敌人的指控,因为似乎是建立在如此可靠的证词之上的,既然有关三方到目前为止并无异议,我再提出质疑就不合适了;但所发起的辩护,我必须予以反驳。他加入讨论,并提出了他的理由;但在我看来,进行一场辩论,却认定一个人肯定在属于他自己职业的某个观点上有误,是不合礼仪的。我没有强迫他接受,即使在辩论的过程中,他对不同意见的态度似乎很开放;更不用说,一个说胡话的人,即使"没有为得

---

① 这个外科医生是第一位让我意识到鸦片与外来杂质结合时的不同比例会造成药力强度的危险变化的人。自然,作为一位专业人士,他深知人为制定超出他病痛所需的鸦片用量是何等危险,每小时都在为他可怜的孩子发抖,生怕由于自己的轻率,他会突然陷入混乱的危机之中,所以他认为有必要把每日剂量减到最低限度。但要做到这一点,他必须首先获得测定鸦片剂量的方法;可不是那种表面上的通过称量的量,而是考虑了杂质降低成色或改变比率之后的实际用量。但这问题太难了,只能想象而已。测定实际用量是根本不可能的。因此,这个问题的性质变了。不以测量杂质为目标;因为,杂质与鸦片的有效成分混在一起,根本无法测量。要分离和清除不纯(或无活性)的部分,这是现在的目标。而这最终要靠一种煮沸鸦片的特殊方式来完成。这之后得到的残留物药性变得平和;每日剂量可以很好地调整。大约18格令,就成了他多年来每日的定量。根据普通医院的评估,这相当于18乘以25滴鸦片酊。但因为25等于100除以4,因此18乘以100的四分之一就等于1800的四分之一,那就是450。约20年,这位外科医生每天平均要吸食这么多。后来,病情突然加重。但到这时候,抗争已经结束,他获胜了。所有的职责已经完成:他的孩子踏上了蓬勃的人生道路;而死亡,对他个人而言,变成了摆脱折磨的途径,一天天愈显必要,现在降临也不会伤及任何人。

利而说话",也不完全是最合意的辩论对手。然而,我承认,一位权威的外科医生,而且是声誉良好的,就我的偏见而言似乎分量很重;但我仍然必须以我的亲身体验为依据来辩护,这分量要比他最大的分量大上每天超过 7000 滴;虽然不能假设一个医疗人员居然不了解酒精中毒的典型症状,但我还是认为,他可能在延续逻辑错误,使用陶醉一词也是太不讲究了,把该词的外延义扩展到了所有普通类型的紧张兴奋,而不是将其限定于某种特殊性质的欢愉的崇高感(提升心性),这种感觉因许多众所周知的症状而昭彰天下,又因与某些特征有关而不可回避。其中有两个特征我会提到,它们是用于诊断的,或可说是典型的、与普通酒精中毒不可分割的特征,但就算过量服用鸦片也不会产生。一是丧失自制能力,就是说沉迷于葡萄酒或蒸馏酒超过一定限度,所有人无一例外地都会丧失掌控所有个人行为和目标的能力,这些都会逐渐消退(虽然各人速度不同)。舌头和其他器官变得无法控制:醉酒的人说话是含混不清、语无伦次的;而且,某些话,即使使出吃奶的劲,往往也徒劳无用,根本说不出来。眼睛被迷住了,看东西重影,抓握力道不足或太重,手拿东西拿不准。走路时两腿会相互绊住,失去了协调行动的能力。所有的人都会这样,只是进展速度不一样。另一个特征是,在醉酒后,酒精作用的轨迹总是呈一种拱形;饮酒者通过持续的攀登上升到山顶或顶点,然后从那儿一步步地下降,跟上升的步骤正好对应。向上运动一旦达到一个极点就再没有了:它是盲目的、无意识的,但顽固的饮酒者总想着恢复这种最高程度的快乐,但又总是不能如愿,这就会诱使着他陷入酗酒的危险之中。到达这种和美欢愉的最高点之后,就必然通过相应的步骤下降直至消失。我听说,有些人坚持认为他们喝绿茶也会醉;一位伦敦的医学生,我非常尊重他的专业知识,有一天就言之凿凿地对我说,有一个病人,正从疾病中康复,吃牛排吃醉了。所有这些情况,事实上,都源于有没有严格界定什么叫"醉"。

讲了这么多关于这第一个也是最大的有关鸦片的错误,我会稍稍关注一下第二和第三个错误;这就是,鸦片所产生的提神之后必然跟着某种相应程度的抑郁感觉;鸦片带来的自然而然的甚至是直接的后果就是身体和精神上的迟钝和呆滞。这第一个错误我简单否认就足够了;我向读者保证,10年间,我不定期地断断续续地服用鸦片,吸食这好东西之后的一天,我总是一整天都精神饱满、神采奕奕的。

至于人们猜想的吸食鸦片之后或更确切地说(如果我们对许多土耳其鸦片君子的图片信以为真的话)是伴随着鸦片吸食而来的迟钝,我也予以否认。当然,鸦片归在麻醉品栏目下,可能最终会产生一些麻醉效果;但鸦片的主要作用总是,并且在最大程度上,刺激并激发人体机能。在我跟鸦片打交道的最初时期,第一阶段的效应总在我身上持续8小时以上;所以,如果鸦片吸食者自己没有把控好时间让鸦片药效施展出来,而是让全部的麻醉效果都施加在睡眠上,那一定是他自己的过错了。

丽姬娅

埃德加·爱伦·坡

意志存续于心,死神奈何不得。谁知晓意志的奥秘,它的活力何来?上帝就是一个伟大的意志,以其专心致志的本质弥漫于万事万物之中,人,除非他孱微的意志露出弱点,不会屈从于天使的号令,也绝不会向死神低头。

——约瑟夫·格兰维尔

我的灵魂深处已无法忆起当初我是如何、何时甚至到底是在何地,结识了丽姬娅小姐的。漫长的岁月已逝,我的记忆,遭受了太多摧折,变得很虚弱。或者,也许我如今无法把这些事情铭记于心是因为,事实上,我爱人的性格所致,她那世间罕有的学识,她那种清奇而又娴静的美丽,她以低回婉转的嗓音,说着那令人心动神迷的话语,一步步,一点点,都沁入我的心田,连续不断却又无声无息,所以无人察觉,也无人知晓。但我认为,我首次遇见她,后来又非常频繁见到她,是在莱茵河畔某座庞大、古老而又衰朽的城市。她的家庭——我肯定听她说起过。那是一个幽远古老的日子，这一点不容置疑。丽姬娅！丽姬娅！我沉浸于心性研究而不闻凡俗，积习良久已然麻痹了对外部世界的纷繁印象，只需呼唤那个甜美的名字——丽姬娅——我的眼前便会浮现出想象之中她的形象，她已经不在了。——而现在，我写作时，突然忆起我竟然从来不知她的娘家姓什么，我的朋友，我的佳偶，我研究中的良伴，最终成了我挚爱的妻子。这可是我的丽姬娅玩笑着要找我算账的事？还是以此来检测我爱情的分量，我竟然在这件事上没有专事询查？要不就是源于我自己的任性乖张——将一段狂野浪漫的供品奉献在了那座最热烈奔放的虔诚圣坛之上？但隐约想想事件本身——我已经完全忘记了事件的原委或发生的过程，又有什么奇怪？事实上，如果有一个精灵，配得上罗曼司的名号——如果她是偶像崇拜的埃及那位苍白的蝉翼仙子阿什托菲特，据传，是她主宰着不祥的婚姻，那么极为确定的就是她主宰了我的婚姻。

然而，有一个甜蜜的话题，我的记忆绝不会出错。那就是丽姬娅其人。她身材高挑，有点纤细，在她最后的日子里，甚至形销骨立了。我往往徒劳地试图描绘她端庄的仪态，娴雅的举止，或者她那不可思议的轻盈和灵动的步履。她来来去去宛若一道轻影。我从来意识不到她已经走进了我那封闭的书房，除非她用低回甜润的声音说出和美的话语，把她那大理石般的玉手搭在我肩上。她的面容之美没有哪个少女能够匹敌。这张面孔洋溢着鸦片唤起的美妙梦幻般的光辉——一幅玲珑剔透提振精神的幻影，比慵懒的德洛斯岛女儿们更具几分狂野的圣洁之美。但她的容貌体态皆不似常人,绝不是我们在野蛮刻板之中被悖谬教化着去顶礼膜拜的类型。"没有某种比例上的陌生感,也就没有精致的美。"威卢兰勋爵培根在论及美的所有形式和类属时这样真诚地说道。然而,虽然我看到丽姬娅的面容不是那种经典的匀称范儿——虽然我感觉她的可爱确实是很"精致"的,而且觉得精致之中弥漫着好多的"陌生感",我试图检测这种不匀称,并且刨根问底想探明为何我自己感觉到那种陌生感,但结果都是徒劳无功。我细细端详那高贵而苍白的额头——它的轮廓是完美无缺的——这个词用来描述如此神圣的存在是多么令人沮丧啊!——皮肤胜过了最洁净的象牙,威风凛凛而又端庄优雅,太阳穴上方柔和饱满;再就是那乌黑、光洁锃亮、浓密而自然卷曲的秀发,演绎着荷马的赞誉之词"风信子般的(紫青色的)"的全副魅力!我又端详了那鼻子微妙的轮廓——只在希伯来人优美的圆雕肖像作品中,我见识过类似的完美。它们的表面同样都是非常舒适的平滑,同样是几乎无法察觉地倾向于钩状,同样是匀称弯曲的鼻孔,彰显着追求自由的精神。我也细心打量过那张令人愉快的嘴。这里确实是圣洁万物的集大成者——小巧的上唇尊贵地上翘——柔软、多情的下唇安闲静止——调皮的酒窝,诱人的肤色——回头之间,牙齿熠熠生辉,简直惊为天人,当她露出平和恬静又最欣喜的微笑之时,圣洁之光的每一道光芒都辉映在她的皓齿之上。我还悉心观察过她下颌的形状——在这里,我也发现了深厚的温柔,安稳的威仪,丰满和灵性,它们都是古希腊式的——那下颌的轮廓只有阿波罗神拥有,只在梦幻之中,向雅典人的儿子克里米昂尼展示过。现在我凝视着丽姬娅的大眼睛。

说到眼睛,我们在遥远的古风之中无法找到楷模。这可能也是因为在我爱人的这双眼睛里面隐藏着威卢兰勋爵暗示过的秘密。这双眼睛,我肯定认为,远远大于我们种族的普通眼睛。它们甚至比诺尔亚德部落山谷瞪羚最大的眼睛更大更圆。但只有间隔一段时间——在某些极度兴奋的时刻——这一特殊性才会非常细微地在丽姬娅身上显现出来。这样的时刻是她美的全部——也许是我狂热的想象使然——这是超越或远离凡尘的生命之美——土耳其式的天堂女神之美。眼珠的色调是最辉煌的黑色,高高在双眸之上长着长长的乌黑发亮的睫毛。那对眉毛,略显出轮廓不太规则,但色调相同。然而,我在她眼睛里发现的那种"陌生感",具有一种迥异于外形,或肤色,或光彩照人的面容的特性,不过最终,还得称之为"表情"。啊,多么空洞的字眼啊!在单纯的声音广阔的维度背后,我们固守着自己对如此多的灵性的无知。丽姬娅眼睛里的表情啊!我曾经用多长时间来端详思量?我又是怎样熬过漫漫的仲夏之夜,挣扎着想要参透它的隐秘滥觞!它究竟是什么——这比德谟克利特之井更深刻的东西——如此深邃地掩藏在我爱人的双眸之中!那是什么?我被一股激情驱使着去寻觅。那双眼睛!那睁大的、闪亮的、神圣的眼眸啊!它们成了我的丽达双子星,我凝望着,成了它们最虔诚的占星家。

在精神科学中有许多难以理解的异常现象,但没有哪一点比这样一个事实更令人兴奋——这个事实,我相信,从来没有哪个学派注意到——那就是,我们努力回忆长时间遗忘的东西,我们经常发现自己眼看着马上就要想起来的时候,最终却硬是没能想起来。这样的事频繁发生,我热切端详丽姬娅的眼睛,我感觉快要接近全面了解它们的表情了——觉得它正在接近——但还没有完全属于我——就这样最终完全离开!而且(奇怪,哦,所有奥秘中最奇怪的!)我发现,在宇宙中最常见的事物之中,有一圈与那表情类似的物象。我的意思是说,当丽姬娅的美丽渗入我的精神之后,它就定居在那里,就如供奉在神坛上,从物质世界的许多存在之中,通过她那大睁的、神采奕奕的双眸,我衍生出了一种情愫,我感觉它总是围绕着我,在我心里。但我却无法界定这种情愫,或分析它,甚或连续不断地研究它。我认出了它,让我重复一遍,有时是在观赏一根快速生长的藤蔓之时——在深沉地思考一只飞蛾,一只蝴蝶,一只蛹,一股流水之时。我在海洋里感受到了它,在流星的陨落中感受到了它,在耄耋老人的眼神中也感受到了。通过天文望远镜的仔细观测,天空里有一两颗星星——(尤其是一颗六等星,成对而可变,就在大恒星天琴座附近发现的)这一发现让我已经意识到了这种感觉。弦乐器弹奏的某些乐音,时不时从书本上截取的一段文字,都让我内心充盈着这种情愫。在无数其他的例子中,我还记得约瑟夫·格兰维尔(Joseph Glanvill)某一本著作里的东西,它(也许只是受了它的古雅之风感染——谁知道呢?)总是能激发出我的这种情愫:"意志存续于心,死神奈何不得。谁知晓意志的奥秘,它的活力何来?上帝就是一个伟大的意志,以其专心致志的本质弥漫于万事万物之中,人,除非他孱微的意志露出弱点,不会屈从于天使的号令,也绝不会向死神低头。"经年的时光,加上随后回顾反思,我总算能够确确实实地觅得英国伦理学家的这段文字与丽姬娅部分性格之间某种幽远的渊源。她内心强烈的思想、行动或话语，可能就是那强大意志的结果，或至少是这种意志的标志，在我们的长期交往过程中，没能显出其他更直接证明这意志存在的证据。在所有我曾经结识的女人当中，她，那个外表平静、永远平和的丽姬娅，沦为一个猎物，受到了令人生畏的激情兀鹰捕食般的猛烈攻击和狂撕乱咬。对于这样的激情，我无计准确估量，除了凭借探究她这双眼睛展露的奇迹般的境界——这双眼曾让我如此强烈地感到欢欣和震慑——借助她那非常低沉的嗓音，那样近乎神奇的旋律，柔和，清亮，平静——以及凭借着她习惯性说出的狂热话语散发着的狂野能量（与她说话方式形成了对比，使得能量倍增）。

我已经提到了丽姬娅的学识：她的学识是渊博的——我从未见过如此博学的女人。在古典的语言方面，她造诣颇深，据我本人对欧洲现代方言的熟识程度来看，从来没见她犯过错。事实上，学术界有些学问就因最为玄妙深奥而最受敬仰，那么在这些学术性话题方面，又何曾看见丽姬娅出过错？何等奇异——何等令人惊悚啊，我妻子心性之中的这一点直到为时已晚才引起我的关注！我说过她非常博学，从未见过此等女子——但这世上又何曾出过这样的男人，已经涉猎所有包括伦理学、物理学和数学在内的广大领域，并有所建树？我当时并不明白但现在清楚地感知到的，就是丽姬娅的学养极为深厚，渊博到惊人；但我已经充分意识到她是至高无上的，所以我像孩子般信任她，完全听从她的引领穿行于玄学研究的混乱世界里，这是我们婚后前几年我最忙于从事的研究了。带着何等巨大的成就感——何等强烈的喜悦——又怀着何等空灵的希望——她俯身指导我研究时，我感觉,几乎没有寻觅过的——更少了解的——那怡人的景色正缓慢地在我面前延展,延展到那悠长、华美又完全无人涉足的路径,我可能会继续前行,去往那弥足珍贵、外人不得涉足的崇高的智慧之境!

几年之后,看着那些凭据坚实的期望展翅飞走,那份悲伤肯定是无比凄切啊!没有丽姬娅引领,我就是个在黑暗中摸索的孩子。她在身边,只要读上几句,就能让我们所沉浸的超验主义的许多奥秘豁然清亮开朗。失去了她那双眸的殷殷辉光,原本金光闪闪的文字变得死气沉沉,比那土星上的铅石更甚。现在,这双眼睛在我仔细研读的书页上流盼闪亮得越来越少了。丽姬娅病了。那狂野的眼睛闪耀着一种过分——太过强烈的辉光;苍白的手指变成了透明的尸蜡色;高贵的额头上那些蓝色的静脉,随着最轻微的情绪波动而凸跳和隐没。我明白她必死——我在心里拼命与狰狞的死神较量。我很吃惊,而我那情绪激烈的妻子与死神抗争,甚至比我还要拼命。她的性格原本就非常坚韧,令我相信,对她来说,死亡不会带着恐怖降临;但并不是这样。语言是苍白无力的,根本无法充分描述她与那个阴影搏斗的惨烈程度。眼看着悲惨的情景,我在痛苦地呻吟。我本可以安慰她——跟她讲道理;但是,看着她对生命那种强烈到疯狂的渴望——就要活着——只要活着——说宽慰的话,讲任何道理都是同样愚不可及。然而,就算到了最后时刻,她顽强的精神在最猛烈地抽搐挣扎,她的举止表面上仍然是平静如常。她的声音变得更轻柔——也更低沉——但我不愿意细想那些悄悄说出的话语有什么不寻常的含义。我细心聆听着,陶醉着,听着一段超凡脱俗的旋律,听着世间从未有过的设想和志向,我的大脑一阵阵地眩晕。

她爱我,我从未怀疑过;我也许已经轻易地觉察到,在她这样的怀抱里,爱情就不会是普通的激情。但临死关头,我被她爱的力量彻底感动了。好长时间,她紧紧握着我的手,向我倾诉充溢在心的由强烈爱情升华的崇拜与钦慕。我何德何能,配得起她恩赐这样的表白?——又是多么罪有应得,活该在她如此表白的时刻被生生夺走所爱?但在这个问题上,说多了我受不了。就让我说一句,丽姬娅超越一般女性的无私之爱,唉!我根本不配,赐给我也是完全不值啊!在这份爱中我终于看清了,生命如此匆匆地逃离而她却如此强烈地渴望活下去的本质真义,正是这份强烈的渴望——这份渴求能活下去的殷切愿望——只要活着就好——是我的秃笔无法叙写的——任何言语都无法表达。

她走的那天晚上,子夜时分,她急切地招手要我到她的身边,她吩咐我背诵几天前她自己完成的诗章。我照做了。诗章内容如下:

> 看啦!今晚即将上演盛典
> 来告别那些寂寥的流年!
> 一群天使,展翼翅,巧装扮
> 披戴面纱,却泪光潋滟,
> 他们坐在剧场里,观看
> 交织着希望与恐惧的大戏,
> 乐队的演奏续续断断
> 剧场里响起仙乐翩翩。

第四辑 鸦片精粹

小丑们,高高在上,神的装扮,
吞吞吐吐,低声轻言,
时东时西,左右腾转
来来去去,就如木偶一般,
听命于巨大无形的存在
他们也把风景来回移换,
拍打着秃鹰的翅膀
凡俗之眼不得而见!

那场杂驳的好戏!——哦,定然
为世人铭记,直至永远!
剧中的幻影不停被追逐,
一群人最终徒劳而还,
绕行于一条环路,最终还
将回到同一地点;
诸多的疯狂,更多的罪愆
掺杂着恐怖,成就戏之灵魂!

但看吧,正演绎溃败的终场
一个身形爬行着入侵!
血红的身形扭动翻滚
打破了舞台的寂静!
它扭动——翻滚!——致命的折磨

小丑们便成了它的大餐
天使为嗜血的獠牙啜泣
是它们把人类的骨肉刺穿。

灭了,灭了——所有的灯!
在每一个颤抖身影的头顶,
大幕,如葬礼上的棺罩,
垂落,一如风暴骤然降临
天使们,全都苍白与死灰,
起身,卸去面纱,他们确认
这是一出悲剧,"人"是其剧名
剧中的主角,就是征服者蠕虫。

"上帝啊!"丽姬娅尖叫了半声,跳起身来,高举着手臂一阵狂乱地扭动,这时我正吟诵这首诗章的末段:"上帝啊!神圣的天父啊!——难道这些事态发展真的要超出常规吗?——难道这个征服者不曾被打败吗?难道我们不是你最重要的部分吗?意志存续于心,死神奈何不得。谁知晓意志的奥秘,它的活力何来?上帝就是一个伟大的意志,以其专心致志的本质弥漫于万事万物之中,人,除非他孱微的意志露出弱点,不会屈从于天使的号令,也绝不会向死神低头。"

这时,好像情感已经耗尽,她雪白的手臂垂了下来,她规规矩矩地回到她临终的床榻上面。在断气的时刻,游丝般的气息还混杂着低沉的喃喃细语。我弯下腰把耳朵凑近她的嘴唇,再次听到格兰维尔文章最终的断言:"人,除非他孱微的意志露出弱点,不会屈从于天使的号令,也绝不会向死神低头。"

她死了:我,伤心欲绝,无法自拔,再也忍受不了仍住在莱茵河畔那座昏暗而腐朽的城市,承受那份孤居的凄惶。我并不缺世人所谓的财富。丽姬娅给我留下了大量财富,远远多于很多凡人一般情况下所得。因此,数月之后,经历了一段意气消沉、漫无目的的彷徨之后,我买下了一座修道院,稍稍做了一些修复,修道院名称我就不提了,它地处美丽的英格兰一个最蛮荒和人迹罕至的地区。这幢大厦晦暗沉郁,却又气势恢宏,周边区域几乎是一片洪荒旷野,这建筑这地方无一不牵扯着忧伤往事和历久弥新的回忆,桩桩件件,与我完全忘我地纵情于悲伤的情绪状态倒是挺协调的,正是这种情形驱使着我来到这远乡僻壤与世隔绝之地。然而,虽然修道院外墙沾满了腐坏的翠绿,但墙体基本没有改变,怀着稚气的反常心理,或许也依稀怀着点缓解悲伤的希望吧,别的都不管了,我只在乎建筑内部尽显的超过王宫的富丽堂皇。对于这种愚蠢的举动,甚至在孩提时代,我就已经养成了某种嗜好,现在我又做起这种蠢事,好像是在迁就悲痛中的自己。唉,在华丽、梦幻般的窗帘里面,在来自埃及的庄严肃穆的雕刻饰品中间,在狂放不俗的门楣和家具上面,在金丝装饰的地毯那些癫狂不羁的图案中间,我感觉甚至已经能够发现好多疯狂初起的端倪!我已经实实在在地成了陷入鸦片罗网的奴隶,我独自苦思也好,发号施令也罢,都带上了我梦中的色调。但这些荒谬之处,我就不费事细说了。我只说说那间卧室,它已经被附上了魔咒,在心神迷离错乱的那一刻,我从教堂圣坛边带回了金发蓝眼的特雷梅恩家的罗文娜·特雷万宁小姐,做我的新娘,作为我难以忘怀的丽姬娅的继任者。

婚房的建筑和装饰,每一部分现在都历历在目。新娘高傲的亲人啊,你们的灵魂都到哪里去了?因为贪金求银,他们答应让如此珍爱的少女和女儿跨过那道如此装饰的宅邸的门槛。我已经说过,我清楚地记得那间卧室的每一处细节——但很可悲,我却淡忘了意义重大的主题;这里显示的梦幻般的一切既缺乏系统性,也没有连续性,所以难以铭记于心。那房间高居于城堡式的修道院塔楼里面,呈五角形,非常宽敞。一面大窗占据了整个五角形塔楼的南面——一面从威尼斯进口的巨大而完整的玻璃——就这一扇大窗,带着铅灰色调,无论是太阳还是月亮的光线通过它,都会在家什上投下一种阴森的辉光。在这面巨窗的上半部分,铺展着古老的藤条植物织就的帐幔,它们从地面向上攀缘,沿着墙壁爬上了厚重的塔楼外墙。那天花板,是橡木做的,阴沉沉的,做成了极高的拱形,采用了最疯狂又最怪诞的半哥特式半德鲁伊式的精雕细琢的回纹木花饰。从阴沉的拱顶中间最深处,用一根金环串成的长链,悬挂着一盏巨大的香炉,也是用黄金制成的,萨拉森(伊斯兰)风格的图案,设计成了多重孔洞环套,扭来拐去的,活像一条蟠蛇上下翻腾神气活现,又像是一串五彩斑斓的火舌连续不断地喷射着。

有几张沙发椅和一些金色烛台,东方的样式,安置在香炉下方周围各处;还有一张大床——也是我们的婚床——是印度的款式,床台不高,是坚实的乌木雕花大床,上方是一领裹棺罩式的华盖顶棚。房间的每一角都立着一口巨大的黑花岗岩石棺,它们来自卢克索①对面的王陵,苍老的棺盖上面满是远古的雕塑。但悬垂在房间四周的,唉!是所有什物中最显奇幻异想的。高耸的内墙——甚至高得不成比例——从顶到脚,挂上了大幅厚重绒绣帷幔,扎成了一个个巨大的褶皱——帷幔的质材与地面上铺的绒毯,罩着软垫椅、乌木大床,包括盖在顶棚上的,都是一样的,还用它做成了华丽的漩涡状窗帘,可以遮挡部分阳光。布料是最精美奢华的金色,整个帘幅都以不规则的间隔点缀着阿拉伯风格的图画,图画直径约一英尺,以最为油黑锃亮的图案装饰在布料上面。但这些图画真实的阿拉伯风格只有从单一的角度才能看到。做出不同角度的可变效果,这项技术现在已经常见了,但确实可以追溯到非常遥远的古代。刚走进房间,看到这样的图案会觉得光怪陆离,简直会感到瘆人;但更靠近一点,这种样子就慢慢消隐不见了;然后一步一步,随着访客在房间各处移动,他会看到自己被连续不断的恐怖身影包围着,这些形象属于古诺曼人的迷信,或出现在僧侣罪孽深重的梦境中。人为地把一股强风持续吹到窗帘背后,大大增强了这种变幻莫测的效果——让整个房间氤氲在生气勃勃的可怕和不安之中。

在这样的厅堂之上——在这样的婚房之中——我跟特雷梅恩女士度过了我们婚后首月罪恶的时光——这段日子过得倒也算逍遥祥和。我的妻子害怕我喜怒无常的脾气——她躲着我,爱我,说不上——我不禁觉察到这点;但这却让我获得了额外的乐趣。我憎恶她,带着恶魔般而非常人的憎恨。我的回忆飞回(哦,

---

① Luxor,埃及城市。——译注

怀着多么强烈的悔意啊!)丽姬娅身边,我挚爱的、高贵的、美丽的人,躺在坟墓里的人。我陶醉于忆起她的纯洁,她的智慧,她的高洁,她那空灵的心性,她的热情,还有对我的崇拜敬爱。那么,现在,我的精神全面放任地燃起了比她本人所有的热情更加猛烈的火焰。在鸦片诱发的梦幻般的兴奋之中(我已经习惯性地为毒品的枷锁束缚住了),我会呼唤着她的名字,在夜晚寂静时分,或在白天,我躲在幽暗的层层庇护的密室里面,仿佛只要凭借热切的渴望,真挚的激情,以令我心力交瘁的热情期盼着远去的人,我就能够让她回到她当初抛别了的路径上来——啊,真的可能吗?——在这尘世之上。

大约婚后第二个月的开头,罗文娜小姐就突然病倒了,恢复得很慢。发烧耗损了她的元气,也使她夜不成寐;在躁动不安的半睡半醒中,她说塔楼房间里面有人说话,还有人走来走去的,我判断她精神紊乱出现了幻听幻视,没别的原因。房间本身变幻无常的气氛也可能激发出她的幻觉。后来她总算逐渐康复——最后,还好,她好了。然而只过了很短一阵子,第二波更猛烈的疾病再次迫使她卧床,饱受痛苦;经过这一番折腾,她的体质,原本就一直孱弱,再也没有彻底复原。经过这个阶段,她那令人不安的病情,越发令人不安了,反反复复,

为她诊治的几位医生,学识不中用,艰巨的努力也同样归于徒劳。随着病期拖延日久,病症显然已经牢牢盘桓在她体内,人力无法根除了。我自然也观察到她的性情变了,越来越神经质,容易发火,微不足道的担心都令她难以平复。她又一次说,这次说的遍数更多,口气也更坚决,她听见人声——轻微的声音——

帷幔后面也有不寻常的动静,上次她就说过有动静。

九月接近结束的一天晚上,她再提这个令人糟心的话题,逼着我一定要关注这事。她刚从心神不宁的昏睡中惊醒,我一直在看着,一半是焦虑,一半是模糊的恐惧,看她那枯槁的面容时时在痉挛。我坐在那张乌木大床旁边的一把印度风格的沙发椅上。她半欠起身,以恳切低沉的嗓音,悄悄说她当时听到了而我却听不到的声音——她看到了而我却看不到的动静。风疾速从帷幔后面掠过,我想告诉她,那些几乎听不见的微风和那些墙上非常微弱的光影变化,不过就是平常的风疾速吹过的自然结果(我得承认,这个解释我自己也不全信)。但一片瘆人的惨白布满了她的面孔,向我证明我安抚她的种种努力是徒劳无益的。她眼看着要晕过去了,呼喊仆人,他们离得远又听不见。我记得哪里还放着一瓶低度酒,是看病的医生们专门为她订购的,我急忙跑过房间去找。但是,正当我走进大香炉的阴影里时,两个吓人的情景吸引了我的注意。我感觉到,某个尽管看不见却可触知的东西已经轻轻走过了我身边;我看到,在金色的地毯上,就在香炉投下的浓郁的辉光正中,躺着一个阴影——一个微弱模糊的天使模样的阴影——就像想象中可能显现的背阴处的暗影。但我吸食了大量鸦片,正处于无法自已的兴奋状态,所以没在意这些事,也没对罗文娜说起。酒找到了,我再次走过房间,倒了一杯,我端着送到即将晕死的女人的唇边。这时候她总算半缓过来了,从我手里接过了酒杯,我瘫卧在沙发椅中,两眼紧盯着她的整个人。这时我才清晰地听到踩在地毯上的微弱的脚步声走近了床榻;过了1秒钟,正当罗文娜把酒杯举向嘴唇之时,我看到,或者说是也许梦见我看到,有三四大滴亮晶晶的红宝石颜色的液体,正好掉进了那酒杯,仿佛从房间的空气中某个看不见的泉眼里冒出来的。如果说我看见了——罗文娜却没有。她毫不迟疑地把杯中酒一饮而尽,我忍着没跟她说,我心想,无论怎么说,这样的情形一定只是在暗示我把想象当真了,妻子正惊恐发作,我自己吸食了鸦片,再加上这样的时刻,都在促使我病态地胡思乱想、想入非非吧。

然而,我却骗不了我自己,红宝石色的液体滴下之后不久,我妻子的病情突然疾速恶化;所以,在随后的第3天晚上,仆从们就为她准备后事了,到第4日,我独自一人坐在那儿,守着她裹好了尸布的身体,在那梦幻般的房间,曾迎接她作为我新娘的房间。——鸦片激发的狂野的幻象,像影子一样在我面前轻快地掠过。我以惶惑的眼神凝视着房间的各个角落立着的大石棺,凝视着帷幔上面不停变幻的图影,也凝视着头顶上方那大香炉七彩的火焰宛如蟠蛇扭结翻腾。我眼光向下看,突然想起前几天晚上发生的情景,香炉光亮下面,我曾在那儿看到了一抹阴影。然而,现在它已经不见了;我更加释然地顺了顺呼吸,转眼看着那苍白僵硬的身影静卧在床上。这时对丽姬娅的万千思念突然涌上心头——宛如万顷洪波在心头激荡,看着她被这样严严实实地裹住,我心中是万般愁苦无法言传。夜幕渐渐消退;带着满怀苦涩的思绪,想着那唯一的至真至纯的爱人,我还枯坐着凝视着罗文娜的身体。

可能已经午夜时分了,或可能更早,或更晚.因为我压根没有注意时间,突然传来一声抽泣,低沉、轻柔,但非常清晰,我吓了一跳,从空想中回过神来。我感觉这声音来自乌木大床——那张死亡之床。我在迷信恐怖带来的痛苦中聆听着——但那声音没响第二次。我瞪大眼睛,想看清尸体有没有什么动静——但什么动静也察觉不到。但我可不能这样受骗。我确实听到了声响,无论多微弱,我的灵魂已经在体内苏醒了。我坚持不懈死死盯着那尸体。过了好几分钟,任何事情也没发生来解开我的迷惑。后来,看得真切了,是有一点轻微的,一点非常微弱的,几乎无法察觉的红晕从那脸颊里面,沿眼睑凹陷的小静脉,焕出来了。经历了一阵难以言表的恐惧和惊奇,这份心情人类的语言根本无力充分表达,我感觉心跳停止了,我的四肢完全僵住了,一动也不能动,只能呆呆地在那儿坐着。然而,一种责任感最终驱使我找回了自持。我不再怀疑,准备后事有些操之过急了——罗文娜还活着。必须立即做一些解救的努力;然而,塔楼跟修道院里面仆人住的地方是完全分开的——喊叫也没人听得见——不离开房间好几分钟我没办法喊他们来帮我——可这时候我不敢冒险离开。因此,我独自挣扎着尽力挽回还盘桓在那儿的幽魂,在短时间内,肯定出现了反复;眼皮和脸颊的颜色都消失了,留下一片惨白,甚至比大理石更甚;嘴唇皱缩变薄,现出瘆人的死相;一种令人恶心的湿腻冰冷的感觉迅速蔓延到身体表面;紧接着就是常见的全身变僵变硬。经过这一番折腾,我颤抖着回到床上,再一次热切地想着丽姬娅活着的样子。

就这样一个小时过去了,这时候(真的可能吗?)我第二次察觉有些模糊的声音从床那边发出来。我听着——怕得要命。声音又传来了——这次是一声叹息。冲向那尸体,我看到了——分明看到了——嘴唇上有一丝颤动。过了一分钟,嘴唇不再那样紧绷着了,还露出了珍珠般的牙齿形成的一条亮线。刚才占据我内心的无限恐惧现在正与惊奇挣扎着、较量着。我感觉视力变得模糊,思维也错乱迷离了;我拼尽全力终于成功镇定了自己,来应对责任感为我指明的任务。现在,额头、脸颊和喉咙部位都出现了淡淡的辉光;整个身体也弥漫着一种可察觉的暖意;胸口甚至有了轻微的脉动。夫人活过来了;我更加热切地做着挽救生命的努力。我搓揉太阳穴和双手,浸洗它们,并采用了我的经验和大量阅读过的医书能提供的所有办法。但这一切都是徒劳。突然之间,颜色又不见了,脉搏也没了,嘴唇又是一副死相,而且瞬间之后,整个身体又现出冰冷、铁青、极度僵硬、外形塌陷等所有令人恶心的特征,这样的特征往往出现在下葬多日的尸骸上。

我再次沉湎于对丽姬娅的幻想之中——再一次(这是何等神奇啊!我一边写一边在发抖)有一声低沉的呜咽从乌木大床那边传到我耳朵里。但我为什么要详述那晚无法言说的恐怖呢?

为什么我现在要停下来,讲述这场可怕的还魂复活的大戏如何一遍又一遍地翻来倒去,接近灰蒙蒙的黎明时分才结束;又如何经历一次次反复,每一次可怕的反复结局都只是陷入更加令人生畏的、显然更不可救药的死亡;每一次痛苦挣扎又是如何带着与某个看不见的死敌较量的特征;还有如何我每一次抗争都会导致我全然不知的尸体外观不合常理的改变?还是让我赶紧把故事讲完吧。

那个可怕夜晚的大部分已经耗过去了,已经死去的她再次动了起来——这次比前些次都更有力些,虽然这次是从一种绝对无望的比任何时候都要更加令人惊悚的死亡之中返醒过来。我早已停止了抗争，也不再走动，只是呆滞僵硬地坐在沙发椅里面，沦为强烈情绪风暴中无助的猎物，这场风暴中，极端的敬畏之情也许是最不可怕的，也最少耗损心力。我重复一遍，尸体动了，这次比之前更加有力。汩汩生气以不寻常的能量滋润着面容——四肢活动了——除了眼睑还重重地垂着没打开，身上的绷带和各种饰物依然显露那是死人的遗骸，我或许在做梦，梦见罗文娜彻底挣脱了死神的镣铐。但是，即使这个想法在当时还不能完全采信，我现在至少不能再怀疑了，那裹着层层尸布的东西，从床上爬了起来，摇摇晃晃，步履微弱，双眼紧闭着，一副魇在梦中惶惶惑惑的样子，冒冒失失，明明白白，走到了房间的中央。

　　我没有颤抖——没有动弹——一大堆难以言传的胡思乱想，与那身影的气度、身量、仪态相关联，在我脑子里面横冲直撞，令我瘫软如泥——僵硬得如一尊石雕。我无法动弹——只能凝视着那幽灵般的存在。我的神魂思维一片错乱——成了一场无法平息的骚动。那真是活着的罗文娜站在我对面吗？那确实是罗文娜无疑——金发碧眼的特雷梅恩家的罗文娜·特雷万宁小姐吗？为什么，我为什么要怀疑啊？绷带还重重地箍在嘴巴上面——但这或许还不是透着生命气息的特雷梅恩小姐？那脸颊——焕出了她生命正午时分的玫瑰色彩——是的，这些或许真是美丽的特雷梅恩小姐的脸颊。下颌，带着笑靥，跟健康的时候一样，或许就不是她？——但是，难道她生病以来长高了？怎么会这么想，是什么样难以形容的疯狂扰乱了我的思维啊？一个箭步，我已经跨到了她跟前！在躲闪我触摸的时候，她让紧缚着身体的阴森森的寿衣垂落了下来，在房间忙乱的氛围中，她那浓密的长发蓬乱地喷涌而出,流泻而下;这头发比午夜时分乌鸦的翼翅还要黑!这时站在我面前的身影慢慢睁开了眼睛。"就在此时,此刻,至少,"我大声尖叫,"我绝不会——我永远不会弄错——那是一双圆睁的、油黑发亮的、狂野的眼睛——属于我已逝的爱人——我的夫人——**丽姬娅小姐**。"

初试鸦片的埃罗尔

埃罗尔·弗林

弗雷迪·麦克沃伊并不懂拳击,但他比我认识的任何人大概要强壮一倍,包括我本人。他拥有澳洲人钢铁般的握力。跟他打斗,我唯一的胜算是打他的鼻子,这鼻子外形看着很强悍,还带着鹰钩。可实际上他的鼻子受不了击打。相当出乎意料的是,在他的鼻子和我眼下想写点东西的志向之间,我发现他真的很在乎我。

我刚刚读了托马斯·德·昆西的《一个英国瘾君子的自白》。我深受触动,决定有样学样,同样的路我也走上一遍——将自己置于鸦片快感之中,写出关于鸦片的作品。我问一个朋友能否给我弄一些鸦片。他说:"那玩意儿我飞机上有很多。"

他给我拿来了足以毒倒半个工作室员工的鸦片。

我开始吸食了。然后试图写东西。开始我感觉表现不错。我并不知道我的脸色一天天越来越灰暗。别人察觉了我面色的变化。我越推进实验——这是我对它的称呼——写得就越少了。我开始猜想德·昆西当初是怎么做的。我写的东西毫无意义。

也许这是因为我一边吸食鸦片一边写作;别人是吸食之后写作。

这事我没告诉弗雷迪。我把供我吸食的鸦片针剂放在浴室水槽上方的窗台上面。

我每天都在工作室干活。每天晚上回家就打一针鸦片。

一天晚上,我回到家中,伸手到窗台存货的地方去摸我每天用的那份东西,结果一无所获。我发了疯似的到处翻找,想着是不是自己,在某个懵懵懂懂的时候,放错了地方。

弗雷迪开了门。"你在找什么?"

"哦,没什么。"

"你这个笨蛋。你最近有没有看看自己?"

"你在说什么?"

"如果你想知道毒品在哪里,我来告诉你。"

他带我进入书房,那里有一个壁炉,里面烧着一大堆火。"在那里面呢。现在,你想怎么办?"

"你这个混蛋。你是我家的客人。你的意思是说——"

"当然,我把它们烧了。全烧了!"

我挥着拳头扑向他。他鼻子挨了一拳。我知道该往哪儿打。我们在书房地上滚来滚去。家具开始开裂散架。我们还差点跌进了壁炉里面去。

"你这个狗杂种,"我说,"到外面来打。我可不想你的血弄脏我的地方。"

我们出去了。

外面更好施展拳脚。他上来抓住我,而我总想用拳头打倒他。如果他一把抱住我,我就完全没招了,但我动作快些。

第四辑 鸦片精粹

最后我们都躺在地上，互相击倒了对方。他气喘吁吁。"我再也起不来了，"他说，"可我凭什么要被你打倒？如果你愚蠢到要继续吸食这东西，没有人能拦得住你。"

弗雷迪断然把我拉出了毒瘾——以强硬的方式，在真正成瘾之前逼迫我放弃了鸦片。在接下来的几天里，我试图戒除它。我确实有些东西要写：鸦片戒断症状。很可怕的症状，很值得写。你感觉身体里的每一根神经都要跳出来了。说出来也没什么新意或科学价值。

后来，我也时不时地用到麻醉剂，不过，那只是按医生的建议做的，由医生配给或开处方购买。

这件事情的唯一好处就是，我意识到弗雷迪真是一位好朋友。

鸦片:戒毒日记(节选)

让·科克托

未经加工的生鸦片。如果你不把它封闭在金属箱子里,而是随心所欲地存放在盒子里,黑蛇很快就会爬出来。警告你啊!它会顺着墙壁,爬下楼梯,爬过地板,转弯,爬过门厅和院子,通过拱门,很快就会缠在警察的脖子上。

豪瑟和奥布莱恩

威廉·巴勒斯

那天早上8点,他们进屋向我走过来,我就知道这是我最后的机会,我唯一的机会。但他们并不知道。他们怎么可能知道呢?只是日常性的抓捕。但并不怎么按日常惯例来。

豪瑟正吃着早餐,突然副中队长在电话里说道:"我要你和你的搭档去抓一个姓李的人,威廉·李,在你们去市区的路上。他在兰普里酒店,就在公路B线旁边,103号。"

"是,我知道那地方。我也记得他。"

"好的。他住606房间。逮捕他就行了。别慢吞吞地引起那地方骚乱。此外还要把所有的书籍、信件、手稿都带回来,任何印刷的、打字机打的、手写的东西都要。明白了吗?"

"明白了。但这是什么意思……要书籍干嘛……?"

"就这么办吧。"副中队长挂断了。

这二位,豪瑟和奥布莱恩,已经在城市缉毒队干了20年了。跟我一样是老手了。我吸了16年的毒。他们不像法律条文那样不近人情。至少奥布莱恩不是。奥布莱恩喜欢耍诡计,豪瑟喜欢来硬的,真是一对杂耍拍档啊!豪瑟的方式是先痛揍你一顿,再说点什么,只为打破僵局。这时候奥布莱恩会给你一支老金牌香烟——好像警察都抽着老金牌,然后开始下套,手法老道,十拿九稳。他不是坏人,我也不想对他那么做。但这是我唯一的机会。

我正在扎紧胳膊准备打早上的一针,突然他们拿着万能钥匙进来了。这是一种特别的钥匙,即使门是从里面锁住,钥匙还在锁里,也可以用它打开锁。在我面前的桌子上有一包毒品,还有针头、注射器、酒精、棉花和一杯水——我在墨西哥养成了使用常规注射器的习惯,而且再也没有回头去使用滴管。

"哎呀,哎呀,"奥布莱恩说,"好久不见啊?"

"穿上你的外套,李。"豪瑟喊道。他把枪拿出来了。他总是掏出枪来达到在心理上施压的效果,还可以阻止嫌犯冲到厕所水槽那里销赃或跳窗户。

"我可以先打一针吗,伙计们?"我问,"这里还有很多,足够做证据的。"

我在想,如果他们不答应,我怎么能够到我的手提箱。箱子没有上锁,但豪瑟手里拿着枪。

"他想打一针。"豪瑟说。

"现在你知道我们不能答应啦,比尔。"奥布莱恩说,声音里透着温和狡诈的感觉,喊我名字时带着油滑的拖腔,故意显得熟络,是那种又残忍又下流的口吻。

他的意思当然是"你能为我们做点什么呢,比尔?"他看着我,面带微笑。那笑容留在那儿太长,丑陋而赤裸,是一个描眉画目的老变态狂的微笑,汇集了奥布莱恩亦善亦恶的本性中所有负面邪恶的特征。

"我可以想法子让你们抓到马蒂·斯蒂尔。"我说。

我知道他们很想抓到马蒂。5年了,他一直在贩毒,他们却揪不住他的把柄,马蒂也是个老手了,对他的客户是慎之又慎,小心提防。只有了解那个人,而且知根知底了,他才会接受他的钱。没有人会说他们坐牢是因为我出卖的。我在圈内名声是极好的,但马蒂仍然不愿意做我的生意,因为他认识我时间还不够长。马蒂就是这样,疑心很重的。

"马蒂!"奥布莱恩问,"你能跟他买到货吗?"

"当然可以。"

他们不相信。一个人不可能做了一辈子警察还没发展出一整套特殊的直觉。

"好吧,"豪瑟最后说,"但你最好说话算数,李。"

"我肯定说话算数的,相信我,我多谢了。"

我绑好胳膊打了一针,我的手因为渴望而发着抖,一个毒鬼典型的特征。

"我只是一个老毒鬼而已,伙计们,一个无害的病恹恹的毒鬼老废物。"那是我自我贬低的方式。正如我所希望的,豪瑟把眼光移开了,我开始找准一条静脉,这实在没什么好看的。

奥布莱恩坐在椅子的扶手上吸着老金牌香烟,带着憧憬的眼神看着窗外,好像在想,拿到退休金了,我该做点什么呢?

我一下子就找到了静脉。一股血射进注射器,一时间没有散开,对比强烈,像一条红色的绳子。我拇指按下柱塞,感觉毒品冲撞着流过我的血管,去喂饱一百万个嗜毒如命的细胞,给每一根神经、每一片肌肉注入力量和机警。他们没有看着我。我把注射器抽满了酒精。

豪瑟正一边把玩着他那把侦探专用的短管转轮手枪,柯尔特式的,一边朝房间四处打望。他能像野兽那样闻到危险气息。他用左手推开了壁橱的门,向里面瞥了一眼。我的胃猛地一抽。我在想,"如果他看到手提箱里面的东西,那我就玩完了"。

豪瑟突然转脸看着我。"你完事了吗?"他厉声道,"你最好别用马蒂的事来糊弄我们。"这话说出来很难听,连他自己都震住了。

我拿起抽满了酒精的注射器,扭了扭针头,以确保它没松开。

"就两秒钟。"我说。

我喷出了一道细细的酒精,左右摆晃注射器,像鞭子一样扫过他的眼睛。他痛得大叫了一声。我见他用左手猛擦眼睛,像是要扯下无形的绷带,我跪在地上,伸手去抢手提箱。掀开手提箱,我的左手紧握着枪把子——我惯用右手,但我用左手射击。听到豪瑟的枪声之前我就感觉到他开了枪。他的子弹砰的一声射进了我身后的墙里。我趴在地板上射击,我朝豪瑟的肚子上快速射中了两枪,他的防弹背心拉得太高了,露出了一英寸白色衬衫。他哼了一声,我能感觉到,然后向前栽倒。奥布莱恩惊慌失措,完全僵住了,他的手还在一个劲地撕扯他肩套里的枪。我用另一只手抱紧枪腕,稳住枪便于用力拉动击铁——这把枪的击铁已经落下来了,得先扳起来再瞄准才能继续射击,瞬间完成两个动作——子弹射中了他银色发际线下方约两英寸红色额头中间的位置。上次见到他,他的头发已经花白了。那是 15 年前的事了,我第一次被捕。他的眼睛无光了。他面朝下从椅子上跌下来。我的手已经忙乱地够到了我所需要的东西,我的作品、毒品,还有一盒子弹,连同我的笔记本一起扫进了公文包。我把枪塞进腰带,一边穿外套,一边跨出房间,来到走廊。

我能听到前台服务员和那个行李员通通跑上楼道的声音。我乘自助式电梯下来了,穿过空无一人的大厅走上了大街。

美丽的小阳春天气。我知道我没有太多的机会,但有机会总比没有好,好过成为 ST(6) 或缩写为任何东西的实验对象。

我不得不快速置办些毒品。机场、火车站和巴士总站沿线,他们会对所有的毒品交易区和联络站进行布控。我乘出租车到华盛顿广场,下车沿着第四街走着,这时我发现尼克在拐角处。哪儿都能找到毒贩。你的需要就能把他像个幽灵一样唤出来。"听着,尼克,"我说,"我要离开这里了。我想弄些海洛因。你现在能搞到吗?"

我们沿着第四街走着。尼克的声音似乎从某个乌有之境飘进了我的意识。一个可怕的、无形的声音。"是的,我想我能弄到。我得往居住区跑一趟。"

"我们可以坐出租车去。"

"好吧,但我不能带你进去见那个人,你懂的。"

"我懂。咱们走吧。"

我们乘出租车往北走。尼克用他平淡、死气沉沉的声音说着话。

"我们最近弄到一些东西有点儿怪。药力不弱,真的……我不知道。就是不一样。也许他们加了些什么合成的假料……美沙酮什么的。"

"什么！已经在加了？"

"嗯？……不过我现在带你去的那家是不错的。事实上，据我所知，那儿出的可是这一片最好的货色……你别往前走了！"

"请快点。"我说。

"差不多10分钟的事吧，除非断货了，要去外面拿……最好坐在那边喝杯咖啡……这一片警方盯得紧着呢。"

我在吧台边坐下，点了杯咖啡，点了一块塑料盖子下面的丹麦点心。我嚼着不新鲜的橡胶似的蛋糕，喝口咖啡咽了下去，祈求上帝，这一次请帮忙，让他马上拿到，别回来说，这个人没什么货了，必须往东奥兰治或格林波特跑一趟。

还好，他回来了，站在我身后。我看着他，不敢问他。想起来可笑，我坐在这儿，未来24小时内我可能九死一生——我已经下定了决心不投降，不想在死刑犯拘役所度过接下来的三四个月。而此刻，我却在担心毒品交易是否做成。但我大约只剩下5针的量了，没有毒品我会完全动不了的。尼克点了点头。

"别在这儿给我，"我说，"坐上出租车再说。"

我们打车去了市中心。我伸出手一把抓住那个包裹，然后把一张50美元的钞票塞进了尼克的手里。他瞥了一眼，露出了笑容，我看到他牙全没了，只剩下牙龈。

"非常感谢……这可以帮我还清债务……"

我向后靠着，好让大脑想问题，又不用太紧迫。逼迫脑袋想问题太狠了，它就会像超负荷的闸板那样坏掉，或给你造成伤害……我没有犯错的余地。美国人对失控特别恐惧,不敢让事情以自己的方式发生而不去干预。他们总想跳入自己的胃里面去消化食物,再把屎铲出来。

你的头脑能回答大多数问题,如果你学会放松,等待答案。就像那些电脑一样,你只需把问题输进去,悠闲地坐着,等待一会儿……

我在寻找一个名字。我的脑子正在整理名单,立刻放弃 F. L.——Fuzz Lover,跟警察走太近,还有 B. W.——Born Wrong,天生的错误,以及 N. C. B. C——Nice Cat But Chicken,可爱却胆小如鼠;弃置一旁,重新考虑,缩小范围,筛选,在脑子里搜索几遍,答案就出来了。

"有时,你知道,他会让我等3小时。有时我一去就做成了,就像这次。"尼克说话间有点自嘲地笑了笑。他这是在表示歉意,因为在瘾君子所在的心灵感应的世界,只要说出数量就可以了——多少钱?有多少货?——所以不怎么需要说话。他知道,我也知道等待的全部含义。各级毒品交易都没有时间表。没人能准时交货,除非是碰巧。瘾君子是按毒品的时间起居的。他的身体就是他的时钟,而毒品就像一个小小的计时沙漏在体内运行。时间只有涉及他的需求才有意义。这时候他会突然闯入其他人的时间,像所有的局外人,所有的请愿者一样,他必须等待,除非他碰巧错过毒瘾发作的时间。

"我能对他说什么呢?他知道我会等的。"尼克笑了。

我在雄风浴场过夜——同性恋是便衣警察最好的掩护——那里有一位意大利服务员大声吵吵着,在黑暗中用红外望远镜扫视宿舍,把气氛弄得很紧张。

("东北角上的听好了!我看到你们了!"他打开泛光灯,把头伸进地板和私人房间的墙壁之间的活板门里面,许多"女王"就是从这里被穿上拘束衣弄走的……)

我躺在顶部开放式的小房间里,看着天花板……听到了呼噜声、尖叫声,还有高声咆哮从阴暗的噩梦之中传来,杂乱无章的噩梦,充满了支离破碎的欲望。

"给老子滚开!"

"戴上两副眼镜,你就不会这么瞎了!"

天一亮,我就出来买了一份报纸……什么也没登……我从药店的电话亭打电话出去……要求转缉毒队:

"我是冈萨雷斯副中队长。请问是谁打电话?"

"我找奥布莱恩。"静了一会儿,听到电话线晃来晃去的声音,话音断断续续的。

"这里没这个人……你是谁?"

"哦,找豪瑟也行。"

"听着,先生,这个局里没有奥布莱恩也没有豪瑟。你要干什么?"

"你听着,这事很重要……我得到消息,有一大批海洛因要运来城里……我想跟豪瑟或奥布莱恩谈谈……我不跟其他任何人交易……"

"你稍等……我让阿希比底思跟你通话。"

我开始怀疑这个部门是否还有英国本地人。

"我想跟豪瑟或奥布莱恩说话。"

"我告诉过你,这里没有豪瑟也没有奥布莱恩……你是谁?"

我挂了电话,搭出租车离开……在车里,我意识到发生了什么事……我被挡在了时空之外,就像鳗鱼在游往马尾藻海途中停止了进食,屁股也闭塞了……我被锁在外面……再也没有一把钥匙,一个与正常时空的交叉点……警方对我的追踪搜查从这里永远结束了……警方的行动随豪瑟和奥布莱恩一起归入一个内陆城市与毒品打交道的历史,当时在那里海洛因总是28美元一盎司,你可以在苏福尔斯的中国佬洗衣店里买到烟泡。在世相之镜的远端,与豪瑟和奥布莱恩一起进入过去……捕捉到一个尚未打来的世界,那里没有窥探心灵的官僚机构,也没有时间垄断、管制药物和重度成瘾者:

"300年前我就想到了这事。"

"你的计划那时行不通,现在又无用……就像达·芬奇的飞行器设计方案。"

损毁形象

威尔·塞尔夫

20世纪60年代有两场"文化革命"。这两场革命似乎都涉及推翻已经确立的正统体制，两场革命都有近乎神话人物的带头人，他们都进行了长征。东方出了一位伟大的舵手，而在西方，我们只有一个伟大的毒品大师。

伟大的舵手已经下葬10多年了，而伟大的毒品大师不畏严重中毒的身体频频告急，今天仍然与我们在一起，庆祝他的第80个生日。

在他漫长的征途上，威廉·巴勒斯从纽约向南，逃脱了联邦政府对他做出的伪造吗啡处方的指控。40年代末在新奥尔良，他引领了他的革命干部——杰克·凯鲁亚克、尼尔·卡萨迪（Neal Cassady）和艾伦·金斯伯格（Allen Ginsberg）——后来继续向南逃到了墨西哥城，这次逃亡是因为被控拥有大麻。在墨西哥城，巴勒斯意外枪杀了他的同居妻子琼·佛尔莫·巴勒斯，保释期间再次逃出这个国家，这一次是向南美洲进发。

从南美洲到丹吉尔，从丹吉尔到巴黎，从巴黎到伦敦，然后最终在 80 年代初回到纽约。在他离开美国期间,巴勒斯的杰作《裸体午餐》已经出版,这个神秘的小本子成了我们那场虚假的"文化革命"的小红宝书。最初,它只是以地下出版物的形式被传阅,在芝加哥的一家另类杂志《盛宴》(Big Table)上连载,登了几期《裸体午餐》后,该杂志就自行消亡了,不消亡才怪。但后来,巴黎的奥林匹亚出版社以成书的形式发行了该书,并引起了轰动。其余的,当然,就是历史了。

这是巴勒斯长征的基本路线图,以这种方式记录保存了下来,有圣经故事的轮廓。巴勒斯作为该隐的标志就是同性恋和吸毒成瘾。他的"罪孽"既有破坏性又有创造性。他自己写到[在他的自传体小说《酷儿》(Queer)的前言部分],要不是因为他意外射杀了妻子,他不相信自己会成为作家。

为什么伟大的毒品大师能够活下来,而他的许多同道者却倒在了路边呢?是什么特定的素质让他成为最罕见的奇迹:在有生之年就成为一个传奇?但也许更具针对性的问题是,关于如何对待这位 20 世纪末具有创造力的作家,巴勒斯神话给了我们什么启发?

我认为它告诉我们:在我们生活的时代,堕落的想法和做法——按照尼采赋予它的意思——从未如此清楚地为人们所认识。20 世纪中叶现代主义的繁荣并不代表着 19 世纪浪漫主义已经解体,而是既调和又强化了创意艺术家的公众形象,即深刻的自我毁灭感,高度的自我意识,哀怨的离经叛道,当然,还有最卑劣的言行失范,其中巴勒斯就是这一运动最后幸存的化身之一,这就是为什么 60 年代的文化浪潮已经显得如此虚伪,这就是为什么先锋们现在已经完全被人们淡忘,这就是为什么当时的青年一代没有为文化主流做出什么有意义的贡献。

我的一个朋友曾经说过:"我15岁读了《瘾君子》,16岁成了一个瘾君子。"我自己也是如此。我在芬奇利的基督学院六年级下学期得到的奖品就是一本《裸体午餐》。就我个人而言,巴勒斯证明,你什么都可以干:不受法律约束,什么时间都可以酩酊大醉,仍可以被诺曼·梅勒(Norman Mailer)誉为"唯一活着的美国天才作家"。我从这个错觉中醒来,已经20岁了,被精神病医生诊断为"边缘人格",还有海洛因成瘾,我很惊讶地发现我并不是一个著名的禁书作家。事实上,我根本算不上什么作家,被"禁"倒是不假。

当然,把这看成一种因果关系过于草率了。我产生错觉的责任不能归到巴勒斯头上。他是无可指责的。他从来没有声称自己拥有任何对60年代勃兴一时的文化浪潮的宗主地位。事实上,早在1952年他就被反文化潮流表现出的堕落和缺乏格调给吓坏了,当时他是墨西哥城的居民,看到了第一波垮掉的一代跟在他的身后。

瘾君子作家的有害的想法早在巴勒斯之前就滋生出了一代模仿者。1822年德·昆西发表《一个英国瘾君子的自白》的时候,他就被指责具有这样危险的影响。在接下来的几年里,有不少青年男子死于过量吸食鸦片,罪责都被安在了他的头上。

事实是,淫秽下流的视频造成的青春期杀人犯的数量不会比《瘾君子》和德·昆西的自白书制造的吸毒成瘾者少。相反,文化,在这个更广泛的意义上,是一个布满了镜子的大厅,其中,因与果无休止地相互映射,渐趋弱化,往往不可避免地琐碎化。

因此,正是在海洛因亚文化中——这个模糊地带,我自认为有资格在这里说一说——毒品大师名气大,甚至被那些连一句巴勒斯作品都没读过的人当作护身符,以证明瘾君子生活方式是合理可行的。出于同样的原因,毒品大师所代表的艺术家形象现在已经迅速繁殖蔓延到了大众文化的领域。他真正的继承人不是瘾君子作家,而是流行音乐家,他们用迷幻剂和可卡因摧残自己的大脑,吸食摇头丸的青少年胡言乱语,喋喋不休,在毒品泛滥的屋子里大呼小叫,城市瘾君子跟着一种不同的电子鼓乐器起舞。

"毒品"作为万恶之源的地位——本质上是邪恶或肮脏的——是由一些艺术家(如巴勒斯)及其假装鄙视的执法机构共谋创造的。一个人的创意美味是另一个人的社会毒药,但双方以某种奇怪的方式希望保持这种状态。巴勒斯自己在《裸体午餐》的前言里告诫读者:与其他毒品相比,鸦片剂本身就有某种"亵渎神灵"的东西。

但这个说法是错误的,问题的真相是,艺术家自我毁灭的形象与西方文化无法形成有意义和有效的毒品仪式,是同一硬币的两面。总是让我困惑的是,我无法以这种方式追溯因果。原因是,虽然凭直觉我理解了上述意思,但我仍然在某个非常重要的方面是这位毒品大师忠实的拥趸。我像他一样慢慢开始信仰——就像许多瘾君子一样——某个神奇世界真的存在着某种隐秘的力量。我像他一样,转向写作,以此来表现疾病和康复的辩证关系。戒断海洛因提升了感觉的敏锐度,而接着就会产生强烈的反向效果,进而唤出一连串非常感伤的意象,这跟热情似火的瘾君子体验到的自发而无快感的兴奋体验正好生动对应。这是德·昆西的《来自深处的叹息》(*Suspiria de Profundis*)与柯勒律治的《睡眠之痛》("The Pains of Sleep")的创作之源,同样,也成就了巴勒斯的《新星快车》(*Nova Express*)和科克托的《鸦片》。这样,19世纪和20世纪形成了对应。在这两个世纪之中,一些最优秀的创造性头脑已经用有害的昭彰恶名换得了自我实现的小利。毒品大师的变态——鉴于他自己的杀妻恶行——还有他对"携带武器的权利"的恐怖痴迷、激进的同性恋倾向以及随后的厌女主义言行,他——和我们——共同臆造了一个形象,既是因为他在小说中写的事实,也归咎于我们把他的小说当成了现实——这一切,在一个反常的事实之中达到了一个奇特的制高点:他80岁高龄了,而且还活着,按照常理,他早该离去。

说这话,我无意冒犯谁。我只是想强调这个反现行体制却又沦为现行体制的拥护者的人在言行方面的悖论:这个有时是瘾君子的人,用丝带绑在扣眼上,显示他是美国艺术与文学学院的成员;这个波希米亚式的流亡者,住在名叫安迪·哈代的美国小镇;这个"隐形人"这个时候已经变得极度显眼了。

如果巴勒斯的故事能告诉我们点什么,那就是我们已到了生死存亡的紧要关头。我们迫切需要一个新的、有创造力的艺术家形象,来取代这种老套玩意儿。此刻我们围在创意天才们周围,就像一群乡巴佬观看畸形展览。当然,这种态度催生了一个文学传记行业,该行业宣称要颠覆小说创作本身。

所以,在这个纪念日,我们要做的不是庆祝和进一步粉饰毒品大师的传奇,而是重新审视他另类人格所创造的作品有何意义:他讽刺挖苦已病入膏肓的资本主义和成癖成瘾的消费主义;他以挽歌式的腔调诉说着悲伤和错位感;他的思想和意境具有巨大的繁殖再生能力。让我们说:安息吧,比尔·巴勒斯。愿您福寿绵长!但是,对毒品大师,我们要说,愿疾病早日战胜您!让我们推倒雕像,踏上我们自己的长征路,去追寻于作家职能更有效的精神理念。

第五辑

液体、气体、烟雾和粉末

第五辑收录了几篇涉及使用兴奋物质的文章,内容差别较大,主要针对烟草、可卡因以及致醉剂,如乙醚、一氧化二氮(笑气)和氯仿等。吸烟起源于南美洲,印第安人认为,吸烟是与神灵世界密切连接的途径。据萨满巫师的说法,烟草是神灵的粮食。通常,他们认为植物本身是被某种精灵所占有的,随着烟草被引入欧洲,这样的观念也传了进来。1602年,约翰·博蒙特爵士(Sir John Beaumont)写到烟草,称之为上帝慷慨的馈赠,同时,我们已经看到,仅仅两年后,英王詹姆士一世就声讨它,称之为炼狱的贡品。

在诗人式的宽宥放任之中,对烟草有灵性的信仰延续了一段时间。众所周知,J. M. 巴里(J. M. Barrie)创造了永恒青春的精神象征彼得·潘,可他本人却长年敬奉着另一位神,烟斗大神,他把它叫作"我的尼古丁夫人"。他认为烟草是他的情妇,为了婚姻他必须忍痛割爱。巴里讲述了自己戒烟的故事,在结尾处表达了一种奇怪的曲折纠结感,因为虽然已经弃绝了妖娆的尼古丁夫人的诱惑,但他却忍不住要透过墙壁聆听他家邻居磕烟斗的声音。巴里有关他家邻居吸烟习惯的高超的演绎推理本领也许只有夏洛克·福尔摩斯或者偷窥上瘾的变态才能匹敌,根据亚瑟·柯南·道尔爵士在《四签名》(*The Sign of Four*)里的叙述,夏洛克·福尔摩斯本人,在探案间歇百无聊赖的时候,往往会给自己注射可卡因或吗啡。他为自己的放纵行为所做的解释很让华生医生不以为然。

汉弗莱·戴维爵士(Sir Humphry Davy)是位化学家,也是安全矿灯的发明者,圣诞节的氛围也不会打断他的科学实验。不仅如此,他还自编自导了一段节礼日奇闻:1799年12月26日,他决定把自己装进一个密闭的箱子里,同时在箱子里注入20夸脱一氧化二氮!在一篇题为《手术刀下的幽魂》("Under the Knife")的小说里,H. G. 威尔斯(H. G. Wells)讲述了一个人如何在氯仿麻醉下接受了一场外科手术,他一直担心自己随时会死去,却突然被推入了一场心灵之旅,遨游了太阳系,然后又飞出太阳系,也不知道自己是死是活。摘自《植物幻想曲:麻醉药和刺激性药物》(*Phantastica: Narcotic and Stimulating Drugs*)的文章涉及乙醚滥用问题,这是心理药理学家前辈、先驱者刘易斯·卢因(Lewis Lewin)的大作。他的著作提出了一个有力证言,那就是,对酒精的限制导致了乙醚的滥觞。

《药袋》("The Drug Bag")摘自亨特·S.汤普森的黑色喜剧杰作《惧恨拉斯维加斯:一场直捣美国梦的凶蛮之旅》,文中没有看出此类动机。在汤普森的作品中,诸如一氧化二氮和乙醚这样的致醉品只是精神类药物使用的巨幅画卷的一部分。但汤普森忠于他的艺术吗?所有的迹象都表明他是忠诚的。他的传记作者 E.吉恩·卡罗尔(E. Jean Carroll)记述了她的受访对象生活中典型的一天,内容包括吸食各种毒品,有可卡因、大麻、兴奋剂酸、酒和烟,短暂的间歇用来吃垃圾食品、看色情电影,当然还有写作。汤普森在20世纪70年代是《滚石》杂志的长期撰稿人。杰里·霍普金斯(Jerry Hopkins)1971年发表的《可卡因意识：美食之旅》("Cocaine Consciousness: The Gourmet Trip")一文最初也刊登在同一本杂志上。这里所选的这篇文章的修订版概括了70年代上半叶可卡因的流行情况，距离强效纯可卡因(Crack)出现、撕开可卡因迷人的面纱还有一段时间。

我的尼古丁夫人

J. M. 巴里

婚姻与吸烟之比较

我戒烟的情况是这样的。

那会儿我只是光棍儿一条,正向着我现在看清的悲惨的中年靠近。我已经习惯了烟从我嘴里汩汩冒出,没了它,我感觉整个人都缺了点什么;事实上,如果不干什么事儿,我就可以忍着不吸烟,但艰辛劳作的时段就几乎做不到了。烟斗放在一旁,不久之后我就躁动不安,不由自主地在餐桌旁溜达。被狗领着的瞎眼乞丐都比我强,我比他们更不愿意割断拴着我的绳子。

戒烟之后,我日子过得好多了,感觉已经很难理解曾经的我。甚至想起那个我,连不带偏见地审视他都做不到,因为我们忘记那个我们不屑一顾的旧我,就像忘掉一条已经翻修的街道一样。难道获得自由的奴隶听见皮鞭啪啪抽响总会发抖吗?我想不会的,因为回想起我吸烟岁月的各种恐怖,感觉是依稀的,并没有强烈的痛苦。有好多个夜晚,我心痛醒来,呼吸不畅,也不敢动弹。

也许要过了恐惧的 10 分钟之后，我才能一寸一寸地挪动。白天感到这刺痛的时候没那么多，但跟朋友谈着谈着，刺痛来了，我感觉就要死了。我从未向人提过这种体验；的确，尽管我的朋友之中就有一个懂医的人，当他非常偶然地打听我每周消费多少烟草时，我会狡猾地撒谎糊弄过去。我经常在黑夜里不仅发誓要戒烟，而且想搞清楚我为什么会喜欢上抽烟。第二天早上，吃完早餐，我就径直去拿烟斗，连与自己最小的一点抗争也没有。后来我知道了，既然下决心要戒除恶习，索性用睡觉来打发时间岂不更好！我煞费苦心地想出了各种各样欺骗自己的招数，因为当我知道我每周要吸食多少盎司烟草的时候，我也很不开心。我经常抽烟卷儿来减少抽雪茄的数量。

另一方面，除了这些尖利的刺痛感，我觉得还挺好的。我胃口不错，跟现在差不多。我乐呵呵地工作，当然比现在更卖力。我隐隐约约地觉得，我童年也经历过类似的痛苦，那会儿我可没吸烟啦，而现在对这种痛苦我也绝不会陌生，它们在我吸烟的岁月里是最常见的，但我现在没有什么理由把痛苦都归于烟草吧。抽烟的医生可能会认为那是无稽之谈。尽管如此，点燃了烟斗，我或许会说，提防着点吧。一有疼痛发作的迹象，我就立马放下烟斗，不再抽了——直到疼痛消失再说。

我不会承认，就算确定了它正对我造成伤害，我也不能在无人帮助的情况下，真正戒除烟瘾。但我不愿意确认吸烟有害。我只想说，我不再吸烟，是因为我认为吸烟是一种下流的奴役，基于道德和健康都应该禁绝它；虽然我现在清楚认识到了吸烟很愚蠢，但在抽完我最后一次烟斗后，我有好几个月都依然意识不到原先有多愚蠢。我想,我放弃了最令我愉快的安慰,没有其他原因,只因为有位女士愿意嫁给我,但让我必须在它和她之间做出选择。这件事让我们的婚期推迟了6个月。

如各位读者所见,我现在渐渐从我夫人的角度看待吸烟问题。因为我不允许有人在我家里吸烟,我那些老单身汉朋友都在抱怨了,但我愿意随时表明我的立场,我没有丝毫怜悯他们的意思。如果说我不能在这里吸烟,他们也不能。我在老客栈跟他们见面时,他们几乎把烟圈吹到我脸上,算是对我的小小报复吧。吹烟圈报复我的野心算是世人尽知的最卑鄙的手段了。我曾经是一家吸烟者俱乐部的成员,我们在那儿练习吹烟圈。吹得最好的年终得到一盒雪茄作为奖品。那可是好日子啊!我现在还经常想起那些日子。我们聚在一间温馨舒适的房间里,就在河岸街边上。我现在还清楚地记得它的样子;课表随处放着,我们可以用它来点烟斗。有些人抽黏土烧制的烟斗,但为享受阿卡迪亚混合烟丝还是给我一杆石楠烟斗吧。我的石楠烟斗是世人所知的最香醇的了。当时一杆烟斗似乎就是我的至交挚爱,现在回忆起来觉得不可思议。

我现在还是蛮高兴的,所以才能带着困惑回头看看我当时为什么那么犹豫,不愿走进幸福。我们的房子都被人占了,而我还在争辩说,一下子把烟瘾戒掉是很危险的。当时,我理想的婚姻生活可不是现在这样,我记得吉米说服我就选这所房子,因为楼上的大房间带了3个窗,那可是吸烟者的梦想之地啊!他想象着自己夏天的时候跟我在那儿吐着烟圈,我们光着膀子,把脚伸到外面窗台上;他说,后面的衣柜,正对着一面空白的墙,将成为我

第五辑　液体、气体、烟雾和粉末

妻子的一个温馨的客厅。当时他那么积极热情,我就忘乎所以了,但我现在明白那是何等自私啊,我现在还能想起他第一次拜访我们发现壁橱并没做成客厅时的脸。吉米算得上是人中楷模,也不免夹带着私心,被他对烟斗的忠诚给毁掉了。直到今天他还认为壁炉架上的花瓶是用来放点烟斗用的纸捻的。我们几乎确定,他跟我们待在一起的时候会在卧室吸烟——我可不允许这种讨厌的行为。

每天两支雪茄,9 便士 1 支,一年下来就是 27 镑 7 先令 6 便士。而每周 4 盎司烟草,9 先令 1 磅,每年就要 5 镑 17 先令。两项加起来就是 33 镑 4 先令 6 便士。当我们以这种方式计算烟草的年费时,我们自然吃了一惊,而在考虑了可以如何以令人满意得多的方式花掉这笔钱之后,我们的奢侈更加让我们感到震惊。用那 33 镑 4 先令 6 便士,您可以为客厅添置崭新的东方式地毯,还可以买一顶春天戴的软帽和一件不错的礼服。这些东西可以带来永久的快乐,而雪茄烟蒂一丢,你就再没有什么好处可言了。根据我个人的判断,应该说是考虑问题不周全,而不是私心太重,才使得那么多的单身汉成为大烟鬼。一旦男人结婚,他的眼界就打开了,可以看到许多其他以前没怎么在意的东西,其中的乐趣包括每个月给客厅添置一件家具,把某间卧室装饰成粉红色和金色,卧室门永远上把锁。如果男人只会认为他们抽的每一支雪茄可以换来一把新的赤棕色长毛绒钢琴凳的一部分,而每购买一磅锡罐装的烟草就买不成一个花瓶来养濒临枯萎的天竺葵,他们当然会犹豫了。他们懒得考虑这些事,但是,等他们结了婚,就不得不考虑了。就我个人而言,我不明白为什么在我们被禁止吸烟之时,单身汉们却可以想抽多少就抽多少。

烟草的气味很难闻,弄到窗帘上是无法祛除的。而如果窗帘没弄好,生活中就没什么乐趣了。至于饭后一支雪茄,它只会让你沉闷,昏昏欲睡,不能投入地跟女士们一起玩。一个更令人愉快的过夜的方式是吃完晚餐就直接到客厅,去欣赏音乐。听听你夫人的侄女演唱《哦,我们两个去采五月花》,也会让人平心静气。即使你不懂音乐,跟我的情况差不多,在客厅也有很多赏心悦目的东西。墙上有大和风格的画扇,这可是很精美的东西,虽然除了道听途说的一鳞半爪,你的艺术品位也许还没修炼到足以欣赏它;想着用过去愚蠢地浪费在买雪茄上的钱买回这些东西,心里也是愉快的。同样的方式,房间里的每一件漂亮的小东西都在提醒你,你现在可比以前聪明多了。就连夏天站在客厅的窗口,看着出租车司机一个个嘴里叼着雪茄从街头经过,都会觉得欣喜。同时,如果我能制定法律,我会禁止人们在街上吸烟。如果他们是已婚男子,他们吸烟就吸掉了客厅的防火墙以及粉红色和金色房间的壁炉式边框。如果他们是单身汉,这就是个丢脸的事,因为单身汉应该能战胜一切。

没有什么比我认识的一些男人活活沦为烟草的奴隶更悲催的事儿了。不仅如此,更糟糕的是,他们还把某种特别的烟草奉为偶像。我就认识一个人,他认为某种混合烟比所有其他种类的都好,他往往步行3英里去买。当然,每个人都会承认这是可悲的。那甚至都算不上上等的混合烟,因为我曾经偶尔试抽了一次;如果说伦敦有一个人懂烟草,那就是本人了。伦敦只有一种混合烟配得上"高级"这个形容词。我不会明说在哪里可以搞到这种烟,因为结果肯定是许多愚蠢的人会比以往抽得更多;但我真不知道有什么能跟它相提并论。它温和得让人心醉,但又充溢着芳香,又绝不会辣舌头。你尝试一次,一辈子你就只想抽它了。它可以清醒大脑,舒缓性子。每次外出度假,不管到哪里,我都会尽量多带些那种精致的保健混合烟,原本指望全程都有烟抽的,但每次都不够抽。这时我就打电报到伦敦再要一些,到货之前我可就惨了。我是多么急切地打开烟罐的盖子啊!那是可以拿命来换的烟草。但现在戒了它我活得更好。

晚饭后我偶尔仍然会觉得有点郁闷,说不清为什么,如果我的夫人不在我身边,我就会焦躁不安地在房间走来走去,像是丢了什么东西。不过,她通常会带我一起去客厅,然后大声朗读令人愉快的长篇家书或演奏些柔美的音乐给我听。如果音乐是甜蜜哀伤的,我往往会忘情,神思会飘到一家客栈的一截楼梯上,我欢快地爬上来,用力推开顶楼一扇沉重的大门,把煤气灯打开。我又一次来到这个小房间,里面布满灰尘。一堆论文和杂志放在离门最远的角落里。藤椅恰好显出马里奥特背部的形状。一幅带框的画余下的部分(在用它点火以后)就丢在炉前的地毯上。吉尔瑞不请自来。他已经留下话,说要把他的访客送到我这儿来。房间里面人满了。我的手在壁炉台子上摸到一个棕色的罐子。把这个罐子放我的膝盖之间,我装上了烟斗……

过了一会儿,音乐停了,我夫人把手放在我的肩上。可能我吓得一震,然后她说我已经睡着了。这本书里面描述的就是我的梦想之境。

太太睡着了，寂静的房间

也许本章的标题会欺骗一些读者，以为我现在会在私底下偷偷抽烟。我知道，这是吸烟者之间的一个普通玩笑，嘲笑像我这样的承诺很少能兑现，我允许世外桃源般的享受继续引诱我。但说一千道一万，真心话是，我绝没有背叛自己的承诺。我再也没有吸烟，事实上，虽然我单身生活的场景经常在梦中升起，画风是斯克林杰也画不出来的，我很高兴，当我醒来，它们都只是梦境。

我明白那些自私的日子已经完结了，虽然那是快乐的日子，但那种快乐是个错误。至于看清吸烟的本质后，人和烟草之间通常发生的纠结，我倒从来没有经历过。我现在甚至对阿卡迪亚也没有任何欲望，虽然那是只有最了不起的人才应该吸食的烟草。如果我们送一罐这样的烟给民族英雄做礼物，而不是把城市的自由奉送给他们，他们可能会更感谢我们。吉米和其他人是绝对不配抽这种烟的；事实上，但凡我有什么办法，一定会要他们彻底放弃吸烟。

也许，没有什么比下面这件事儿更能完全地显示我如何切断自己与过往的联系：我的妻子同意让我们的朋友在书房里面吸烟，但我就没答应这件事。在我家就不让吸烟；我决定跟吉米谈谈在我们空余的卧室窗户外面抽烟的事，说没有烟雾飘进来不过是个可鄙的幌子。窗帘肯定会沾上臭烟味，我们必须立刻找人清洗。我要对吉米说清楚，因为我想让他告诉其他人，他们必须清楚地了解并接受了什么样的条件，才能走进这所房子里做客，如果他们宁愿让自己做烟囱而不愿听音乐，那就只能让他们待在自己家里了。

我的妻子睡着了，房子里一片寂静，我隔着墙聆听隔壁家的男人的一举一动。这种时候，我嘴里叼着我的石楠烟斗，但没关系的，因为它里面并没有装烟。我不愿放弃我的石楠烟斗，我知道没人能理解这点，我现在总是随身带着它，用于提醒我别忘了那黑暗的过去。当隔壁那个人点燃烟斗抽起来，我便把没装烟丝的烟斗放进我嘴里，我们就这样一起度过安静的一个小时。

记忆中，我从来没有见过隔壁的男人，他家大门对着街角那边，而且，我对他没有兴趣，直到晚上11点半以后。我们从那时候才开始有交流。我认识他主要是他有各种烟斗，我知道这点是通过听他在墙上把烟斗里的烟灰磕出来的声响。他不吸阿卡迪亚烟，他的脾气急躁，他用脚把木炭踩破。虽然我不得不说，我不认为他的性格非常可爱，他有他的优点，我就喜欢他钟爱自己的石楠烟斗。他擦拭烟斗，总的来说，有点野蛮，但这是因为他急着再次点烟。我很久以前就发现，他跟他妻子签订了一份协议，答应12点半上床睡觉。有一段时间，我不明白他为什么把一个银圈嵌在烟锅边上。我马上就察觉到磕烟斗的声音有变化，自然而然的结论就是，烟锅出现了裂口。但它发出的声音绝不是一个破烟锅发出来的。我不愿意相信隔壁家的男人只是一个庸俗的家伙，我觉得他不可能是这种人，否则他会更多地抽他的海泡石烟斗。我终于明白了。那烟锅的一边已经磨损了，需要银圈来挡着烟丝不掉出来。毫无疑问，这样就解释得通了，甚至在装上银圈之前，我对那石楠烟斗磕出的声音就有点小小的困惑。他似乎从来没有用整个烟锅的口在墙上敲击,不过,当然,原因就是他不能那样敲。同时我不禁要责备他。他吸烟时动作太笨拙,把烟锅的一边都烧没了,恐怕他还会让烟杆在牙齿上滑来滑去。我当然还听得出那烟嘴已经松了,但用一张吸墨纸就能弄好。

他的海泡石烟斗可没有吉米的好。虽然吉米说起他的海泡石烟斗就大言不惭得让人很难忍受,我们却谁都没有否认这支烟斗的价值。隔壁家男人的海泡石烟斗没有用樱桃木做的烟杆,所以太轻了。他的左手捏着海泡石烟斗在那儿磕,掌印已经在烟杆上留下了一圈凹痕,跟吉米烟斗上的凹痕一样明显,虽然吉米敲击时更用力,隔壁家男人则不得不更频繁地敲烟斗。

隔壁家男人让我讨厌的地方主要是他对待黏土烟斗的方式。黏土烟斗,几乎不用我说,与海泡石烟斗敲出的声音完全不同,但隔壁家男人对待这两支烟斗,就好像它们差不多。他本应该在手掌上拍黏土烟斗,但他很少这样做,我确定,他之所以这样做,就是因为他忘了这不是海泡石做的。如果他拿着黏土烟斗在墙上或在壁炉的扇形拱边上敲,只会把它敲碎,所以他在木炭上轻轻地敲。这样做也有一点可鄙。我不是抱怨他对黏土烟斗没什么好感。我说了这么多黏土烟斗的好话,也知道这些话将激起一片对我的声讨,我承认,我本人从来没有喜欢过黏土烟斗。有品级的烟草用陶制的长烟斗来抽就没什么品级可言了,但用黏土烟斗抽阿卡迪亚烟丝只会让我鄙视,甚至会引起我的恼怒。但不信任黏土烟斗是一回事,虐待它们是另一回事。如果隔壁家那个男人经过深思和实验断定他用黏土烟斗是个错误,我得说,叫他以后别再抽了。但只要他还用黏土烟斗抽烟,我就从黏土烟斗的角度看待他。我很怀疑,如果他了解自己的心思,他是否从心底明白自己爱海泡石烟斗胜过爱黏土烟斗,而不仅是因为海泡石烟斗更贵,他就在手掌中敲出烟灰。这番指责对任何人来说都算是很严重的了,但我也不是轻易说出口的。

隔壁那个男人每晚都要从石楠烟斗开始,把这3支烟斗依次抽上一遍。因为他不喜欢滚热的烟斗。有人认为他应该用石楠烟斗做结束的一抽,因为他最喜欢它,但我不这么看。毫无疑问,我认为第一斗都是最甜美的;事实上,我感觉一定要在这儿把话说明。我感觉有点不自在,我从来没有为海泡石烟斗说过什么好话,原因在此:我用石楠烟斗抽到发烫了才转而用海泡石烟斗,所以我从来就没给过它们一个公平的机会。如果我是用海泡石烟斗开始抽,它会不会显露出新的光彩?这一点,我现在绝对无法确定,但我经常想到它,我还是把判决权留给别人吧。

即使我不知道隔壁家男人12点半必须睡觉,他在那个时刻敲烟斗就算宣布他要睡觉了。然后,他把每个烟斗最后再敲一遍,敲得不像前面那么轻快,而是慢慢地,好像在每一次敲击之间想着心事。我有时打定主意要送他一罐唯一值得一吸的烟草,但从整体上看,我无法承担给一个我只研究了数月的人这样一份奖品的责任。因此,他最后的敲击声对我说晚安,我也把我那没装烟的石楠烟斗从我嘴里拔出来,在壁炉上轻轻磕一下,惨然一笑,就这样去睡觉。

可卡因成瘾的夏洛克

亚瑟·柯南·道尔爵士

　　福尔摩斯把他的瓶子从壁炉的角落取下来,把皮下注射器从整洁的搓纹革匣子里取出。用他纤长、苍白、不时抖动的手指调整好细长的针头,卷起衬衫左边的袖口。不一会儿,他的眼睛若有所思地盯着强壮的前臂和手腕,上面星星点点布满了无数注射留下的针眼。最终,他把尖利的针头扎了进去,推压那细细的推注杆,然后倒卧在天鹅绒镶边的扶手椅上,心满意足地发出一声长长的叹息。

　　每天3次,好几个月了,我都目睹着这样的表演,算是司空见惯了吧,但还是打心眼里没法认同。相反,这一天天看着,我是越来越恼火,但又缺乏反对的勇气,这个想法每晚都在我的良心里面增强。一次又一次,我立下一个誓言,我要让自己的灵魂直面这个人,应对这个问题;但我朋友那一副冷峻、漠不关心的样子,让我觉得与这样一个男人打交道绝不能太过冒昧鲁莽。他才智高超,处事高明,我又好多次见识过他许多非凡的素质,这一切都使我在跟他迎面相遇擦肩而过的时候心里发虚,行动愚钝。

然而,就在那天下午,是不是我那天午餐喝了波恩红葡萄酒,或者是他那极端缓慢、不温不火、不慌不忙的样子令我格外恼火?我突然感觉自己忍不下去了。

"今天用哪种,"我问,"吗啡还是可卡因?"

他懒洋洋地从古旧的黑体字母印的书卷上抬起了眼睛,书已经翻开了。

"就可卡因吧,"他说,"7％溶液。你也想试一下吗?"

"不,绝不,"我干脆地回答,"我的身体还没有从阿富汗战役的创伤里复原过来呢,我绝不能再给它添加额外负担。"

面对我激烈的反应,他微微一笑。"也许你是对的,华生,"他说,"我猜想它对身体的影响是不好的。但是,我发现,它具有非凡的刺激性,又特别醒脑,所以它的副作用就是一个小问题了。"

"但是,你考虑一下啊!"我认真地说,"计算一下成本!如你所说,你的大脑可能被唤醒、变兴奋,但那可是一个病态的不健康的过程,包括增加的机体组织的改变,至少会留下永久性的虚弱。你也知道,你身上发生着什么样的不良反应。这样做简直是因小失大。为什么你仅为转瞬即逝的一点快感,甘冒失去上天赋予你的超凡才智的风险呢?请记住,我讲这话,不仅是作为同伴对另一位同伴所讲的,也是作为一个医疗人员,对一个在某种程度上要为他健康负责的人而讲的。"

他似乎并没有生气。相反,他把嘴巴抿在一起,胳膊肘靠在椅子的扶手上,仿佛突然找到了一个有趣的话题。

"我的心里,"他说,"最厌恶的就是一成不变。给我问题,让我工作,给我最深奥的密码或最复杂的分析,我就身处一种自洽的氛围之中。这时候我便可以不再需要人造的兴奋剂。不过我痛恨生活中单调乏味的老一套,我渴望精神上的提升。这就是为什么我选择了我自己的特殊职业,或者更确切地说是我创造了这个职业,因为我本来就是这世上独一无二的那一个。"

节礼日的笑气

汉弗莱·戴维爵士

12月26日,我进入一个密闭的大箱子里,箱子的容量约9.5立方英尺,当时金莱克医生也在现场。

在当时的情况下,我把一根弯曲的温度计插在胳臂下面,拿了一块秒表,用以测定我的脉搏和体温的变化,一切装备停当后,20夸脱一氧化二氮气体被注入了密闭的箱子。

3分钟过去了,我没有感到任何改变,虽然一注入一氧化二氮,鼻子和舌头立刻就感知到非常明显的味道。

4分钟后,我开始觉得面颊上微微发热,有一股热气在胸部弥漫,虽然箱子里的温度还不到华氏50度。进入之前,我忘了量脉搏,这时候,脉搏104,跳动坚定有力,体温是华氏98度。10分钟后体温接近华氏99度,15分钟后华氏99.5度,脉搏是102,比刚才跳得更有力。

这段时间,箱子里又注入了20夸脱的一氧化二氮气体,与原来的空气充分搅拌已经完全混合为一体了。

25分钟后体温是华氏100度,脉搏124。30分钟后,又注入了更多的气体。

这时候我感觉很快活;我浑身都在散发热量,皮肤上却没有一丝水汽,有一种兴奋感,类似于喝了少量酒之后所产生的感觉,很想做些肌肉运动,内心很想快活一下。

过了45分钟,脉搏是104,而体温不到华氏99.5度,箱子内的温度是华氏64度。快活的感觉继续增强,脉搏变得更有力,也更缓慢,直到大约1小时后脉搏是88,当时体温是99度。

又注入了20夸脱气体。我这时很想大笑,眼前似乎有光点频繁地闪过,我的听力肯定更敏锐了,我感觉到一种愉悦的轻松,感到肌肉很有力量,要迸发出来一样。在短时间内症状变得稳定了;呼吸有相当受迫的感觉,因为特别想活动活动筋骨,所以静止不动是痛苦的。

然后我从箱子里出来了,时间刚好是1小时15分钟。

片刻之后,我开始呼吸20夸脱没有混合空气的一氧化二氮。从胸部到四肢的刺激感觉几乎立刻就出现了。我感到肢体有一种非常愉快的有形的延伸感;我的视觉印象是耀眼的,显然被放大了,我清楚地听到房间里面的每一个声音,对自己的情况很清醒。[①]随着快感的程度一级级地增加,我失去了所有与外界事物的连接;连续不断的生动鲜明的画面迅速掠过我的脑海,这些画面与文字连接,便产生了完全新的知觉。我处于一个由新连接和新修改的想法组成的世界。我创立学说,想象自己有了诸多发现。金莱克医生从我的嘴里拔出了笑气袋子。我被从这种半癫狂状

---

① 在所有这些实验中,开始几分钟后,我的脸颊都变成了紫色。

态唤醒时,看到我周围的人,感到愤慨和不可一世。我的情感是热情而崇高的;有1分钟时间,我在房间里来回走着,完全不管别人在对我说什么。恢复到以前的心境时,我感觉很想跟别人交流,给别人讲我在实验中的种种发现,我努力回忆那些想法,它们却是依稀的、模模糊糊的。但有一套术语我却记得很清楚——我带着笃信以先知预言式的口吻,大声对金莱克医生说:"除了思想,其他都是不存在的!——宇宙是由印象、思想、快乐和痛苦组成的!"

这个实验大约持续了3分半钟,但回忆起实验过程中的思想和生动画面,我感觉比实际时间要长得多。

当时用了不到一半的一氧化二氮。1分钟后,在四肢的刺激感觉消失之前,我吸入了剩余气体,类似的感觉再次产生;我立马就陷入非常快活的恍惚之中,这种恍惚持续得比以前更久。实验后的好几分钟,我四肢的刺激感觉都还在,兴奋感持续了近两个小时。很长一段时间,我感觉到适度的快乐,以前有人说这是慵懒;随后没有出现抑郁或乏力的症状。我吃晚饭时胃口很好,感觉充满活力,吃完饭立即就想活动。我晚上在做实验。深夜时分,我却感觉异常兴奋活跃,11点到凌晨2点我在忙着从备忘录上抄录上述细节和安排实验。上床后,我享受着深沉的睡眠。早晨当我醒来,意识到生活很快活,而这种意识,或多或少,会持续一整天。

手术刀下的幽魂

H.G. 威尔斯

"如果我死在刀下呢?"这个念头一而再再而三地往外冒,当时我正从哈顿诊所往家走。这是个纯粹的私密问题。我没有遭受一个已婚男子那样深重的焦虑,我也知道我的密友当中没有几个会觉得我的死很麻烦,他们只需要出于道义对我的死表达一下哀悼。我真的很惊讶,也许还觉得有点丢脸,我把这件事翻来覆去想了个遍,想想到底会有几个人可能超过常规的礼数要求为我的死亡多做点什么。事情落到我头上,赤裸裸,没有丝毫魅力,暴露在光天化日之下,就在我从哈顿诊所出来翻过缙庭山的回家路上。我年少的时候是有那么一帮朋友:我现在发觉我们的感情只是个形式,我们偶然相遇时总会相当费力地维持这个形式。后来的职业生涯有竞争对手也有帮手:我想我已经变得冷血或内敛了——二者也许是相辅相成的吧。可能交友的能力也是一个体力问题。在我自己的生命历程中,曾有一段时间,每失去一位朋友,我都会悲痛欲绝,好长时间难以自拔;但那天下午我步行回家,我的想象力中偏感性的那一面却休眠了。我无法怜悯自己,既不能为朋友抱憾,也无法想象他们为我的死悲伤痛苦。

我觉得这种僵死的情绪很有意思——毫无疑问,这种状态是与我停滞的生理活动相伴而来的;我的思绪也沿着它暗示的路径游荡开了。我年少之时,有一次突然失血,眼看着死神要把我一把抓走了。我现在还记得,当时我的爱和激情都已经被抽走,除了听天由命的平静、一丝丝自怜,只留下空荡荡的一片静寂。旧日的雄心壮志、柔情蜜意和一个人内心所有复杂的道德纠葛,这一切的一切,都是好几周后才再次彰显、恢复原样的。我突然想到这种麻木不仁的真正含义可能是我正逐渐摆脱凡俗之人的那一套人生就是快乐痛苦交织轮转的理论。我认为,更高层级的情感、道德的感觉,甚至难以言喻的柔美爱情,都是从简单动物的基本欲望和恐惧中进化而来的,这一点已经得到了彻底证明,明确无误:它们左右着人类追求精神自由的行动。很可能是这样的,冲动、偏好和厌恶,这三者原本是平衡的,它们相互作用,激发着我们采取行动,而随着死神的阴影笼罩在头上,加上我们采取行动的可能性逐渐减少,它们之间平衡而又错综复杂的生长状态也就一起消失了。消失之后,还剩下些什么呢?

我差点撞上了肉店的小伙计端的托盘,瞬间被带回现实。我意识到自己正走过摄政公园运河上的桥,这座桥与动物园里的那座平行。穿蓝色衣服的男孩一直在扭着脖子回头看一艘黑色的驳船缓慢地前进,驳船由一匹骨瘦如柴的白马拖着。在动物园里,一位护士正领着3个快乐的小孩子过桥。树是明亮的绿色;春天充满希望的感觉还没有被夏天的灰尘所污染;水中倒映的天空也是澄澈明亮的,但一条长长的波浪扰乱了水中的倒影,波浪是驳船驶过时搅起的黑色水带,颤颤巍巍的。微风在飘荡着,却没有像往日的春风那样令我心旌摇荡。

这种迟钝的感觉本身不就是一种预兆吗?很奇怪,我仍然能够推理并像以前一样清楚地贯彻一套暗示体系:至少在我看来是这样。我感觉到,是一种平静感而非沉闷感正降临在自己身上。是否有理由相信这是死亡将至的预感?一个人接近死亡时真的会开始本能地从物质和感觉织就的网格之中解脱自己,甚至在那只冰冷的手抓到自己的手之前就有这样的行动吗?我正经历着一种古怪的疏离感——孤立却无悔——疏离了与我相关的生命和生活。孩子们在阳光下嬉戏玩耍,为成长积蓄着力量,积累着经验;公园管理员正与一名保姆八卦闲聊;哺乳的母亲和年轻的夫妇打我身边经过,正专注于自己的小世界;路边的树木舒展着新叶,祈求得到阳光的温暖,树枝在微微颤动——原来这一切都有我一份,但现在我跟它们几乎再无瓜葛了。

沿着布罗德大道走了一段,我感觉累了,步履沉重。那天下午很热,我转过身来到路边,在一字排列的绿色椅子中找了一把坐了下来。就一小会儿,便打起了瞌睡,还做了梦,潮水般的思绪唤起了复活的景象。我还坐在椅子上,但我却认为自己实际上死了,身体干瘪、破烂、风干了,一只眼睛被鸟啄出来了。"醒醒!"一个声音喊道。突然之间,道路上的灰尘和草丛下的霉菌成了叛乱分子向我奔腾而来。我从来没有想到摄政公园会变成墓地的样子,但现在,透过树林,目光所及之处,就是一片平坦的墓园,坟墓颓坍,墓碑歪斜。似乎出了一些麻烦事:往上爬的死人似乎窒息了,他们挣扎着向上爬,在争斗中流着血,红色的皮肉从白色的骨架上被撕了下来。

"醒醒啊!"一个声音在喊。但我下定了决心不去理会这样的恐怖场面。

"快醒醒!"他们就是不让我一人待着。"醒醒!"一个愤怒的声音高喊。不是天使,是个伦敦佬! 那位卖票的人在摇晃我,大声要我付钱买票。

我付了票钱,把票揣好,打了个哈欠,伸了伸腿,现在感觉不那么迟钝了,便起身继续向兰厄姆广场走去。

很快我又在死亡想象的迷宫里晕头转向。穿过马里波恩路来到兰厄姆广场尽头的新月广场,差点在出租马车的车辙下丧生。我继续赶路,心还在扑通扑通跳,肩膀也留下了一片瘀伤,我突然想到,如果我老想着明天要死的事,结果却在今天丢了小命,那岂不是很奇怪。

但我不会再讲我当天和第二天的经历了,那样会让你厌烦。我越来越肯定我会死在手术台上;有几次,我很想摆一摆自己死后的样子。医生们 11 点到,我没有起床。洗漱更衣似乎已没有必要,我还是读了第一批送达的报纸和信件,也没啥意思。有一封老同学艾迪生写来的信,好意提醒我注意我的新书里面有两处不能自圆其说,还有一处印刷错误。另一封信是朗格里基写来的,信中说了些对明顿的牢骚话。其余的都是业务通信。我在床上吃了早饭。腰间的疼痛好像更厉害了。我知道那里很疼,不过,你懂的,我并不觉得很痛苦。整夜我都睡不着,燥热口渴,但到早上躺在床上感觉倒很舒服。夜间,我躺在那儿想着过去的事情;到早上,我一边打着盹一边想着不朽这个问题。

哈顿来了，准时得很，背着一个整洁的黑包；莫布雷很快也到了。他们的到来让我有一点小小的激动。我开始从个人角度关注手术流程。哈顿把一张小八角桌移到床边，他宽阔阴暗的后背对着我，开始从他那包里把东西拿出来。我听到了钢碰钢发出的清脆声响。我发现，我的想象力并没有完全停滞。"会不会很疼啊？"我突然冒出一句来。

"一点也不疼！"哈顿转过头来答道，"我们会对你实施麻醉。你的心脏非常健康。"他说话时，我嗅到了一股麻醉剂刺鼻的香味儿。

他们让我平躺，选择一个方便的角度露出我的腰部，我几乎还没意识到发生了什么事，氯仿已经进了口鼻，鼻孔一阵刺痛，有了窒息的感觉。我知道自己就要死了——这是我意识的终结。突然，我觉得还没准备好去死呢：一个模糊的感觉是我有一项工作忘了做——我不知道是什么。我还没有做的到底是什么？我想不出还有什么事要做，生命中没有什么想要的了；但对死亡我却有一种最奇怪的厌恶感。生理上的感觉是压抑得很难受。当然，医生并不知道他们会要我的命。我可能挣扎了一下。然后我一动不动地躺着，一片寂静，可怕的沉寂，坚不可摧的黑暗罩住了我。

我肯定有一段时间是绝对无意识的，数秒或数分钟。然后，一阵带着寒意、没有任何感情色彩的清醒意识袭来，我察觉到自己还没死。我还活在自己的身体里面；但从身体上掠过、用以构成意识背景的各种各样的感觉全都没了，我跟这一切都没有了联系。不，不是完全断绝的。还有点什么牵扯着我跟床上那可怜的赤裸肉体——牵扯着我，但没有那么紧密，所以，我觉得自己在它外面，完全独立于它，正奋力脱离它。我看不见，听不到，但我却能感知周围正在发生的一切，就好像是我既听到又看到的一样。哈顿在我上方弯着腰，莫布雷在我身后；手术刀——是一把大手术刀——正切割着我的肉，就在肋骨下侧的旁边。我看着自己像奶酪一样被切割，没有猛烈的疼痛，甚至没有丝毫的疑惧不安，真是有趣。这种兴趣十分像在一场与陌生人的国际象棋对决中可能有的感受。哈顿的表情很坚定，他的手法也很稳定，但我很吃惊地察觉到（我不知是如何察觉到的），他对自己实施手术的行为是否明智持有极其强烈的怀疑。

莫布雷的想法，我也可以看到。他在想哈顿的举止过分显示他的专业医师身份。新的符号信息一个个冒出来，就像气泡通过泛着泡沫的冥想溪流，一个接一个爆裂成他的意识中的小亮点。他忍不住留意和佩服哈顿灵巧敏捷的手法，尽管他本性善妒，还好贬损别人。我看到我的肝脏露出来了。对自己的状况我很疑惑。我没有觉得我已经死了，但与活着的自我又有某种程度的不同。灰色的抑郁症，积压在心头一年多了，把我所有的想法都染成了灰色，现在却消失了。我的感知和思想没有了任何感情色彩。我不知道在氯仿影响下是否每个人都以这种方式感知事物，等药效过去之后就忘了。看透了别人脑子里的东西又忘不了倒是件麻烦事。

虽然我不认为自己已经死了，但我还是很清楚地感觉到我快要死了。这使我回想起哈顿手术的程序。我看透了他的想法，看到他害怕切断门静脉的一根分支。我的注意力被他的脑海中发生的奇怪变化所打扰，没能关注细节。他的意识就像检流计上的镜子射出来的一个小光点，颤颤悠悠的。他的想法像一条小溪，在它下面运行，有些通过焦点明亮又显眼，有些在边缘的亮点辉映下显得晦暗。现在那点辉光是稳定的；但莫布雷最微小的动作，从外面传来的最微弱的声音，甚至他正在切割的鲜活的肌肉缓慢跳动的细微变化，都会让那亮点颤抖和旋转。一个新的感官印象，通过思想之流涌了出来；瞧啊！那亮点猛地向它闪了过去，比受惊的鱼儿还要迅猛。想想就觉得好奇妙，人类所有复杂的活动都要依靠那个摇摇晃晃、断断续续的东西来操控，也因此，在随后的5分钟里，我的性命也就依靠它的动作了。手术中，他越来越紧张。好像被割开的静脉的图像越来越明亮，挣扎着从他的大脑里面赶走另一张显示切割不达标的图片。他害怕了：切割太少的恐惧正在与切割太多的恐惧较量着。

这时候，突然，像水从一道闸门下猛然泄出，一阵恐怖的意识猛烈上蹿，让他所有的想法陷入一片纷乱的漩涡之中，同时我察觉到静脉被切断了。他吓得猛地后退，嘴里发出沙哑的惊叫，我看到了棕紫色的血液迅速聚成一大滴，开始汩汩地往下流。他吓坏了。他把染红的手术刀丢到八角桌上；两个医生立刻扑到我身边，手忙脚乱地努力来补救这场灾难。"冰！"莫布雷喊着，喘着气。但我知道自己被杀了，尽管我的身体还紧揪着不放手。

我不会描述他们如何千方百计在最后时刻挽回了我的性命，虽然我感知到了每一个细节。我的感知比一生中的任何时候都更尖锐更快捷；我的思绪以令人难以置信的迅捷冲过我的脑海，却极为清晰。我只能把这种杂乱而有序的清晰感比作适量鸦片激发出的效果。在某一时刻,一切都要结束了,我也应该自由了。我知道自己进入了不朽的境界,但接下来会发生什么,我却不知道。我会不会马上飘散,就像从枪筒子里冒出的一缕青烟,成为某种半实在的形体,一个肉体自我的精缩版本?我会不会突然来到无数死人当中,了解我周遭的世界似乎一直都在呈现的千变万化的幻景?我会不会游荡到一些唯灵教派的降神会现场,并在那儿一次次愚蠢地、匪夷所思地依附着某个愚钝的灵媒来装模作样?这是一种没有感情投入的好奇状态,也是苍白无力的期待状态。然后我意识到身体上承受的压力越来越大,感觉仿佛一些巨大的人类磁铁要把我从自己的身体里面向上吸出来。压力越来越大。我似乎变成了一颗原子,被几股巨大的力量来回争夺着。在短暂的、可怕的一瞬之间,感觉又回到了我身上。那种噩梦中头朝下坠落的感觉,那种被强化了一千倍的感觉,还有一片黑色恐怖,以洪流之势席卷了我的思想。这时,那两个医生、腰部打开的赤裸身体、那个小房间,都从我身下席卷而去,消失了,就像一粒泡沫消失在涡流之中。

我在半空中飘飞着。在下方很远的地方是伦敦西区,正迅速后退——因为我似乎是向上迅速飞升——随着它的后退,一路向西飞升,像一幅全景画。透过薄雾我可以看到,无数屋顶上的烟囱垛子,狭窄的道路,上面是星星点点的人、交通工具以及广场所形成的小斑块,还有教堂的塔尖像棘刺一般从织物里面冒出来。但随着地球绕地轴旋转,它很快就转开了,就在几秒钟内(看起来是那样的),我就飞到了伊林周边分散的一团一簇的城镇群上空,小小的泰晤士河成了南方的一条蓝色的线,奇尔顿丘陵和北部开阔的高地渐渐升高,像一个盆地的边缘,在遥远的天边,在淡淡的雾霭中。我向上冲去。一开始我完全不知道这样向上猛冲可能意味着什么。

每一刻,我身下的风景圈都在越变越宽,城镇和田野,丘陵和山谷,所有的细节都越来越朦胧、苍白、模糊,一种发光的灰色越来越多地与山丘的蓝色、开阔草地的绿色混合起来;而一小片云,在西方很低很远的地方,闪耀着更加晃眼的白光。在我上面,由于我和外太空之间的大气层的纱幕越来越薄,一开始是明媚春天的湛蓝的天空,色彩越来越深,越来越浓,稳稳当当融入了两边的暗色,这时的天空,一会儿是黑暗的,有如午夜蓝色的天空,一会儿是黑色的,有如寒星闪烁的夜空,天空最后呈现出一种我从未见过的黑。最开始是一颗星,最后是难以计数的星群闪耀在天空中;星星之多,比任何人在地球上曾经见过的都要多。天空的蔚蓝色是阳光和星光过滤并极其猛烈地向外漫射形成的:即使在冬天最黑暗的天空中也有漫射的光,我们白天看不见星星,就因为太阳光太耀眼。但现在我看到的东西——我不知道是怎么回事;毫无疑问不是用凡人的眼睛——强光照射致盲的缺陷我再也没有了。太阳变得令人难以置信地奇怪和精彩。它的星体是一个散发着耀眼白光的圆;不是黄色,不似那些生活在地球上的人看到的颜色,而是铁青白色,整体用猩红色条纹涂抹过了,然后用一条条喷着红色火焰的扭动的舌头围成一圈做了镶边。银白色的羽翼比银河更明亮,向两边伸展开去,遮住了整片苍穹,这让太阳看起来酷似埃及雕塑中有翼的球体,比我记忆中地球上的任何东西都要像。这些就是我所知的日冕现象,虽然在我生活在尘世的日子里,除了在一幅画上,还从来没有亲眼见过日冕。

我的注意力再次回到地球,我看到它已经落在我身后很远很远了。田野和城镇早已模糊难辨了,整个大地的色调融汇成一种浑然一体的亮灰色,只有爱尔兰和英格兰西部上空播撒了一些羊毛状的云团,它们散射着炫目的白光,扰乱了那齐整的亮灰色。现在除了苏格兰穿越地平线向北延伸的区域,还有被云层模糊或湮没的海岸那边,我可以看到法国、爱尔兰北部和不列颠岛全境的轮廓。海是一种沉闷的灰色,比陆地更暗;巨幅的全景正缓慢地向东轮转。

这一切发生得太快了,直到我离地球几千英里之后,我才想起自己来。但现在我感觉自己既无手也无脚,既无肢体也无脏腑,但我既不惊恐也没痛苦。我的周围,我感觉,就是一个空洞(我已经脱离了空气),这里极冷,超出了人类的想象;但寒冷并不令我困扰。太阳的光芒穿透虚空,光和热都没有了力度,直到光线在穿越虚空的过程中照射到物体上时,才会光热剧增。我以一种宁静的忘我状态看待事物,仿佛我就是上帝。在下方,在标着伦敦位置的灰色中有一个小黑点,两个医生正在竭尽全力将生命注入我已经放弃了的被糟蹋得不成样子的陈腐衰败的躯壳里,他们飞速远离我,一秒钟就相隔无数英里。这时我觉得如此轻松又如此宁静,这是我所体味过的凡人的喜悦无法比拟的。

在我感知了所有这些东西后,地球猛烈飞奔的含义才渐渐为我所参透。不过它真是太简单了,如此一目了然,我很纳闷为什么我完全没有预料到发生在自己身上的事情。我突然被切断与物质的关联,变得漂流不定了:我在地球上的所有物质形态,旋转着穿越空间飞走了,受地球重力的吸引,再加上地球的惯性,围绕太阳在其本轮的圆圈上移动,并与太阳和行星一起踏上了太空大巡游。但非物质的东西没有惯性,也就感觉不到物质对物质之间的引力了:脱离了肉体躯壳的包裹,它(就其与空间的丝毫关联而言)在太空中保持静止。不是我离开地球:是地球离开了我,不仅地球,连整个太阳系都从我面前流泻而过。在我周围看不见的太空中,在地球飞驰过后留下的空间里,肯定散落着无数的灵魂,成群成堆的,跟我一样,脱离了物质的躯壳,也像我一样抽离了个人激情和群居的野蛮人慷慨大方的情感,成为赤裸裸的智慧存在,承载着新生的奇思妙想,惊叹于突然发生在他们身上的神奇的解脱!

我从黑色天空中那奇怪的白太阳边上越来越快地退去,从我生命起源的广阔、闪亮的地球快速掠过,这时候我似乎在长大,以某种令人难以置信的方式,长大;就我离开的这个世界而言,变得巨大了,就人生所经历的时刻和时段而言,同样变得巨大了。很快,我看到了地球完整的圆形,略微凸起,跟月亮接近圆满时相像,但非常大;美国那银灰色的轮廓现在正处于正午的辉耀之中,这辉耀就在几分钟前(貌似是)还洒在小小的英格兰上呢。一开始地球是很大的,在天上闪耀着,占据了其中的很大一部分;但每一刻它都在变小,也越来越遥远。当它萎缩变小之际,月亮现出它四分之三接近满月的样子,正蹑手蹑脚地越过地球光盘的边缘切入视野。我寻找星座。只有正处于太阳背后的那部分白羊座和被地球遮挡着的狮子座,是看不见的。我认出了曲曲折折、斑驳陆离的银河系星群:太阳和地球之间的织女星非常明亮;天狼星和猎户座高挂在对面天空的位置上,闪耀着光辉,直射入那深不可测的黑暗之中;北极星在头顶上,而大熊星座挂在地球运行的环路的顶端。光芒闪耀的日冕下方和远处是我一生从未见过的奇怪组合星团——特别是一个匕首形状的星团,我知道那是南十字星团。所有这些星团并不比它们在地球上空照耀时大;但这些原本不为人所见的小星星,现在在黑色虚空的背景下闪耀着光芒,其亮度跟一等星同样明亮耀眼,而更大的世界变成了难以描述的光辉灿烂的星星点点。毕宿五是血红色喷火的斑点,天狼星凝聚成了蓝宝石世界中的一个光点。星光始终如一地闪耀着:不是忽明忽暗地闪烁,它们显出的是平静的辉煌。我印象中它们有金刚石的硬度和亮度,不是那种模糊的柔软质感,没有雾气萦绕,只有无边的黑暗映衬着这难以计数的锐利而辉煌的光斑和光点。过一小会儿,再定睛一看,小小地球似乎没有比太阳大,我看着它变小、旋转,直到一秒钟之后(对我来说似乎就是),它只剩下一半那么大了;就这样,它在继续迅速变小。在相反方向很远的地方,有一根小而亮的粉红色针头,平稳地闪耀着,那是火星。我在虚空之中一动不动地浮游着,没有丝毫的恐惧或惊吓,看着宇宙尘埃的斑点,即我们所称的世界,离我远去了。

一会儿,我恍然大悟,我对时段的感觉已经改变了:我的心不是动得更快,而是极大地减慢了,所以每个印象之间有好多天的一个间隔。月亮绕地球转一周,我就注意到了这一点;我还清楚地觉察到火星在自己轨道上的运动。此外,似乎思想跟思想之间的间隔也在不断增大,直到最后,一千年在我的感知之中也就是一瞬之间。

开始那些星座在无限空间的黑色背景下一动不动地照耀着；但目前，武仙座和天蝎座周围的星群似乎在收缩，而猎户座和毕宿五跟它们的相邻星座却在分散开来。黑暗中突然闪现出众多的岩石颗粒，飞驰而来，像阳光下的灰尘斑点一样闪闪发亮，笼罩着一层依稀发光的雾霾。它们全都绕着我盘旋，眨眼之间远远消失在我身后。这时我看到一个明亮的光点，微微照亮了我路径的一侧，随后非常迅速地增大，我察觉这是土星在向我直冲而来。它越来越大，吞噬了它背后的天空，每一刻都遮挡着众多新星的姣容。我察觉了它平直、旋转的星体，它的盘状星带，以及它的7颗小卫星。它还在变高变大，直到它巨大的球体耸立在我上面；然后，我纵身跳入了大量相互碰撞的石头和横飞乱舞的灰尘颗粒以及气体漩涡形成的洪流之中，片刻间，我看到了三层巍峨的土星星带，在我上方像三重月光同心拱门，它的黑影笼罩着下方沸腾的骚动。这些事情发生在极短的时间内，而讲述这些事需要10倍的时间。土星就像一道闪电倏忽而过；有几秒钟，它彻底挡住了太阳，那时那刻它也就只是一个越来越小的、带着翼翅的黑片，映衬着光亮。地球，我生命肇起的那颗母国尘埃，我再也看不见了。

所以，以庄严的迅捷，在最为深刻的沉默之中，太阳系在我身下消失了，它原本一直是一个巨幅的衾盖，现在太阳成了众多恒星之中一个单纯的星体，带着它与行星斑点构成的漩涡，迷失在更遥远的光亮混乱的闪烁之中。我不再是太阳系的居民了：我来到了外层宇宙，我似乎掌握和理解整个物质世界。在心大星和织女星消失的一片发光雾霭处，星星更迅速地聚拢，这时候那片天空就像一大片星云旋聚在一起,就在我面前裂开了更为广阔而又黑暗的虚空,星星的照耀却越来越少见了。仿佛我是朝着猎户座的腰带和剑之间那个点移动的;而此处的空洞每分每秒都在扩展,越来越大了,形成了一道令人难以置信的虚无的鸿沟,而我正在向里面坠落。宇宙在我身边越来越快地掠过,最后变成了一缕匆忙旋转的尘埃,默默地疾速坠入虚空。星星闪耀得越来越明亮,在我接近它们的时候,环绕着它们的行星都染上了幽灵般的光芒,闪耀完了,再次消失在虚空之境;微弱的彗星,成群的陨石,忽明忽暗的物质微粒,旋流着的光点,呼啸过去,一些也许离我最多有数亿英里远,很少更近的,都以不可想象的速度遨游着,飞射而过的星座,如转瞬而去的火焰飞镖,穿过那漆黑的黑夜。跟其他任何东西相比,它都更像一阵被阳光照亮的尘土飞扬的狂风。没有星星的空间变得越来越宽广、越来越深厚,形成了虚空的彼岸宇宙,我现在正被往里面拖拽。最后浩瀚天空的一角变成了黑色的空洞,恒星宇宙全程疾速的前冲在我身后合拢,就像一层光的面纱拢在一起。它从我身边驶离,就像风驱动的一团可怕的鬼火。我来到了太空的荒野。曾经虚空的黑暗变得更加广泛,直到成群的星星看似一团熊熊燃烧的斑点匆匆离开我,遥远到不可思议,黑暗、虚无和虚空,从四面八方包围着我。不久,物质构成的小宇宙,我最初成其为人的点阵构成的樊笼,正在萎缩变小,先是熠熠生辉的碟子,后来成为一个散发朦胧光亮微小的碟子。就一小会儿,它缩小到一个点,最后就完全消失了。

突然感觉回到了我身上——一种令人精神错乱的恐怖感觉:这是对黑暗的广漠无际的恐惧,文字无可描述,是一种强烈回归的同情心和社交的愿望。黑暗中我的周围有没有其他灵魂,我看不见他们,而他们也看不见我?还是我事实上,甚至如我感觉到的,就独自一人?我是否已经脱离生命进入了某种非生非不生的状态?身体的覆盖物,物质的覆盖物,全都从我这儿撕掉了,同样撕掉的还有友谊和安全的幻觉。一切都是黑色的、沉默的。我已经不再活着。我什么都不是。什么也都没有,只有那点无穷小的光点,正在坍缩坠入那虚空的鸿沟。我竭尽全力去听去看,有一小会儿,除了无限的寂静,难以忍受的黑暗、恐惧和绝望,什么也没有。

然后,我看到了,在那个整个物质世界坍缩其中的光点周围有微弱的辉光。辉光两边的黑暗不是完全彻底的。我定睛看了很久,在我看来是很久,而经过漫长的等待,雾霭在不知不觉中变得更加分明。然后在光带周围出现了不规则的云,是最微弱的最浅的棕色。我感到一种强烈的躁动;但那东西变亮的速度太慢了,几乎看不到任何变化。到底是什么要揭开自己神秘的面纱?在虚空之中度过了无休无止的长夜,现在要到来的到底是一个什么样奇怪的红色黎明?

云的形状是怪诞的。沿着云的下部似乎是以圆环联结成的四个凸出的云块,而上面最终呈一条直线。这是什么幽灵?我确信我以前见过那形象,但我却想不起那到底是什么,在哪儿见过,什么时候见过。这时我突然意识到了。这是一只握紧的手。我独自在太空,独自与这只巨大的、幽暗的手相伴,这只手上承载整个物质构成的宇宙,这宇宙就像一片胡乱堆放着的尘埃。我仿佛凝视了一个又一个悠长的时段。那食指上戴着一枚戒指,闪闪发光;我所来自的宇宙只是戒指凹槽处的一个光点。那只巨手里抓握着的像是一根黑棒。经过漫长的永恒我看着这只手,戴着戒指,握着黑棒,我惊惧而又无助地等待着随后可能发生的事。但似乎随后什么也没有发生:我将永远那么看着,只看着那只手和手里握着的东西,完全不解其意。是不是整个宇宙只是某个更大的存在所折射的斑点?是不是我们的世界只是另一个宇宙的原子,而它又属于另一个宇宙,如此顺推,以至无穷?那我是什么?我真的是非物质的吗?有关身体的模糊信念聚合在我身上,把我带入了悬念。巨手周围是深不可测的黑暗,充斥着难以理解的暗示,呈现出不确定的起伏波动。

这时,突然传来了一个声音,像教堂敲钟的声音:淡淡的,仿佛从无限遥远的地方传来的;低沉,仿佛透过黑暗而厚重的包裹听到的:一个深沉的、振动的共鸣,每一响之间都隔着巨大而沉默的鸿沟。那只手似乎握紧了黑棒。我看到了在手的上方远远的高处,向着黑暗的顶点,是一个昏暗的磷光圈,一个幽灵般的球体,钟声就是从这儿发出来的;最后一响的时候,那只巨手消失了,时刻已经到了,我听到了大片水域传来的哗哗声。但是,那根黑棒还在那儿,像一条巨型环带横在天空上。然后传来一个声音,似乎传到了空间最远的部分,大声说道:"不会再痛了。"

就在这一刻,几乎无法承受的喜悦和兴奋涌向我,我看见那圆环闪闪发光,是明亮的白光,那根棒子是黑色的,同样闪闪发亮,许多别的东西也都鲜明而清晰。那个圆盘原来是时钟的正面,而黑棒则是我床头的栏杆。哈顿站在床脚,正对着栏杆,手指上捏着一把小剪刀;从他肩膀望过去,壁炉上时钟的指针正好并在一起指向 12 点。莫布雷在八角桌上的盆里洗着什么，我的肋侧有一种压抑的感觉，几乎很难说是疼痛。

　　手术并没有要了我的命。我感觉，突然之间，持续了半年的淡淡的忧郁从我的脑海里解除了。

醚　瘾

刘易斯·卢因

饮用乙醚的习惯似乎比较普遍。有些国家已成功地获得了反酗酒运动的外在胜利，人们渴求得到能让自己兴奋陶醉的东西，结果就发现了替代品，这一点很容易理解。乙醚是这些代用品之一。一滴酒精也不用喝，乙醚和乙醚精却越来越被大量食用。过去认为女性不适合习惯性地大量饮用高浓度酒精，就因为这个看法，妇女却成了热衷乙醚的大群体。乙醚的小玻璃瓶对这些妇女来说是不可缺少的随身物品。许多饮用乙醚的人每日摄入过量。例如，化学家布克饮用了半公升多，而鲁埃尔每日喝下一公升。

身体机能紊乱通常是从胃功能紊乱开始的。开始是消化不良、胃痛，还有呕吐。颤抖、肌肉无力、糖尿症状不太常见。就女性的情况看，如果她每天饭前都喝加糖乙醚，并且连续两个半月每天都喝180克，就会出现手脚无力和震颤，行走时腿部某些肌肉会病态收缩，胸部和肩胛骨之间疼痛，呕吐、耳鸣、头痛、心悸以及小腿抽筋等症状，病人没有食欲。重度中毒者早上会呕吐。心跳很快就变得不规律和虚弱，皮肤苍白无血色。性格变化也很快。可以观察到烦躁、易爆易怒、性格乖张随性以及并发的意志力丧失等变化。观察对象粗心大意，懒惰懈怠。不过有人指出乙醚中毒者不会像酗酒者一样出现谵妄症，他们也不像吗啡中毒者会显现出恶病体质。据说在爱尔兰乙醚饮用者当中，单独出现神志改变的情况有不少，但这些人的生理状态没有受影响。因此乙醚甚至被看作一个福音，天主教神职人员已经说服爱尔兰人放弃酒精选择无害的乙醚。

有一段时间，人们已经关注到一个事实，即在爱尔兰，饮用乙醚似乎变得非常流行。这种乙醚滥用的根源尚未确定。一方面有人说，爱尔兰农民从1840年开始饮用乙醚，当时马修神父讲道反对饮用酒精；另一方面，医疗人员开乙醚处方太过随意。这一不负责任的行为的缘由也被挖出来了，那就是，限制爱尔兰酒精酿造厂的数量。北爱尔兰居民饮用英国制造的廉价乙醚，把酒精跟乙醚混着喝。在北爱尔兰喝掉的乙醚比整个英格兰还多。在赶集的日子，德雷帕镇和库克斯镇的空气里曾经充斥着乙醚的气味，同样的气味还弥漫在当地火车的车厢里面。在这个国家这块地区，男人、妇女和孩子都喝乙醚，男人一次摄入量为8克到15克，一次接着一次，反复地喝。为了减轻乙醚产生的烧灼感，减少因为打嗝而吐出来造成损失，瘾君子每喝一些乙醚麻醉剂之后就要喝水。其中有些人可以耐受150克至500克的乙醚，分几份喝完。陶醉感迅速出现，消失的速度也一样快。最初的症状包括剧烈的兴奋，大量分泌唾液，还有打嗝。偶尔也出现抽搐症状，类似于癫痫发作。饮下非常大量的乙醚会导致昏迷。这类饮用乙醚的人好与人争吵,往往变得谎话连篇,并患有胃病和神经衰弱。

由于这些事实,乙醚的零售已受到管制。该药物现已列入毒药清单,只在药店销售,但先得出具书面授权文件。

在挪威,乙醚的使用似乎占了很大比例。节假日男女老少都饮用这种毒品。

在德国的一些地区,特别是在梅默尔和海德克鲁格附近地区,饮用乙醚已经成为立陶宛居民中的一种流行病。1897年,仅在梅默尔镇,就卖了69瓶60公升装的乙醚,在梅默尔地区卖了74瓶70公升装的,总量为8580公升,供人们饮用。在集市日,饮用者呼出的乙醚气味随处都能轻易嗅到。在海德克鲁格去往邻近村庄的道路上,一辆马车坐满了吵吵嚷嚷的当地居民,马车被疯狂奔腾的马拉着跑,可醉醺醺的车把式还在无情抽打着马,马车驶过徒步旅行者身边,疾速流动的空气中可以嗅到强烈的乙醚气味。

市场关闭了,还可以看到许多喝醉乙醚的男女在附近步履蹒跚地走来走去。甚至孩子在非常小的时候就习惯于喝乙醚。结果是,学童的精神在很大程度上受到了损伤。饮用乙醚的习惯也毁掉了整个家庭。我没法说清楚战争以来事态变得有多么严重。

在俄罗斯,特别是在加利西亚,乡村医生观察到了类似的流行病。该地区的贫困居民特别沉迷于乙醚,混合了少量的酒精,饮用量大到难以想象的地步。在这些人当中,一种病态的愚蠢正在恶化,严重的情况是病人完全丧失了思维能力。通常这些人都死于心脏疾病。

具体案例证明,乙醚受害者在上流社会中也有。有一个案例，一位英国男爵同时使用吗啡和乙醚，长达3年，最终变成了易爆易怒之徒。另一个案例是一位伯爵痴迷于乙醚，放纵奢靡，大肆浪费钱财，从道德的角度来看，他已然属于智障人士了吧。

我毫不怀疑，对乙醚饮用者的解剖调查会显示跟酒精中毒的酗酒者相类似的病变。

药　袋

亨特·S.汤普森

　　出贝克城往东走了约 20 英里,我停下来检查装着毒品的袋子。太阳炙烤着,热得要命,我也正好想要几条命。管它是什么命呢!就算一条大蜥蜴的小命也行。该死的!我从行李箱抽出一把点 357 式马格南(万能牌)手枪,它是我律师的,扳开弹夹,里面装得满满的:长长的、令人讨厌的小弹粒——重 158 格令,射出去弹道优美平直,每颗子弹头都涂上了阿兹特克黄金的金色。我按响了喇叭,一连按了好几次,希望能惊起一只鬣蜥。让那些家伙都动起来吧!它们都藏到哪儿去了?我知道,都藏在那片该死的仙人掌林子里——匍匐着,简直无声无息,每个可恶的小杂种都是毒液满满,会要人命的。

　　砰!砰!砰!连开了 3 枪,震得我直打趔趄。我右手握着点 357 式,联动式击发,震耳欲聋。天啊!漫无目的地乱射,而且毫无缘由。简直就是疯了!我把枪扔进了鲨鱼牌轿车的前座,然后紧张兮兮地盯着高速公路。两边都没有来车,两个方向二三英里的路面上都是空空荡荡的。

运气还不错！在沙漠中，被人发现那可不妙，如此情形，如此勾当：朝着那片仙人掌林子疯狂乱射，身旁就停着一辆满载毒品的汽车。尤其现在不行，刚刚逃脱高速交警的追捕呢。

脑子里老是冒出一些令人难堪的问题："现在说说看，杜克先生……当然你是个明白人儿，站在联邦高速公路上用任何武器射击都是违法行为，你说对吧？"

"你说什么？连自卫也违法？这把破枪扳机太灵了，警官。其实我只想开一枪的——只想把那些小家伙吓跑。"

阴沉的眼神打量着我，然后慢条斯理地说："杜克先生。您是说，您刚刚就在这儿受到了'攻击'？"

"那倒没有，我指的是，不是真正意义上的攻击，警官，倒是受到了严重威胁。我停下来撒尿的，可脚刚一落地，那些肮脏可恶的毒物就爬满了我周围。它们动作如涂了油的闪电！"

这样讲他能听进去吗？

肯定不行。他们会把我抓起来，然后呢，例行公事搜一遍车，那时候所有的破事可就都他妈的露馅了。他们绝不会相信所有这些毒品都是我的工作所必需的；实际上我就是个职业记者，正前往拉斯维加斯去报道地区检察官预防麻醉品和危险药品犯罪全国大会的。

"警官，这都是样品。从小贩手上搞来的，是为巴斯托那边的新美国教会买的。他一开始态度蛮横，所以我痛揍了他一顿。"

他们会信我说的这些吗？

肯定不会。他们会把我锁在一个监狱的某个犄角旮旯里，用大棒子打我的肾，打得我尿血，好多年都好不了……

幸好，我快速清点背包物品时没人打扰。袋子里藏的东西一团糟，根本理不出头绪来，都混在一起不成样子了。一些麦司卡林片都碎成了棕红色粉末，我数出了大约 35 颗还没破的。我的律师吃掉了所有红色的，但还剩下一些冰毒，大麻没了，可卡因瓶子也空了，还有一片 LSD、一大撮棕色的鸦片碎末，还有 6 包亚硝酸异戊脂粉。这些不够好好快活一通的，把麦司卡林仔细分成几份儿，或许可以帮我们撑过 4 天的会期。

到了拉斯维加斯远郊，我进了一家便民药店，买了两夸脱的金龙舌兰酒，两支小瓶装的芝华士威士忌，还有一品脱乙醚。我还想要些亚硝酸异戊酯粉。无奈心绞痛突然发作。不过那位药剂师眼睛里透着卑鄙的浸礼会教徒似的亢奋。我告诉他我需要乙醚来弄掉腿上的胶带，但当时他已经把这些东西打了包，根本不理会我还要什么乙醚。

如果当时我要买价值 22 美元的右美沙芬①外加一罐一氧化二氮，不知道他会如何回应？也许他很乐意卖给我吧！为什么不呢？自由企业……对百姓是有求必应的嘛——尤其对这种臭汗淋漓、紧张兮兮、语无伦次的家伙，腿上缠满了胶带，狂咳不已，眼下又发了心绞痛，每次一走到阳光底下就会暴怒，像个动脉瘤病患，相当恐怖。我是说这家伙状态很糟，警官。我他妈怎么知道他不会径直走到他的车子那儿，开始吸食这些毒品呢？

确实啊，怎么能知道？我又在卖杂志的货架前盘桓了一阵，尽力控制着自己，跑到外面车子那儿。想着在美国食药监局组织

---

① 右美沙芬是一种中枢性镇咳药，大剂量服用存在风险。——译注

的毒品防治大会上吸入笑气而彻底疯狂,就觉得好美啊,绝对是变态的魅力。但回过头一想,头一天可别这样,留到后几天吧。没必要会议刚开始就被人抓起来送进去。

可卡因意识：美食之旅

杰里·霍普金斯

大约是 1900 年吧，福尔摩斯靠它来让脑子更敏锐，而可口可乐原来的配方实际上包含了一些古柯叶提取物，自那以后，广大公众才开始如此贪婪地吸食可卡因。10 年前，LSD 开始席卷公众市场，那之后非法毒品才如此大规模被使用。以前也从未有过"硬性毒品"（一个通常用于鸦片衍生品的说法），在走红的歌曲和热播的电影中，以及在市井街道上被如此广泛地买卖（正如当年 LSD 风靡全国一样，甚至连人们的衣着服饰、俚俗表达等方面都有它的影响）。20 世纪 70 年代早期，伴随着双性恋、恨天高坡跟鞋时尚，以及深喉事件，吸食可卡因在一些亚文化中成了小时髦，或说是某种标配，它跨越了所有代沟，来到了高贵的豪宅大院，也来到了哈莱姆区的出租屋、伯克利临时居所，同样也来到了美国中部（美国西南部和墨西哥风格的）大牧场上的复式住宅里面，递送往来同样便利。

有一个故事是加里·斯托姆博格（Gary Stromberg）讲的，1972 年，滚石乐队北美巡演时，他是乐队推广人，现在仍然定期随乐队上路,因此也见识了大片毒品流行的市场。"你知道我看到了多少把吸食可卡因的小勺子吗?你知道谁就把那勺子挂在自己的脖子上?"他问道,"14岁的少年啊!就在克利夫兰,伙计。克利夫兰、休斯敦、明尼阿波利斯,到处都是。"

加里说一开始他吓坏了,因为正如"个中人物"所知,大多数吸食毒品的人并没有任何掩饰,街上的警察一眼就看出来了。更要紧的是,1974年的时候,一盎司可卡因就要卖1000至2000美元,买一小勺(或者1克)就得付50到80美元,这一小勺大概能让两人获得大约半小时的快感。

"那些孩子不可能在吸食可卡因中增长见识,"这位公关专员说,"他们花钱买形象,买标记,买来盛可卡因的小勺子,跟吸食大麻香烟的烟嘴儿、十字架、大卫星串在一条项链上。"

一位注册药剂师听到这个故事,会咯咯地笑。他从圣路易斯的马林科罗特化工厂采购可卡因,或者也可能从西德的默克化学公司采购,每盎司22.4美元。这是高纯货色,可街市上非法出售的都被加料了,或者是减料(稀释)了,不知有多少次都掺入了各种各样的东西,比如维生素B_{12}(1974年的时候很流行),甲基苯丙胺(一般都认为这东西烂透了),以及一种婴儿轻泻药,名叫敏那特(一种替代品,没什么有害的味道)。

更糟糕的是,市面上卖的大部分可卡因根本就不是可卡因,而是普鲁卡因和梅太德林的混合物——普鲁卡因是几种化合物之一,说它是兴奋剂,不如说是麻醉剂,因此也就是掺入了冰毒的混合物。就算是可卡因,因为到吸食者手里之前要过很多人的手,所以吸食时的粉末中可卡因含量就只有6%到30%。

为什么有人愿意支付高达1000倍的价钱买某种产品,而且明知这东西已经被穷凶极恶地掺了假?在光怪陆离而又支离破碎的70年代早期,可卡因提供的可不仅仅是化学快感,它还提供了一个在生活中更高的位置。简言之就是地位。在一个以毒品为导向的社会,吸食可卡因已经成为美食之旅。

泰德是一位纽约的顶级毒品贩子。他24岁,是个黑人。"考虑一下这些配件吧!"他说,"现在你可以买一个盛可卡因的黄铜小勺,就塞在一颗0.30英寸口径的子弹里面,2.95美元,加1美元就可以得一条项链,不过如果你真的迷上了可卡因,伙计,你也会对好配件着迷的。你可不愿意把那么贵重的东西放在一把铜勺子里面。你会把它放在一个小银瓶里随身带着——也许瓶子上面还刻着花押字母。你会从银勺子里吸食。那是我的市场,我再也不卖东西给音乐家了。这也是难得一见的稀奇事儿,从某种意义上说是吧,不过音乐家当中确实只有为数很少的几位有那么点优雅风度,希望你明白我的意思。我的客户一定得有派头。现在我做生意就在公园大道上。"

尽管如此,不管是否把毒品算作美食,70年代早期运送毒品主要发生在低收入或无收入"嬉皮士"社区。开始可能有些令人费解。然后就慢慢明白了,很多可卡因吸食者贩毒就是为了让自己过足可卡因的瘾,这情形跟大麻市场差不多。

"瞧瞧吧,"一位小毒贩说道,"我花1500美元,可以买来1盎司相当高纯的毒品,加料之后可以加一倍的价,或者减料(稀释)后卖掉一半,把本钱捞回来,还有半盎司留给自个儿享用。"

他从他那褪色的绣着花的贴布牛仔裤口袋里掏出一个小玻

璃瓶,里面装着白色粉末,他把白粉倒在一面小镜子上,然后小心翼翼地拢成细细的两条,将1张20美元的新钞票紧紧捻成一根吸管,一头紧挨着一条粉末,一头塞进右鼻孔。他捏紧左鼻孔,右鼻孔用力一吸,顷刻之间一条粉末就吸得干干净净。吸!他深深地吸了一口。然后用另一边的鼻孔重复一遍动作,吸尽了另一条粉末,又是一阵吸吸吸。

(可卡因也可以做成滴剂,抹在牙龈上,或做成肛门栓剂,虽然这些手法现在很少使用,也可以做皮下注射,这主要在贫民窟黑人和"注射瘾君子"中间受欢迎,通常认为是有头有脸的圈子不会问津的,就算把粉末撒在未包扎的伤口上也能得到快感,可卡因就是那么容易被人体吸收。)

几乎是立竿见影似的,小毒贩开始心跳加速,体温略有上升,他的瞳孔散大,脸上出现了一丝潮红,鼻子也失去了知觉。几分钟后,他会变得饶舌,焦躁不安,亢奋不已。他会觉得信心满满,身形也比实际上伟岸。

"这可是上等可卡因,"他说道,将小瓶高高举着,"想不想尝一小口?第一次我请客。"

当然,小毒贩希望他的吸食伙伴能够买上一两克。但免费让人吸两口并不一定意味着为了推销不得已这么做,让你吸食可卡因而又不要你的钱完全是出于别的原因。"有些人,"一个洛杉矶的吸毒者说,"吸食毒品甚至不是为了获得快感。"现在这成了一种社交方式。就好像在说:"我有好多钱,我可以给你一些。"

当然,可卡因可不是唯一被吸食者当作美食同时又能帮他们赢得地位的毒品。19世纪40年代,巴黎就有一群最可敬的医生、

第五辑　液体、气体、烟雾和粉末

艺术家和作家（包括泰奥菲尔·戈蒂耶和夏尔·波德莱尔），他们规规矩矩地分享了一包毒品，那是不久前刚从阿尔及尔带回来的战利品；他们也因此自称"大麻俱乐部的成员"。新近的情况是，随着大麻亚文化的全面发展，人们按照大麻原产地赋予了平凡的大麻高低序位，体现出鲜明的地位意识，因此就有了下面这些种类：巴拿马出产的红麻、北美的阿卡普尔科金麻和米却肯（墨西哥）麻。在欧洲则有从非洲进口的大麻，包括德班毒药、斯威士兰金麻和马拉维笑草；毒贩和吸食者谁拥有这些品种就会赢得对社会精英一般的尊重。

可卡因也从没摆脱被人评头论足的命运。截至 1880 年——在人们首次从古柯植物中将其蒸馏出来 18 年后——在美国它被广泛写进处方，医治酒精中毒，而 4 年后，年轻的维也纳医生西格蒙德·弗洛伊德就建议人们用它来治百病，从吗啡成瘾到消化性疾病再到抑郁症。

世纪之交，可卡因的形象在变，而观众读者群体也在扩大。这时正值夏洛克·福尔摩斯成为通俗文学中首屈一指的可卡因吸食者……当时，古柯香烟、可卡因甘露酒、"滋补精"，还有各种专利药品，包括当时流行的黏膜炎神药，都能随便买到……当时还上映了一部电影，这部电影甚至在其广告中承诺，这种万灵药可以替代饮食，吸食之后，胆小的人会变得勇敢，沉默寡言的人会变得能言善辩……

这一切的喧嚣都随 1906 年的《纯净食品和药品法案》和 1914 年的《哈里森麻醉品法案》而终结。这两个法案将馈赠、贩卖和拥有可卡因课以联邦重罚，与吗啡和海洛因犯罪同等论处。大多数州还错误地将可卡因视作麻醉品,各处都通过了类似的法律。到这时可卡因就转入地下了。

不过,没过多久,这种毒品就完成了首次回归。那是20世纪二三十年代,可卡因受到了娱乐界同行同时追捧宣传,歌手们在高度受限的节奏蓝调(或"黑人音乐")中,在乡村乐中,在西部片市场上大力推广,而百老汇演艺圈也做着别致的应和。

例如,当时有好几首歌,取名为《可卡因蓝调》。有一首的关键语是"我就为上乘的可卡因发狂",不过歌词里也有一句警告:"拿可卡因喂马倒也不错/但女人或男人却千万别沾/医生说过那是索命的鬼/但他没讲何时送你去阎王殿。"

同一标题的另一首歌讲一个男人的故事,他在吸食可卡因快感期射杀了老婆,歌曲结束时劝诫更直截了当:"放下酒杯,别碰可卡因。"

到了1930年,孟菲斯水罐乐队录制了《可卡因成瘾蓝调》。歌曲头两行唱道:"可卡因成瘾可是糟透了/这是我沾染的最糟的老恶习。"对可卡因并不是所有的歌曲作者都有同感。1927年,维多利亚·斯比维(Victoria Spivey)写了一首《瘾君子蓝调》,歌中就公开颂扬可卡因赋予超人特质的神力:"再让我吸一口吧/就再一口可卡因/我会像牛仔一样逮住母牛/放倒公牛也不用套索。"

钱皮恩·杰克·杜普利(Champion Jack Dupree)是一位了不起的新奥尔良蓝调钢琴家,他录了两版《容克的蓝调》,第一版里说他的妹妹吸食可卡因,在第二版又说:"有人说我注射可卡因/有人说我嗅食可卡因/但这是最妙的老感觉/在这世上,我曾得到的别样开心。"

第五辑　液体、气体、烟雾和粉末

同时，在白色大道炫酷迷人的世界，科尔·波特（Cole Porter）——世人皆知世间万事他都尝试过至少一次——创作的百老汇舞台剧《什么都行》（上演于 1934 年），标题起得倒也蛮合适，台词写道："没有可卡因，我也没精神／我敢肯定，如果／哪怕吸上一小口／我也能飘飘欲仙／但我还得先从你那儿找点快感。"

莉莲·海尔曼（Lillian Hellman）在她 1974 年的畅销书《旧画新貌》（Pentimento）中讲了一个故事，讲的是她 1939 年与朋友塔露拉·班克海德（Tallulah Bankhead）共进午餐，她写道："塔露拉、赫尔曼（赫尔曼·山姆林，制片人）和我在艺术家作家俱乐部老餐厅共进晚餐，这地方新闻记者也时常光顾。塔露拉从手袋里面掏出两个小瓶子，放在桌子上，然后似乎忘了它们。当我们要回去排练时，她拿起一瓶往眼睛里滴了几滴。她从桌子旁站起来，放回瓶子，领着我们走向门口，这时她突然一声尖叫，让整个餐厅的人都站了起来。"

赫尔曼冲到她面前，她一把推开他，其他人也向她凑过来，她转身向门口走，转念又停住，漫无目标地小声嘟囔了一句："我把它当滴眼液滴在了眼睛里。"

赫尔曼跑到一个电话亭，她在后面叫着他，他大声回说去找个医生，她叫他别多管闲事，突然，在喊叫和奔跑之中，她一把揪住了我的胳膊，把我拉到厕所说道："把赫尔曼叫回来，我把可卡因滴到眼睛里了，这事我不会告诉医生或其他人的，告诉他闭嘴，否则我就再也不回剧院去了。"

尽管塔露拉对可卡因赞赏有加，吸食可卡因的现象在 20 世纪 30 年代后期越来越少见了，虽然在某些社会阶层它仍然是一种特殊的、偶尔为之的消遣——特别是爵士乐音乐家群体,他们有时把可卡因混上海洛因,来增加"震撼感"或"冲击力"(这就是"麻黄碱强力丸",俗称"快速球,speedball"的由来),医生想弄到可卡因最容易——到20世纪50年代,这种毒品基本上被人们遗忘了,要不就是到了大家都不待见它的地步。也是在这个时期,1942年吧,雷蒙德·钱德勒(Raymond Chandler)在他的小说《高窗》(*High Window*)里调侃"可卡因毒贩们",而另一位作家说起了夏洛克·福尔摩斯:人们因为可卡因魔王锒铛入狱。你怎么能相信这种人品卑劣之徒呢?也是在这个时候,出现了"可卡因瘾君子"的说法,成了任何行动缓慢或反应迟钝的人的同义词,可卡因也被安上了许多丰富多彩的绰号,通常与犯罪世界相关联:伯尼丝、大个子、跳跳粉、C、查理、C. K.、颗粒安、方糖、雪花片、姑娘(与海洛因对应,海洛因名为"小伙子")、金粉、幸福之尘、她、树叶子、海之雪、星尘、白药以及白色玩意儿。①

有一个负责任的研究和信仰机构,他们支持一个说法,那就是可卡因黑市已经枯竭,取而代之的是一系列合成毒品,也就是安非他命类毒品,他们还认为可卡因在20世纪60年代再次风靡美国,是因为当时反麻醉品机构开始打压安非他命类毒品黑市。

故事还没讲完,因为正是在20世纪60年代出现了"毒品美食"的概念,并被广大民众接受。这时候戒除迷幻药是不够的,戒除哪种迷幻药也一样重要:这种迷幻药是奥斯利公司制造的吗?是否被称为"阳光"或"窗格"?是否从瑞士的桑多斯实验室进

---

① 引自 *The Underground Dictionary*,Engene E. Landy,Simon & Schuster,1971。

口？同一时期,大麻也被分级定等,因为这件事,大麻价格暴涨;1968年,南加州花125美元可以买1公斤大麻(通常少于人们认为应该有的2.2磅),几年后,同样短斤少两的1公斤售价为300美元至1400美元。价格更高的东西几乎总是卖给了青年亚文化圈里那些为数不多的可以买得起的吸食者——摇滚明星。

20世纪60年代,以及现在所处的70年代,摇滚明星把控着社会节奏,他们步着正在过气的男女电影明星的后尘,成为打造大众社会风习的主力军。[也有鲜明的另类,如彼得·方达(Peter Fonda)、丹尼斯·霍珀(Dennis Hopper),关于他们一会儿再详谈。]当时的实情就是各类毒品是那些歌手、词曲作家和音乐家都迷恋的,有些只迷恋可卡因,所以他们歌唱可卡因。正是这个时候,弗雷德·尼尔、霍伊特·阿克斯顿和大卫·凡·容克这几位流行歌手①共同创作了一首歌,其中有这样一句标志性的歌词:"可卡因啊……流遍了我的心脏,充溢着我的头脑。"尼尔的版本这样唱道:"我说,过来吧,妈妈/快过来/可卡因让你可怜的孩子好难受/啊,真是又苦又甜。"

几乎在同一时期,在纽约,地下刊物《东村他者》(East Village Other)编创了一个专栏,名为"可卡因羯磨"(Kokaine Karma),这个专栏改编成了一档广播节目,在新泽西州东奥兰治大学广播站演播了,然后转到纽约嬉皮士风格的、听众赞助的广播电台,通过WBAI调频播放给更大的观众群收听。不久之后,威维·格雷维(Wavy Gravy)对《现实主义者》(The Realist)杂志声

---

① Fred Neil, Noyt Axton, Dave Van Ronk.

称:"我愿意把它看作思考的人类的德里斯坦①。"而在某一期《绅士》(*Esquire*)杂志的封面上,印上了一把盛放可卡因的金勺子,那是在向"灵魂"致以崇高和虔诚的敬意。

在加利福尼亚州,到1969年时,大部分白人嬉皮士团体登上了可卡因的列车,这时候可卡因才完成了第一次在当代电影中的重大现身,在影片《逍遥骑士》(*Easy Rider*)中,音乐制作人菲尔·司柏托(Phil Spector)与两位演员丹尼斯·霍珀和彼得·方达达成了毒品交易。当时,许多观众都认为菲尔吸食的毒品是海洛因;到底是什么毒品电影里没明说。但对吸食毒品的行为既没人质疑;也没有人做什么道德评判。随后的十二月,司柏托把电影中的一幅画面做成了圣诞贺卡,似乎是在表态。画面中,菲尔按着一边的鼻孔,用另一边的鼻孔从一把小勺子里吸着白色粉末。画面传达的意思就是:"圣诞佳节,来点白粉绝对无伤大雅!"

实际上,在《逍遥骑士》上映近一年前就上映了《三狼喋血记》(*The Night of the Following Day*),这是一部有关绑架的惊悚片,主演马龙·白兰度、理查德·布恩(Richard Boone)和丽塔·莫雷诺(Rita Moreno),影片中丽塔·莫雷诺似乎大部分时间都在用一张一百美元的大钞卷成的吸管吸食可卡因,影片票房不佳,对于提升"可卡因意识"也可以说是毫无助益。

到1969年晚些时候,出现了摇滚热,据说有几十位顶级歌星定时吸食可卡因。在旧金山,这些歌星中的好多个也都在新歌中提到可卡因。例如,保罗·坎特纳(Paul Kantner)是杰弗逊飞机

---

① Dristan,一种感冒药。——译注

乐队(Jefferson Airplane)的主唱，他发行了首张个人专辑，其中有一首歌叫作《劫机》("Hijack")，开头就用了一个明喻："夏日干燥，宛如你的鼻腔，一季零一天你已经远离可卡因。"一年之后保罗携格雷斯·斯力克(Grace Slick)在另一张专辑《太阳斗士》(*Sunfighter*)中回归，同时发行的还有一本小册子，上面写着："所有严肃对待这整件事情的人，都像凯迪拉克一样展现出风采，需要用鼻子吸食一些有劲的医疗级别的药粉。"而感恩至死乐队(Grateful Dead)（于1970年夏天）发布了一张专辑，其中包括一首他们在大多数演唱会上都要演唱的歌曲，歌名叫作《凯西·琼斯》("Casey Jones")，歌中唱道："驾着火车狂奔/吸食了足量的可卡因/凯西·琼斯，满满的亢奋，最好将车速把稳。"第二年（1971年）感恩至死乐队回归，带来了一首最畅销单曲《大路上》("Truckin")，这也是一首演唱会新宠，歌词唱的是"以红色大麻、维生素C和可卡因为生"。

同时，在洛杉矶，另一个摇滚乐队"荒原狼"(Steppenwolf)在那年夏天（1971年）借着霍伊特·阿克斯顿写的一首歌也小火了一把，歌名叫作《患了雪盲症的伙伴》("Snowblind Friend")，歌中唱道："他说他想要天堂/但是祈祷太慢了/所以他买了一张单程票/搭乘白色的航班。"约翰·列侬唱过一首《撑住了，约翰》("Hold on John")，在这首歌的第三和第四句之间突然冒出"可卡因！"这个词，颇引人注意。随后又出过一首蓝调歌曲，塔什·玛哈(Taj Mahal)作曲，科尔·波特风格："香槟不会令我狂乱/可卡因也不会让我懒散/我的所作所为与别人有什么相干？"

1972年夏末又出现了一场大促进活动。这时，洛杉矶一支叫

"老鹰"(the Eagles)的乐队以一首歌名叫《巫蛊妇人》("Witchy Woman")的歌曲打入了单曲排行榜，部分歌词来自可卡因触发的灵感——"隔壁房间传来疯狂的笑声/她用一把银勺让自己癫狂"——这首歌连续13周都位列排行榜第9。

也是这个时段，上映了一部片名为《超级苍蝇》(*Superfly*)的电影，伴随着柯蒂斯·梅菲尔德(Curtis Mayfield)创作的美妙的电影配乐和两首流行单曲，大众市场的一大部分趋于饱和。可卡因意识此时也算是登峰造极了。

电影一开场就设定独特风格和哲学意蕴，主角普利斯特是曼哈顿可卡因大毒贩，经历了千难万险在街头大战中胜出，进而逃入了老鼠成灾的哈莱姆公寓房，在这里，他穿过垃圾成堆的门廊，打开公寓房门。唰！这里看起来就像威尔特·张伯伦(Wilt Chamberlain)设计的花花公子公寓。因此主人公就在观众心目中迅速确立了英雄地位，他敢于以身犯险，勇气可嘉，依照霍雷肖·阿尔杰(Horatio Alger)树立的了不起的美式传统，克服环境给他带来的巨大压迫，成为一个令人羡慕的成功人士。至于说他是一名罪犯——又是黑人嘛！——那是不要紧的，因为普利斯特早就想金盆洗手了，就算他还想最后大捞一把(100万美元对半分账)，故事的底线可没变，那就是"毒贩从善"，就这一点就让他拥有了英雄形象，使他能够顺利走进对别人封闭的基督教社区。他是享乐主义者也好，穿着奇装异服也罢，还开着各种豪车，并有一黑一白两个女人相伴，这一切都满足了对美国传统的另类想象(和幻想)。影片里最后与他见面的竟然是警署的一位副警监，从这位副警监手里，他要买30公斤价值30万美元的毒品，这个情节也使他成为一个反文化英雄。出于某种原因,普利斯特(由罗恩·奥尼尔扮演)依然被看作黑人英雄,并没被主体为白人的观众群同化(比如说像吉米·亨德里克斯当年那样),这样也就满足了黑人的梦想(那种生活方式、挺直的齐肩长发,还有白人特有的那种高挺的鼻子),另外也演绎出了黑人的男子汉气概,成为滚石乐队乐评人所谓的"超级黑鬼"。《超级苍蝇》这部电影吸引了几乎所有的人。

(当然,故事还有一个皆大欢喜的结局。料定有人要出卖他,普利斯特跟他的女友交换了公文包——就是那位黑人女友——然后驾车离去,奔向自由,从此金盆洗手,过上隐休生活……这样也就符合了电影结尾主人公驾车走进夕阳美景的传统。)

黑人男子汉气概成为后来两年风行全美的题材,因为《超级苍蝇》成了一种新型电影的鼻祖和原型,这就是黑人猎奇电影。到了1974年,这类电影似乎就注定要超越10年前热映的美国-国际题材的天海盛宴和摩托车手猎奇电影。当时这类电影名目繁多,影评家沃尔特·布瑞尔(Walter Burrell)受雇于黑人主办的《洛杉矶明星报》,有人问他的观影感受,他回答说能想起片名来的不超过两部,而确实记得的就是"几乎每一部我看过的所谓黑人电影里面都有吸食可卡因的场面"。另一位影评家,任职于《综艺日报》的亚瑟·墨菲(Arthur Murphy)也有同感,他说:"吸食可卡因的场面就跟毫无掩饰的性爱场面一样是规定了必须要有的,那些日子见得太多了,看着都犯困了。"

跟所有歌曲的唱词一样,大多数黑人毒品题材的电影都承载着反对毒品的主旨大意。环球影业拍的《威利·迪纳米特》(*Wil-*

lie Dynamite)里,有吸食可卡因的场面,吸食者表现得丑态百出。20 世纪福克斯公司拍摄的《戈登的战争》(Gordon's War)一片中,一位越战老兵的"老伴儿"吸毒过量,他和一些朋友开始清缴所有小区街坊家里的可卡因和海洛因。即便是《超级苍蝇》这部电影,也在明确叙说主人公普利斯特作为毒贩和罪犯,生活过得如何空虚无聊;毕竟,这是一种他想要了结的生活方式。影片揭露了使可卡因非法却又任其大量存在于贫民窟的过程。①没什么关系的。观众接受的是娱乐媒介,而不是思想——他们也许认为如此为法律所不容的行为(在有些州,持有毒品就要判 20 年徒刑),又如此昂贵,不可能都是坏的。

《超级苍蝇》电影的成功与其音乐的成功是相辅相成的。正如每周票房总计把这部电影推上了夏末和秋季的热映票房大榜单,唱片销售额也正好说明购买唱片的听众数量惊人。8 月中旬,主题曲《弗雷迪已死》("Freddie's Dead")首次出现在当月最佳单曲榜上,连续 16 周都榜上有名,最高曾排到了第 4 位。另一首单曲曲名就叫《超级苍蝇》,在随后的 11 月进入同一榜单,在榜上保留了 15 周,最高也升到第 8 位,而与此同时,电影的原声专辑成为最佳唱片,长达一年,名列第一:"我是你的母亲/我是你的父亲/我是那个巷子里的黑鬼/我是医生,待你来问诊/想要点可卡因吗?想要些大麻吗/你们都认得我/我是你的朋友/你最重要的人/你不同意/我是你的买卖人。"

---

① 并非所有精彩描述吸食可卡因的电影都是美国人拍的。西班牙导演路易斯·布努埃尔(Luis Buñuel)在 1975 年执导的《中产阶级的审慎魅力》(The Discreet Charm of the Bourgeoisie)赢得了戛纳电影节大奖,而荷兰的《土耳其软糖》(Turkish Delight)也被提名参选奥斯卡大奖。

到1973年,市场饱和度高得吓人。犹如朝圣的信徒上下求索不断寻觅新的生活方式一般,饥饿的媒体有一小段时间关注了黑人皮条客,突然之间出现了几十篇杂志文章,还有大量的书籍和电视报道——其中大多数都是以可卡因为主题的,旗帜鲜明地讨论可卡因的吸食和买卖。在所有主要城市和大多数小城里,在各处的总店、书店和精品店里,突然出现了大量的可卡因海报招贴。其中有一幅把"可卡因"一词涂成亮色,穿过可口可乐几个字母形成的大红圈。(这种逆向炒作也出现在了T恤衫上。)还有一个例子,就是有人复制了一款装软饮料的老式托盘,画面是那位可口可乐女郎举起勺子,正向鼻孔里喂着什么东西。(可口可乐公司一直辛勤地捍卫着自己的注册商标,以及那点脆弱的敏感性——起诉到法院要求终止海报的发行,并且赢了官司。)吸食可卡因的配套装备——药勺、药瓶、分装器、吸食器——开始在店铺里云集,密密麻麻摆在了更传统的大麻烟嘴儿和印度大麻烟斗周围。

随着毒品泛滥,毒品种类也在增加,而随着品种增多,毒品也越来越受到青睐和追捧。

到了眼下,又出现了一个迅速展开的可卡因"神话",故事不断流传,结果是某些毒贩、携毒者、违法事件,以及吸毒的仪式都成了"他们那个时代的传奇"。例如,有一位来自明尼苏达州的毒贩,他(从秘鲁过来)在洛杉矶海关顺利入境,随身携带了两公斤可卡因,用胶带缠在腿上和躯干上,他的护照里面夹了一张纸条,上面写着:"我是联邦麻醉品稽查官,旅行时没带证件。我正跟踪前面那位拎着大手包的黑发人,请让我和她快速通关过境。可能会发生打斗。"另一个故事是常在摇滚圈子里流传的,说是某排名第一的新奇舞曲主唱投资4万美元买卖可卡因,这钱是他从热销的唱片里赚的,随后的4年他就靠买卖那批毒品的利润生活。

在英国谁人乐队(the Who)最近的一次巡演中,那位人称"秘鲁先生"的毒贩出现在亚特兰大和蒙特利尔演唱会的后台,后来在达拉斯、底特律、波士顿和费城被一位"玻利维亚先生"取代了。在纽约有各式各样的小物件儿,有一个看上去就像一颗粗大的银子弹,连着一根棒子模样的手柄——握紧棒子,转动子弹,就可以从子弹头那儿倒出正好够吸食一次的分量,这一份就是250美元。还有一种众所周知的仪式,吸食者把可卡因抹在阴茎上,直至阴茎失去感觉变得麻木,这样他就可以无限延长性交时间——或者,直至可卡因失效吧。

1974年以前,各个摇滚乐队在离开东西海岸他们的老窝去巡演之前都必须储备可卡因,可是那时,可卡因随处都买得到。也许纽约的情况要差那么一点,那里新出台的法律使得毒品交易充满危险,不过据音乐推广人加里·斯托姆博格说,"这并不意味着买不到可卡因——而只意味着它有点难以找到而且相当昂贵"。设在新奥尔良、亚特兰大、迈阿密,以及各大入境口岸负责查禁非法可卡因的美国麻醉品和危险药品管理局(the U. S. Bureau of Narcotics and Dangerous Drugs)迅速膨胀的工作人员队伍进一步证明毒品交易量增加了。几年前,几十个城市的警方报告了很少几起因藏毒贩毒被捕的案件,到1974年,逮捕和起诉的罪案数量大增。显然,在毒品犯罪的110年历史中,可卡因交易的黑市是空前扩大了。

但是如果人气上升,毒品滥用似乎就会减少。几年前就有毒品滥用——被一位洛杉矶医生记录在案(1971年),这位医生不想让人知道他是谁,生怕染上恶名,说他势利,只医治好莱坞的可卡因瘾君子。他说,当时他的病人好大一部分都来自摇滚乐界。

他说:"可卡因是一种很容易滥用的药物,因为它在体内代谢非常快,能够迅速排出体外,所以如果吸食者负担得起,就会加点量,而毒效消失以后又会吸食一些。你知道,他前脚走进诊所,后脚就开始抱怨鼻塞,说鼻炎气雾剂没有疗效。对了,气雾剂和滴鼻液销售量已经飙升起来了,我将这种销售量增加直接归因于可卡因的广泛使用。"

这位医生伸手拿过一本《治疗学的药理学基础》(*The Pharmacological Basics of Therapeutics*),这是公认的药理学权威著作,他翻到关于可卡因的章节。

"听听这段,"他说,"没有人会跟古德曼和吉尔曼(本书的两位作者)争辩,这本书是1970年出版的,但听听这段就知道这些东西过时有多快了。这里有一句说:'可卡因滥用在西方国家并不常见。'你知道我作何评论吗?一派胡言。"

他将这本大部头书丢在桌子上。"一个音乐家进来治鼻塞,我要问的第一句就是他吸食了多少可卡因。现在太泛滥了!我每天都看到人们的项链上挂着盛放可卡因的勺子和吸食大麻的烟嘴儿、小勺子,还有滴鼻液这些东西。"

医生说他为这些寻诊的明星也帮不了多少忙,但他确实给他们提出了一些忠告。"这些人习惯性地吸食毒品就是在经历'慢性中毒'。他们的朋友可能已经察觉到他们精神萎靡,体重变轻,性情大变。我告诫他们长时间的吸食可能导致慢性鼻塞以及——这是最终的结果——鼻腔隔膜也就是鼻壁穿孔。可卡因使血管收缩,没有足量的血液到达该部位会造成鼻中隔萎缩。我还告诉他们,因为药物刺激鼻黏膜,也会引起细菌感染,虽然它不具有生理成瘾性,却有造成心理成瘾的高风险。我建议他们把钱花在别处。"

3 年过去了,到了 1974 年,这位医生的大多数老病人很久以前就不再找他看病了,他也没给多少新病人看病。事实上,许多早先的可卡因美食家已经脱离了毒品。他们看到朋友们耗干了身家,吸毒吸成了急性妄想症,这往往还伴随着丧失批判性思维能力。有一位旧金山的音乐家一直从西德的默尔克进口可卡因。他说,一天早上醒来,他无法呼吸,所以就戒掉了。其他人的做法也差不多。或者在减量。

"价格是另一个因素,"一位 30 多岁的唱片公司高管说,"滥用毒品,谁负担得起那么多的费用?如果你不是毒贩,也不是很有钱,甚至还要接济别人,那你就不大可能维持得了吸食可卡因这样昂贵的嗜好。"

这一切都取决于你拥有什么样的开支账户。

因此,1974 年,可卡因变得高不可攀。想象这样一则杂志广告,标题是:"什么样的人消费可卡因?有存款的人……"

或者活得像是有存款的那些人。

第六辑

迷幻的历史

心理学家哈夫洛克·霭理士（Havelock Ellis）最为世人铭记的，也许是他的性学著作，不过他也写过关于他个人接触佩奥特仙人掌（Lophophora williamsii，以前叫 Anhalonium lewinii）的经历，比阿道司·赫胥黎早很多，赫胥黎于1954年出版了《知觉之门》(The Doors of Perception)，讲述了麦司卡林的效力。麦司卡林是这种生长在墨西哥和德克萨斯州的仙人掌属植物的主要成分，是一种精神类药品，考古证据表明在过去至少4000年里它都被用于致幻。19世纪后半叶，它开始从生长地传播开来，向北最远传到了加拿大，被许多美洲原住民当作圣礼上的圣物。19世纪90年代德国化学家亚瑟·赫伏特（Arthur Heffter）将麦司卡林生物碱从仙人掌中分离出来。在《麦司卡尔：一个全新的人造天堂》("Mescal: A New Artificial Paradise")（文中引用了波德莱尔的作品）这篇文章里，作者霭理士描述了他本人在1896年的某一个耶稣受难节，独自饮下了3盅"麦司卡尔花球"（当时对佩奥特仙人掌花球的流行说法）熬煮出来的汤汁，然后着手记录他脑子里出现的丰富多彩、美轮美奂的幻象。后来，他还把这段迷幻的体验告知了其他人，包括诗人W. B. 叶芝。

亨利·米修是位诗人，也是画家和心灵探索者，在《致幻药与性爱问题》("Hallucinogenic Drugs and the Problem of Eros",

1964)一文中,讲述了有关印第安人在仪式中使用佩奥特仙人掌的事,其中提到塔拉乌马拉人,阿尔托在《佩奥特之舞》一文中也写到过他们。米修思考的问题是,将麦司卡林生物碱从它的生物家园分离出来,突然放在西方实验者有限的大脑中,致使它从圣物变成了俗物。他探索了借助麦司卡林超越自我的可能性,还探索了麦司卡林的摩尼教本质中固有的种种陷阱。然后他又把麦司卡林的致幻效果与印度大麻带来的"路西弗式"和"风月无边式"快感进行了对比。

《诗人的天堂》("The Poet's Paradise")是罗伯特·格雷夫斯(Robert Graves)的一篇演讲稿的文字版,当时他是牛津大学的客座教授,讲授诗歌课程。文章中,他探索了天堂观念背后的某种可能性,即在《圣经》《吉尔伽美什》史诗以及古希腊、波利尼西亚和哥伦布之前的墨西哥的各类神话传说中所表现的天堂观念背后,存在某种共同的药物致幻体验。他还特别关注了神奇蘑菇(迷幻裸盖菇、花褶伞菇)和蛤蟆菌(毒蝇伞、羊肚菌)的文化功能,并描述了自己食用迷幻裸盖菇的体验。1960年,他在R.戈登·沃森的陪同下吃下了这种蘑菇,沃森是纽约的一位银行家,同时也是研究致幻蘑菇的专家。他俩分享蘑菇之时还欣赏着玛莉亚·萨宾纳吟唱的录音,这是一位墨西哥裔印第安女药医,正是她引领沃森进入其神秘之境。格雷夫斯进一步探讨了社会能够认同和接受的"世俗"毒品如酒精、烟草和镇静剂,却打压致幻类毒品的问题。通过对比毒蘑引发的"被动的"幻觉与"主动的"充满诗意的恍惚状态,他得出了结论,并坦言自己更偏爱后者。在《塑造人类头脑的药物》一文中,阿道司·赫胥黎探索了一些与格雷夫斯相同的主题，例如，他一方面对比酒精和镇静剂，另一方面又将酒精和诸如麦司卡林和LSD之类的致幻剂加以比较。他明确无误地推测出未来人类可能使用的各类致幻药物，并表示相信，实现宗教复兴要通过使用扩张大脑、增强心智的药物，而不是通过传道狂般热情似火的电视炒作。

20世纪，使用致幻毒品的历史随着蒂莫西·利里（Timothy Leary）的声名鹊起而进入了一个新纪元。他拥有"迷幻药大祭司"的名头。《蒂莫西·利里、LSD和哈佛》（"Timothy Leary, LSD and Harvard"）一文摘自斯图尔特·腾德勒（Stewart Tendler）和大卫·梅（David May）所著的《永恒之爱兄弟会》（*The Brotherhood of Eternal Love*）一书，这是对专事贩卖迷幻药的组织——所谓嬉皮士黑手党——的一个界定性描述。这篇摘录的文章描述了利里邂逅神奇毒蘑的经历，以及随后在哈佛大学进行的项目研究，研究对象就是裸盖菇素，这种毒素是由瑞士的桑多斯实验室生产的（也是在这些实验室里，阿尔伯特·霍夫曼发现了迷幻药）。项目的志愿者有威廉·巴勒斯、艾伦·金斯伯格、阿兰·瓦兹（Alan Watts）、阿道司·赫胥黎和亚瑟·库斯勒（Arthur Koestler）。然后，两位作者追根溯源，讲述了利里的波士顿公社，以及被逐出哈佛和他在当局追捕中逃亡的经历。《加里·格兰特的另一面》（"The Other Cary Grant"）是记者沃伦·何格（Warren Hoge）对加里·格兰特的访谈录，话题涉及这位演员在医生指导下服用迷幻药。格兰特直言不讳，明确无误地表达了对用药经历的看法，为人们了解这种药物提供了绝对出人意料的视角。

麦司卡尔：一个全新的人造天堂

哈夫洛克·霭理士

数年来有一件事是众所周知的，那就是新墨西哥州的基奥瓦印第安人在一些宗教仪式上习惯吃某种特定的仙人掌，名为列文仙人掌或麦司卡尔花球。麦司卡尔——可不能与那个同名的令人陶醉的饮料麦斯卡尔酒相混淆，那是用龙舌兰草酿制的——在格兰德河流域的墨西哥山谷里被发现，这里是基奥瓦印第安人的祖居之地，在美国的德克萨斯州也有生长。这种植物呈棕褐色，脆脆的，嚼着发黏恶心，又苦又涩，麦司卡尔主要就是指这种植物干巴巴的叶子。然而，我们将看到，它完全有资格与印度大麻和其他一些著名的毒品一道，共同为男人们营造一座人间天堂，让他们快乐无疆。基奥瓦印第安人率先发现了这种植物宝贵而强大的药效，对他们而言，这种植物具有巨大的诱惑，所以他们中间的传教士，发现这里有一个对手，抗拒着基督教的道德教化，他们只好诉诸世俗的武力了。买卖这种毒品被征服者禁止，违者重罚。但服用麦司卡尔在基奥瓦印第安人中间仍然盛行，至今不衰。

麦司卡尔也确实传开了,或许可以说服用麦司卡尔的仪式是当今美国南方大平原地区各印第安部族主要的宗教仪式。仪式通常在星期六晚上进行;这时,男人们在帐篷中间围坐成一圈,中央燃着一大堆篝火,篝火一直要保持熊熊燃烧的状态。祷告完毕,领头的递给每人4个花球,然后大家慢慢把花球嚼碎吞下去,从日落到次日黎明,每个人都大约吃下10到12个花球。整个晚上,男人们都静静地围着篝火坐着,处于梦幻般的冥想状态——在陪伴者们不断的吟唱和击鼓声中——完全沉浸于各种色彩的幻象以及麦司卡尔激发出来的其他图景之中,大约到次日中午时分,药效过去了,他们才起身回去做事,没有显出任何抑郁神情,也没见令人难受的后遗症。

同属的仙人掌大概有五六种是印第安人也使用并且敬重有加的。因此,卡尔·龙姆霍尔茨先生就发现,塔拉乌马拉人——一个墨西哥印第安人部族——把各种仙人掌当作神来崇拜,接近它们时头上不能戴任何东西。当他们想采摘这些仙人掌的时候,塔拉乌马拉人先要燃烧柯巴树脂为自己熏香,然后怀着无比虔敬之心,小心翼翼地挖出神药,生怕造成损伤,而这时妇女和儿童被警告不得在场。甚至那些皈依了基督教的印第安人也认为西科里(Hikori)是仙人掌神,与他们自己的神祇法力相当,在它面前也要在胸前画十字。在所有重大节庆场合,都要用西科里制作饮品供药师或其他选定的印第安人饮用,他们边喝边吟唱,呼唤西科里神赐予他们"美妙的酩酊陶醉感";同时人们用棍棒敲出咚咚的响声,男男女女尽情地跳着舞着,美妙至极——女人们穿着白色衬裙和长袍自舞自蹈——就在那些为神药陶醉的男人面前。

1891年，美国民族学局的詹姆斯·穆尼先生经过反复观察基奥瓦印第安人使用麦司卡尔的仪式，并在仪式上给予协助，提请华盛顿的美国人类学协会关注这一话题，3年后，他把一批麦司卡尔带到了华盛顿，移交给了普伦蒂斯和摩根两位医生进行化验。这两位化验员在几名年轻男子身上进行了试验，试验首次精确验明了麦司卡尔的药效，以及它所引发的奇妙幻景。不久之后，威尔·米切尔医生——他是知名的内科医生，还是一位有着鲜明艺术气质的人——在自己身上进行了试验并发表了一篇非常有趣的文章，讲述了这场试验中在这种神奇植物作用下他所看到的美妙绝伦的幻景。去年春天，我在伦敦总算弄到了一小份麦司卡尔样本，用于我的首例麦司卡尔试验，很显然这也是人类第一次在美洲以外的地方查验麦司卡尔的致幻效果。①我会详细描述这次实验，而不是引述先前发表的美洲研究者们的说法。

耶稣受难节那天，我一个人待在伦敦坦普尔区一所安静的套房里，完全没人打扰，我断定这个机会适合进行一场自体实验，我用3个花球熬煮出了一碗汤，这是生理允许的全额剂量，并在下午2∶30到4∶30之间喝了下去。这天下午我观察到的第一个症状是明显感到有劲儿，脑子也灵光了。②这感觉过去了，我喝下最后一份，大约1个小时后，我感到头晕，站不稳，脉搏很沉，我发

---

① 柏林的列文确实用列文仙人掌进行了试验，因此早在1888年这种仙人掌就以其名字命名，他发现，即使是很少一点就产生了危险的症状，他把它归入剧毒药物类，与士的宁（strychnia）类似。他没能发现它的致幻特性，事实上，他很有可能用了某种名称相同而实际不同的仙人掌来做实验。

② 我淡化了对纯粹的生理症状的描述，在一篇题为《麦司卡尔中毒诸现象》("The Phenomena of Mescal Intoxication")（参见 Lancet, June 5, 1897）的论文中描述了一些生理症状的细节，然而，论文并没有包含对吸食之后的幻景的描述。

现躺下更舒服点。我还能够读书,而且我注意到,有一个淡紫色的阴影在页面上方飘荡,在我双眼凝视的地方打着转。我已经察觉视野中的物体是歪歪扭扭的,像我拿着书的手,看上去很突兀的样子,颜色鲜亮了很多,几乎有些扎眼,而当我闭上眼睛,余留影像却是生动的,拖得老长。闭眼后的幻影是慢慢地渐次出现的。开始只有模糊的光影忽明忽暗地闪现,好像是一幅画,但最终也没看出画的是什么。接着画面稳定了一些,但是太密太乱了,无法描述,根本不是万花筒里面看到的画面,那些是尖锐物体组合的对称画面,这里看到的完全不同。然后到了晚上,整个晚上,幻象变得清晰可辨,但仍然无以言表——多数幻景都是一大片金色的珠宝,镶嵌着红色绿色的宝石,图案不断变化着。这一刻也许是整个体验中最赏心悦目的了,而与此同时,空气中好像有一股淡淡的香水味儿弥漫开来——伴随着美景又飘来了香味儿——所有难受的感觉全没了,除了稍稍有点眩晕感,手还有点抖,后来手抖得厉害了,几乎拿不稳钢笔做试验记录;不过用点力还能用铅笔写字。幻影跟我熟识的物件完全不一样;这些影像极为明晰清亮,而且总是很新奇,它们不断扑面而来,又不断飘然而逝,又像是我熟知的事物的模样。我总会看到大片大片瑰丽炫目的珠宝,有一颗颗单独在那儿的,也有一堆堆一簇簇聚在一起的,有时熠熠生辉,有时又炫光夺目,有时则是沉郁浓重的辉光。接着它们又会突然闯入我的视野,在凝视中幻出花朵的形状,然后仿佛又变成五彩斑斓的蝴蝶,或者是扇动着纤维状羽翅的奇妙昆虫,现出无尽褶皱,闪闪发亮,还幻着彩虹颜色。有时,我又像是在打量着一个巨大容器,中空的,还不停地旋转着,其深凹进去的抛光表面呈现珍珠母的亮银色彩,色调还在高速变幻着。

我很吃惊,不光是因为我看到那么丰富的景象,更让我惊奇的是幻景的种类还如此繁多。视野中总是会有一些全新的效果显现出来;有时是疾速的移动,有时是沉郁、暗淡而又丰富的色彩,有时是珠光璀璨,火树银花,还有一次是突如其来地降下一场黄金雨,像是要当头浇过来。最为常见的是多种多样的暗色混杂交融在一起,带着宝石般闪亮的尖角。我能想象到的每一种颜色和色调都会时不时在视野中冒出来。有时候是不同色调的同一种颜色,譬如红色——包括了猩红、艳红、粉红——会同时冒出来,会一连串往外冒。不过尽管色彩如此丰富,总觉得还是有点太过简约,而冒出来的每一种色彩都承载着某种美学价值。它们通常与形状相关联,从来不会一大堆一大堆地出现,或者,就算堆在一起,色调也是非常柔和的。我印象至深的,不光是那些色彩鲜亮柔美种类纷繁,更加难以忘怀的是它们如此可爱,质地又如此繁多——有纤维状的、编织的、刷过明漆的、流光溢彩的、沉闷暗淡的、带脉纹的、半透明的——其中出现最多最频繁的也许就是宝石那种流光溢彩的效果,还有就是昆虫羽翅上那种纤维质感的图样。虽然画面感觉很新颖别致,如我前面已经提到过的,它们却时常像是在隐隐约约地唤起对已经见识过的物件的回忆。因此,有时视野中呈现的画面似乎是由精致的瓷器构成的,有时又像是精美的甜点,还有的时候则是带着点毛利风格的或类似的建筑,画面背景频频让人想起那些精巧的建筑效果,无论是形状还是色调,就像镂刻在木料上的网眼装饰图案,而这又让人联想到开罗建筑中阳台和挑窗台上的木格装饰。但无论如何增长变幻,自始至终,这些幻象并没有把在我脑子里隐约唤起的任何实物的特征关联对应起来,我尽力想要左右幻象涌现的进程,但总是劳而无功。整体上看,应该说,这些幻象就是人们最常说道的或许可称为构思奇巧、活色生香的东西。表面通常呈现出某种不完全对称,就好像底层结构是由大量的抛光彩块牵制着的。同样的画面就这样频繁复现在大部分的视觉范围里面;但这些画面涉及形状的更多,其次才是色彩;关于色彩嘛,仍然是各种各样令人赏心悦目的大集合,因此,如果要说有一定的整体性,那就是珠宝般的花朵不断涌现,不断扩散,布满整个视野。而且仍然会显现出各种微妙的色调和光泽。

威尔·米切尔发现,他只有闭着眼睛而且要待在完全黑暗的房间才能看到幻象。我几乎可以在黑暗中同样便利地看到它们,双眼也可以大睁着,尽管看到的幻象不是同样地鲜亮。不过我看幻象看得最好的时候是我双眼紧闭,待在一间房里,只燃着摇曳不定的火光。这显然符合那些印第安人的经验,在整个服食麦司卡尔仪式的过程中,他们都要燃着一堆熊熊的篝火。

那些幻象一直延续了好几个小时,明亮光鲜,不曾衰减。这时我感觉有点晕,肌肉无力,就上了床,宽衣解带之时,每次目光一移开就浮现出四肢的模样,上面呈现出红色、古铜色、鳞甲状斑纹、黑色素斑纹,让我印象至深。我没有一丝睡意;全副的感官都处于一种极度亢奋敏锐的状态,肌肉也处于高度敏感的状态。一丝丝最微弱的声响都会放大到震耳欲聋的地步。这种新奇的状况我从未体验过,也不知道下一步可能出现什么,所以内心隐隐约约有些惶惑不安,或许也就因为这个才无法入睡吧。

在黑暗中看了几个小时的幻影，我有点腻味了，就点亮了汽灯。这时我发觉自己竟然可以体察到一系列崭新的视觉现象，以前的观察者可从没提到过。压力式汽灯（一种普通的汽灯，喷出摇曳不定的火苗）似乎亮得特别耀眼，放射出阵阵光波，以一种极其夸张的方式扩散收拢。那些暗影给我留下的印象更深，它们向四周弥散，流泻的红色、绿色尤其是紫色使得暗影更暗。整个房间，天花板是用白漆粉刷过的，但不是很白，也就变得鲜亮美丽。幻境中我看到的房间跟我日常见到它的样子不一样，就像是人们或许经常观察到的房间图画和房间本身之间的差别。我所看到的阴影是画家画上去的，而不是在一般情况下随意察看真的就能看到的。我想起了克劳德·莫奈的油画，凝视着那幅画面，我突然意识到，也许麦司卡尔所引起的视觉过敏，或称视觉衰竭，同画家长时间的视角专注造成的感觉是一样的。我真希望确切了解柔和稳定的电灯的光亮会如何制造幻影，所以赶紧来到隔壁房间；但在这里阴影不太明显，尽管墙壁和地板好像在颤抖和虚化，一切物件的质感都增强了，变得更厚重了。

大约凌晨3点30分，我感觉这些幻象明显减退了——虽然现在仍在延续的主要是人影，梦幻般的和中国式的——我已经能够安顿好入眠了，这一觉睡得安稳平和，也没有做梦。我跟平时差不多的时间醒来，没有什么倦怠感，也没有对过往经历不好的记忆。只是我的双眼好像变得对色彩超常敏感，特别是对蓝色和紫色；实际上可以这么说，这次经历之后我对那些微妙难辨的光影与色彩等现象的审美眼光比以往更敏锐了。

我意识到，让一位画家体验一番麦司卡尔的影响会是很有趣的,所以我劝诱一个画家朋友做了类似的实验。很可惜,第一次没有产生任何效果,原因嘛,我后来才发现,是那些花球就简单地浸泡在水里,有效物质没有析出来。为保证万无一失,第二次实验用了4个花球,结果发现这次过量了,受试者很难受。出现了阵发性心绞痛和濒死的感觉,这当然吓坏了受试者,他出现了强烈的畏光症状,双眼瞳孔也散大得厉害,不得已只好替他把眼睑遮挡着,尽管还可以看到些光亮。紧接着突然症状就来了,我赶到现场时症状已经很厉害了。因为这位受试者的体验在很多方面都跟我不同,所以在此转述他亲口所言:"我首先察觉到的是我原本一直在漫不经心地打量着一把蓝色的搪瓷水壶,水壶就放在壁炉的炉围子里,壁炉里面没生火。这时我从水壶那儿一转脸,仿佛看见了炉箅子上的黑炭中间有一块同样的蓝色,一会儿这块蓝色又出现了,离得更远了,色度却亮了一点。不过我怀疑这些蓝色斑块是不是想象出来的。然而一抬眼看壁炉,我的猜疑就没了,那上面摆放着各色各样的小玩意儿,我看到一种特别鲜亮的蓝光开始绕着每个小物件打转。一个方形的香烟盒,紫色的,像紫水晶一样闪耀着。我把眼睛转开,这时,在一把锃亮的椅子的靠背上看到了一根棒子发着红宝石一般的亮光。虽然我期待着某个这样的幻境出现,算是药性发作后的首批症状之一,可真的面对着这种现象,我还是有些害怕的。前一刻看到的一切都平平常常,后一刻周遭的一切却静悄悄地突然开始发光了,这就像是突然上演了一场疯癫游戏,与我毫无关联。觉得很奇怪,所以无从感知它的美。想要摆脱这种感觉,所以我走到门口,可就这么一动,我发觉,却有驱散那些色彩的效果。然而一阵呼吸困难、心脏发麻的感觉又把我逼回来瘫坐在刚刚起身离开的扶手椅上。从这一刻起我出现了好几阵心绞痛,现在描述它,我只能说当时感觉就快要死了。人动不了,好像也无法呼吸。我有一搭没一搭地想着,马上就要死了。内心涌起了各种各样的强烈感觉,而抗拒这些感觉的力气每时每刻都在消失。

"第一阵心绞痛发作得最猛烈。伴随着下肢一阵刺痛,感觉体内有一股令人恶心和窒息的气在往上涌,直往颅腔里面冲。有两三次这种感觉都有彩色画面伴随着,是体内的那股气体爆燃从我喉咙冲出的幻象,不过心绞痛发作时我并看不到幻影,它们只在间歇期冒出来。幻象开始出现时是各种色彩喷涌而出;一次是一大片鲜亮翠绿的洪水覆盖了整个视野,部分水面在欢腾跳跃,就像新鲜的水泵入游泳池时水面翻腾着大量的气泡那样。另一次,我的眼睛好像变成了一滴脏水,体积巨大,其中有成百上千万的小生物在游动,样子像是蝌蚪。但早期的幻象主要是由突奔而至又连续不断的彩色花纹构成的,从四面八方涌入视野,有的往上飘,有的往下落,还有的在左右滑动。要描述这段时间特有的杂乱无章的色彩和图案实在太难了,就像要描述某个瀑布潭底的漩涡一样难。

"现在又出现了另一轮独一无二的感觉,它们是突然冒出来的,令人措手不及,然后一个紧接一个疾速变幻着。它们随意出现在我的脑海里面,我现在把它们记录如下。(1)我的右腿突然变得沉重,硬邦邦的,感觉确实就像是整个身体的重量都集中到了一个部位,就在大腿和膝盖那个位置,而身体的其他部分都变得轻飘飘的。(2)突然出现神经痛,后脑勺似乎开了个洞,有鲜艳的光往外流淌,紧接着感觉吹过一阵强风,穿过同一部位的头发。(3)某一时刻,在我嘴里,绿色有了味道,甜甜的,又有点金属的味道。蓝色也出现了,而它似乎让我想起了磷的味道。就这两种颜色似乎与味觉有关联。(4)我的额头周围出现了令人愉悦的松快感和超自然的轻盈感觉,紧接着是一种越来越强的收缩感觉。(5)我的一只耳朵里传来了唱歌的声音。(6)我的左手掌心有一股烧灼感。(7)两只眼睛周围发热。最后这种感觉在整个实验过程中一直都有,除了有一小会儿,感觉眼睑发冷,有彩色幻景伴随着,看到了皱巴巴的眼睑,眉骨上的皮肤不见了,还有死人的肉,最后看到的是一个头盖骨。

"在体验这些幻觉、看到这些幻景的过程中,自始至终,我的大脑不仅一直保持着非常清醒的状态,而且我认为自己拥有了非凡的洞察力。当然,我清楚意识到某种古怪的差异,那就是我一面看见自己与霭先生头头是道地叙谈——他是一小会儿前刚进这间房的——一面体验着体内正在上演的一幕幕狂野而非凡的恶作剧。理性似乎成了我生命体内的唯一幸存者。有时我感觉它也要离我而去,但听到自己的声音又能够再次确立自己跟外部的现实世界的联系。

"我的下肢一直处在震颤状态,时轻时重。恶心的感觉也一直都在。恶心加上窒息的感觉还有心绞痛,在喝了白兰地、咖啡,或吃下饼干后就缓解了。肌肉乏力,我感觉不想动也动不了。不过,我的双手还保持着充沛的力量。

"眼睛睁几秒钟以上就很难受;日光似乎充满了整个房间,带着刺眼的眩光。不过匆匆一瞥之中,我看到的每一件物品颜色和形状都是正常的。闭上眼睛，大多数幻象在经历了开始阶段杂乱的呈现之后，再次呈现的是我身体的部件或整个身体正经历着多种多样的神奇变化，或变形或发光。通常色彩华美，更多见的是内在的滑稽和怪诞。一次我看到一株精致的天芥菜填满了我的右腿；另一次是我的外套上的袖子变成了一种深绿色的材料，上面又编织了红色的穗子，整个袖口又用紫貂皮镶了边。这袖子刚刚成形，我就发现自己穿上了一套完全同款的礼服，中世纪的款式，不过我说不准到底是哪个时期的。我注意到，一个机缘巧合，身体的某个动作——比如我的手一用力——就会立刻引出用力部位色彩的幻影，幻影会经过一段貌似自然的过渡，变幻出一个完全不同的画面。因此当我碰巧用手指按压太阳穴时，指尖就拉长了，然后又变成了一条条拱顶或穹顶结构上的弯梁。但大多数的幻景都倾向于与身体部位有关联。有一次，我正巧舀了一勺咖啡抬手往嘴唇边送，在抬起胳膊做这个动作时，我紧闭（或接近全闭）的双眼闪现出一幅幻影，是七彩的，我看到手臂与身体分离了，正从黑暗虚空之中喂我喝咖啡。另一次，我试图吃一块饼干来稍稍缓解一下恶心的感觉，饼干是蔼先生递过来的，突然变成一条蓝色的火焰从我手边溜走了。有一会儿，我拿着饼干靠近大腿。顷刻之间我的裤子就着火了，随后整个身体的右半边，从脚到肩膀，都被晃动的蓝色火焰包裹着。这是一幅神奇美妙的景象。但这还不算完呢。当我把饼干放进嘴里时，同样色彩的火焰再次喷出来，照亮了口腔里面，一道蓝光反射到了房顶上。一小段时间内，我口腔里面的亮光看上去很蓝很蓝，我现在可以肯定地说，要比卡普里蓝色石窟里的蓝光更胜一等。很多幻象我都无法追根溯源。有螺旋形的，有阿拉伯花纹式的，还有各种各样的花朵状的，有时是些微不足道、平淡无奇的小物件。有一个幻象里，我看到一排白色的小花，一颗颗紧挨着像是项链上串着的珍珠，开始做螺旋状旋转。我观察到，每一朵花都是瓷器般的质地。过了一会儿我就感觉双颊滚烫，像是发烧了，这时我看到了最奇幻的色彩幻景。开始感觉我的脸皮变得很薄，还不如卫生纸细密结实，我脸面的幻象突然让这种感觉更强，像纸一样，半透明的，带点红色。我很吃惊，感觉自己身处一只中国式的大灯笼里面，透过我的脸颊向房间里看。这之后不久，幻景中有一个变化。它们变幻的节奏更趋缓和，没刚才那么频繁了，慢慢地也没那么清晰了。同时，恶心和麻木的感觉也正在消失。后来的一段时间我看不到任何幻影，只是感觉身体沉重，反应迟钝。我发现自己又可以睁眼了，盯着房里的物件反复看，却丝毫也看不见蓝色的光晕或光柱，或者什么带着闪亮颜色的棒子，而且双眼闭上也没有出现幻影。现在是黄昏时分，室内室外都看不到色彩和光亮，除此以外，我清楚地感觉到，药效已经发挥完了，我的身体突然变得有节制了。我再没看到幻影，尽管还没有完全摆脱异常感觉，然后我上床休息。我躺在那儿一直醒着，直到早晨，除第二天晚上之外，接下来的 3 日我几乎都没有合眼，但我不能说我感觉有任何疲劳的迹象，对了，也许就有一天，我察觉我的眼睛对物件中任何一点点蓝色都变得非常敏感。再没有出现色彩幻影，也没有任何手段可以找到幻影。但第一晚的部分时段，我脑海中却连续不断地闪现着各种稀奇怪诞的景象。它们或许原本就已经在某部波德莱尔或奥布里·比尔兹利（Aubrey Beardsley）的作品中营造出梦境了。我会看到四肢巨大的身影，或是极其矮小的、截短的身影，或是稀奇古怪的组合，比如五六条鱼，带着金丝雀羽毛的颜色，关在金丝编的笼子里面在空中游来游去。不过这些都是纯粹的精神意象，就像是精神错乱的人在梦中看到的景象。

"3个小时内我的身体变成了一座剧场，在这里各种各样的感觉上演了一场大戏，其中有一种感觉算是最平淡无奇的了，那就是我恢复正常状态时的感觉。复原的过程不是渐进式的，实际上，整个外部和内部现实世界好像是一下子跳转回来的。一时之间，似乎很奇怪。那种感觉——只是大大地增强了——就是每个人都经历过的，某天下午在剧院看完演出重新走进日光里。剧场里点着汽灯或是开着电灯，人们坐在人造光源下面，观赏着虚构世界里的一出出戏码。随着观众走出剧场，涌到街道上，通过与刚刚观赏的耸人听闻、令人震撼的场面对比，这个平凡的世界突然闯到面前，那差不多就是一种虚幻的恍如隔世的感觉。几分钟之内，房子啊，街景啊，甚至日光都显得有点陌生。这段时间一切在脑子里都显得古怪又陌生，或者至少会以更加客观的眼光看待这一切。对于旧有的惯性自我，我就是这感觉。麦司卡尔在我体内发挥作用，对我发威，这期间，我身体和智力的正常状态都被打破了，二者之间的连接也断绝了——身体以某种方式变化，理智都认不得它了——变化太大了，以至于我一度十分清醒警惕的理智，有那么一刻意识到了其作为个体的独特人格。我好像是意外获得了对自己的本性的客观认知。实际上，我是看到了自己生命的正常状态，就像一个人刚刚走出剧院，在光天化日之下看着街景。

"毒效发作期间,这种感觉也带来了心灵的独立。好像只有心灵逃脱了毒药的肆虐;我现在觉得,它作为一个独裁者已经统治了好久了,没有群臣辅佐,也没有仆役伺候。从今以后,我应该大致明白身体和大脑二者是相互依存的关系;一次轻微的头痛,一点消化不良,如此等等,都能够造成影响,这种影响,即使感官和神经全情陶醉也无法触发出来。"

接下来我又在两个诗人身上做了实验,他俩的名字是众所周知的。其中一位对神秘的事物感兴趣,这可是致幻实验的最佳受试者,他对各种致幻药物和致幻过程都了如指掌。不过他的心脏不是很强壮。在看到幻象的同时,他感觉麦司卡尔影响到他的呼吸,有些难受,他很偏爱印度大麻,尽管他也承认大麻的效果更难获得。另一位身体非常健康,令人羡慕,在吃下含麦司卡尔的花球之后,他几乎没有任何难受的反应,相反,他处于一种非常明显的心满意足的状态。他吃了不到 3 个花球,所以结果比我当时轻微很多,但效果还是非常明显的。他写道:"我从来没有见过绝对精美如画的成系列的幻象,看得如此真切,又如此难以名状。似乎有一系列的渐隐画面在我面前迅速掠过,全部都是从右到左,没有任何一幅与我以往见过的现实景物相对应。比如,我看到了最令人愉快的龙,喷着气,气就在它们面前直向前冲,就像不打弯儿的蒸汽流,顶端还颠着白色的球!我努力凝神想真实的物件,每次总能想起来,但总是带着某种莫名其妙的变化。就这样,我想起了西敏寺里面一个特殊的纪念碑,在它前面,靠左边的位置,跪着一个人影,身着佛罗伦萨风格的礼服,像是波提切利某幅画作里的一个人物;我要看墓碑就没法不看那个人影。当晚晚些时候,我走出家门,走上了泰晤士河大堤,看到了一幅映着'保卫尔牛肉汁'(Bovril)字样的广告,我非常着迷,在河对岸,霓虹灯管制成的字母一遍明一遍灭。我无法告诉你这变幻的光亮给我带来了多么强烈的快感,在我看来又是何等耀眼。两个女孩和一个男人从我身边经过,大声笑着,懒洋洋地闲逛着。理智地讲,我觉得他们行为粗鄙,但视觉上,我看到他们来到一棵树下,变成线条,渐渐融入了一幅精妙的画面;这可能是艾伯特·摩尔(Albert Moore)画作中的画面。回家进屋后,我紧闭双眼弹了钢琴,看到了纯色的波浪和线条,几乎总是没有形状,虽然我也看到一个或两个外观原本估计是盾牌或护胸甲的东西——纯金的,镶嵌着小粒宝石,图案错综复杂。整个时段,我都没有任何难受的感觉,除了有非常轻微的头痛,一会儿出现,一会儿又消失了。我睡得很香,一夜无梦。"

刚刚引述的这次试验提到了音乐的种种效果——加上印第安部族习惯于在服用麦司卡尔的仪式上敲出鼓点,还有我观察到的,非常轻微的震动或对头皮的刺激都会影响幻影——这一切都在提示我在自身做实验,检验音乐的影响。因此,我再次把自己置于麦司卡尔影响之下(服用的剂量比第一次小),然后就在沙发上躺了几个小时,将我的头大致挨着钢琴,面朝柔和的光线闭着眼睛,一个朋友弹着钢琴,用他自己设计的方法做了各种测试,这些方法他事后才解释给我听。我要在完全被动的情况下观看幻景,而不是寻求、引导它们,我也不能去想那段音乐,选奏的曲子尽可能是我不熟悉的。音乐激发了幻景,大大增加了我享受它们的快感。音乐似乎与幻景相谐相生,实际上是增强了画面感,烘托出了美感。为了干扰幻象的产生,实验中需要故意拉长音调,让旋律单调,但幻象好像与音乐很和谐,音乐特征的任何变化都会使幻影变得模糊,就像是在我跟幻影之间有云掠过。做这些测试的主要目标是搞清楚作曲家暗示特定意象的欲望会在多大程度上影响我所看到的幻景。大约一半情形没有相似之处,而另一半有明显的相似性,有时还非常显著。舒曼的音乐就特别能够说明这种情形,例如他的《林中景色》("Waldscenen")和《童年情景》("Kinderscenen");同样,《先知鸟》("The Prophet Bird")一曲也唤起了一种生动活泼的感觉,还有羽毛色彩斑斓的鸟类身影飞来飞去;《花的乐章》("A Flower Piece")激起了持续不断的植物的意象;而《谢赫拉莎德》("Scheherazade")产生了飘逸洁白的盛装的效果,整个华服上都点缀着晶莹闪亮的亮片和宝石。我每次做出描述之前都不知道曲名叫什么。我不想假惺惺地说这一系列实验证明了很多东西,但它们是值得的,价值就在于如果能跟进这类实验指示的方向,就能弄清楚这类实验是否证明了作曲家有能力暗示某些特定的意象,或者听者也有能力感知这些意象。

在这里讨论有关麦司卡尔如何施展其魔力的潜在机理是不合时宜的,问题也太晦涩。很明显,根据上文描述,麦司卡尔中毒可以说成是各个感官的纵情狂欢,是一场视觉盛宴。它展示了一个光怪陆离的仙境,所有的感官都在时不时地加入游戏,但心灵本身仍然是一个自重的旁观者。麦司卡尔中毒与其他药物所营造的人间天堂是不一样的。譬如醉酒之后,跟正常做梦类似,智力并没有损伤、削弱,虽然醉酒者也可能会意识到自己聪明绝顶;再说印度大麻,往往引起难以控制的多动症状,中毒者会沉浸在情感的海洋之中。服用麦司卡尔的人在猛烈的感官风暴之中却能够保持镇定自若;他的判断力明晰如常;他并没有陷入朦胧的充满肉欲的东方式梦幻。在所有这类药物中,为什么麦司卡尔仅对智力最具影响力,其原因明显在于它主要作用于感官中最具智力的部分。正是因为这个,才不太可能轻易养成使用它的习惯。此外,与大多数其他麻醉品不同,它似乎跟神经系统紊乱和不平衡也没有特殊关联性。相反,要想完全展示它的药效,需要使用者身体健康,器官也没毛病。① 另外,与其他主要毒品相比,麦司卡尔并不会让我们整个人脱离真实世界,陷入彻底无我之境;它的大部分魅力在于它投射了一道魅力的光环,把最简单、最常见的事物围在中间。它是引领人类进入人间天堂的植物中最平民化的。如果有朝一日,机缘巧合,消费麦司卡尔成为一种习惯,那么麦司卡尔服用者最喜欢的诗人肯定是华兹华斯。不光因为华兹华斯的诗作显示了人类的普遍心态,还因为有大量他写的最值得铭记于心的诗歌、诗句——我简直忍不住要说——其全部的深意,若从未置身麦司卡尔的影响之下,是无法欣赏的。基于所有这些理由,也许可以说,麦司卡尔营造的人间天堂,虽然不那么诱人,却是安全的,比其他毒品,更能保障人的尊严。

  同时,必须记住,对文明世界的男性来说,我们目前所言只是基于很少的经验。在美国所做的为数不多的观察记录和我个人在英国的实验都不能让我们针对习惯性地大量服用麦司卡尔做出任何定论。我不能不相信习惯性地大量服用麦司卡尔是非常

---

① 很多人无须提醒就知道这样一个事实,即神经衰弱和过度疲劳,感觉非常像服用麦司卡尔之后不久出现的轻微症状,这并不罕见,但这种状态几乎没有幸福快乐可言。

有害的。免受其害必须确保一个事实,那就是,服用者要比较健壮,这样才有可能从它所引发的视觉盛宴中获得真正的享乐。至少可以这么说吧,一个健康的人,如果能有那么一两次被准许参加服用麦司卡尔的仪式,那可不仅是一番难忘的快乐体验,而且是一段价值不菲的心智启迪之旅。

迷幻药与性爱的问题

亨利·米修

19世纪末,佩奥特仙人掌在墨西哥再次被人发现,在它周围萦绕着邪教般的崇拜,使得它拥有了排他性的宗教功能,外界根本无法问津。

仍然使用它的部落数量极少:有维乔人和塔拉乌马拉人。一年一度,维乔人会长途跋涉,去到遥远而荒芜的沙漠高原,在那里可以找到佩奥特仙人掌。他们去到那里是为了与神灵做面对面交流。

对无知的人来说那是植物,对植物学家来说那是威廉斯仙人球(Echinoccactus Williamsii),而对于了解它的人就是佩奥特,那是神,是向人类出让了神力的神祇。确实,人们咀嚼它,吸吮它的汁液,一口口吞下,不一会儿,脑子里就出现了那个神化世人的神,走在超自然的光亮之中。在一种永恒的承诺和不朽的预示中,也在七彩斑斓、光怪陆离的幻影中,它拥有一片绚烂辉煌,一番微妙莫测,这一切,人类仅靠自己的想象力,是根本无法领略诠释的。

> 吃完仙人掌后，那些墨西哥人接到了
> 分派给他们的神。
> 佩奥特是神化他们的神。

这是佩奥特仙人掌当时已经注定的用途：它具有宗教意义，是神秘的（是一个民族的习俗，对这个民族而言，世间大多数事物都相互关联，都有其意义）；重要的是，如果一种植物可以让人获得神力[①]，而且几乎就是带着神力而来的，那么人们食用它就是自然的、合宜的。

事实上，构成宗教情感的一切都融汇在这种植物的神奇效果里了：一个深刻的意念是万事万物都神秘地连接在一起，再一个是彼岸，永恒的世界是存在的，还有一个深刻的意念就是抵达永恒之境，跻身纯粹之所，过上脱离肉身羁绊，摆脱时间控制的生活。

神和众神聚会之地，就在佩奥特仙人掌里面，对维乔人来说，"火神饮酒的杯子"[②]是由"我们的兄长、胖子西科里带来的，他四处游走飘荡"，是空气之神，也就是风神。相对于雨水和玉米而言，佩奥特仙人掌还是公鹿或者母鹿。

在更加悠远的过去，在来自西方的压迫者占领这片土地之前，佩奥特仙人掌在战斗之日的清晨食用，当时他们之间的战争仍然具有神圣性。刀枪不入、生命不朽的意念，使他们以无人能

[①] 一个发光发亮的神圣之物，在一个一直崇拜太阳和众多神圣天体的国度必然会产生较大反响（光明神，提毗，也是印度教徒给神取的第一个名字）。
[②] Rouhier. *Le peyotl: la plante qui fait les yeux émerveilles.*

敌的无畏精神投入战斗,然而,如果他们真的战死沙场,那么他们就可能——比任何别的勇士都更加可能——变成"鹰的伴侣",即"太阳的伙伴"。

> 永生的印记
> 在战斗中刀枪不入的印记
> 生命永续不断,永不停息,无限延长的印记

对于某些人来说,佩奥特仙人掌揭示了原本秘而不宣或遥不可及的真相,又或者为他们打开了时光之门,让他们能够看到未来的事件。还有别的方法如此令人沉醉吗?我们不得而知。也许有吧!是否有时与某些东西混合在一起使用?肯定没有与酒精混合饮用的①(或许如果有,那也只是最近的做法)。

酒精催生的陶醉在阿兹特克皇帝们眼里没有丝毫的"神圣"(他们没有犯这样的错误),因为这样对身心极其有害,他们严厉处罚这种做法。

根据龙姆尔兹的叙述②,大概是1890年,他获准陪同一组维乔人,对他们进行了观察,当时佩奥特仙人掌并没有在这群朝圣

---

① 萨哈冈(SAHAGUN)认为酒精是可憎的(参见 *Histoire générale de las Casas de Nueva Espana*, vol. 1, p. 185, vol. 11, p. 99, quoted by Jacques SOUSTELLE, *La vie quotidienne des Azteques*, 1955)。

"加冕之日,这位皇帝对臣民宣布,这种饮料,即所谓的 octli(现在称 pulque,是发酵的龙舌兰汁),是万恶的根源,沉沦的源头。醉酒往往引发各种犯罪,从强奸少女的堕落、乱伦、盗窃及其他罪恶,如发恶咒、做假证、造谣生事、无理取闹。"

处罚很严苛。例如:"一个醉汉边走边唱歌或者与别的醉汉结伴同行,如果他是个平头百姓,他就会被罚鞭笞至死,或者就当着街坊邻里年轻人的面被活活勒死,以儆效尤。如果罪犯是贵族,他就会被秘密勒死。"

② 参见 Carl Lhumoltz, *Indians of Mexico*, 1890。

信徒般的人身上产生什么神奇效果。当时认为是准备得太仓促，除了几阵哄笑、乱哄哄的躁动、喊叫及疯狂的乱冲乱撞，几乎没人会察觉到什么。

> 举行仪式，为了清心脱俗，进而食用神奇植物。

女人在村里留守，启程之前甚至连房事也禁了。朝圣者完成了涤罪仪式，有几位还做了告解，讲出了自己的诸般罪孽（通过伟大的墨西哥式忏悔仪式，一切罪孽都予以赦免，但一生中只能这么做一次）。为了纯洁身心，大多数食物都在禁食之列。①

在印度的索玛地区，有一个指导性的仪式，根本算不上是精心打造的，就为营造出某种升华精神的氛围。此外，信徒本人总是被其他虔信的成员包围着，这些人通常戴着主祭司的印信徽章。

一切的一切都是为了绝不让个人分心，任何形式的分心都不行。

西方人来了。又来了。西方人是完全的异类。这次来没带枪，但仍然是来探险的，不再是贪图金银，不再为了传播宗教，这次来是为了获取知识，这是他的大事。仍然很兴奋，仍然亵渎我们的神灵，但方式不一样了：现在是压根不信神的人怀着不敬之心前来，一个局外人，只知道亵渎神灵，继续当局外人，以不敬之心看待一切。

短短的时间，佩奥特不再神圣了，但它还有一个重要的角色

---

① 参见卢维耶之言。

要扮演。

尽管从崇高的位置上掉下来,那胭脂色的侏儒①仍然要向他们揭示这世界的奥秘。它并不算完,它拒绝平淡无奇。不久,发现药力不强,尽管它是神,他们还是不断试验,直至提取出了一种更浓的汁液。

> 经过浓缩,佩奥特成了麦司卡林。

变成麦司卡林之后的佩奥特丧失了人们对它的顶礼膜拜,虽然仍是最纯的引领众人进入神灵美境的圣药,但不再具有神性。②然而,它从未完全放弃它实现无限的神力,对看得出门道的人显现出来,实际上,对那些服用它想找点乐子的人,它也以间接的、拐弯抹角的方式展现了神力。

的确,无限神力并不能被赋予一切事物,同样,也并非一切事物都能成为被赋予无限神力的有趣对象。突然,冷不防、没有任何征兆地,在这群并无恶意的人当中,信心满满的闲得无聊的旁观者一下子神秘地"挂上了挡",发现自己以疯狂的速度被拽着

---

① 指深棕色的仙人掌。——译注
② 最近在美国进行了数以百计基于使用麦司卡林和致幻麦角酸的宗教实验。
经过提问——甚至调查——从候选者中选出了准备追寻大解脱的人。
然而,这一切都有些好笑。当有人阅读有关新信徒的经历时(甚至被收入一本书里),他常会瞠目结舌,因为这些材料明目张胆地缺少崇高的精神追求,也看不出任何探索未知的紧迫感,讲述的时候就像推销员或司仪那样,嘴上谈着无限大爱、无我的生活及参悟明道,实际上却不太明白它们的意思。
就像是记者们应邀去采访耶稣受难一样。
这个针对宗教问题的新丑闻和厌恶提供了一些可供思考的话题。
参见《迷幻现象研究》(*Psychedelic Review*, Cambridge, Mass.),一个有用的重要信息来源;《快乐的宇宙学》(*Joyous Cosmology*),关于这一主题的有效书籍之一,作者是哲学家阿兰·瓦兹。

跑，无法摆脱那令人发狂的过程，备受折磨，也无法摆脱那地狱般的看不见的车子载着自己狂奔。

我要重申一下，只有通过这种恍惚出神状态，佩奥特仙人掌和麦司卡林才真的有效。其余所见的都是主观意象，心不在焉，思维分裂，这样的活动不会在致幻方面取得任何进展，就像用耙子在同一块地上刨挖，翻来搬去，一阵阵的心情烦乱，内心失衡，感觉注定要倒霉，颠三倒四，乱七八糟，胡拼乱凑，所有这些，地狱般地串联起来，终将导致毁灭。这种毁灭是因为没有达到恍惚出神的状态，要找到这种状态只有靠吸食这种毒品，这样的状态也使药性发挥得更好，不会让人精神涣散，也不会老是令人惶惑不安。

什么叫狂喜？那是灵魂高度合一的状态，这时看一切都像是奇迹，万事万物和谐一体，没有哪怕是最细枝末节的偏差。如果出现主观意象或一系列的想法，如果意识到它们出现，就要把它们慢慢化为意义明确的和谐整体，这样所有的摇摆、对抗、责难和异质都完全被摈弃，甚至连与他者最平常的关系也完全无从察觉。这样的状态下一切都置于同一水平，无须计量，无须褒贬，这种合一的状态对没有见识过它的人是不可想象的，就算向他描述过一百次也没用，因为所有描述都注定是词不达意的。这是一次无与伦比的、高度自主的凝神专注，拥有它自己的动能，势不可挡。

> 狂喜中的恍惚出神
> 让位于完美的合一

这种狂喜状态只有胸怀博大、激情似火的时候才会出现，这时狂喜的对象从有限转变为无限，不再囿于个人情感，而是豁然达观的，在引领人性伟大升华的道路中，沿着一条主道前行，就这样，火热的激情和博大的胸襟或变成牺牲小我的大爱冲动，或变成英勇无畏的冲动，忘却了顾虑和自保，或最终变成全面顿悟和彻底通透的冲动（通过放空自我，清除小我之中的杂芜）。

在这些基本而朴素的狂喜之中，我从来没有遇到过仇恨的冲动①，我的熟人当中也没有。仇恨冲动肯定不是常见的，几乎从未感知其全部力量，本质上它也没有我想的那样强大，也比其在现实生活中，甚至比在潜意识中显得更零碎，更短暂，更具临时性。然而，那种毒品可以适当地、大剂量地用于那些不守规矩，一生都在作奸犯科，从不放弃报复他人和社会的人。也许会有些出人意料的结果。

是恐惧（够奇怪的）而不是仇恨，在伺机袭扰那些没有享受过爱的满足的人，恐惧狡猾地盘踞在他们的内心深处，有朝一日，某个机缘巧合，或吸毒，或遭遇不幸，就会突然蹿出来吓坏所有人。恐惧以古怪的形式存在着，如被迫害妄想症和恐惧妄想症，让人回想起他们童年所经历的无助和不堪。

但是，在毒品作用下，为什么没有人遇到——不断遇到——恐惧的恍惚，纯粹的恐怖呢？答案：谁渴望自己为恐惧所淹没

---

① 满腔仇恨仍未显现，这似乎不太可能。我想象着有这么个人，精神错乱，被具有破坏性的狂热所控制，特别是我看到他因仇恨束缚而完全无力，他的内心积郁了仇恨，他的眼神，尽管没有被任何别的感情玷污，按这个词汇最严格的意义，仍是难以忍受的。子弹似乎从他冒火的眼睛里射出。这是一种纯粹的仇恨，看起来可怕，也没有什么可以有效抵御它，仇恨很可能与极权心态相对应。

呢？谁在极度绝望的恐惧面前不逃之夭夭呢？在麦司卡林作用下，人们一察觉到恐惧就会尽力逃离。有时候，当事情进展不顺利时，恐惧就来了，在每个角落，伺机而动，连续不断地、无休止地袭扰你，你偷偷逃离，或者你精心策划，与它大干一场，有时在前线冲锋陷阵，有时做后卫，这一切的唯一目的就是"逃出去"，逃离恐惧在你周围打开的深渊。

因此，抵达平静的水域，人们再次发现美好的一切（以生命为形式，还有各种东西，各个地方，为人所爱，又激发着爱意），那些美好几乎都不可或缺，那是特别令人宽慰的。那么，它真的如此重要吗？它真的来自如此真实的需要吗？显然是的。爱与幸福（还有信任）相伴而生，正如恐惧总是伴随着一切恐怖的东西。在麦司卡林影响下，恐惧几乎总是导致令人惊骇的场面出现在想象中。所以一个人必须极其迅速地辨明方向，把握自己，因为毒品不可抑制的摩尼教式特点不再允许冷漠和分心，不可能让人游走在愉悦和难受之间而不明确表态。不再允许闲逛，再也不能去喜欢的地方。乍想起来，人是被突然迷住了，被善恶两极中的一极劫走了，几乎无法抗拒。沉浸在恐惧中却安然无恙是不可能的。面对恐惧，人不可能像在日常生活中那样简单地一走了之，更不可能像读令人毛骨悚然的叙述（讲的是各种公路抢劫、战争、掳掠），或读戏剧、情节剧或侦探小说；或在某个时刻，处于时间暂停的"悬念"之中，做戏假装很害怕。在毒品作用下，可没有什么悬念，人是一头扎进恐惧里的。通过接受恐惧，他把心灵安放在危险之中，恐惧立刻就会升级，而人被猛推到里面，接着摔倒在地。相形之下，美好也是紧急的、必要的、根本的，就像爱意，它本身就是对美好的渴望。

这并不等于爱,尽管每个人都心存爱意,即便那些自以为不需要爱的人,或者那些自认对爱不在意的人——因为爱,如被这种毒品确证的那样,爱的感觉,在某些人心里像是痴迷,它是幸福的基础,与幸福密切相连——并不等于说任何形式的爱都会产生某种爱的恍惚状态,就像那样。绝对不会。

> 爱的彼岸
> 如果没有抵达,又会怎样

为了在生命中实现非凡的崇高的合一,受试者,带着认同感和隐秘的愿望,有必要让爱虚化进而变成爱的彼岸。如果没有如此发生,麦司卡林会帮它避开,用一个动作将它抹掉,视而不见,忽略它,不准撩起爱意,除非某些时候它以某种短暂的暴风的意象出现,像一阵阵迸射而出的霰弹还有嘲骂。

对于那些被自己的占有本性所召唤,而同时正遭受着被剥夺感折磨的人来说,麦司卡林为他们创造了许多令人不快的惊喜。即便所有抵抗都被专横地打破,他们仍然拒绝彻底舍弃自己,他们本应该舍弃,以便从那里抽身,因为现存的一切挡住了他们的去路。在这里,普遍的爱,尽管对很多人来说是意想不到的,却比任何别的东西都能更充分、更真实地体验到,而超然的爱,尽管极为难得,却一直都在那儿,为人们所"期盼"。

至于恍惚中的性爱,几乎没有出现过。对几乎所有那些尝试过的人来说,爱是无常、不完美、不完整的。当时就没有什么名副其实的狂喜的感觉,只有色情的诱惑。即使如此,麦司卡林也不可能失败。它的价值也不可能被超越,因为它可以赋予使用者无限神力,使他们超越肉身的羁绊。性爱,作为一股流经身体的电流,随时会改变,而易变的性爱将不再是任何好色性质的放纵。另一种力量控制了它,这种最高力量会在几个方面标记它,使它改变路径。当麦司卡林以最大强度突然影响本性沉湎于淫乐的使用者,他本来希望借助这种毒品来做性爱游戏的,这时,它会突然释放其令人兴奋的震颤、其成倍增强的惊人的震慑,冲入衰弱无力的溪流,冲入温柔水流的摇篮,水流随即变成滔天洪流,变成奔腾咆哮的瀑布,向谷底倾泻而下,像万把利刃左冲右突,四处冲杀,把一切都剖开、粉碎,这时候就不要再说享乐的问题,而是完全不同的另一码事了。

> 性爱充满了电流
> 当电流突然穿过欲望的河流
> 渗透,渗透!
> 犬牙交错,山崩地裂,覆水难收!

受试者感觉自己分裂、增殖。他成为一个十字路口,有几百条狂野的洪流在此交汇,在闪电般异化的状态中,他被拉向相反的方向,他还要跟一股巨大的上升推力相抗衡,这股力量似乎托着人向天飞升,居中横卧着飞升。某种难以名状的东西围绕着他,步态庄重稳健,或大摇大摆,昂首阔步,或似闲庭信步,已经摆脱了所有的平庸和不安的感觉。此时的他,感觉整个世界或许尽在眼前,此时此刻,只有此事件最重大、最庄严。

> 滑稽的模仿被取代。僭越，情欲变得庄严

虽然毫无疑问，性爱的所有特征都存在，但当需要描述它时，人们往往支支吾吾，语焉不详，因为它已经改头换面，无法辨认了。

与其他任何东西相比，在非凡的麦司卡林影响下的时间里很容易实现这种转变。时间变得如此不同，他看天文台的表盘，他首先以为，那分针不走了，那么长时间才动一下，他精神上来来回回走过了 20 遍的路程，它却需要这么长的时间走完，这段时间无数的想法浮现在他脑海里，而这钟面显示的时间仍然莫名其妙地落在后面。

> 快乐星座

即使在这个独特忘我的时刻，这个绿洲也会经历惊人的变异，在这里，肌肤之亲已经完结，这地方的特质就是，它会让一切都消失不见，仿佛施了魔法。期待中的意识消散也不会出现。

> 不要沉溺放纵
> 不再沉溺放纵
> 弥漫的高潮，梯子的棱角

麦司卡林往往将意识灌输到一块铺路石里面，而通过那个示范性的停顿，停滞的时间转换成数百个时刻，在追寻疯狂和高度警觉的路径时，没有放弃对现象的把控——注意所有的细节，即便高潮在令人狂乱的微秒针的滴答声中来临——麦司卡林分离、

揭示、列举无数的或者说是繁复的此时此地，它们都包含在终极时刻之中。受试者经历了震惊和振奋，会见证以前总认为不可能的事物的延长，这一过程还会反复进行。他再也理解不了了。他试图找出他的错误，他的谵妄。但是，这眼下至高无上的力量在反复施加影响，毫无疑问，是重复影响，就像另一颗心脏神奇地安装在了他的体内，正砰砰跳动，这颗心是纯粹地为了快乐，这一惊人的现象一如平常事物，终将结束，但这颗心，仍然会搏动，并将带着玄学的节奏在他生命的最深处继续搏动。

> 重复
> 重复
> 难以启齿的精神抽搐
> 超越生理的事件
> 痉挛的心脏在弹跳，在脉动

这只是一个滑稽模仿，麦司卡林与它极其纤细的时间粒子引进和带来的效果，只是以它的存在，在一重存在之中创造了多重累积的存在，在一分钟内累积了无数分钟，在一秒内累积了无数秒，分解致密的整体，把独一无二的人或物碾压成粉末。

这是奇怪的令人目瞪口呆的致畸毁容的过程，了解这一过程的有些人，在跨越实体、获得神力的转变中，原本还想死抱着肉身不放手，但他们真的无能为力，但也可能是没胆量。① 所以就算那些贪恋肉欲的人也显得逡巡彷徨。在性爱的深渊面前，他们可能

---

① 然而，没有和性爱截然分开，性爱是恐惧的避难所；性爱通过怯懦发出警告。

往回走，却又被一种痛悔的感觉牵制着，回想起纯洁无瑕的一切（一个意见不一致的超我），或者他们就简单地明白了有更好的事情要做。或许他们也厌恶了以这个意想不到的、无与伦比的方式来揭秘他们的"内心世界"。

这场壮观的心灵再现，这场放荡的自我展示是独一无二的，他们也见证了这一切。从无它途可以让他们看到如此这般的一切，在其所有鲜活的现实之中，完全袒露，一览无余。①他们要从这里学习，以便理解自己何以至此②，也以此来判断这是否真的符合他们的思维方式。

麦司卡林袒露了受试者的脾气秉性，而它本质上是呆板而又不稳定的，也由于其极其快速的变幻，以其特殊而又特别令人不快的方式揭示和说明了他的矛盾心理、他的诸多欲望和他的逡巡彷徨。

人们从来都不习惯被赋予无限神力的体验，特别是这一种。一个年轻的女人，名姓缩略为 M.S.，在一次体验后向我讲述了以下内容：

"我站在一片未知的大海的边缘。这海最后的波浪正向我涌来，每一轮波浪都把我卷起来，裹严实，把我投掷在喜悦当中，不，就在喜悦到来之前它停住了，就在踏入喜悦之门的那一刻，然后它迅速消退，波浪也无影无踪，我还站在那儿，心有不甘，怅然若

---

① 没有人能知道潜意识里有什么，只知道在某个时刻有什么穿过它，反复频繁地穿过它，或更确切地说是从它中来。正是这个原因，在毒品作用下，每时每刻都是一个惊喜。
② 要了解生物习性的重要性，参阅"La morale dans son rapport avec les faits biologiques", Dr Henri SAMSON, of Montreal, *Limites de l'humain* (Editions Carmélitaines)。

失,然后那海又回来了,宛如均匀的呼吸一般,波浪也向我翻卷而来,将我推到,差点把我推入喜悦当中,那原本应该是最无与伦比的奇妙莫测的快感,它来了,就在眼前了,可是退潮了,又把它带走了;我就待在那儿,心有不甘,痛苦难当,这时海又回来了,把猛烈的波浪推向我,把我摔倒在地,就在我要就范的那一刻,波浪又撤走了,无影无踪,无声无息;然后又回来,不断往上涌,我待在那儿,在翻滚的波浪里,思绪万千,魂牵梦萦,眼看着它要吞没我了,海水越流越急,越流越不像真实的海洋,越流越不像我们海岸边那咸咸的大海,而成了一片虚幻的、极速流泻的海,把我卷入吞噬,却又在最后时刻把我抛回来,柔情蜜意地搂抱着我,然后再次把我抛回……"

身陷炼狱,来来回回

实际上,在这个案例中,吸食的是印度大麻,它也有赋予人无限神力的效果,药效较弱一点,通常被别人隐藏着,对那些不太想摆脱尘世的人来说,这样更有吸引力。

此外,"路西弗式的"印度大麻通常显示的幻象很少与宗教有关,很多与宗教无关,很少是天上的,很多是人间天堂的,很少腾空跳跃,很多飘浮飞升,总体上看,印度大麻在这一点上跟许多其他毒品一样,是为了能显现"事物的另一面",所以就算是爱情这件事儿,往往也是拿来搞笑调侃的,因此会让吸食者污损神物,亵渎神明。

不敬神的印度大麻与爱情

当然，对于性爱它不是漠然置之。它在性爱周围巡游着，诱发性爱并不难，实际上性爱一直处在被诱发的状态，比已经发表的文献所揭示的程度要高很多，也有成效得多……①但它有自己的反应方式，而吸食印度大麻的人期望的完全不同。

毫无疑问，藩篱总会损毁。就连那些许的含蓄矜持也被用魔法明确地驱散了。没有什么需要操心的了。身体已经被解放了，但它再也不一样了。有什么东西已经从身体里溜出来了，不仅从自己的身体溜出来，它周围的身体也都奇怪地"脱离了肉体"。

相反，不在现场的某个人的迹象和痕迹却都"囫囵囵完完整整"地出现了。从一幅朦胧的油画中，从一张蹩脚的快照中，被画被拍的那个人，带着亮光喷薄而出，栩栩如生，显现自己，比那些围着他的家人更真实，却没有实体的沉重感，在经历这样的转化之后，它变得浩瀚宏阔，突如其来，令人欣喜，突然降临在印度大麻吸食者身上。这份幸福令他感觉眩晕，而这份眩晕感又让他幸福地把自己安放在那种状态（但更加美好），就像是"一个人刚刚学会了某样东西，让他喜不自胜"。②

他再也感觉不到任何约束，感觉飞升起来了，几乎要飞走，而且，如果他闭上双眼，或许就能看到，通过他想象中的那双眼睛，男人们正毫不费力地在空中飘荡，坐在飞毯或沙发上。一切都是在空域之中体验到的。一旦重量和沉重感解除，还有什么不会变得不同呢？赤裸的形式不再是赤裸的，而是一个通透明亮的生命

---

① 在与印度大麻有关的文学作品中，几乎没有任何真实的色情描述。在那部著名的东方故事集里，尽管有一些大麻诱发的大胆、夸张的色情之夜，却是无聊的《一千零一夜》中最无聊的一个故事。没有弥漫的色情气息，只有意淫和毫无意义的定量现象。

② 参见 MOREAU DE TOURS, *Le haschich et l'aliénation mentale*。

体。万事万物不再有任何价值。身体变成了精神的转译，心性成为一个管控电流的所在。无论在乳房还是腹部，他所感触到的总是精神，或者更确切地说，他更频繁接触到的是各种极为黏稠的流体。

同时，他周围那些真实的人却令他难受，而且没有在这脱胎换骨的大变身之中助他一臂之力。印度大麻是穷人的药物，属于他这个一无所有之人，没有人帮助凑合着用很容易；它几乎可以无中生有地创造出某种存在，它有赋予生命的神力。为它提供某种真实的东西，就好比是把水送入大海。

不，正是在各种标志、绘画和照片里面，这些几乎瞬间就被印度大麻变得栩栩如生的物件中，印度大麻超过了其他毒品。（虽然没有任何道具，在双眼闭合现出的幻影中，它会更为奇特，当然也更加古怪，更加令人困惑，但也是自相矛盾的，变幻无常，又难以掌控。）面对各种标志，印度大麻是驯服而含蓄的。因此，在挑选集结地点，提出相遇地方时一定要慎之又慎。东方似乎是很精于此道的，所以这种场景有专人组织策划。（即使是诱发内在的幻景，仍然有导演、顾问什么的，他们知道如何不让受试者看到恐怖的幻影，产生死亡的错觉，或掉下悬崖、身陷囹圄的幻觉，或者他们能够在他感觉自己身陷绝境时帮他解脱。）

但吸食印度大麻的人在诱发幻景方面几乎不需要任何东西。最细微的、最纤细的道具是最好的。如果他需要帮手，那就由最糟糕的画像来提供。其他一切都由印度大麻来负责，向它传授深度和美感，将它串联起来，营造气氛，渲染魅力，提供生命的悸动。它将"创造一个幻觉"。

从沙粒中查探到的一个女孩的身影,它能创造出千娇百媚的舞女,对着他浅笑如花,从潦草幼稚、上色粗糙的速写画上,上面有几朵花卉和两三只小鸟,它就能营造出一座迷人的花园,在姹紫嫣红的花卉之中,鸟儿在飞,生气勃勃,斑鸠在咕咕鸣叫,孔雀正在开屏。乐器演奏起来,旋律如此和美,那衣衫褴褛之人为之动容,他刚才吃完让人沉醉的蜜果,不觉就来到了一座王宫,这座王宫的轮廓他原先有过一面之缘,也许当时看到的只是宫殿的画稿,也许只是耳闻过宫殿的历史。可现在还有谁想看一座宫殿呢?现在的人们只想着找回那种神奇,真正古怪的神奇所在。各式各样、千千万万的"复制品"来自他可涉足之地,这样就提供了一个前所未知的机会。在每一幅复制品中他都能见识虚幻的现实。印度大麻吸食者对画作或照片闪电式造访的体验是全新的。图像拥有新的力量,连接的力量。特别是绘画和照片中的面孔。对在这种状态下看到这些面孔的人来说,这是奇迹,与他们在一起,当下,与这些刚刚结识的面孔紧密相随,这是永不完结的奇迹,是一种会永远令人神往的意念。

印度大麻吸食者荡过去与另一位相会(尽管他只有对方的头像),另一位像流水般迅速融入了他,在一场浩大微妙、不可分割、彻头彻尾的共谋之中臻于水乳交融。

多种形式的精神触动

印度大麻吸食者与从照片里"显现"的人的心理融合是完美的,它没有留下什么缺憾,每时每刻都在发生。它也在令人难以置信的变化之中,拥有一份在每一秒的片刻之内建构起的和谐,这份和谐通过微妙的修正正在恢复与重建,这种修正将杜绝哪怕是最微量的"超然"(从那里会衍生出它的催眠力量)。你继续以完全相同的速度前行。最终,印度大麻吸食者能够完全舍弃自己,以为那已经被激起了生命的头像没有能力做出任何伟大的决断。不用担心它笨手笨脚或者三心二意;它本质上就是和谐的、共振的。(某些危险面孔显出令人厌恶的样子,必须立即规避。)

> 他看到他触到人的光芒
>
> 在完美的想象交融之中
>
> 你们以同样的步伐并肩向前

虽然面孔比身体其余部分的表现力大太多了,却有一种诱惑,这是已经被认可的,那就是使用裸体形式的图像在赤裸的形体中,在众多理想的裸体中寻找自己。① 他们太清醒地意识到生活,走进生活,而印度大麻吸食者分享着相同的生活,他们在一起的时候没有丝毫的尴尬。即使在这里,潜意识已经被折磨人的、

---

① 对于性的话题,我讲得是否太多了? 不,在这里讲不算多。这个受试者已经被那种毒品弄得失去了平衡。他用身体尝试性爱行为,以此方式来帮助自己找回平衡。它淹没了所有不适的感觉。有时一个色情的气氛是很必要的。有时,他不会在那儿停留,但后来,不涉及性,他就不能再通过检测,在检测中他是要服用这种毒品的。这个过程中出现了一种关系,一种调节,这可能会改变他的生活。通常有精神不适的情况下,如精神疾患,但不算迫不得已的,色情就有一个新的存在的理由。
在精神病院,每隔一段时间,就会观察到病人不停刺激自己的生殖器,直到精疲力尽,生殖器也瘫软如泥。也许没法下定论,特别是考虑到他们中有些人沮丧的样子,看不出丝毫的爆炸性和令人兴奋的性爱的迹象,他们以这种简单的方式寻求性爱,通过这种近在手边、唾手可得的方式,并通过求助于一个价值已被证明的官能,去支配和超越,或者仅仅是忍受他们感到的极度痛苦的意念和残忍的缺憾——在他们看来如此——必须找到应对手段,非常迫切,那就是真正的满足感,能够一扫乌云见天日。但现实是什么结果也没有,因为疏离的疾患更大、更恒定、更强大,而且,不像身体,它无法耗尽。

解放人①的印度大麻搅动,有时会提供有趣的启示。已经变得比平时的自己更加自在,已经放开却浑然不知,在一股非凡强劲的连自己都没有察觉的势能裹挟下(后来,回想起来,他也会大吃一惊,但目前他觉得相当自然),受试者经历了一个突然的转变,他把自己当作礼物,毫无保留地献给了这群人中的某一位,可这个人根本不配得到这样的馈赠(可谁又能说得准呢)。

或许她是一个娼妓,照片被他发现了,或是一位舞者,为获利而杀了人。无论如何吧!以纯粹的凝视,具有净化力量的凝视,突如其来的净化,超越了这身体原本已经激起的欲望(他已经察觉),他凝视着她,盘算着。就算赤身裸体,女人也需要被"发现",从她日常生活的遮掩中显出真容,她的日常习惯的低俗平庸,她每日接客所走的路径,这一切都是她妥协退让的结果。把她从这一切中解脱出来以后,他会看见她,她的生命存在,她那独特的近乎圣洁的品行,带着虚拟的可能的圣洁,尽管她的生活如此这般,圣洁的品行却住在她体内,带着微弱的亮光——还连接到一份根深蒂固的渴望——过于根深蒂固,普通的目光根本无法触及,太根深蒂固,以至于就在她身上可她自己却没能察觉,除非经历一场奇迹般的震慑。但他,只是眼下具有了双倍的视力,感知和接收到她的圣洁,如同接受黑夜过后的日光普照,期待着变形美化的恩典。他想把自己奉献给这个人,她的本质已经显露,她的未来,尽管已经频频显出端倪,但还没有完全展露,他想要献出自己,内心如同激起一股无法遏制的浪涛,突然感觉有一种过分的需要根本无法

---

① 因其放开束缚的作用而放荡,也能从放荡玩乐之中解脱出来。

克制，他需要奉献自己，甚至更多，需要一场真正的献身。

> 从美好到圣洁
> 从爱到献身

愚蠢？清醒？

她身上是不是有某种特别的东西，就如每一位等待变形美化的女人？一个人总是和真实的自己相去甚远。

尽管有明显失误，他或许比在平常平庸状态下看得更清楚，因为平庸之人只会记录平庸之事。他看见那个女人超越了自己，他看见她的生命体，他明白这是完全高于她的现状的，他以那种方式接受她，但她更伟大、更纯粹、更圣洁、更坚持不懈，她将彰显自己，真正经历变形美化。

毫无疑问，这是他毫无约束的天赋，如今方可尽情体验，或许他平生就一直渴望这种享受，却无法满足，总有什么事阻止它，挫败这巨大的愿望，其实，满足这渴望只需要一次完美的放纵，这颗心简单的爱无法带来满足。荒谬的是，只有当他希望生活在裸露的身形之中的时候，这样的事情才会发生！但它既找不回自己，也找不回它所奉献的礼物。① 诱惑的力量仍然无法左右。

药力无常的印度大麻，如此精于欺骗，以某种方式在这里表演，虽然相反的方式更常见。印度大麻太多时候表现出乖张任性，而变态之徒知道如何助它一臂之力。在印度大麻的作用下，

---

① 小心了！萨赫-马索克（Leopold von Sacher-Masoch）离这里不远！屈辱成为色情。奉献自己就是美，即便献身的对象是卑劣的。进退维谷！充斥着各种变态行径的十字路口，何去何从？到处都是陷阱。

人拥有了可怕的赋予生命的本领,这种本领使得某些人吸食大麻之后把最不相干的人的图像汇集在一起,为的是他们在令人不齿的邂逅之后混迹一处,沆瀣一气。在见识他们相互勾连之前,首先有必要一个一个地见识他们。

在看人的人与被看的人之间,各种关系已经编织得无限复杂、微妙莫测,二者之间自然分歧巨大。利用印度大麻实现的奇迹,把两相对视的人连接起来(他们双方以一种纷繁复杂的方式相互理解,心照不宣)。而在联结那些被检视的人的过程中,印度大麻吸食者因为有一些简单的照片,就拥有了让个体相互照面的力量,现实中他们绝不会照面,这种力量可以把这些个体联合成最无耻的团体,并且会立即复活,扎根。这是一场令人难忘的震撼,震慑了思想并几乎造成永久性创伤。够了,不说了。

> 安排陌生人面对面开始交往
> 令人不齿的对抗
> 大麻才是真正的"多态性倒错"

当头脑已经被这么多的想象之物所累,对于以真人形式呈现的奇妙事物就会越来越难以抗拒。奇妙事物随处可见,像云霞一样,比雾霭更轻盈。万事万物相互应和。印度大麻吸食者发现了宛如洪荒的和谐,还有各式各样的相互应和,人与人之间,意念与意念之间,想法与想法之间,同样的万物之间,包括气味、声响、言语、元音、色彩等一切,无一例外都在应和交响之中,它们相互替补,以各种各样的音高和音节,突然之间相互交换和转换。

有时他们会知道,那些极为匹配的恋人,那是世人未曾遇见的融合，也是一种令人困惑的共生。他们体味着那种错觉，那就是与实体不如与流体接触得那么多，流体需要跟随和陪伴。对方的节奏可以感知，但似乎未曾启动，在爱人胸膛跳动的心脏显出高贵庄严的特征。但它没有丧失对身体的驱动力，稳定的节拍和强悍的统治犹在。爱人现在归根到底就是一颗心，被身体包藏的一颗心，那是自己的心脏尽力回应的一颗心，瞬间，以一种悸动和脉动的语言回应。呼吸也带着未曾熟知的壮阔宏伟，变得如此非凡，每一口气息都把双肺充盈，而双肺似乎承载着一个大千世界。呼吸之中的世界何等美丽！

心脏互相回应着

但为各种陷阱所围困，准备随时改变方向，突围到某个大为不同的境地，还准备丢弃自己的本性，就连最火热的肉体之爱也会腐败，化为乌有，也可能在某种宏阔的不可言喻的事物上背叛自己，有时也可以转移到一种感觉里去，这感觉来得毫无理性，是一种给予每个人的不可估量的放纵的感觉，或善良或宽恕的感觉。它发生得突然而彻底，所以他会忘记片刻之前他与她是如此完美的合体。这种让世间万物宏阔一体、亲密共融的感觉和迫切的需求，有朝一日终将取代她的位置。印度大麻是不可信赖的：它不熟悉直线，它处理问题是断断续续的，没有一句警告就能把人连根拔起，它会无视所有"严肃性"的感觉，还有所有高尚的，或显赫的或可敬的一切，或干脆践踏形成"整体"的一切。它反对形成"整体"的一切，反对连贯性，尤其反对与连贯性相伴的态度和信念，对这二者它是穷追猛打，直至毁灭。

又开始转向了

比之和谐的意念,不和谐的意念往往出现得更频繁,这种不和谐是不可思议地成倍增长的,是想象中的可耻幻象,小丑般的滑稽动作,印度大麻吸食者会看到自己或感觉自己正与一个无头的女人做爱,或与一个长着母猪头的女人做爱,或者那女人有10个头,或颠倒倾覆而来,或跌跌撞撞而来,是一个筒状的女人,从悠长无尽的楼梯上翻滚下来,或是在空气中飘荡,或像猴子那样蹲在树杈上做着鬼脸。她还在不断变幻之中,变成了怪模怪样的机器,上面的活塞上上下下,疯狂地加速,滑稽地扭动。一切或许要在一场浩大的亵渎神明的铺张大戏之中收场。通常爱是或多或少都有所克制的,但现在出现了激增的局面,在各个方面超过了爱的限度,而且,不光没有局限于爱,还继续向四面八方激增,想要奔向各个方向,去使欲望等级降低,谜团解除,四下外溢,这欲望正蠢蠢欲动,寻求发泄的各个路径,这欲望正在狂热的酝酿之中,即将爆发,杀出条条血路来,这路径是由谩骂、侮辱、蹂躏、破坏、野蛮,甚至自相残杀所铺就的。其原动力采取的形式就是他那摇摇欲坠夸张变形的生命体,而这生命体正疯狂寻求解脱,狂乱对抗着一切阻碍和限制。

这几页旨在抛砖引玉,尝试对一个论题做些许证明,这个论题需要进一步澄清,但我把它留给别人来做。他们也许会满足于解释为什么总体上看那些致幻类药物,尽管没有像海洛因和吗啡那样让吸食者与爱告别、渐行渐远,却也对提升爱毫无助益,而且会使人在很多方面通过多重偏差、越轨行为最终出现在爱被废黜的地方。从此以后想要回到简单纯朴的爱就难了。①也许正是出于这个原因,人们明确且本能地一致反对那些使用毒品的人。因为一旦达成共识,相爱之人,还有清教徒们,老老少少、男男女女,工人和中产阶级都一样,但凡有人提到这些寻求异端淫乐的无耻行径,他们都会不由自主地生气、敌视,对之义愤填膺。

---

① 虽然在别的时候,它们有相反的效果和行为,只是更罕见。如同电击,让以前受阻或无能的人回归正常。

诗人的天堂

罗伯特·格雷夫斯

通过忽视生理感官活动我们已经压缩了精神活动的领域：依靠理性，我们再也不看、不听、不尝、不嗅，也不再触摸感觉任何东西，再也不像我们的远古祖先那样敏锐，或者像大多数小孩子在被教育固化定型之前仍然在做的那样。亨利·沃恩（Henry Vaughan）有一篇名作题为《退隐静思》（"The Retreat"），被华兹华斯模仿写成了更有名气的《不朽颂》（"Intimations of Immortality"），它开篇是这样的：

> 太初的日子快乐无疆
> 我如天使般在襁褓中生长，
> 当时我并不知这个地方
> 是为我指定的第二战场
> 只教我灵魂什么也不想
> 除了回想已逝的天国时光，
> 懵懂智未开，我尚未走远

> 离我的初恋不出一两里
> 回首瞭望（在那短短的路上），
> 还可以瞥见他明媚的脸庞
> 云朵镶上了金，花瓣也闪着金光
> 我凝视的灵魂常逗留许多时光……

经历了文明的人类，看到镀金的云朵，充其量，只会一边喃喃自语地说这是一朵"积云"，这是一"卷云"，或者那一朵像"母马的尾巴"，一边推测这些云朵会带来什么天气；看到花朵，随意辨识一下是些什么品种，就再不理会。他绝不会凝视着一朵野玫瑰或金凤花长达一分钟，继而从美景中得到启迪；若果真如此，只是因为他所有的感官被持续的漠视变得迟钝，他目空一切，无视日常生活中不可或缺的各种丑陋：难闻的气味、刺耳的声音、丑陋的景物、恶心的味道。他的精神也失去了与各种观念的联系，这些关于神秘、优雅、爱情的观念原本启迪着他的心智，激发着他的精神。如何唤醒这些官能是一个现在鲜为人提及的话题，除了神秘论者，他们通常会提出某个令人咋舌的灵修方案，目的是要驯服身体的贪欲。有些人宣称如此这般的方案真的能让他们出神入定，引领他们游历天堂，还发现原来那就是真正幸福和完美智慧的所在。下面一段摘自托马斯·特拉赫恩（Thomas Traherne）（亨利·沃恩的同代人）写的《数百年的冥想》(*Centuries of Meditations*)：

> 玉米是东方不朽的小麦，永远不应该收割，也不曾

被播种。我原以为它是从亘古到永远。街道上的灰尘和石头是珍贵的黄金；最初，门是世界的终点。绿色的树木，我第一次透过众多门中的一道看到它们时狂喜入迷；它们的芳香和不寻常的美丽，使我心雀跃，近乎疯狂的狂喜，它们是如此神奇美丽……万事万物都安置在恰当的地方，永久驻留不动。永恒昭然于每日天光之中，在万事万物背后显现着无限，它与我的期望交流，触发我的愿望。

今天，缓解商业和工业生活压力的主要途径是加入有组织的宗教、有组织的娱乐和饮宴。有组织的宗教活动，也许能够令人精神清醒，但除了更追求欣喜若狂的教派，很少有清除精神杂芜的宗教活动。有组织的娱乐让人精神涣散，却无法照亮心灵、启迪心智。虽然一些诗歌、旋律、艺术作品、风流韵事和狂热梦想可能让人瞥见一个失落的神奇的现实，但它们的魔咒法力很短：无法成就一份对童年仙境的怀旧之情，那永恒的乡愁就像约翰·克莱尔在北安普顿精神病院所拥有的那样。[①] 坚硬、肮脏、无爱的合成世界反复确证自己是唯一的事实真相。然而，不知何故，一个迷信引发的梦想认定，幸福、爱、荣耀、魔法都近在咫尺，潜藏在身边，这场梦保护着世人免于精神崩溃，而最近的战争就是精神崩溃的症状；这场梦，在电影和家庭杂志的培育下，乐观地依附于个人在事业或婚姻上的成功，而在教会的培养下，又乐观地依附于

[①] 约翰·克莱尔（John Clare, 1793—1864），英国19世纪浪漫诗人，被誉为"北安普顿的诗人"。他因精神问题多次入住疗养院。——译注

一个天堂般的来世。

远古时代,"天堂"被严格地为得到神启的贵族保留着,直到教会最终为所有皈依教会的人打开大门,不管他们如何粗鄙呆傻,只要接受洗礼即可。然后,祭司便宣扬天国的荣耀(只有信仰基督才能得到),当作在穿越这泪水的山谷后,对耐心和谦卑的奖赏。然而,圣约翰的天启天国是借自基督教之前的《以诺书》的章节,而这些章节又是基于《以西结书》和《创世记》"伊甸园"章节。而这些,依据的又是在《吉尔伽美什》和别处所描述的巴比伦的天堂。波斯人知道一个类似的天堂,他们为之取名 paridaeza,由此名又诞生了叙利亚-希腊词汇 paradeisos 和希伯来语的 pardess。那些中东的天堂,可以一直回溯到苏美尔人那里,据记载,天堂是赏心悦目的山顶花园,由一条有 4 个源头的水晶河灌溉,这里的果树满树满枝长着宝石,而一条智慧之蛇常出入其间。只有极少的人进入天堂,他们是得到了蛇的恩典,被赋予了"完美的智慧"——"知晓善恶",也就是"对万事万物"的通透知晓——只有长生不老的药草不为他们所知。因此,吉尔伽美什在参观游历珠光宝气的巴比伦天堂之后,潜入海底,采到了长生不老的药草,但又被蛇夺走了,他只能乖乖地顺从天命接受死亡。亚当和夏娃被上帝逐出伊甸园,生怕他们会找到并吃下长生不老的果子,从此天使手持喷火的利剑守卫伊甸园之门,而这位守卫天使正是当初给他们智慧果的蛇。泰尔王国的国王虽然长相俊美、智慧高超,在海洋中心还有一个宝座,因为声称自己是长生不老的神,被象征性地逐出了伊甸园(《以西结书》28 章)。《以诺书》提到了智慧之树与生命之树;而《以诺的秘密》(*The Secrets of*

Enoch）一书又把生命之树放置在了第三天堂,圣保罗曾宣称自己困居在此。

希腊的神话作家说,在阿特拉斯山上有一座"天堂",是赫斯珀里得斯的花园,这里由一条百头神蛇看守;但是赫拉克勒斯射杀了蛇,带走一些宝石水果,并成为长生不老的神。这个天堂,像苏美尔人的天堂,早于吉尔伽美什的"欢乐花园",是一位大母神——这是嫁给宙斯之前的赫拉——的花园,并不属于某位男性神祇。基督徒选择把伊甸园的蛇看作撒旦;他们鼓吹耶稣基督,说他是"亚当第二",他驱逐了蛇以后就永远住在天堂,当天堂在审判日最终被摧毁之时,他准备在那里迎接所有的信徒。

为什么天堂都要遵循传统的模式?这种模式源远流长,甚至连波利尼西亚人和哥伦布到达美洲前的墨西哥人也都遵循。证据表明,最初,有一种常见的药物诱发了天堂幻景,为人类提供了巨大的精神启示,被描述为"完美的智慧"。在西班牙人征服之前,有这样一种毒物——致幻蘑菇,肯定在中美洲使用过。罗杰·海姆(Roger Heim)教授和R. G. 沃森(R. G. Wasson)的大作《墨西哥致幻蘑菇》(*Champignons Hallucigènes de Mexique*, Paris, 1958),包括了从阿兹特克城特潘蒂特拉拓制的彩色壁画的复制品,时间介于公元300年至600年之间,内容是一个灵魂造访天堂。通常的元素都有:一条河(里面有大量的鱼),河边种满了花卉和珠宝之树,色彩艳丽的蝴蝶盘桓其中,还有一条引人注目的巨蛇。灵魂站在那儿,嘴张着,快乐又惊奇,热泪盈眶,他的身体用一条蓝线与河流相连。这条河形状像蘑菇,在河的源头——蘑菇伞盖的中心——潜伏着特拉洛克(Tlalóc),神秘之神,形似蟾蜍，水从他的嘴里冒出。特拉洛克经常戴着蛇的头饰，他是一个闪电神。他用海贝壳作为另一个标志，"在海洋中间有他的宝座"：在壁画的底部出现了一孔水下石窟，带着十字架标志，十字架4端是蘑菇。参加过如此描述的仪式的人都觉得不难破译其中的象征意义。

R. G.沃森参加仪式的经历是一项研究的核心部分，他和他的妻子开展这项研究很多年了，即蘑菇恐惧症（mycophobia）研究。对蘑菇的不合理性的恐惧，影响全体欧洲、亚洲和非洲人，有些地区是所有人，其他地方因为某些例外而有所不同（例如白色野蘑菇对英国人的影响），还有些地方不存在蘑菇恐惧症。现在，一些蘑菇确实含有致命毒素，很容易与可食用的品种区分开来；但大多数是可口的，如果不算是很美味。沃森夫妇有一个疑问：为什么提供营养的水果和蔬菜可以随便选用，完全无视那些有毒的或不宜食用的，而蘑菇却被另眼看待呢？为什么要用可怕和淫秽的名称来称呼可食用蘑菇？也许蘑菇恐惧症一词正好指向一个古老的禁忌，就像犹太人厌恶猪肉，北欧人厌恶马肉——都是营养又美味的肉类——猪和马原来都是神圣的动物。在中世纪后期的很多油画中，蘑菇的形象与蟾蜍、蛇和魔鬼出现在一起，现在，老百姓仍然会用与蟾蜍、蛇和魔鬼相关的名字来称呼它们，好像原来它们可能就是多神异教仪式上的有神力的食物，被西欧的女巫们珍藏，她们总是留着些蟾蜍、蛇什么的，作为魔鬼的密友和常客。

有一个很特殊的蘑菇品种，毒蝇鹅膏菌（amanita muscaria），在英国俗称"苍蝇帽"，生长在北方各国的桦树林下面，在那里它们是猩红色的，带着白色斑点；但是在南方各地的针叶林下，猩红变成了赤褐色。科尔亚克人是生活在堪察加半岛上的古西伯利亚部落，他们和阿富汗的蒙古哈扎拉人，都通过食用苍蝇帽来诱发一场喧闹的狂喜状态，借此他们可以向祖先的神灵问卜，诞生出各种预言预兆来。R. G. 沃森猜想蘑菇在欧洲也同样被使用过，只是为神职人员专用；出于安全原因，禁忌范围被扩大，涵盖了所有蘑菇的食用，违禁者处死；这个禁忌在那些宗教仪式结束之后很长时间仍然保留着——除了在某些国家饥荒迫使老百姓违抗禁忌，成为积极的蘑菇喜爱者，就像现在的所有斯拉夫民族那样。"毒蕈"这个名字用于指苍蝇蘑菇，是恰如其分的；因为它含有一种毒素，蟾毒色胺（bufotenine），这种毒素在蟾蜍受到惊吓时就从它们的"疣囊"中冲溢出来。

此外，早期的西班牙档案中提到墨西哥的神谕蘑菇，尽管官方说已经绝迹了，但民间传言在远离文明的地方还在秘密地运作。有一种蘑菇，被瓦哈卡省的马扎德克人称为"神的身体"，因为是要在圣礼上食用的。沃森夫妇听说了这个传言，在六月蘑菇生长季节游历了瓦哈卡，并参加了一个问谕占卜的集会，仪式由"疗愈者"（curandero）主持，按仪式要求，他吃了一些味道糟糕的小蘑菇，并代表神讲话，对他们的提问给出了一个意想不到的令人惊奇而又准确的答复。后来，一位女疗愈者邀请他们吃了蘑菇，这时候他们才真正了解了有关这场礼宴所揭示的庄严的当地传统："你能知晓所有的真相；甚至能看到神居住的地方。"在幻觉中他们想起了特潘蒂特拉壁画上天堂的景象。现在清楚了，他们一直在象征性地食用圣餐，吃的不是基督的身体，而是特拉洛克神的身体。

在墨西哥存在这种宗教的不同地区，某些宗教规则对所有人都适用。奉神问谕者，在享用蘑菇大餐之前，必须禁食斋戒、禁欲，对人对己都做到心平气和。凡是无视这些规则的人可能会看到恶魔般的幻象（男女疗愈者们达成了共识），吓得他们恨不得自己从来没有出生。基督教、犹太教、希腊和巴比伦的天堂，应该还记得吧，有一个与天堂相对应的地狱；而通常所见的幻象是无数的恶魔面孔从令人毛骨悚然的洞穴里冲你咧嘴大笑。但对那些怀着获得了恩典的心情出席了这场礼宴的人说，蘑菇不仅提升了他们的智力，使他们似乎拥有"完美的智慧"，而且在他们身上播撒了基督徒所称的"世人无法领悟的怡宁与爱"——强烈的、非色欲的精神之爱。

罗马天主教会训谕信徒，除非通过痛悔改过，否则是不能抵达天堂的；并辅以天路行粮（viaticum，临终圣体），就是在要求他通过真诚的忏悔来涤清他的灵魂之后，象征性地吃掉耶稣基督的身体和血液。问题是，圣保罗从什么宗教中借用了这个仪式？因为圣餐礼在福音书中找不到明证，而且是违反希伯来律法中反对饮血这一律条的。一个问题引发另一个问题：在什么样的前基督教邪教中，要把一个神的肉体象征性地吃掉，他才会发出神谕——就像马扎德克人相信特拉洛克-基督神所做的那样？特拉洛克神，我们知道，是由闪电生发的毒蕈之神。更多的问题出现了：到底是欧洲的什么神祇宣告了这个教仪的诞生？或者有没有与蛇或蟾蜍的关联？或者是否拥有水下秘密居所？或者是否在看到不可言喻的幻象之时协助制造各种神秘仪式？

已知的唯一与特拉洛克神在这些方面匹配的欧洲神就是狄俄尼索斯，他母亲是地球女神塞墨勒，一道闪电使她受孕，怀上了狄俄尼索斯。而他出生时就戴着毒蛇盘绕的冠冕，他经历了各种变形，然后被泰坦人撕成碎片吃掉了，但他的祖母，女神瑞亚，世界的创造者，让他获得重生；他在海洋女神忒提斯的石窟中拥有一个水下庇护所；他在女神们的保护下协助主要的希腊奥义教派。

希腊诗人告诉我们，狄俄尼索斯的女祭司（Maenads）揪掉俄耳甫斯的头后，俄耳甫斯还在继续预言。彭透斯是另一个狄俄尼索斯神话中的形象，他的头被自己的母亲阿加弗揪了下来；这两起事件都可能指的是从茎上采摘蘑菇伞头的做法——墨西哥先知问卜时只使用蘑菇伞头。厄琉息斯秘仪（Eleusinian Mysteries）是敬奉女神德墨忒尔、珀尔塞福涅和狄俄尼索斯的圣仪。仪式开始之前，禁食斋戒，完成海中仪式性沐浴，这样奉神问谕者们就能够把自己的罪孽转移到替罪猪身上。然后他们进入神庙，喝薄荷水，吃烘烤成神奇的形状、盛放在各种篮子里的糕点。结果，他们就看到了天国的景象，这景象永世也不会遗忘。关于希腊词mysterion 的意义一直有争议，但因为秘密宗教仪式是秋天节日，与春天的花月（anthesterion）相对应，还因为这个词就是"花朵绽放"之意，所以 mysterion 很可能就是 myko-sterion，即"蘑菇生长"之意了。

这里应该区分清楚，狂野的酒神狂欢之时，醉酒的女人们漫山遍野去撒野，她们往往有萨提尔相伴，而在神庙举行的体面规矩的秘密宗教仪式上并没有骚乱和暴力事件。普林尼说过，"如果把一只蟾蜍放在他们中间,人们出于惊吓",往往会大惊失色、哑口无言,这里在暗示,狄俄尼索斯跟特拉洛克神一样,经历了一场蟾蜍顿悟。但神秘的天国景象不太可能由苍蝇帽诱发出来,因为它生的时候有毒,不大可能拌入食物和饮料,而煮熟之后它的毒性就没有了。然而,花褶伞菇(panaeolus papilionaceus)是一种致幻毒蕈,其形象出现在一个早期的希腊花瓶上,现在据传欧洲女巫邪教中也有其身影,它的毒性抗蒸煮,它的汁液可能已经混在薄荷水里,而菇肉就拌在神奇糕点中烘烤了。我相信,但不能证明,苍蝇帽这种毒蘑菇就出现在伊特鲁里亚雕花镜上,而这面镜子就在犯罪的伊克西翁脚下,原来这毒蘑就是敬献给万能的蟾蜍神的神圣蘑菇,并且,在后来的实验中发现花褶伞菇和光盖伞菇具有更强的镇定和相同的令人愉快的功能,神话中它们是由蟾蜍神司管的。苍蝇帽在两个半球都有生长,古代危地马拉的那些蘑菇状石雕显示了蟾蜍形状的特拉洛克神坐在一个蘑菇下面,这蘑菇看似一个苍蝇帽,而不是光盖伞菇。

一些厄琉息斯的糕点做成了阴茎的形状,事实上,希腊语的mykes(蘑菇)也是阴茎之意;其他糕点则被烘烤成小猪仔(piglings,蘑菇的一个广为流行的叫法)的样子;有些还可能做成了蟾蜍和蛇的形状。欧洲民间传说中,蟾蜍有一个共同的名字,就是"瘸子",因为它长着笨拙的腿脚;而"狄俄尼索斯"就是"瘸腿之神"的意思。根据神话传说,有一位希腊英雄一开始是抵制狄俄尼索斯的,但不久就改变主意了,这位就是阿尔戈斯国王和迈锡尼的创建者珀尔修斯。珀尔修斯在阿尔戈斯城女人中间突然发狂作恶,事后还顽固不化,作为对他的惩罚,这些女人开始生吃自己的婴儿,跟彭透斯在底比斯抵制邪教时发生的情况一样——珀尔修斯在迈锡尼建了一座神庙,奉献给了狄俄尼索斯。阿尔戈斯用一只蟾蜍作为其徽章,据说珀尔修斯以在当地发现的蘑菇命名了迈锡尼,而发现蘑菇的地方"流出了一条小河"。他还天马行空,遨游山海,还拜访了居于阿特拉斯山坡上的"冥河仙女们"——想必是与赫斯珀里得斯同游的,因为后来赫斯珀里得斯对他的后裔赫拉克勒斯很好——他也声称自己跟狄俄尼索斯出生方式相同,也是宙斯在一片金雨中孕育的。这些神话指向了芙里纽斯——毒蕈神-狄俄尼索斯,他却稳稳妥妥地躲藏在酒神狄俄尼索斯和谷神狄俄尼索斯后面。除了带着威胁口吻的希腊谚语"蘑菇是诸神的食物",没有人再提这个话题。希腊农民是蘑菇恐惧症患者。

吃婴儿这种做法与任何希腊的原始崇拜都没有关联,除了狄俄尼索斯,但这样的做法却出现在了阿兹特克特拉洛克神的造雨仪式上(根据天主教传教士的说法)。这神的名字意思是"泥土的果肉"(即蘑菇?),他住在特拉洛克山庄,这是一座位于山上的乐园,与某些谷物女神和他那温柔的姐妹-配偶查尔丘特利奎,一位司溪流和家庭生活的女神,一起生活。在西班牙征服前几个世纪,阿兹特克人中,母系制度和氏族图腾崇拜已被父权制和个人图腾崇拜所取代。因此,特拉洛克神也正式逃脱众女神的监护,正如狄俄尼索斯在古典希腊时一样,他上升到奥林匹斯12主神大会并且接管了大麦-女神德墨忒耳的扬场节,但在希腊神秘教派的仪式中,狄俄尼索斯似乎仍然屈从于德墨忒耳和珀尔塞福涅。同样,诱发引领沃森夫妇进入幻景的马扎德克女疗愈师称呼基督教化了的特拉洛克神，仿佛他是她任性的儿子，而她是女神。很有可能希腊和墨西哥一样，神话画面中被吃掉的"婴儿"真的就是蘑菇。

基督教圣餐上的面包和酒是一个希腊化式的爱的圣礼。低级厄琉息斯秘仪的新加入者们必须经历一段查验、感化期，才被准许参加更高级的秘仪，他们并看不到天国的景象。据推测，秘法师在确认候选人的价值之前，是不会拿出神圣的致幻药的；他只得到了面包和酒，它们象征着粮食酒神的和葡萄酒神-狄俄尼索斯。教会确实把蛇从天堂赶走了，教会提供的圣体不能让领食圣餐的人预先看到新耶路撒冷的幻象。青少年新教徒们在第一圣餐礼上经常感到失望，这是自然而然的——牧师承诺的超过了他们能够体验到的。直到上周，我才从一个阿拉伯学者那里了解到，词根 F. T. R. 在阿拉伯语的意思第一是"毒蕈"，然后是"神圣的狂喜"，再后是"神圣的圆面包"，这表明，存在着一个古老的前伊斯兰致幻习俗。

诚然，许多基督教神秘主义者和犹太教神秘主义者无疑都见过天堂的景象，在这之前总要经历一生激烈的精神斗争；而且这些景象往往还与可怕的地狱景象交替出现。因此，现在通常将神秘主义者视为精神分裂症患者，如果他们的热情破坏了和平，就可以逮捕他们，并对他们实施电击治疗。教会本身也会劝诫神秘主义者，如果他声称看到了天国幻景，而他的教会上司却没看到，最多会怀疑他精神上是傲慢的。这种类型的精神分裂症是慢性的，无法控制的，就是所谓的反社会倾向。只有当神秘主义者写出了诗歌，或画出了油画，其中的神启昭然，无法否认，只有当他们已经死去数年——例如十字架上的圣约翰、圣格里科、布雷克、梵高——他们才可能被视为伟大的灵魂。

另一方面,致幻蘑菇的使用,在马扎德克人社会格局中诱发了一个暂时的、可控的精神分裂症,并对参加者唯一的宗教要求是他们将参加圈子的禁食斋戒,要做到问心无愧,心平气和。我在1960年1月31日吃光盖伞菇时,播放了女疗愈师召唤特拉洛克神的录音,就如同基督为礼仪赋予了一种恰当的庄严感。光盖伞菇必须在完全黑暗中吃下——一旦蘑菇毒素起作用,任何一点光亮,即使是用力紧闭眼睑时透过来的微光,都会令人痛苦难受。幻觉大约要持续4个半小时。根据马扎德克人的说法,新手很少看到人或历史场景:他觉得能进入"欢乐花园"就足够了。第2和第3场圣仪可以拓宽他的阅历。行家学会随心所欲地引导他们的思想,也可以探访过去,预知未来。

下面是我做的个人体验记录:

那天晚上,我们4人聚集在戈登·沃森的公寓里,这里俯瞰东河,准备在他的指导下出发去天堂。他建议我们提前禁食,不喝白酒,努力达到慈悲仁慧的境界。7点30分,他把透明的蘑菇给了我们,喝水吞服下去,8点,他开始一盏一盏地关掉电灯,我们则在休闲椅上安顿下来。很快,除了汽车沿着我们所在的公寓和河流之间的快车道川流不息地穿行时发出的嗖嗖声,再也听不到任何声响了:这声响跟在海滩上听到的海浪的哗哗声差不多。

到8点的时候,我觉得胳膊有些麻痹,脖梗有刺痛感。在透过百叶窗渗入房内的微光里,看到彩色点出现在天花板上;我闭上双眼,彩色点更亮了。我们都开始颤抖,脉搏减慢,玛莎·沃森拿来了毛毯。因为她是一位训练有素的护士,并已两次完成了这样的旅程,她用手按压我们时我们感觉心安,欣然接受。我想起一句警告性语录:你是去上帝居住的地方,并将获得所有的知识……谁心中有邪念就会看到可怕的恶魔和无名的恐怖景象,他更适合去地狱而非天堂,他会希望自己从来没有出生。我焦急地考虑自己的动机。它们有多诚实?我会看见恶魔吗?虽然不是一个圣人,我至少是一个专门的历史学家和诗人;运气好的话我也许能免于受罚。

因为即使是微光也已经变得太强,让眼睛不舒服,我就一直闭着双眼。我知道通往天堂的路常常是从海底或者湖底开始的;所以,此刻绿色的水在我身边轻轻拍打着,这也没什么奇怪的。我进入一孔大理石石窟,走过一堆巨大的沉没雕像,不知不觉来到了一条拱顶很高的隧道,里面灯火通明。大海落在了后面。

这正是精神分裂症症状。我的肉体躺在椅子上,意识完全清醒,偶尔与朋友交互倾诉内心的隐秘;但另一个"我"已经进入了隧道——也许4000年前,史诗英雄吉尔伽美什前往巴比伦天堂就是通过这同一条隧道?

还在担心有恶魔,我抬头看了一眼屋顶。成千上万粉红色、绿色或黄色的面孔,宛如狂欢节上的面具,朝下面做着鬼脸,可怕得很;但我手一摆就把他们抹掉了,他们也就乖乖地消失了……绕过隧道里的一个转弯,我来到了圆顶金库,没有金库,天堂就不完整,无论是印度教的、巴比伦的,还是希伯来、冰岛、爱尔兰的,或希腊、中国的都是一样的。正如先知以西结所写的:

每一颗珍贵的石头都覆盖在你身上：肉红玉髓（玛瑙）、黄玉、钻石；绿柱石（绿宝石；绿玉）、黑玛瑙（缟玛瑙）和碧玉；蓝宝石、翡翠、红玉和黄金。

珍藏在伦敦塔里的女王陛下皇冠上的宝石与现在堆在我面前的梦幻宝藏相比较，也会显得花哨俗气：冠冕、三重冕、项链、十字架、护胸甲、高脚杯以及古犹太人大祭司穿的紧身法衣、茶杯、大浅盘、权杖，或流光溢彩，或晶莹闪烁。但是，比这些宝石更华贵的是富丽的丝绸铺展在我眼前，有品蓝、深紫红和纯白色：巨幅锦缎，上面鬼斧神工般地织入了飞鸟、野兽和花朵图案。我最近距离的体验还是在童年早期，经过了在寒冷黑暗的门厅里无休止的等待，我和姐妹们看到客厅的门突然猛地打开，那棵圣诞树闪耀在眼前：所有的蜡烛都点亮了，枝叶上满是多彩的金属箔片闪闪发光。

我伸手拿出笔记本，写道，"下午9点。关于……的景象"，但没往下写：事情发生得太快了。另外，钢笔拿在手上也不自然，在纸上书写发出的沙沙声响得刺耳。过了一会儿，我记得我说："我这辈子看的宝藏已经够多了。天堂里有没有美丽的人类？"立刻，冠冕、头饰、项链、十字架和权杖都消失了，正如前面的恶魔一样。现在，一排可爱的、活生生的、赤裸的女雕像出现了，沿墙排列，仿佛支撑着圆顶。它们的脸罩着面纱。我正犹豫着，不想沉浸在色情幻想中，生怕这些女雕像变成肮脏、变形的小魔鬼，就像那些在佛兰德斯地区的系列油画《圣安东尼的诱惑》中见到的。羞红了脸，我把它们也打发掉了，从隧道里出来走进了日光。一直以来我在学校和教会所学的原来都是真的,虽然真实已经大大超越了记述。一座山顶的伊甸园坐落在我周围,园中的树宝石般明亮,花朵在开放,溪流清澈见底。我不仅体验到了纯真的极乐,也领悟了"善恶的知识"。大多数基督徒理解这个说法的意思是辨别是非的能力;然而,在希伯来语中,它意指对所有事物的普遍理解,无论善恶。事实上,我头脑突然变得敏捷灵动,无拘无束,我觉得自己有能力解决世上的任何难题;就好像随时都可以获得全世界所有的知识。但能感知到智慧就心满意足了——我为什么还要费劲想怎么利用它呢?

戈登·沃森已经打开了录音机,那位女疗愈师的声音将特拉洛克神唤作"克里斯托"(Christo)。她吟唱、咒骂、恳求、吩咐、诱哄他做她要求的一切;这也许很像是女神阿佛洛狄忒在对她乖僻任性的儿子爱神讲话。时不时地她会调整一下情绪和曲调,或哀伤,或欢庆,或欢笑。我完全被她的法术迷住了,立刻获得了看见声音的神奇体验。歌曲的音符变成了一个金色的圆环串成的错综复杂的链条,像蛇一般蜿蜒盘绕在翠绿的灌木中;这是我在伊甸园遇见的唯一的毒蛇……每首歌唱完都会停一会儿,而我总是在恋人般的煎熬中等待她再次开始,泪水刺痛了我的眼皮。有一次疗愈师似乎跑调了,也许这就是四分音符的音乐;无论如何,我的耳朵没有受罪:我看到音符形成的金色链带的一条边缘现在展开成了一道光谱,我明白了她的意思,开心地大笑。接近尾声是激越的、气喘吁吁的、欢快的歌声,唱的是创造和成长。音符落地无息,再次响起,在一飞冲天的绿光散射中撒满枝条、树叶、花朵——直到它布满整个天空,就像童话故事讲的那棵神奇豆茎那样。

　　我的精神随着歌声飞入了澄澈的蓝天,俯瞰着玉米田、罂粟田,还有一座天国之城的尖顶,以及托马斯·特拉赫恩所说的东方和不朽的小麦,"永远不应该收获,也不曾有播种"。

　　音乐终于结束了。幻觉也慢慢消失了。我的肉体自我叹了口气,非常舒适地舒展了一下筋骨,环顾四周。同伴们大都已经离开房间,只有一个朋友留下。我问他:这么说,旅行似乎就结束了?

　　"啊,闭上眼睛,你还可以马上回去的。"他说。

　　"你感觉如何?"

　　"我的头脑从来没这么清楚过!你一生中有没有听过这样的音乐?"

　　我们去厨房,跟其他人一起,吃了冷火鸡三明治,然后比较笔记。"我在海里看到了缓慢游着的巨鱼,你有没有看到?""恶魔把我吓得半死!我哭喊、抽泣;也许我不在得到恩典的状态。当我看着我的手,神啊!""那些不是巨大的建筑物吗?可我却说不准是哪里的建筑风格。""……我吗?我真想再来一遍这样的旅程啊——马上就出发,如果可以的话!"

　　我们之间建立了一种神奇的情感纽带:如此强烈,我觉得什么都不能打破它。凌晨两点钟,我们相互道别。早上8点,我在前往艾德威尔德的途中,前往欧洲:心旷神怡,(用华兹华斯的话说)"去追随灿烂的云朵"——一缕缕的天国的记忆持续了将近一个月。

文明人的良知总会抗拒滥用致幻药物——它们大部分都有成瘾性，所以很危险，没有处方是无法弄到的，或者去黑市买。酒精、烟草、镇静剂——如果习惯性使用，都是有害的——然而却在无限制地销售，因为它们没有致幻作用（除非引发了震颤性谵妄，让人看到恐怖的地狱景象），教会对使用它们很宽宥；因为烈性的酒只会压抑感官功能，烟草和镇静剂也只使人反应迟钝。

裸盖菇素是光盖伞菇的活性成分，现已在瑞士合成出来了。目前，医疗行业控制供应，用于诊断精神疾病。但是，由于合成的配方已经公布，即使有严格的立法，也阻止不了公众接触该产品。因此，一种数千年来一直被视为神圣秘密的东西，原本只交给那些因为良好操行而被挑选出来的人，似乎有可能很快被一些意气消沉的寻求感官刺激的人追捧。他们会失望的。"药物"（drug）这个词，最初用于指在化学、制药、染色等行业使用的所有成分，在现代英语中获得了特殊的内涵意义，这个意义并不适用于裸盖菇素：动词"下药"（to drug）是使人麻木发呆的意思，而不是加速感官反应。裸盖菇素不提供受人欢迎的醉迷半死的状态：虽然身体是放松的，心智自始至终都是清醒的，甚至是超级清醒的。肯塔基州列克星敦成瘾中心的精神科医生曾经给酗酒者用了裸盖菇素，作为一种手段，来探索为什么他们试图通过酗酒来逃避现实，他们发现裸盖菇素能够加剧进而揭示精神冲突。因此，实验者有可能看到由自己不安的良心诱发的幻象：因为悲伤而哭泣，而不是因为喜悦；甚至吓得发抖。

大多数人的心中都是善良和邪恶交替的。很少有人习惯于跟自己心平气和；准备吃致幻蘑菇的人都应谨慎地估量预判自己的精神和道德健康,正如新人参加厄琉息斯秘仪之前那样。跟我们一起吃蘑菇的那位朋友,因为内心不安宁,看见自己的手变成尸体那样,慢慢地朽坏,成了一个沾满灰尘的骨架。裸盖菇素这种奇特的功效,能够强化个人现实感,把"了解自己"变成一条实用的戒律,并可能因此成为某个新宗教的圣餐食物。佩奥托是从佩奥特仙人掌花蕾中提取的,这是另一种神圣的致幻剂——但是,它似乎没有像蘑菇那样用于墨西哥人的这种早期宗教活动——它已经被"基督教教会"神圣化,这个教会拥有20万会众,从中美洲一直到加拿大到处都是。当然,天主教和主要的新教教会是绝不愿意认同或接受这类情形的,那就是佩奥托也好,裸盖菇素也罢,除了残酷和错觉的东西,竟然还能够激发出什么幻景来。他们甚至可能向公共卫生当局施压,要求他们取缔裸盖菇素,理由是,虽然光盖伞菇没有让马扎德克人上瘾,似乎并没有对他们的身心造成有害的影响,可能是因为这种蘑菇生长期短,而变干之后便失去毒性,可裸盖菇素的毒性是稳定的,长期使用的结果未知——有可能出现永久性精神分裂症。毫无疑问,酒和烟草利益集团会全心全意支持教会的诉求。

我唯一一次使用裸盖菇素的体验是完美的:心灵得到了启迪,在处理身边小物件时,我的视觉、听觉甚至触觉,也都经历了一次再历练。我可以体验到完美的感官控制,通过类比确认了我对诗意忘我之境的终身向往:在诗人的超意识导引下来到一个世界,在这里词语都有了生命,佳句天成,连成抑扬顿挫的辞章。但我找到了两种情况之间的一个主要的区别:蘑菇带来的狂喜是相对被动的;而诗意忘我之境却非常活跃主动——一如笔在纸上恣意挥洒。

研究应该显示,多数游历伊甸园或特拉洛克山庄的人体验的差异,在多大程度上取决于蘑菇的毒性,又在多大程度上源于心理暗示。我认为没有必要在这里引用荣格的集体无意识理论,因为一个有关天堂的共同传统甚至可能归因于遥远的文明之间的古代文化接触,特别是如果这些体验可以被证明与一种常见的毒素所引起的生理行为有关联。在吃下光盖伞菇一个小时之后往往出现一次明显的体温降低,这或许可以解释两个传说中提到的凉爽的海底洞窟,以及吉尔伽美什潜入海底搜寻长生不老药草之举;接着还有对色彩的敏感度大幅提升,这可以解释为什么会在幻景中看见那些珠宝。毕竟,作为酗酒症患者所遭受的这种令人痛苦纠结、毛骨悚然的东西,显然不是集体无意识的产品,而是由于视觉神经经历了一次典型的震颤,还有由酒精引起的皮肤刺激。

事实上,天堂似乎是一个主观的幻景。正如耶稣自己所说,"天国就在你心里面",他可能会补充说,"地狱之国"也一样。怀着纯洁的心灵就可以达到宝石铺就的"花园",而无须执守如此严苛的养生之道,甚至因此而疏远朋友,脱离社会。许多年轻妇女有一个她们经常访问的秘密花园,即爱的盛宴,所有的人都带着蒙受天恩的心境和全然互信来参加——这绝非简单的条件——加强人类之间的情谊,同时给予精神启蒙:这就是大多数宗教的双重目的。灵魂放弃身体时,是造访非主观的天堂还是地狱,就让神学家去争论吧。

然而,自然的诗意忘我之境,如我在不同的层次所经历的那样——有时轻快,有时如此深奥,丝毫的干扰就会导致强烈的窘迫感,对我来说意义重大,远远超过通过人工手段诱发的类似状态。我理解柯勒律治为何看不上《忽必烈汗》,那是他在吸食鸦片、头脑一片愚钝之后几乎自动写就的。就其本身而言,它就是恶魔的礼物;不是通过积极的诗意思考得到的(就像他的其他诗作那样)。真的,我是经历了多次手术活下来的,所以,我知道鸦片剂和蘑菇诱发的幻境之间的区别,前一种情况下,人是受害者,懵懵懂懂,糊里糊涂的,而后一种情形下,我知道我可以有意识地评估甚至控制幻景。因为我发现自己有能力抹去珠宝和女人形柱子这类幻景,也因为我的一个或两个同伴发现有可能在光盖伞菇作用之下访问特定的地方,我不愿意质疑一个说法,即,那些游历特拉洛克幻景的行家可以利用他们精神力量的解放来展开问谕研究。然而,有一点看来是确定无疑的,那就是,特拉洛克山庄尽管拥有所有的感官奇景,却没有一座由活着的缪斯所掌管的由文字筑成的宫殿,也没有一间用白漆粉刷过的小房间(其中只配有一张桌子、一把椅子、钢笔、墨水和纸),诗人可能隐居于此,并主动写诗歌来讴歌她——而不是沉溺于她的法术,在温柔乡里面贪图享乐。

塑造人类头脑的药物

阿道司·赫胥黎

在人类的历史进程中，比之为宗教信仰和爱国奉献而死的人，更多的人为酒精和毒品而死于非命。这数以百万计的人，对乙醇和鸦片剂的渴求胜过了对上帝、家庭、孩子，甚至是生命的热爱。他们不为自由或死亡而呐喊；却为临死之前成为奴隶而哭嚎。这里有一个悖论，一个谜团。为什么如此众多的男女甘愿牺牲自己，为一项毫无胜算的追求，经历如此痛苦艰辛，遭受这般奇耻大辱？

对于这个谜团，当然没有简单或单一的答案。人类是极其复杂的生物，同时生活在6个不同的世界。每个个体都是独一无二的，在诸多方面，都不同于该物种的任何其他成员。我们的动机都不单纯，我们的行为都无法追溯到某个单一的渊源，在任何一个我们愿意研究的群体之中，显著相似的行为模式可能是林林总总、五花八门、完全相左的因素共同促成的结果。

因此，有一些酗酒者似乎已经在生化机理上注定了要酗酒成瘾。（德克萨斯大学的罗杰·威廉姆斯教授的研究结果已经显示,有些大鼠一出生就嗜酒如命,而有些大鼠生来就滴酒不沾,永远不会接触那东西。)还有一些酗酒者,已注定不是由他们的生化构成中的某个遗传缺陷造成的,而是由他们对童年或青春期的痛苦事件的神经质反应所造成的。再次,其他人走上一条慢性自杀的道路,原因在于纯粹的模仿和义气,因为他们已经为自己的圈子做了"最佳的调整"——在这个过程中,如果碰巧该圈子涉及犯罪、做蠢事或只是愚昧无知,就只能给适应良好的个人带来灾难。我们也不能忘记成瘾患者的庞大群体,其中大多数吸毒酗酒是为了摆脱身体上的病痛。咱们都别忘了,阿司匹林是新近的发明。直到晚近的维多利亚时代,"罂粟和曼陀罗",连同天仙子和乙醇,是可供文明人使用的仅有的几种止痛药。牙痛、关节炎和神经痛可能会驱使男人和女人成为鸦片成瘾者,而且事实上确实经常如此。

例如,托马斯·德·昆西,开始使用鸦片①是为了减轻"头部剧烈的风湿痛"。他吞服了鸦片酊一小时后,"这是一场什么样的发自内心深处的灵魂复活啊!何等壮美的天启!"他不只是觉得不再疼痛。"这个负面作用已经被那些巨大的正面效应所吞噬,它们已经在我面前打开,神仙般的享受就这样突然显露了出来,我身陷享乐的深渊,无法自拔。这里有幸福的秘诀,哲学家针对它已经争论了这么多年,突然被我所发现。"

"复活,启示,神仙般的享受,幸福……"德·昆西的话语引导我们关注悖论之谜的核心。吸毒和饮酒过量的问题绝不仅仅是

---

① 托马斯·德·昆西的《一个英国瘾君子的自白》是文学史上第一部讲述吸毒成瘾后的自白之作和病例记载。

化学和精神病理学问题,也不是为摆脱痛苦,顺从道德败坏的社交圈的行为。这也是形而上学中的一个问题——几乎可以说,这也是一个神学问题。在《宗教经验之种种》(*The Varieties of Religious Experience*,1902)一文中,威廉·詹姆斯(William James)就论及了成瘾的诸方面所具有的形而上学性质:

> 酒精对人类的影响无疑是来自它激发人类本性中的神秘官能的力量,这种官能通常被那清醒时的冰冷现实和干巴巴的苛责碾压在地。清醒能够减少欲求,明辨是非,抵御诱惑。醉酒则使欲望膨胀,让人变得合群、宽容,对什么都说是。它实际上是很了不起的,能够调动人性中的顺从官能。它把它的拥趸从寒意沉沉的事物边缘带到热情洋溢的核心地带。这使他此时此刻与真理同在。男人们追求它绝非只是心理变态。对穷人和文盲,它替代了交响音乐会和文学,是人生更深层的奥秘和悲剧的一部分,这种东西,就那么一丝丝,一星半点,我们立即就觉得妙极了,可从整体而言,它又是如此贬低人格、让人颜面扫地的毒药,只在几个短暂的早期阶段,让我们这么多人为之酣畅淋漓、酩酊陶醉。醉酒后的朦胧意识是神秘意识的碎片,我们对它的总体看法,应该置于我们对这个更大世界的看法之下。

威廉·詹姆斯不是第一位发现醉酒状态与人神灵交状态以及准人神灵交状态之间存在相似性的人。圣灵降临节那天,有人解释了众门徒奇怪的行为,他们说:"这些人都喝足了新酒。"

彼得很快给他们解释说:"你们想这些人是醉了,其实不是醉了,因为时候刚到巳初。但这是先知乔尔说的。上帝说,在末后的日子,我必将我的灵①倾注于一切血肉之人。"

不仅仅是"清醒时乏味②的评论家"所说的陶醉于神的状态跟醉酒状态存在着相似性。在努力表达无以言表的事物中,伟大的神秘主义者自己也做了同样的事情。因此,阿维拉的圣特里萨告诉我们,她"把我们灵魂的中心看作一个酒窖,上帝高兴了,就让我们进去用他恩典的香醇美酒陶醉一番"。

每一种成熟完备的宗教都同时存在于几个不同的层面上。它可以作为一套关于世界及其治理的抽象概念存在。它也可以是一套仪式和圣礼,作为一种操控这些象征符号的传统方法,通过这些象征符号可以表达对宇宙秩序的信仰。它还可以是各种各样的感觉、爱、恐惧、奉献等等,这些感觉是通过操控这些符号而诱发的。

最后,它作为一种特殊的感觉或直觉而存在——一种万物合一的感觉,而万物遵循着神圣原则,又是一种颖悟(用印度教的说法),就是"你即彼",一种神秘而又似乎不言而喻的与神同在的体验。

日常觉醒的意识是非常有用的,在大多数情况下,也是一种不可缺少的心境;但这绝不是唯一的意识形态,也不是在所有情况下最好的。只有超越了平凡的自我和普通的意识模式,神秘主义者才能够开阔视野,更深入地探究存在的深不可测的奇迹。

---

① 灵,spirit,兼有神灵和酒精之意。——译注
② 乏味,dry,兼有"禁酒的"和"乏味的"之意。——译注

神秘的体验具有双重价值：它有价值，一是因为它让体验者更好地了解自己和世界，二是因为它可以帮助他过上一种不太以自我为中心而更具创造性的生活。

一位伟大的宗教诗人写道，在地狱里面，迷途者受到的惩罚是让他们做"辛苦劳作汗流浃背但是更糟的自己"。在现世，我们是什么样就什么样，我们就是辛苦劳作汗流浃背的自己，这就行了。

唉，真是够糟的。我们爱自己到了偶像崇拜的地步；但我们也强烈厌恶自己——我们觉得自己非常无聊。对自己极度崇拜是令人厌恶的，而与这种厌恶感相应的是我们所有人的内心都有一种渴望，有时是潜伏的，有时是有意识的，能够充满激情地表达出来，我们渴望挣脱我们个性的牢笼，这是一种自我超越的冲动。正是这种冲动，让我们信仰神秘的神学，从事灵修和瑜伽——这也是我们酗酒和吸毒成瘾的原因所在。

现代药物学为我们提供了许多新的合成药物，但在自然生发的精神调节药物领域，却没有取得任何重大发现。所有的植物镇静剂、兴奋剂、明目醒神类药物、幸福感促进类药物以及宇宙意识唤醒类药物，数千年前，在历史的黎明到来之前，早已被人类发现了。

在文明的许多层面上，许多社会都试图将药物中毒与神醉（spiritual intoxication）融合在一起。例如，在古希腊，乙醇在已建立的宗教中有其地位。狄俄尼索斯，或巴克斯，如人们经常称呼的，是一个真正的神祇。他的信徒们称他为卢西奥斯（Lusios），意为"解放者"，或称之为迪奥宜诺斯（Theoinos），意为"酒神"。后一名称把发酵葡萄汁和超自然现象压缩叠加成了单一圣灵降临节的体验。"他生而为神，"欧里庇得斯写道，"酒神巴克斯被倒出来作为献给众神的奠酒，通过他，人们得到了善。"不幸的是，他们也受到伤害，酒精能够带来的超越自我的幸福体验是要付出代价的，并且价格极高。

完全禁绝所有化学精神调节药物的禁令只有条文，但无法强制执行，这往往不是消除而是制造出更多的罪恶。更令人不满的是完全容忍和无限制供应的政策。在英国，18世纪的早几年，廉价的免税杜松子酒——"一便士买醉，两便士换得不省人事"——以彻底的道德沦丧而威胁社会。一个世纪后，鸦片以鸦片酊的形式，调和着工业革命的受害者跟他们的命运——但就成瘾、疾病和早死而言，代价惊人。今天，最文明的社会一直在两个极端之间摇摆：完全禁止和完全容忍。某些精神调节类药物得到许可，如酒精，公众缴纳高额税款就可以得到，这样做是为了限制酒精消费。其他精神调节类药物则是无"医嘱"不可得——或者从毒贩手里买。因此，这个问题被控制在了可控范围内，但极为肯定的是问题并没有解决。在不断寻求超越的过程中，成百万未来的神秘主义者成为瘾君子，他们犯下成千上万的罪行，还卷入了数十万起本可避免的事故。

我们还必须无限期地任由这种惨淡凄凉的情形继续下去吗？直到几年前，对这样一个问题的答案还是一个充满悔恨的"是的，我们还得这样做"。今天，由于生物化学和药物学的最新发展，我们有了一个可行的选择。我们明白，可能很快我们就能在利用化学手段完成自我超越方面做得更好一些了，比过去的70或80个世纪里我们一直擅长的做法要好。

一种药力强大的药物有可能完全无害吗？也许不可能。但生理成本肯定可以减少到微不足道的程度。有些药力强大的精神调节类药物发挥药效却不会损害使用者的心理机制，不会诱使他们像罪犯或疯子那样行事。生物化学和药物学正取得长足进步。在几年之内，市面上很可能会有几十种药效强大，但——从生理和社会角度而言——非常廉价的精神调节类药物。

鉴于我们已经在研发药力强大但几乎无害的药物方面取得进步，同时，也是最重要的，鉴于在这方面毫无疑问我们很快就会有更大进步——我们应该立即开始严肃认真地思考新精神调节类药物的问题。它们应该如何使用？怎样会被滥用？人类会因为发现它们而变得越来越幸福吗？还是更糟更惨？

这件事需要从许多角度来审视。它同时成为生物化学家和医生的问题，成为心理学家和社会人类学家的问题，也成为立法者和执法官员的问题。最终，这是一个伦理问题、宗教问题。迟早——越早越好——有关各方专家将不得不齐聚一堂，根据现有最好的证据，凭借最有想象力的远见卓识，商讨然后决定应该做什么。同时让我们初步看看这个多面的问题。

去年美国医生开了 4800 万份镇静药物处方，其中许多已经再次续药，可能超过一倍。镇静药是最著名的、新型的、几乎无害的精神调节类药物。它们可以被大多数人使用，不是因为它完全安全无患，而是因为其合理的低生理成本。它们大受欢迎证明了一个事实：许多人都不喜欢自己的环境和"辛苦劳作汗流浃背的自我"。在镇静药剂作用下，自我超越的程度并不是很高，但是，在许多情况下,这足以造成痛苦和满足之间的巨大差别。

从理论上讲,镇静药应该只开给遭受严重神经症或精神病的病人。但不幸的是,在实践中,许多医生已经被目前的药物学的流行做法所影响,为所有病人和各式各样的病人开镇静药。医疗时尚的历史,也许可以说,至少跟女性帽子时尚的历史一样怪诞——至少一样怪诞,并且因为人命关天,所以更加可悲。在目前的情形下,数以百万计的病人并不真的需要镇静药,却已经得到了他们的医生开的药片,并且已经学会遇到任何一点病痛就使用镇静药,不管病痛是多么轻微。从医学角度看,这是非常糟糕的做法,而从服药者的角度来看,这也表明道德出偏和感觉错位。

在某些情况下,即使是健康的人也有理由利用化学手段来控制消极情绪。如果你真的不能控制自己的脾气,可以让镇静剂帮你控制。但对于健康的人来说一恼火、焦虑或紧张就使用精神调节类药物,既不明智也不正确。太多的紧张和焦虑会降低一个人的效率——但太少了也可能降低。在很多场合,我们感到担心,是完全没事的,过分的平静反而可能减少我们有效处理棘手问题的机会。在这些场合,用心理自控的方法从内部缓解疏导紧张情绪,从任何角度来说,都要比用化学控制的方法从外部强加的志得意满更加可取。

现在,让我们考虑一下这种情形——唉,这并不是一个假设的情形——有两个相互竞争的社会。在甲社会,凭处方就能得到镇静药,价格相当坚挺——这意味着,在实践中,它们主要局限于那些富有和有影响力的少数人使用,这些人是社会领导层。这少数的主要公民每年消费几十亿颗可产生自满情绪的药丸。而在乙社会，镇静药不是那么容易得到，而有影响力的少数成员也不需要因为一点点小麻烦就利用化学手段来控制可能是必要的积极的紧张感。这两个相互竞争的社会中，哪一个可能赢得竞赛？一个领导人过度使用舒缓糖浆的社会，与一个领导人不过分依赖镇静药的社会相比，就有落后的危险。

现在，再让我们考虑一下另一种药物——仍然未被发现，但随时可能出现的一种药物，能让人在通常会感到痛苦的时候觉得快乐。这种药物将是一份福祉，却是一个充满了严重的政治危险的福祉。通过利用无害的化学手段让人随意得到幸福愉悦感，独裁者就可以借此手段来调和全体国民与该国时局事态的关系，而有自尊心的人类不应该接受这种调和。暴君总觉得有必要用政治或宗教宣传来补充武力。从这个意义上说，钢笔比刀剑更有力，更能杀人。但比任何钢笔或刀剑更有力的是药丸。在精神病院，人们发现化学抑制比穿戴拘禁衣或心理辅导更有效。明天的独裁统治者将剥夺人们的自由，但将会给他们相当真实的幸福作为交换，这幸福也就是用化学方式诱导出来的主观体验。追求幸福是人类的传统权利之一；不幸的是，实现幸福可能与另一个人类的权利并不相容——自由。

然而，这是很有可能的，药理学将把一只手夺走的东西用另一只手拿回来。化学诱发的欢欣愉悦可能容易成为对个人自由的威胁；但化学诱发的活力和化学增强的智力也很容易成为自由最坚强的堡垒。我们大多数人日常工作大约只发挥了个人能力的15％。我们怎么能提升可悲的效率呢？

有两种方法——教育和生物化学。我们可以按实际情况对待成人和儿童，为他们提供一个比现在给他们的更好的训练。或者，通过适当的生化方法，我们可以将他们转化为更加优秀的个体。如果这些优秀的个体接受了更好的教育，那么结果将是革命性的。就算我们继续强迫他们服从目前流行的相当蹩脚的教育方法，结果也会令人吃惊的。

是否真的可以通过生化手段生产出优秀的个体？俄罗斯人当然相信这一点。他们推行了一个"五年计划"，现在已经做到一半了，这个计划就是生产药物来规范更高程度的心理活动，提高人类的工作能力。这些未来的心智改良剂的前期成果已经在试验中了。例如，目前已经发现，大剂量使用某些维生素——烟酸和抗坏血酸就是例子——有时会促使心理能量有一定程度的提高。两种酶的结合——乙烯二磷酸盐和腺苷三磷酸盐，合在一起注射时能改善神经组织中的碳水化合物代谢——也可能有效。

同时，据称，许多新合成的几乎无害的兴奋剂有上佳效果。根据一些权威人士的说法，异烟酰异丙肼（iproniazid）"似乎增加了精神能量的总量"。可惜，大剂量使用异烟酰异丙肼会带来副作用，而且在某些情况下副作用可能是非常严重的！另一种精神能量促进药是一种氨基酒精，据信能增加人体乙酰胆碱的分泌量，这种物质对神经系统功能是极为重要的。鉴于目前已经取得的成果，似乎很可能在几年内，我们就能够通过我们自己的生物化学的引导来提升自己。

在此期间，让我们都热切祝愿俄罗斯在目前的药理探险中大获成功。发现一种能增加普通个人的精神能量的药物，然后在整个苏联广泛散播销售，这可能意味着俄罗斯目前的政府形式的终结。全面提升的智力与心理警觉是独裁统治最强大的敌人，同时也是有效民主的基本条件。即使在实行民主体制的西方，我们也可以进行一些精神上的激励。二者合力，教育和药理学可以做一些事情来抵消我们在生物材料方面退化的影响，遗传学家经常呼吁大家关注这个问题。

让我们从对这些政治和伦理问题的思考转向对严格的宗教问题的关注，新的精神调节类药物将会带来这些问题。通过研究某个自然的精神调节类药物的药力，我们可以预见这些未来问题的本质，这种药在过去几个世纪一直被用于宗教崇拜活动。我指的是墨西哥北部和美国西南部生长的佩奥特仙人掌。佩奥特仙人掌含有麦司卡林——现在可以通过人工合成方式生产出来——而麦司卡林，用威廉·詹姆斯的说法，"激发人类本性中神秘感应能力"的效力比乙醇强大得多，也更具启发功能，而且，发挥作用的时候，生理和社会成本都很低，可以忽略不计。佩奥特仙人掌产生自我超越的效果有两种方式——它引领着使用者进入可以体验幻景的另一个世界，它还可以赋予他本人和与他一起参与崇拜活动的人一种团结意识，这时人类是彻底逍遥自在的，与万事万物的神性统一。

佩奥特仙人掌的药性可通过合成麦司卡林和 LSD 等方式复制。LSD 现在正在被欧洲、南美洲、加拿大和美国的心理治疗师们实验性地使用，令人难以置信的小剂量就有强效。它降低了意识和潜意识之间的障碍，并允许病人对自己心灵最隐秘的所在看得更深入、理解更到位。在体验幻景甚至神秘的背景下，自我认知就可以得到深化。

在适当的心理环境下用药时，这些化学精神调节类药物使真正的宗教体验成为可能。因此，服用 LSD 或麦司卡林的人可能会突然明白——不只在智力上，而且在生理上、经验上——这种精彩的宗教断言的重大意义，如"上帝就是爱"，或者"虽然他杀了我，但我还是信奉他"。

不用说，这种临时的自我超越并不能保证永久的启蒙或持久的行为改善。它是一个"不必要的恩典"，对灵魂救赎而言，既不是必要的，也不是充分的，但如果正确使用，可以极大地帮助那些得到恩典的人。这是适用于所有这样的经验的，无论是自然发生，还是由于服用了正确类型的化学精神调节类药物，或经过了"精神锻炼"或身体的苦修。

有一种观念认为吞服药丸可能有助于获得真正的宗教体验，反对这一观念的人应该记住，所有标准的苦修——斋戒、自愿的不眠不休和自我折磨——是每一种宗教的禁欲主义者对自身施加的，为的是养成美德，这种做法也很像服用精神调节类药物，是一种强大的策略，总体上是改变身体的化学构成，具体则是改变人的神经系统。或者想想众所周知的灵修的步骤。印度瑜伽师所教授的呼吸技巧会延长人体吐纳过程。这样反过来会导致血液中二氧化碳浓度的增加；进而引发的心理后果是意识质量的改变。再次，沉思冥想打坐入定，需要练习者长时间高度凝神，集中关注一个单一的想法或形象，也可能导致——对于神经学的诸多理据，我承认自己不懂——呼吸减缓，甚至是长时间的呼吸暂停。

许多禁欲主义者和神秘主义者，以或长或短的隐修生活方式，掌握了调节身体化学构成的苦修和灵修技法。如今，像圣安东尼这样的隐士,就生活在只有很少的外部刺激的环境里。但正如赫布、约翰·莉莉和其他实验心理学家最近在实验室显示的,一个人生活在一个受限的很少有外部刺激的环境里,他的意识质量很快就发生了变化,可能超越正常的自我,达到某种程度,他所听到的声音或看到的画面往往非常令人难受,就像许多圣安东尼所见的幻景,但有时也有快乐的。

男人和女人可以通过物理和化学手段,以真正的精神的方式超越自己,对于某个神经脆弱的唯心主义者来说,似乎是相当令人震惊的。但是,毕竟使用药物或生理修炼都不是精神体验的起因,而只是精神体验的机会。

论及威廉·詹姆斯把一氧化二氮用于人体的实验,伯格森把整件事归纳为明明白白的几句话:"心性是潜在的,只是在等待一个信号以行动来表达自己。它可能已经通过自己在精神层面的努力在精神上被唤起。但它也可以以物质手段引发出来,用抑制的手段来对抗抑制它的因素,也就是清除障碍;这正是由药物引发的完全负面的影响。"① 不管出于什么原因,生理上的也好,道德上的也罢,如果造成了不良心理倾向,通过服药或禁欲苦修来清除障碍,都会造成消极负面的而非积极正面的精神体验。这种地狱般的体验是极其令人痛心的,但也可能是非常有益的。有很多人,能在地狱待上几个小时——这个地狱是他们自己孜孜以求的——可以给他们带来极大好处。

生理上无害,或几乎无害,作用于人类各种隐秘潜能的提神

---

① *Two Sources of Religion and Morality*, 1935.

类药正在面世,很快它们的许多种类将会上市。我们可以很肯定,一旦有了供应,它们将被广泛使用。超越的冲动是如此强烈,又如此普遍,所以不可能出现相反情况。过去,很少有人参与自发的准神秘或完全神秘性质的体验;更少有人愿意接受心理生理学方面的训练,为实现这类自我超越把自己训练成一个与世隔绝的个体。未来强效却几乎无害的精神调节类药物将彻底改变这种情况。准神秘和神秘体验会变得很普遍而不是罕见。曾经是少数人的精神特权会让许多人都能享有。对世界上有组织宗教的牧师们而言,这将引发一些前所未有的问题。对大多数人而言,宗教一直是一个有关传统象征符号和他们对这些象征符号做出的情感、智力和道德反应的东西。对于有自我超越的直接体验,进入过由幻景构成的心灵的彼岸世界,达到与万事万物的自然合一境界的男男女女,一个仅由象征符号构成的宗教是不太令人满意的。阅读一页即使是写得最美的食谱也不能代替享受一顿大餐。总有人殷勤告诫我们要"品味并看见主是好的"。

世界上的教会当局将会以这样或那样方式与新的精神调节类药物达成协议。他们可能会消极妥协,拒绝与它们有任何瓜葛。这种情况下,一种具有巨大的潜在精神价值的心理现象,将体现在有组织的宗教的苍白外表之上。另一方面,他们可能会选择一些积极方式与精神调节类药物达成妥协——具体怎么做,我不准备猜测。

我个人的观点是,虽然它们可能在开始的时候是令人尴尬的事情,但长远来看这些新的精神调节类药物将在可以得到它们的社区深化人们的精神生活。这么久了这么多人一直在谈论,著名的"宗教复兴",不会因为来几场福音派的弥撒大会,或上镜的神职人员在电视上露露面而到来。它会到来是因为众多的生物化学发现,将使大量的男女获得一场彻底的自我超越和对事物的本质更深刻的理解。这场宗教复兴同时将是一场革命。宗教作为一种主要与象征符号有关的活动,将转化为一种主要关涉体验和直觉的活动——这项活动具有日常神秘主义的基础,并赋予日常的一切以意义——包括日常理性、日常事务和职责,以及日常人际关系。

蒂莫西·利里、LSD 和哈佛

斯图尔特·腾德勒　大卫·梅

1960 年秋,一个又高又瘦的身影正穿行在哈佛广场,这恐怕是新英格兰的大学校园里发生在教职员工中间稀松平常见怪不怪的事了。穿一件哈里斯花呢夹克、一条灰色宽松裤的蒂莫西·利里博士是一个心理学家,以其刺激、原创的思想享有盛誉。他 40 岁,最近受聘来大学的人格研究中心工作,随身带来了他在美国各地医院工作和做项目研究收罗的经验。有人称他为"理论家利里",但他自信满满。用他自己的话说,他"英俊、眉目清秀、机智、自信、有魅力,在这种惰性文化中有超人的创造力……"

在一个新的十年开始之际,利里带着他对迷幻药体验的深入了解随处周游。这是一个有强烈的反叛意识的人,在他的生命中不止一次把自己从遵从惯例的安全境地拖拽出来:就是一种恶作剧的心理。利里是一个离经叛道者,认为他选择的职业就是一个"偷懒鬼混的行当"。

几个月前,在墨西哥,利里吃下了一把墨西哥光盖伞菇。几分钟内,他"被猛地推下了一个感官上的尼亚加拉大瀑布"。5 小时后,他做出了决定,他将终生致力于研究这种心理学的"新工具",这门科学急需新的方向。

他点燃了年轻的哈佛同事理查德·阿尔伯特的热情,这是一位教育和心理学助理教授。乍看起来,他们形成了一种不太可能的伙伴关系,因为各自不同的背景。阿尔伯特是一位富有的新英格兰律师的儿子,比利里小10岁,对"成功"很痴迷。戴着厚厚的黑框眼镜,头发整洁,阿尔伯特是一个积极进取的人,决心要在一生中干出一番大事来,尽管他已经取得了许多成就——拥有一架飞机、一艘船、一辆摩托车,还有一辆跑车、一辆外国进口的豪华轿车。阿尔伯特的攀登之路将要借助循规蹈矩、发奋读书,这也是一场辉煌的正面攻击。

而利里似乎这一生都在与体制打游击战。当年,他母亲希望他成为一名牧师,而他父亲抱着儿子穿上军服的愿景。结果父母都没能如愿。利里放弃了一个上天主教神学院的机会,然后因为违反校规,他被其他军校学生排斥了9个月(利里利用这段时间钻研了东方哲学),最终选择了从西点军校退学。他又在阿拉巴马大学报上了名,攻读心理学,结果却因在女生宿舍被抓,惨遭开除。后来又做了办事员和医院的助手,经历了一段平淡无奇的战争生涯——他丧失了部分听力——回到大学完成他的学位,并继续在加州大学伯克利分校攻读博士学位。他加入设在奥克兰的恺撒基金会医院,当上了心理学研究主任,正是在这里,他创作了《人格的人际诊断:人格评价的功能理论与方法论》[①]一书,全书共

[①] *Interpersonal Diagnosis of Personality: A Functional Theory and Methodology for Personality Evaluation*.

518页，于1956年完成并出版。该书被《心理学研究年刊》杂志描述为"心理治疗年度最佳图书"。就在功成名就之时，他的私生活遭到了攻击并陷入崩溃。他的两次婚姻都失败了，第一任妻子最终自杀。利里对自己的工作也心灰意冷，带着两个孩子去了欧洲。在佛罗伦萨，他见到了大卫·麦克利兰（David McClelland），他是哈佛大学社会关系实验室一个分部的中心主任，最终说服利里进入哈佛大学工作。

现在又要开始战斗了，这次有了阿尔伯特的帮助。这两个人制定了一个光盖伞菇的实验大纲，寻找参考资料时利里找到了赫胥黎的两部作品，《知觉之门》和《天堂与地狱》（*Heaven and Hell*）。这位曾把西点军校当作瑜伽修道院的人立即就与赫胥黎灵犀相通了，他理解了书中提到的迷幻药和东方菌株。而且在他拜读大作的时候，赫胥黎本人就在麻省理工学院讲学。

两个人在哈佛大学教师俱乐部的午餐会上第一次相遇。这顿饭的头道菜（真是太应景了！）正是蘑菇汤，在进餐过程中他们开始讨论哈佛项目。在嘈杂的餐厅里，赫胥黎被这位心理学家迷住了，而利里也被作家的博学多识彻底镇住了。据利里后来回忆，他和阿尔伯特聆听着赫胥黎的"建议和忠告，还穿插着玩笑和各种奇闻逸事……我们的研究方案就这样成形了。赫胥黎主动表示要列席我们的筹备会议，而且准备在研究正式启动之时跟我们一起吃蘑菇"。

在开始阶段，哈佛裸盖菇素研究项目团队很小，成员包括利里、阿尔伯特和6名研究生。利里和阿尔伯特想研究药物对艺术家和知识分子心理和情感的影响。使用从瑞士桑多斯订购的裸盖菇素时,38位受试者被允许自己控制剂量(在合理的限度内),服用药物的环境宽敞宜人。赫胥黎是志愿者之一,同来的还有艾伦·金斯伯格和威廉·巴勒斯,两个都是垮掉的一代的领军艺术家;阿兰·瓦兹,著名的禅宗专家;还有亚瑟·库斯勒,他是作家和哲学家。

该项目又开辟了一个新的研究方向,即在附近的康科德男子监狱进行了一系列实验,探讨裸盖菇素是否可以治愈累犯。在短期内药物似乎发挥了作用,因为参加实验的35人中只有四分之一再次犯罪,而平常的再犯率为80%。赫胥黎保持着与利里的联系,通过书信交流探讨了对迷幻研究有用的视觉艺术的各个方面。也是通过赫胥黎的引导,他逐渐转向对迷幻药LSD的研究。

真正促成这件事的人是迈克尔·霍林斯黑德(Michael Hollingshead),他是格林尼治村外籍居民和英国侨民。霍林斯黑德一直在做一个基金会执行秘书的工作,建立这个基金会的目的是通过学生交流来改进英美两国的文化关系。基金会的日常职责使得霍林斯黑德有自由时间到格林尼治村咖啡吧里那些垮掉的一代中间,调查他正试图促进融合的文化更狂野的一面。霍林斯黑德对赫胥黎针对麦司卡林和LSD所写的著作印象深刻,他说服了在纽约一家医院工作的一位同胞使用医院的便条纸向桑多斯公司在新泽西州的办事处下了一宗订单。

那一克迷幻药到货之后,霍林斯黑德用水稀释,然后倒入一个空的蛋黄酱罐子。他尝了第一口,味道令他吃惊——也令他渴望了解更多。赫胥黎建议他联系利里。

虽然利里为霍林斯黑德在他的团队里提供了一份工作,并把自己家的一个房间让给他住,但他一开始并没有答应从蛋黄酱罐子取药水。"他的看法也许可以概括为,"霍林斯黑德说,"尝试过一种迷幻药,你就等于全部都尝过。"

利里最终被那些服用药水的人的热情打动了。LSD 随即成为哈佛实验中最戏剧化部分的基本条件——这就是"沼泽教堂的奇迹"。1963 年的耶稣受难节,来自安多弗神学院的 20 名学生先后进了波士顿大学的沼泽教堂,来测试 LSD 的宗教的和神秘主义的可能性。10 位学生服用了 LSD,另 10 位服下的是药力温和的安非他命,但他们没有人知道自己在服用什么。服用了 LSD 的 10 位中有 9 位报告说有了神秘的体验——一位开始诵读约翰·多恩诗歌中的段落,扯掉了他衣服上的扣子,还声称自己是条鱼;另一位漫步到波士顿的车流中,相信自己就是基督:他认为,什么都不可能伤害到他。教堂里面一片混乱,没受药力影响的学生看着他们的同学像蛇一样扭曲打转,或者直挺挺硬邦邦地躺在长条椅上。

这次"奇迹"是利里的正式学术实验项目的高潮,发生在年中,事后证明这对于哈佛心理学家来说是一个分水岭。随着实验范围的扩大,利里无法抗拒通过组织松散的实验改教变节;400 位作家、艺术家、牧师和学生,服用了 3000 份致幻药。随这项工作而来的是一条知识分子中间流传的夸张虚饰言论的小溪,但它迅速变成由断言和主张汇成的洪流,大肆吹捧迷幻药及其名气较小的弟兄们的价值。

哈佛大学对早期的裸盖菇素实验的初步反应,表达出来的不过是针对研究方法的学术性怀疑,夹杂着讽刺的杂音,把实验说成是迷幻药鸡尾酒会。但到了1962年,利里的迷幻药研究令大学当局和马萨诸塞州公共卫生部门不安了。当《波士顿先驱报》报道这件事时,哈佛大学成了负面新闻的焦点。大学决定,在1963年夏天与利里和阿尔伯特的聘任合同到期之时将不再续聘。

厌倦了学术界内斗和国家调查人员令人讨厌的关注,研究人员撤离了美国,进入了流放状态。利里、阿尔伯特和十几位追随者在墨西哥太平洋岸边一座小鱼港——锡瓦塔内霍租下了一家旅馆,不受打扰地进行个人实验。新学年开始他们回到哈佛大学,流亡经历恢复了他们的活力,并增强了新的战斗精神。

来自各方的反对声浪使利里跟他的门徒更紧密地团结在一起。迷幻药不仅是一种艺术和医疗工具,还被寄予了改变世界、改变人类的期许,预示新千年的来临。

对聚集在利里和阿尔伯特身边的团队而言,情况看上去很简单。历史上许多伟大运动的开创者和智力拓展运动的领导人,在早期岁月里都不得不与某个根深蒂固的体制做斗争,后来终得平反昭雪。难道这也是迷幻药研究的宿命?那些服用过它的人都确信他们的事业和他们的领袖利里是站在正义这一边的。阿尔伯特明明是实验的共同组织者,他谈起利里也动情地表示:"我以前从没见过伟人,他却是伟人之一,就算只为这样一个人效力,我这辈子也值了。"

回到哈佛,他们在波士顿郊区安静的牛顿镇一所宽敞的房子里开辟了一个"超然生活区"。依照赫胥黎小说《岛》(*Island*)的描述,这个群居团体是由利里、他的孩子们、另一位哈佛的男士和他的家人、阿尔伯特及一些朋友组成的。组建这样一个"多元"大家庭是为了"维持一种超越常态自我和社交游戏的体验水平"。冥想室是专门建造的,只能通过梯子进入,室内配有靠垫、床垫和窗帘,立着一尊小佛像,上有一盏小灯作为照明,空气中香烟缭绕。不久,附近又开设了第二个"多元"家庭中心。

在大学里,阿尔伯特继续开动机研究讲座,而利里参加了研究生关于研究方法的研讨会。在校外,他们发起了内心自由国际联盟(IFIF)[①],致力于寻求新的第五种自由——扩大个人意识的自由。学生被鼓励加入并组成"单元",随后便能通过这些小团体获得药物。阿尔伯特还在波士顿和纽约的富人中间筹款。

在哈佛,实验者与监管部门正在进行新一轮的战斗。赫胥黎在世的时日不多了,他也不知道后面会发生什么事。他告诉奥斯蒙德:"蒂姆到底怎么了?几周前我跟他度过了一个晚上——他的信口开河……让我担心。倒不是担心他神智不清——他是完全清醒的——而是担心他的仕途前程。因为他说的那些无非是触怒当权者的另一种手段,这种话是一个调皮捣蛋的爱尔兰男生对小学校长说的。蔑视传统,对学术界不屑一顾。有朝一日那位校长可是要翻脸的。"

事实上,在哈佛,宽容心是越来越少了。当局越来越担心校园里面及周边越做越大的毒品黑市。有报告说一包方糖涂上一层迷幻药粉在哈佛广场卖一美元,一名学生把邮购的佩奥特仙人掌分发给朋友们。

哈佛大学院长约翰·门罗(John Monro)发出了反对药物丑

[①] The International Federation for Internal Freedom.

恶现象的强烈警告：迷幻药甚至可能对一个看似正常人的心理健康稳定造成严重危害。利里和阿尔伯特则针锋相对，回应说"在未来10年，意识的控制和扩展将是一项主要的公民自由"。1963年2月，内心自由国际联盟把它的文献资料送给了哈佛本科生、研究生和教员。

在哈佛，事态到了紧急关头——利里由于没能按时返校而面临解雇，当局开始调查他和阿尔伯特——内心自由国际联盟在洛杉矶和美国的其他城市已经有了分支机构，又大张旗鼓地回到锡瓦塔内霍开设了规模最大的体验社团。这是为了扩大早期的哈佛社区和传教士培训中心。利里宣布，他要用自己的声誉为这家中心赌上一把。他雇请了一家公关公司来激发人们的兴趣。该中心于1963年5月1日开业，维持了6周。

1964年，洛杉矶心理学家约瑟夫·唐宁博士在墨西哥中心开展了针对迷幻药的调查，并进行了报道。他看到的那群人是从波士顿、洛杉矶、旧金山和纽约被吸引来的，年龄在20岁到60岁之间，包括临床心理学家、工程师和商人。唐宁博士将内心自由国际联盟的哲学描述为一个混合体，其中杂合了现代心理学、新英格兰神秘主义和修正版的大乘佛教……赫胥黎和阿兰·瓦兹文笔不俗、写作手法娴熟的著作，藏传佛教强调神秘准备死亡-重生的体验，严厉而又简单实用的中国实用主义哲学，强调大悟（超验启蒙）的日本禅宗哲学，所有这些被整合到一起，用以将有序性与合理性赋予彼岸世界的体验，这一思想流派认为，这种体验就来自迷幻药。

这种哲学意味的鸡尾酒不符合墨西哥当局的口味，他们以越来越高的警觉度关注着那个社区。社区开门3天以后,阿尔伯特就被哈佛解聘;调查透露,他没有履行不把毒品给学生的承诺。

他的解聘进一步激起了墨西哥人的焦虑,至少引起了一份著名的墨西哥报纸的反感。舆论哗然。最终政府宣布,内心自由国际联盟的人当初进入墨西哥的理由不实:他们自称是游客,事实上却是研究人员和学生。驱逐是彬彬有礼的——甚至是友好的——但也是不能更改的。

加里·格兰特的另一面[①]

沃伦·何格

易受伤害,这个词跟加里·格兰特似乎没有什么关联。从已经看到的他的银幕形象我们也无法想象出这一点。他所感觉到的威胁的具体性质,更颠覆了我们的判断——加里·格兰特,男性魅力的典范,竟然在他生活的大部分时间里面害怕女人,被她们搞得非常狼狈凄惨。悲催的日子始于童年,他有一位情绪很不稳定的母亲,后来在与婚内婚外女人们的纠葛之中,这种日子一直在延续。格兰特在这些关系中受伤如此之深,他做了些我们熟知的那位格兰特绝不会做的事:服用迷幻药 LSD。在这个国家和英国的医生监督下,他经历了一系列治疗,疗程中服用了大约一百次 LSD,试图来调理治疗他的排斥反应综合征,这个病使他反复遭受抑郁症的困扰。很难想象格兰特还是一个抑郁症患者,事实上,即使在讨论这个话题的时候,他那明快爽朗的个性也会给人留下不一样的印象。但每一个侧面印象都表明,即使像加里·

[①] 摘自《纽约时报》的采访录。

格兰特这么一位有史以来在公众面前最无隐私可言的人，你所看到的也不一定是你所理解的。

20世纪60年代初期，他与贝茜·德雷克（Betsy Drake）13年的婚姻结束了，这时他就开始接受LSD治疗了。格兰特快人快语，说他绝不会向别人推荐LSD，还说这药只对他有疗效。他绝不想被看成跟那些戒掉了毒瘾的年轻人是一伙的。"LSD是一种化学药品，但不是毒品。吸毒的人都想逃避生活，而那些使用致幻剂的人则正在审视生活。"

德雷克小姐听说过LSD，也听说有几个医生信任它的疗效，而格兰特当时非常不幸福，所以愿意试一试。服药后的经历被他描述为"重生"。

"我们来到这个世界上，我们的磁带上什么也没有录，"他在谈论这个话题的一开始就说，"我们终究还是像电脑。这磁带上的内容是我们的母亲提供的，主要是因为我们的父亲出去打猎、射击或工作了。妈妈只能尽其所知教孩子，而所教的这些行为模式中有许多都是不好的，却还是传给了孩子。"他语速很快，一句接着一句，几乎都不停下来缓口气，讲着他信以为真的东西。"我得出了结论，那就是，作为一个成年人，我必须重生，把磁带清理干净。我服下LSD，一开始，我感觉自己在沙发上打转，我对医生说：'为什么我在这个沙发上打转？'他说：'你不知道为什么吗？'我说我完全不知道，但我想知道什么时候停止。'当你停下时，它就停。'他回答。嗯，这就像是给我的一个启示，一个人要为自己的行为负全责。我想：'我正在放松自己（unscrewing myself）。'这就是为什么人们使用'全搞砸了'（all screwed up）这个说法。

"一开始,你不想知道你是什么人。然后,有光照进来了,用老话说就是,你开窍了。我发现,我养成了我自己的模式,我必须为它负责。父母不知道的事,我得原谅他们,为他们教会我做的事,我得爱他们——像如何梳理头发,如何礼貌待人,等等吧。"格兰特突然把手伸在面前,好像正在划水。"所有的事情都放下了。"

"我经历了重生。这体验就像是第一次出生,我想象所有的血和尿,伴随着新生的强烈冲动一起喷出来,就这样我出生了。"讲到这儿,格兰特已经挺直腰板坐在椅子上了,看起来兴高采烈。"这是绝对的释放。你仍然可以自己吃饭,当然,自己开车,诸如此类的事吧,但卸下了太多的压力。

"它释放了压抑感。你知道,我们都总是下意识地一直夹紧肛门。在一次 LSD 诱发的梦幻中,我[拉得]——地毯上到处都是还有——地板上也到处都是。"

第七辑

化学组合

在这本文集的所有作品中,以下的作品也许最准确地诠释了身体和心灵在药物影响下体验到的真实状态。这里没有空间供科学旁观者陈述观点,或展示哲学和人种学的思考;这里的空间只展示由个人体验和鲜活灵动的见解所奠定的主观世界。在《天仙子的黑色疯狂》("The Black Madness of Henbane")一文中,从汉诺威南部偏远地区一个宁静村庄的花园,毒物学家古斯塔夫·申克(Gustav Schenk)飞升上天,像一位骑着扫帚飞行的巫婆一样,乘着狂野梦魇的翅膀,飞入了天仙子的滚滚烟雾。沿着那1000名女巫在他前面飞走的路径,他进入被包含在天仙子有毒种子里的托品烷生物碱召唤出来的扭曲和险恶的世界。他心跳加速,头里面砰砰响,头晕目眩,视力模糊,暂时失忆,到目前为止,他算是醉酒状态;然后他的头发胀,太阳消失,幽灵般的兽群飞满了天空,他对着自己的脚说话,而他的身体向四面八方炸开……

同族的精神类药物和毒性生物碱可能制造了伊西多·杜卡斯(Isidore Ducasse)创作疯狂杰作《马尔多罗之歌》(*Maldoror*)时的意识状态,这位作家的毒笔名叫洛特雷阿蒙伯爵,他写道:"马尔多罗的第一支抒情歌去哪儿了?自从他口中塞满了颠茄叶,穿越愤怒之国,在某个沉思的时刻脱口而出后,这支歌去哪儿了呢?"1869年,作者才20多岁,就完整地发表了《马尔多罗之歌》;

他死于第二年，死因不明。洛特雷阿蒙短暂的一生几乎默默无闻，是超现实主义艺术家们发现了他，他们在他的作品中看到了他们自己的艺术和文本实验的早熟先驱。他被超现实主义的精英们排在他们的文学领路人中最高的位置，与德高望重的阿尔蒂尔·兰波（Arthur Rimbaud）和阿尔弗雷德·雅里（Alfred Jarry, 1873—1907）同列并跻。虽然《马尔多罗之歌》清晰地扎根于哥特式浪漫主义，它却长出了旁枝，深入意识领域，这里，甚至半个世纪后的超现实主义艺术家也很少涉足。

阿尔弗雷德·雅里是另一位早慧的天才，他的英文编辑罗杰·沙特克（Roger Shattuck）已经把他描述为"偏执到了狂热和清醒到了幻觉的地步"。身材矮小的雅里几乎是一个侏儒，他训练自己控制梦的内容和方向。他在世纪末的巴黎是一个奇怪的人物——穿着自行车骑手的装束，随身带着手枪，日常生活中，以他在塞纳河里抓到的鱼为食。除了与鸦片有染，雅里选定的毒品是酒精。在《豪饮》["Drink"，摘自《释惑学家浮士德罗尔医生的事迹及见解》（*Exploits and Opinions of Doctor Faustroll, Pataphysician*），直到他去世后，该作品才得以全文出版]一文中，我们领略到了他独特的文学品位，这是一个由准确的科学描述和拉伯雷式幽默混合而成的奇怪文体。

作为作家和艺术家的布莱恩·巴里特先后混迹于商船队、军队以及中东和印度毒品交易地点，在 20 世纪 60 年代末，他因为私藏印度大麻在英国银铛入狱，并服刑 4 年。在此期间，巴里特被称为 864 号囚犯，他请人偷偷把他的作品弄出监狱。《月光时间》("Lune-Time")是这些违禁品中的一篇,内容涉及沃尔特·雷利[1]在被关进伦敦塔之前的岁月。1971年,这些狱中杂记最终以书名《耳语:岁月随录》(*Whisper: A Timescript*)结集出版,用巴里特自己的话说,"以拼贴画形式融合在了一起"。《醉蜘蛛》一文摘自《痛苦的奇迹:麦司卡林》(*Miserable Miracle: Mescaline*, 1956),文中,法国诗人和画家亨利·米修把自己受麦司卡林激发而完成的画作中的对称性与服用过大麻后画作中的对称性进行了对比。米修认为受大麻影响的作品"笔法琐碎潦草,停笔过早,总显得有些部分未完成"。他进一步指出,中了大麻、苯丙胺和精神分裂症患者尿液之毒的织网蜘蛛,织出的网总是不成形而且是不完整的。

特里·索泽恩笔下那个习惯夜间大显身手的英雄,《疯子的血》的主人公,因为手头缺钱,不得不在男性杂志社做临时记者。他正在服用德塞美(dexamyl)以逐渐改变昼夜习惯。他找到了绰号特里克的毒贩,他能为他搞到海洛因、可卡因、大麻、鸦片、LSD、快速丸、致幻蘑菇和几乎任何其他毒品,包括一种罕见的精神活性药品,人称"红分裂"。这一新奇毒品的特性让那个旧说法wigging out(发狂)有了一个新的转意,就像特里·索泽恩的主人公感觉自己暂时被异物附体。亨特·汤普森是刚左新闻体(Gonzo journalism)[2]自成一派的创始人,如果你不熟悉这个特殊

---

[1] 沃尔特·雷利(Walter Raleigh,1552—1618),英国文艺复兴时期的政客、军人、诗人,还是一名航海家,他曾试图在北美洲建立英国殖民地。正是雷利从美洲带回了烟草。——译注

[2] 这是一种夸张大胆、背离传统新闻实践的新闻风格,将作者置于叙述中心,运用虚构文学写作技巧,希望使新闻读起来如小说一般。——译注

的报告文学品牌,读一读《前往维加斯》("Vegas Bound")你就了解了,那是《惧恨拉斯维加斯:一场直捣美国梦的凶蛮之旅》的开篇:一个走入美国梦的核心的狂野旅程。在所有可以想象的毒品混合物驱动之下,汤普森的第二自我连同他那吸毒成狂的萨摩亚律师,轰轰烈烈地踏上了一场吵闹喧嚣的冒险旅程,驾车前往拉斯维加斯,驶进了美国梦的夕阳美景。《排毒》("Toxins Discharged")一文摘自《摇头丸:三个化学浪漫故事》(*Ecstasy: Three Tales of Chemical Romance*),欧文·威尔士(Irvine Welsh)把几种快速丸引入了一个一贯平静的保龄球俱乐部。故事发生在俱乐部的厕所和酒吧里,从一个人在水箱上弄碎毒品药丸开始到另一个人趴在马桶上呕吐才结束。

天仙子的黑色疯狂

古斯塔夫·申克

依据纯粹的理论，没有人能真正地评估植物毒素发挥药力的机制。我们必须体验它们在我们体内传播无所不能的能量，并使我们臣服于它们威力的方式。这是唯一的办法，可以让我们正确理解我们惯称为"毒品"的东西，因为它们确实带着某种神秘元素。一种植物中所含的物质如何在我们身上发挥这种致命的影响，又如何能够奴役和改造我们的思想和精神？同时，我们也不能忘记，几乎所有的植物毒素也拥有治疗病痛的性能。这是它神奇力量的关键所在。仔细计算服用的微小剂量，便可避免大量毒素的致命功效，从而为治愈和缓解病痛带来方便。

研究毒物的运作机制一直遵循着同样的路径：积累中毒案例中关于毒素作用的经验证据，确立有关治疗的相关理论。在这里我们将遵循同样的方法。首先必须描述的是在一连串的毒药侵袭之下身心的种种反应，以便往后据此了解如何酌量使用同样的毒素就能够发挥神奇而万无一失的疗效。

我曾经得到了一次理解一种植物药性的机会，这样的知识只有在自身体验了植物活性毒素作用之后才获得。当时我还是个年轻人，我的行为是有些鲁莽——不过，我选择的路线正确。我想服食一种致命的毒药，以观察其影响，从而更深入地了解这种植物，同时检测我的身体对这种外来力量的抵抗力。我花了一年的时间在南汉诺威一个非常孤独而偏僻的村庄研究植物。就在我当时的居所附带的菜园外边长着黑天仙子，是一种深绿色的植物，看上去很险恶。果实成熟后，我从子实夹囊里采了一把扁平的灰色种子。我听说，释放和吸收种子所含的莨菪烷生物碱的最好方法就是焙烤种子，然后吸入焙烤时产生的烟雾。那是一个假期；周围没有人，我独自一人在家，不受干扰，也不打扰别人。我把种子放在铁盘上，端着铁盘在酒精灯上烤。种子慢慢加热，外壳裂开，我嗅到了莨菪烷生物碱的烟味，具有奇怪的穿透力，辣辣的但同时非常香。如今我记不起我撒了多少种子在铁盘上烤，也说不清自己吸了多久从那堆焖烧的种子中滚滚而来的烟雾。

　　黑天仙子的一个特点就是抹杀记忆。所有的回忆只是关于那次体验的总体氛围，还有就是一些生动的但没有关联的图像，它们是后来回想起来的，总算可以让我部分重构了中毒过程。因此，天仙子中毒的受害者很难对自己的经历做出一个明确而完整的陈述——这与使用墨西哥佩奥特仙人掌后的情况截然相反，所以后者特别适合做自体实验，因为在它的影响之下，实验者的知觉仍然是完全清晰的。虽然我对天仙子诱发的这种黑色疯狂的回忆偏差很大，但想象中的巨大场面、强大而险恶的图景仍然保存完好，而我对生理状况的感觉就是身体衰竭了。

　　天仙子的药性首先是造成纯粹的身体不适。我的四肢失去了稳定性,头里面有锤击痛,我开始感到头晕得厉害。烟雾继续从铁盘往上飘,所以这些最初症状没过多久就过去了——最多一刻钟吧。我去到镜子前,还能看清自己的脸,但比平常模糊一些。面孔看起来有些潮红,肯定一直如此——我感觉头增大了:似乎已经长宽,更坚实,更厚重,而且在想象中,它被包裹在坚硬、厚实的皮肤里面。镜子本身在晃动,我发现很难把脸对准镜框。我瞳孔里的黑环大大地放大了,好像整个虹膜现在都变黑了,正常时本来是蓝色的。尽管瞳孔大张,我却并不比平常看得更清楚——恰恰相反,物体的轮廓是朦胧的,窗户和窗框被一层薄雾遮蔽着。

我还记得,当我转身离开镜子的时候,我突然忘了先前的行动,忘得一干二净。我努力想弄明白到底是什么造成了我这样的改变。我看到了铁盘上烧焦的种子,还有摇曳闪烁的火苗,我绞尽脑汁地想是什么原因让我变得怪模怪样。我无法想明白。大脑发闷的状态只是前奏,后面还有可怕得多的事来了。

我努力探究到底是什么让我困惑、迷醉或难受,这么做使我头痛欲裂,还造成——我也坚定地这么认为——我的嘴干得要命,头晕目眩,还有我的肉体在这几分钟里所遭受的全部痛苦。所以我把自己的蜕变仅仅归因于我的失忆。同时,我的心在突突乱跳。我不是用耳朵听到心跳的,因为耳朵似乎已经聋了。在我体内有一些听力;我内在的有些官能被恐慌感毫无根据地充盈起来了,也感知到了疾速的心跳和脉动。要理解黑天仙子的力量,读者必须想象出以下状况。耳朵聋了,眼睛几乎失明,它们只看到一个物件大致的样子,像是透过薄雾看到的,轮廓是模糊不清的。患者慢慢地切断了与外部世界的联系,不可挽回地下沉,沉到自己身体里面，沉到内心世界里面。房间在舞动；地板、墙壁和天花板慢慢向右倾斜，然后向左转过来。但受害者没有感觉到自己在动，尽管很显然他在一间固定的房间里踉跄而行。在这些可怕的灾难迹象不断加码的时候，患者被熟悉的世界遗弃了。事实上，他的脸庞似乎越来越大，灼热感上升，进入头颅，令他汗流如注，顺着脸颊往下淌，光变暗了，墙壁消失了，阳光的光辉也看不见了——这一切没有造成惊恐，因为现在的他被封闭在了自己体内，仿佛禁闭在一间狭小的屋子里面。

我还清楚地记得，最后我的眼睛再也没法按照距离调整视线了——它们丧失了调节功能。我凝视着眼前，好像瘫痪了一样，而就在此视觉僵直呆滞的阶段，第一批幻觉出现了。

我突然看到了一个黄色的金属盘闪出一道亮光，样子可怕，光彩夺目。这道亮光盯着我，不是用眼睛，而是用人类的凝视，这样描述它也是不对的。我们说金属盘不能看见或打量我们。但就在那个瞬间，我知道这样的光盘完全有能力把目光抛向我，一次次的目光射穿心脏，令我不寒而栗。然而，下一刻——这也是不可思议的事情——这一幻景给我带来了极大的欢娱，想要放肆大笑的愿望充满了内心，而且似乎还在增强。是的，这一切都突然让我发笑——我看不清东西，房间在舞动，我的手不听使唤，无法用手抓住任何东西；整个这段时间，那个光盘一直就盯着我，眼睛一眨也不眨，眼神里面带着严肃冷峻，看透一切，气势汹汹，却又殷殷切切。

此刻图像一幅跟着一幅显现出来；它们是真实的世界毁灭后的碎片。我看见它们就在我视野范围内；它们不是疯狂过后凭空杜撰出来的。我狂放不羁的欢娱心态很快消失了,为一种惊恐的感觉所替代,我看到的一切现在完全乱成了一团。一朵滚滚升腾的乌黑的云是一个女人,或至少是一个女人的模样。它是一切女性的缩影;如此凶神恶煞,又巍峨不侵,压倒众生的样子,给我的印象实在难以言表。

虽然我几乎不能走动,甚至站也站不起来,我却非常急切地想动一动。因为我的脚似乎已经结结实实焊在地板上了,我只能胡乱地用手扒抓东西,把它们撕成碎片。因为我的手有这个需要,立刻就出现了可以移动、可以扯开撕碎的东西。各种各样的动物热切地打量着我,一张张扭曲的鬼脸,死盯着我,眼睛里惊恐万状。横飞的石块和雾霭结成了云朵,全部都朝着同一方向掠过。它们裹挟着我翻飞,我只能随着它们飘荡。它们的着色必须要描述一下——但不是一个纯粹的色调。它们被笼罩在一片模糊的灰色光团里,发出暗淡的光,滚滚向前和向上,变成一片黑沉沉的烟雾弥漫的天空。我被抛入了火焰摇曳闪烁的迷醉状态,掉进了女巫疯狂的大鼎里。没过头顶的水,黑色和血红色的,正来回流动。天空布满了各式各样成群的动物。滑溜溜的、无形的生物从黑暗中涌出。我听到有人说话,话语乖谬,不知所云,但对我来说却具有了一些隐藏的意义。肯定是我自己在说话,都是些愚蠢的、牵强的废话。我想象着我的手臂在说话,或者我的脚也在说话,我则在回答它们,说出的完全是废话,也一直都知道自己所说的是荒谬的,完全不合时宜的。

我咬紧牙关,一阵令人眩晕的怒火占据了我的心。我知道自己在惊恐地颤抖;但我也知道,我内心充溢着一种奇特的幸福感,这种感觉与疯狂的感觉连接,当时我的脚越来越轻,不断长大,挣脱了我的身体。这种身体逐渐分解的感觉是典型的天仙子中毒症状。我身体的每一部分好像要四散开去。我的头与躯干分开,长得越来越大了,我非常担心自己会彻底爆掉。同时,我也经历了一阵令人陶醉的飞升的感觉。

我非常害怕,因为确信自己快要完蛋了,身体会四分五裂。但这样的恐惧又被一种放任的狂野不羁的喜悦感抵消了。我飙飞到幻觉所及之处——翻滚的云朵,阴沉的天空,奔腾的兽群,翻飞的落叶,完全不像任何普通的树叶,袅袅飘动的蒸汽和熔化的金属形成的河流——正在打着漩涡往前冲泄着。这段时间我一直不曾安睡,四肢没法放松,一直在躁动。很想动一动,虽然运动能力大大地受限,这也是天仙子中毒的主要特征。

黑天仙子会导致全身性中毒,身体显出病状。这种得重病的感觉不会很快消失。吸入第一口焙烤草籽散发的烟雾,就会立即激起一种极度不适和身体虚弱的感觉,感觉加重到享受和恐怖混合的状态,伴随着无与伦比的大量的视觉图像,然后又有嗅觉和触觉的异样感觉。

随着幻觉的结束,疼痛和恶心的感觉接踵而至。灰暗的痛苦充溢着内心,身体的不稳定状态和感官的紊乱更加深了这种痛苦感觉。视觉、听觉、嗅觉和触觉都不受意志的支配,所有感官还完全处在黑天仙子毒素的影响之下,似乎要各奔东西了。

我描述自己的主观体验是为了说明黑色天仙子的客观意义。几千年来,在欧洲,这种植物一直被人们广泛熟知,并用作药剂、麻醉剂、占卜问谕的辅助手段和赋予幻觉的神药。狂热的舞蹈和中世纪女巫的疯狂举动大多是由黑天仙子诱发的;吸入天仙子烟雾为自笞修行者执行鞭笞提供了兴奋剂;在此之前,斯基泰人曾燃烧黑天仙子的种子让自己进入短暂的迷狂状态。

我们知道,颠茄属植物不是纯粹的含麻醉物质的植物,它不像鸦片、罂粟或大麻,可以从中提取大麻素。茄科植物,特别是天仙子和紫曼陀罗,处于麻醉性植物和致人痛苦植物之间的边界线上,但主要是致人痛苦。它们使人感官紊乱、神志癫狂,并出现暗淡恐怖的幻觉,这些不良体验是不能与有名的麻醉品所诱发的短暂兴奋和极乐状态相提并论的。

马尔多罗之歌

洛特雷阿蒙伯爵

我寻求一个灵魂可能像我的人,但找不到。我寻遍了地球的每一条缝隙:我的坚持就是无用功。但我不能老是一个人啊。一定得有人认同我的性格;一定得有个心有灵犀之人。

清晨。太阳在一片灿烂光辉中从地平线上升起,瞧啊,我眼前也出现了一个年轻男子,他走到哪里,哪里的花儿就生长。他走近我,伸出他的手:"我来找你,因你在寻我。让我们感恩这快乐的一天。"我回答:"走开!我没有召唤你。我不需要你的友情……"

傍晚。夜幕开始蔓开她黑色的面纱笼罩着自然。一个美丽的女人也在对我施展她迷人的诱惑,满眼爱恋地打量着我,我几乎无法看清她。然而,她不敢跟我说话。我说:"靠近点,这样我才能看清你的面容,因为站那么远,星光不足以照亮你的脸。"然后,她举止优雅稳重,低眉顺目,越过绿草坪,来到了我身边。我一见到她就说:"我认为善良和正义就住在你的心中:我们不能一起生活。现在你欣赏我面容俊美,它已经让不止一个女人折服拜倒。但迟早你会后悔把爱奉献给我,因为你不知道我的灵魂。不是说我会对你不忠:一个女人把这么多的无私和信任敬奉给我——以同样的忘我和忠诚,我把自己献给她。但把这句话放在心头,永远不要忘记:狼和羔羊不会以温柔的眼光相看。"

我到底需要什么?以这样的厌恶口吻拒绝了人类最美丽的东西!我压根就不会知道如何明确地表达我的需要。我还不习惯用哲学家推崇的方法来严格评估我头脑中的现象。

我坐在海边的礁石上。一艘船刚刚从岸边起航,风鼓满了船帆;一个无法察觉的点出现在地平线上,并逐渐接近,在猛烈的暴风推送下迅速变大。暴风雨要开始其攻击了,天空已经变暗,进而变成漆黑一片,几乎像男人的心一样丑恶。

船,实际是一艘大战舰,已经放下了她所有的锚,以避免被风浪推到岸边撞上礁石。狂风从四面八方呼啸而来,已经把帆撕扯成了一堆破麻烂絮。闪电烈烈伴着炸雷隆隆,但这一切也掩不住那座无基之屋传来的哀号声——那是一座飘荡的坟茔。左冲右突的庞大水体没有崩断锚链,却把船舷撞开了:一个巨大的豁口,因为水泵根本无法抽出这巨量的海水,海水像山峦一般在甲板上泛着泡沫横冲直撞。

这艘苦命的船开炮报警,发射了求救信号,但同时却缓慢而庄严地下沉,下沉。

如果一个人没有见过一艘船在经历飓风的吹袭、明灭的闪电、无边的黑暗后遇险沉没,往往不懂得什么叫命运多舛,而那些船上的人深深陷入了你所熟悉的绝望之中。

最后从船内迸发出洪荒般的尖叫,纯粹冲着那灭顶灾难,而海浪也再一次发起它可怕的攻击。人类的力量缴械投降就是哭号的原因。每个人都显出听天由命的表情，像是裹着斗篷蜷缩成一团，把自己的命运交在上帝的手中。他们走投无路，像一群绵羊拥挤成一团。

这艘苦命的船再次开炮报警，却在缓慢而庄严地下沉，下沉。

他们一整天都开动着水泵。徒劳的努力。把这一庄严的奇观推向极致的，是夜幕已经降临，密不透光，伸手不见五指。每个人都在告诉自己，一旦入水，就再不能呼吸；因为不管他能够搜罗出多远的记忆，也没有任何鱼类做过他的祖先。然而他还是恳求自己尽可能长地屏住呼吸，以便延长两三秒生命：这是他面对死神的复仇性反讽。

这艘苦命的船再次开炮报警，却在缓慢而庄严地下沉，下沉。

他并没有察觉到，船的下沉造成了强大的涡流，一浪高过一浪；肮脏的淤泥与混浊的水体交融，并且从下面传来的一股力量——对上面肆虐的暴风雨做出的强烈反弹——催动着狂暴剧烈的地倾海震。因此，尽管他事先鼓足了勇气保持着淡定与沉着，已经注定要溺亡的男子应该感到高兴，因为在漩涡的深渊中他的生命又可以苟延残喘，甚至正常呼吸半口气。天意难违，他却不可能违抗那至尊至高的死亡严令。

那艘苦命的船还在开炮报警，却也在缓慢而庄严地下沉，下沉。

一个大大的失误。她不再发射炮弹，她不再下沉。那艘小划艇已经完全被吞没了。天啊！一个人在品尝了这么多的乐趣之后怎么还能活着！这只是我的命数，要眼睁睁看着我的几个同胞做着垂死挣扎。一分又一分,我眼看着他们临终的苦难变换交替,犹如潮起潮落。在市场的喧闹声中,传来一个老妇人的哀号,恐惧让她发了狂;一个吃着奶的婴孩发出了一声叫喊,让人听不清行船命令。这艘船离我太远,我无法明确分辨狂风裹挟的阵阵呻吟,但凭着我的意志力,我接近他们,虽然这完全是视错觉。每一刻钟左右,每当一阵强风更猛烈吹袭的时候,伴随着惊恐的海燕在狂呼乱叫,凄惨的挽歌越发刺耳锥心,撞击着船身,撕裂着船体,那些即将奉上灾难死神祭台的灵魂还在呻吟哀号,愈发分明,我会把一根尖锐的铁针戳进我的脸颊,偷偷地想:"他们的苦难比这更甚!"因此,至少这样我有比较的依据。

从岸上,我大声呼唤,告诫他们,向他们投去了诅咒和威胁。在我看来,他们一定听到了我的呼唤!在我看来,我的仇恨和我的话语,打破音响学原理,穿过遥远的距离,清楚地传到了那些已被海洋狂暴的怒吼震聋了的耳朵里!在我看来,他们肯定想起了我,在无益的愤怒中发泄他们的仇恨!

时不时地,我会把目光投向陆地上酣睡着的城市,看到没有人察觉离岸几英里的海上,一艘船正在下沉——头顶是一群食肉猛禽形成的冠冕,脚下是饥肠辘辘的海洋巨兽搭成的基座——我鼓起了勇气,恢复了希望。我确定船再也无法靠岸!而他们也难逃一死!借着额外的小心,我去取来了我的双管毛瑟枪。但凡有人侥幸逃脱眼前的死亡,从丛立的礁石游回岸边,一颗子弹射入肩膀就毁掉他的胳膊,让他的心愿永远化作泡影。

在风暴肆虐最甚的时候,我看到了一颗脑袋,非常有力,头发竖起,正用尽全力劈波斩浪,在风浪之中他就像一个软木塞颠来倒去,咽下了好几升海水,海湾里不见了他的踪影,但很快又露出了头,头发一绺绺地随水漂荡,眼睛凝视着海岸,似乎要同死神较量一番。

他镇定自若,令人赞赏。暗礁上的尖茬,在他那英勇高贵的脸上豁开一处血淋淋的巨大伤口。他顶多16岁,在闪电划破夜空时也几乎看不见他上唇有血色。而现在他离我所站的悬崖不到200米,我可以清楚地看到他。多么勇敢!何等不屈的精神!他的头稳健地昂起,似乎在嘲讽命运,同时四肢拼命划过浪涛,巨浪十分不情愿地在他两边分开,留出了一道沟壑!我事先已经做了决断,我对自己同样应该信守诺言:临终时刻的丧钟已经为所有人敲响,没有人能逃脱它。那是我下过的决断,没有什么能改变它……

刺耳的枪声响过,那颗脑袋立刻就沉下去,再也没有出现。

这一起杀戮,我没有得到多大乐趣,绝不像人们想的那样。正因为无休止的杀戮已经让我腻味了,所以从今以后我会出于纯粹的习惯去做这事——停手不干是不可能的,但带来的乐趣也只是空乏无力的。感官变得迟钝了,像是生了老茧。一旦那艘船沉没,会有超过一百人在我眼皮子底下上演他们与波涛抗争到最后的生死大戏,现在面对这个人的死亡,我有什么乐趣可言?面对这个人的死亡,我甚至连冒险的诱惑感都没有体味到,因为人类的正义被这个可怕夜晚的飓风放入了摇篮,正在离我几步之遥的房子里酣睡着呢。

如今,我已老朽,我要真诚地为一个至高无上的、庄严的真理立一个声明:我并不像人们后来所讲的那样残酷无情;但有时他们持续多年作恶多端,造成了永久性破坏。所以我内心充满了无尽的愤怒;任何人(我同类族的)一旦碰巧与我狂野的眼睛对视,就注定厄运缠身,我会迷恋于放出毒招,让他们对我肃然起敬。如果是一匹马或者一条狗,我会让它走掉:你听到我刚才说什么了吗?不幸的是风暴肆虐的那个夜晚,我被愤怒彻底俘虏,我的理性早已飞到九霄云外去了(我有一条规则,我会很残忍,但行动更要谨慎),一切当时落入我手中的都不得不灭亡。我并不打算为作恶找借口,错不全在我的同胞身上。我就简单陈述一个事实,一边等待着最后的审判。(我正翘首以盼……)最后的审判与我有何干!我的理性对我从来不离不弃,如我刚才的声明——为让你误入歧途。当我犯了罪,我知道自己在做什么:我并不后悔!

站在岩石上,飓风猛烈吹打着我的头发和斗篷,在没有星光的天空下,我欣喜若狂地看着风暴猛烈地摧残那艘船。我情绪高涨地追随着这部戏迂回曲折的情节——从船只抛下锚链的那一瞬间,直到她被拖入海底深渊彻底吞噬的那一刻,致命海水包裹着她,就像一领斗篷包裹在身上,拖拽着那些人沉入海底。但时间快到了,我也该出场了,在大自然混乱无序的一幕幕演出中,我也有我自己的戏份。

从船只与风暴搏斗过的地方可以清楚地看到,她已经到海底某个犄角旮旯里打发余生去了,有些被涌浪打下甲板的人,露出了海面。他们抓住彼此,三三两两地缠斗:这可不是求生之道啊,因为他们彼此纠缠,动作受到牵制,像摔裂的烧杯一样直往下沉……

这支海洋怪兽大军到底是什么?它们正疾速向前,劈波斩浪而来。它们有 6 只，长着强健有力的鳍，轻盈地划过起伏的涌浪。鲨鱼很快就把所有人类变成了一个没有鸡蛋的煎蛋卷，在这片汹涌翻滚的海面上，这些人还在拼命地扑腾着四肢，鲨鱼根据最强通吃的法则分享美食。人血混入了海水，海水融进了人血。鲨鱼们野蛮的眼睛冒着寒光，足以照亮大屠杀现场。

但是，在远处的地平线上，海面怎么又动荡不安？也许起了龙卷风。来势何等凶猛！我明白了。一只巨大的母鲨乘风破浪来分享鸭肝馅饼呢，她也要品尝煮牛肉冷盘。她在狼吞虎咽，大快朵颐。和别的鲨鱼间的一场争斗在所难免，在深红色奶油般的海面上，追逐争抢着几条静静地在水里漂浮着、仍在颤动的肢体。她的大嘴左右开弓，撕开了致命的伤口，但 3 条活着的鲨鱼仍然将她围得死死的，她被迫在四面八方出击，瓦解它们的战术。

这时一直在岸上注视着这场另类海洋大战的人，越看越激愤，从未有过的情绪突如其来。他的眼睛紧盯着这只英勇无畏的母鲨，她满嘴是凶狠的利齿。他不再犹豫了。步枪挎上肩膀，和以往一样娴熟，就在一条鲨鱼腾起在波浪之上身形毕现的片刻，他将第二粒子弹射进了它的鳃。围攻的鲨鱼还剩两条，显得更加好斗难缠。

男人怒不可遏，飞身跃下悬崖，跳入海中，冲着色彩悦目的海水游去，手上紧紧攥着那把从不离身的钢刀。从现在开始每条鲨鱼都有同一个死敌要对付。他游向疲惫的对手，瞅准时机，将利刃深深插进了鲨鱼的脏腑。与此同时，如一座移动的堡垒，母鲨也轻易干掉了她最后的敌人……

泳者和他所搭救的母鲨遭遇了。数分钟之内，他们警惕地盯着对方,上下打量,万分惊奇,在彼此的凝视中都看到了凶猛。他们游弋着,盘桓着,都不舍得把视线从对方身体上移开。都在想:"以前都是我错了——这家伙比我更邪恶!"然后,行动一致,相互倾慕,他们滑向对方——母鲨用鳍分开海水,马尔多罗用他的胳膊猛击着把水体分开——他们怀着最深沉的敬意,屏住了呼吸,彼此都在渴望第一次真正看到各自鲜活的模样。相隔 3 米。突然,他们像两块磁铁一样毫不费力地搂住了对方,怀着尊严和认可,他们像兄弟姐妹一样温柔地拥抱在一起。

亲昵过后就是肉欲。一对肌肉发达的大腿像水蛭一样紧贴着怪兽黏性的皮肤;手臂和鳍肢缠抱住挚爱的身体,用爱包围着它,而喉咙和乳房很快就融化成一堆蓝绿色的东西,散发着海藻的味道。在不断肆虐的暴风雨中。闪电划过长空。泛着泡沫的波涛作了他们的婚床——回头浪化作了摇篮——他们翻滚着,一圈又一圈,朝着未知的海底深渊——长久、纯洁而又可怕地结合在一起!……

我总算找到了像我一样的人!……再也不会踽踽独行走完生命旅程!……她与我心有灵犀!……我见到了我的初恋!

豪 饮

阿尔弗雷德·雅里

谨以此文献给皮埃尔·奎拉尔①

浮士德罗尔用叉子抄起5条火腿往牙齿里面送,火腿是整只炙烤过的,还去了骨头,分别从斯特拉斯堡、巴约讷、阿登、约克和威斯特伐利亚弄来的,浸透了约翰内斯堡产的上等白葡萄酒;主教的女儿跪在餐桌旁,再次斟满了连排上升的百公升酒杯的每一组,杯子沿着传送带,经过医生面前的桌子,继续前行,在宝仕德那吉乐队升高的宝座附近把杯子倒空。我很渴,因为吞下一只被活活烤熟的绵羊,那羊沿着一条汽油浸泡的轨道奔跑直到正好烤熟。尊贵先生和奢华阁下像喝无水硫酸那样豪饮着,因为他们的名字已经让我猜到了这层意思,他们3人的腭骨就已经能够盛装下一立方米柴火。然而,门德修斯主教只用淡水和老鼠尿为自己提神。

---

① 皮埃尔·奎拉尔(Pierre Quillard, 1864—1912),法国象征主义诗人、剧作家、新闻工作者。

曾有一段时间,他习惯于把这最后一种物质混在面包和默伦奶酪里面,但成功地抑制了这些纯质调味品额外的虚荣。他从一个金酒杯里面吸水喝,那金箔被打得像绿光的波长一样薄,金器放在毛皮做成的托盘上(不用生皮,因为主教想要赶时髦),毛皮则是最近剥了一位醉汉的狐狸得来的,正合时令,相当于后者体重的二十分之一。这样的奢侈可不是什么人都能享受的:主教以巨额的费用豢养老鼠,同时还在铺满了漏斗的房间里,养着一后宫的醉汉,他模仿他们谈话:

"你认为,"他对浮士德罗尔说,"一个女人能不能赤身裸体?你怎么看得出墙壁是一丝不挂?"

"墙没了窗、门和其他出口就是一丝不挂。"医生说出自己的意见。

"你说得在理啊,"门德修斯继续说道,"裸体的女人根本就不是一丝不挂的,尤其是老女人。"

他直接从水瓶里喝了一大口,瓶子竖立着,支撑点正好在黏糊糊的地毯上,就像从埋葬地拔起来的树根。链式传送带上的杯子装满了液体,或也像是灌满了风,高声吟唱着,像是河的腹部被灯火通明的拖船上那玫瑰花坛或花圃豁开了一道伤口。

"现在,"主教接着说,"你们喝着吃着啊。主人家,给我们上些龙虾!"

"当年巴黎是不是就有这样的时尚,"我大着胆子问道,"出于礼貌端上这些动物,就像一个吸鼻烟的人主动送出他的鼻烟壶?但是,我也听说,人们习惯于谢绝这种好意,嚷嚷着说它们是毛茸茸的多足纲动物,肮脏到叫人恶心。"

"呵呵,啊哈,"主教做出谦逊的样子,"如果龙虾是肮脏的、毛乎乎的,这也许是它们自由的证明。比你用红丝带挂在脖子上的咸牛肉粒罐头的命运高贵多了,航海医生,多像一副海水浸泡过的望远镜的匣子,你就喜欢用望远镜审视众人和各种东西。"

月光时间

布莱恩·巴里特

雷利船长迟到了。他的船被困在英格兰近海岸的暴风雨中,他很急切地想先抽上一口,迈着僵硬的双腿,跟跟跄跄地走过了起伏不定的跳板来到舱口,他拔出佩剑,剖开了一个大麻包,翻出了一堆暗灰色的东西。黎姿拉那位红皮肤的女巫劝服他接受了烟草。("可是,哎呀,我跟她交情可长着呢!")

永恒的耻辱的景象萦绕着船长室,一盏铁马灯来回摆动着,他帽子上的羽毛随着海潮的起伏变着颜色,一会儿黄一会儿黑一会儿又变黄。透过天空的一个洞,天文学史上的星际嘶鸣声传到了细长桅杆的天线上,通过索具的湿绳袋,传给了他帽子上的羽饰,沃尔特·雷利陷入了那一页页墨水涂抹的记忆之中;贴上了标签,盖了印章,并生生地把他当作"给英国带来了烟草的人"写入了历史。一部限制级影视大片,制作成了一部宽银幕立体电影,它闪亮的光影投射在了弓形的墙面上,演绎的是他当年的恶作剧,却放大了世人对这一举动的巨大恐怖。木板木梁叹息着表示认同。

"命运号"起伏颠簸，左右摇摆，一串波浪用纤长而又痴狂的手指勾扯着多佛悬崖，月亮在夜的盆里沙沙作响。在悬挂着报丧女妖索具的高处，高高在上的位置，大麻绳索环绕的五朔节花柱啪啪地抽打着湿透的空气，高高耸立的桅杆尖端在潮湿的变幻莫测的天空中跟踪着飘忽不定的星蚀，有那么一瞬，桅杆的尖在一颗星的周围画着线，那颗星明灭闪烁着，老天啊！答案击中他的眼睛之间，一股强劲的自信让一切美好起来。暴风雨渐退渐消，他帽子的羽毛又成黄色了。

16世纪的日光，越过普利茅斯高地展开了一幅卷轴画面，一股冰冷的潮涌摇撼着桅杆、船旗和风帆，它们都粘贴在苍白、没有血色的天空上，苍天之下，从那冷漠无情的地平线上，升起又一个烦躁易恼的清晨。在命运的苍穹之下，一艘大舢板，它的桨在绿色的水面前后划动着，就像昆虫横跨一片叶子爬行，它的船头，指向沿着码头堆积的大木箱，向着码头划去，那里有身着笔挺蕾丝华服的浅浮雕像般的女王，还有她的随从正焦急地等待着得分进账。

直接解开蕾丝袖口，沃尔特·雷利现出了他那血气方刚年轻英武的神态，优雅地跳上了带缆桩，脚尖旋转，撒开貂皮斗篷罩在一个水坑上，单膝跪下，俯首鞠躬。伊丽莎白心血来潮，当场就敕封他为骑士，沃尔特爵士在她耳边低声说出了一个神奇的名字："金色的弗吉尼亚——我以你的名字命名的卷烟。"

女王一时柔弱无力。这个以她自己的形象创造的美名催化着这台帝王大脑成就的高至变态的高频机器，并用烟草彻底把女王陛下变得神魂颠倒。

醉　蜘　蛛

亨利·米修

　　服食麦司卡林之后,我的画作……由大量非常精细的平行线构成,线条非常接近,有一条对称的轴线以及无尽的重复线条。

　　我不停手地画出快速振动的线条,没有思考,没有犹豫,永不停顿,从表面来看就是幻影之作了。

　　跟我服用印度大麻后的画作很不一样。那些画看上去很笨拙,纠结,笔法琐碎潦草,停笔过早,总显得有些部分未完成。画的表面由正方形和多边形组成。很大一部分是残缺的。

　　同样,喂食了阿托品、苯丙胺、戊巴比妥钠和大麻(实验由伯尔尼大学的彼得·特威特进行)的齐拉蜘蛛织出的网总是不完整的,这种残缺是所有的蜘蛛共有的,每种毒药都造成不同结果。

　　如我们所预期,同样不完整的,是被引诱饮下精神分裂症患者的尿液的蜘蛛所织的蜘蛛网,这也再次证明这种疾病首先是身体性的,首先是种中毒症。

　　在精神科医生身上做实验,而不是在蜘蛛身上,是不是更合适呢?

疯子的血

特里·索泽恩

我最古怪的吸毒体验,现在回想起来,并不是发生在垮掉的一代盘踞的村庄,也没在哈莱姆区怪人圈里,而是发生在与麦迪逊大街那群朝十晚四的人一小段交道之中。

它是如何发生的?我的这位朋友在《蓝思》杂志("男性杂志")工作。一天早上给我打了电话——他知道我日子过得紧巴巴的。

他说:"小说栏目的一位编辑得了梅毒什么的,离职了,你想顶替他的位置干一段时间吗?"

我当时主要还是没完全醒过来,所以针对临时工作的性质,我连珠炮似的问了几个尖锐的问题,试图让自己镇定下来——他似乎都没听懂。

"那好吧,"最后他说道,"你不用做什么,如果这就是你的意思。"他话里话外都带着一种生硬而阴沉的调调——约翰·福克斯就是他的名字,他是一个前耶鲁毕业生,梦想是当个作家,却总是不得不把梦想"束之高阁",用他自己的话说(直截了当、口气阴郁)。他也会在麦迪逊大街做一些抛头露面的工作,他总是有一些奇怪的原因——这一次他的理由是为了支付他妈妈心理咨询的费用。

不管怎么说吧,我接了这个工作,到现在一直在那里工作,3周了。当然,他说什么都不用做可不是真的——我的意思是说他说话那口气,好像我甚至都不需要下床似的——但3周后,我的日常工作算是基本理顺了:10点起床,洗脸,刷牙,穿上干净衬衫,吃一片德塞美,然后出发。我这个晶体管剃须刀是花了5元钱从一个瘾君子小偷那里买来的,我会在出租车里面剃须,10点30左右我走进办公室,衣冠楚楚,干净利落,跟上班族没两样。然后进到我自己的小办公室,锁上门,并开始收存随非约稿稿件一起寄来的回信邮资。我们会收到数量大得难以置信的来稿——每天大约有200封邮件——可以分成两类:第一类来自经纪人,第二类直接来自作者。该比例大约是30比1,我偏爱后者——这就形成了一个巨大的俗称的"粪堆"或"垃圾场"(年轻女性读者的说法)。这些邮件里面总是包含了大量的回信邮资——所以马上我可以以7或8美元的邮票钱来补充我每周的工资了。其他人都觉得"粪堆"是恶心、令人讨厌的东西,特别是敏感的女性("垃圾")读者,所以当我第一次告诉我的秘书我希望阅读"所有未经约稿的手稿而决不读经纪人的来稿",那就成了她的不安和懊恼的源头。

约翰·福克斯觉得这事相当难以理解。

"你一定是疯了!"他说,"等着瞧吧,看你能从那粪堆里面读到什么样的废话!"

但我解释说（实际上开始时的确是这样），我有这么个理论，纯粹的、原始的民间文学——如果确实存在这么一类的话，只能在未经约稿的手稿中出现。或者说，怪异性，一些非常怪异，甚至疯狂的文字，可能会出现在那里——而我知道经纪人送来的东西就是些老生常谈、写作水平可预知的玩意儿。所以，除了把邮票收藏起来，我还会读这些垃圾来稿，非常细心——在平淡、直截了当、头脑简单挚纯的稿子里读出微妙的意蕴、含沙射影的笔触、多层次双关妙语。我会认为每一篇都是一场表演——是某种新鲜、神奇的戏仿，我会一直读，一直到最后，等待着回报……但是，当然，回报从来没有来过，我逐渐开始修改我的理论，也调整了方法。到了第二周，只阅读开头的句子，我就可以拒绝一份手稿，到第3周，看一眼标题就够了——我遵循的原则是，如果作者能容忍一个喧嚣俗丽的蠢货标题，他就没有能力写出一个值得一读的故事。（这个原则在采用前进行了反复的测试和证明。）然后，我连读也不读了，我会花几个小时，实际上是几天时间，只是思考如何完善并扩展我的闪电拒稿法。我把它往前推进了一点，但不多。例如，任何一位在她的姓名中使用"夫人"的女作家可能立马被拒稿——除非只用一个姓，像"卡特夫人著"，那么这位可能是一个古怪的人。再有，任何作者使用中名首字母缩写，或者在姓名前面加上"小"，那就立刻给他扔回去！我知道我是有些冒险（因为康奈尔和塞尔比）[①]，但我管不了那么多了。我几乎做不到将我脑子中快速移动的啮合动作进行调整来适应几个例外的情

[①] 或指埃文·S. 康奈尔（Evan S. Connell Jr.）与小休伯特·塞尔比（Hubert Selby Jr.）。——译注

形——无论如何,这些例外能够勉强证明那条该死的规则成立,可以这么说。无论如何,就那么回事了,第3周顺利过去了,工作进展顺利,除了一点,这时候我已经养成了服用德塞美的习惯——当然,实际上还真算不上一个习惯,却是一种非常真实的依赖……我生性就是一个夜间进行新陈代谢的人,也就是说我的一天(来《蓝思》之前)通常是从下午三四点开始,到次日早晨八九点结束。作为《蓝思》编辑部的高层工作人员,我却不得不做出另外安排。早先我实际上就问过约翰·福克斯,我能不能下午4点来,一直干到半夜。

"你疯了吗?(这是他的标准回答。)你不知道这里的情况吗?这里是一个社交场合,伙计——这些家伙想看到你,他们想结识你呢!"

"他们是什么人啦,同性恋吗?"

"不,他们不是同性恋,"他坚决地说,但随后似乎很难解释,只好耸了耸肩,想把这事打发掉,"只是,你知道,他们没什么事情可干。"

是真的,似乎确实没有人真的要干任何事情——除了那些打字员,当然,她们总是打着字。但这些家伙好像只是那么出去遛遛或在周围逛逛,嗡嗡嗡地交头接耳,相互传传闲话,跟娘儿们调笑一番,如此而已。

问题是,我不得不在10点左右到那儿。一个原因是"午餐前会议",海克尔,或"老头子"(人们都这么叫出版人),可能会决定在任何一天召开这个会。所以说事有凑巧啊,就这个特定的——星期一——上午,9点3分了——立马起床,哦,洗脸,刷牙,换干净衬衫,所有按通常的方式,伸手去拿德塞美……没有德塞美,德塞美吃完了。这也太不合时宜了,因为这是在完全无眠和躁动不安的两个夜晚之后啊,这会儿就有点像有一个800磅的袋子,装了一袋松散的砂子,开始慢慢地压在头上。没有惊慌,只是疲劳得眼看就要死了。

我通常在谢里登广场搭出租车,这次我走进了药店。自然,那位上早班的药剂师是一个我从来没有见过的家伙,正值着班。他看起来像一个未老先衰的效率专家。

"嗯,我想买德塞美。"

药剂师什么也没说,只是举起一只手来调整他的钢框眼镜,把另一只伸出来接处方。

"已经存档了。"我说,朝店后面点点头。

"什么名字?"他问道,然后消失在玻璃隔墙后面,但眨眼间就回来了。

"没有。"他边说着边往回走,眼光已经在看我后面的下一位顾客了。

"你能不能打电话问一下罗宾斯先生?"我问,"让他告诉你。"当然,我这只是在给自己壮胆,因为我相当肯定上夜班的罗宾斯并不知道我的名字,但我必须再努力争取一下,不想就此罢休。

"我可不会在这个时候叫醒罗宾斯——他会发脾气的。下一位是谁?"

"好吧,听着,你能不能就给我两三颗呢——我,呃,还要开很长的路。"

"你没有处方就买不到德塞美,"他说,带着责备的口气,为我身后那位俏皮少女包了一盒丹碧丝卫生棉,"你知道的。"

"好吧,我让医生给你打电话,可以吧?"

"电话就在前面,"他说,并对俏皮少女说,"这是79美分。"

电话被围住了——一个人正在用,大概还有5个人在等着——不可思议的是,他们全部都是黑人男同性恋者和神气活现的同志。不是我在乎是谁在用那可恶的电话,这只是一件荒谬的出鬼事件,在危机时期,却往往让人阴差阳错地丧失理智。这到底是怎么了?很显然,他们是一起的,非常兴奋,像一群喜鹊,叽叽喳喳说个不停。他们是凯瑟琳·邓纳姆的男舞蹈队吗?是困住了,迷路了?为什么这么早就出来了?一个家伙手中拿了一张记着好多数字的单子,有一面小旗子那么大。我在那里站了片刻,无意义地盘算着,弄得头昏脑涨的,然后突然离开,急忙向西四大街走去,来到了那间小餐室。来这里有双重目的,这里不仅有一部电话,这地方还是形形色色的瘾君子经常光顾的地方,说不定随便就做成一桩买卖——虽然对第二个目的来说有点早,这是理所当然的。

事实证明还真是这样的。那里没有我认识的人——更糟糕的是,离电话还有一半路的时候,我突然想起我所谓的医生(弗里德曼医生,是他的名字)几天前到加利福尼亚度假去了。全能的基督!我在柜台边坐下。这得抓紧想明白。我真的要打电话到加利福尼亚找他吗?让他从那里给药店打电话?为了几颗德塞美如此兴师动众的。我看了看手表,刚过10点。就是说洛杉矶才7点——弗里德曼会发火的。我他妈的不买了,点了一杯咖啡。这时一件奇事发生了。我坐在了一个小伙子旁边,而他正漫不经心地从口袋里掏出一个透明的筒仓状的小瓶,只需要一眼,我就看得清清楚楚,一目了然,他不动声色地磕出了两三颗可亲可爱的熟悉的绿色心形的宝贝,倒进他窝着的手掌里,然后像抛两个咸花生一样把它们抛进了嘴里。

真是天降救星啊!

"呃,劳驾,"我以最友好的口吻说,"哈哈,我碰巧看到你在吃德塞美。"我接着把我的故事对他讲了一遍——他呢,简短地打量了我一眼,坐着听我讲,他眼睛直勾勾地看着前方,手仍然在柜台上,一只手按着那只魔法瓶。最后,他只是点点头,在柜台上又摇出两颗来。

"尽情乐一下吧。"他说。

我到达办公室大约晚了5分钟,午餐前大会已经开始了。

当我走进会议室时,约翰·福克斯脸上带着轻微的厌恶。他似乎总是认为我出毛病是他的责任,因为是他介绍我担任这一职务的。他不安地扫了一眼老海克尔,那位出版人、总编辑,还有其他各种身份。他是一个大约55岁的男人,跟爱德华·G. 鲁滨逊长得惊人地相像——他经常盘腿而坐,嘴里嚼着一个未点燃的雪茄屁股,他的满嘴脏话更加坐实了这个形象。他喜欢把自己说成一个"难缠的老混蛋",一个他最喜欢的开场白就是:"我知道你们大部分人都认为我是一个难缠的老混蛋,对吧? 也许是吧,在玩上乘文学的游戏中,你就必须强硬啊!"然后啰里啰唆讲个没完。

无论如何,我在通常的座位上坐了下来,就是福克斯和伯特·卡兹两人中间,卡兹是专访栏目的编辑,老海克尔看了看手表,然后转脸看着我。

"对不起。"我喃喃自语道。

"我们在这里办一本杂志,年轻人,可不是妓院。"

"对,对对。"我干脆地应答着。不知怎么搞的,老海克尔总能把我变成一个规规矩矩的小学生。

"如果你想迟到,"他继续说,"就在逛妓院时迟到——得占用你自己的时间!"

他说这样的话一部分目的是看看两个在场的女孩的反应——玛克馨是他的甜心派私人小秘,另一位是罗杰斯小姐,美术总监助理——她们两个都跟往常一样,为了他的面子,很勉强地露出了礼貌的脸红,一副低眉顺眼的样子。

接下来的 10 分钟花在了谈论是派我们自己的专用三流摄影师去越南,还是用那位刚回来的二流摄影师被淘汰的照片。

卡兹说:"即便用淘汰的照片,我们仍然可以做咱们蓝独(E. L.)生意。"他指的是"蓝思独家"(Exclusively Lance)的缩写,在照片下出现过,表明它们没有在别处发表过——虽然,在我看来,与一般的低俗下流之作相比没有那么强的独家性。

这个话题还没有完全定论,我们又继续讨论"崔姬"的话题,这是一位刚到纽约的英国时装模特,她男孩子风格的发型和胸围线成就了这场肆虐的争议风暴。从哲学意义上讲,这意味着什么? 有何美学价值? 这预示着一个新的趋势吗? 我们是否应该调整我们的中央两页版的标准(传统的比例是 42∶24∶38),以迎合时下品位? 或者这只是时尚界的昙花一现?

"下一期就要来了,"海克尔说,"我们都不想看着自己把错了风向,大家说是不是啊?"

每个人都争先恐后地附和着。

"嗯,我认为她绝对算是赏心悦目的,"罗尼·龙德尔大声说道,他是美术总监(公开的同性恋者,并为此自豪),"她看上去比别人敏锐……得多,比那些讨厌的奶牛……精致得多!"他做出反感的样子抖了抖身体,然后兴奋地环顾四周,希望有人赞同他的看法。

海克尔对同性恋有一种根深蒂固的厌恶仇视,盯着罗尼好一会儿,仿佛他是某种怪异的蜥蜴,眼看海克尔就要开口恶毒地数落罗恩①,却突然转脸对着我开腔了。

"好吧,嫖客先生,是不是该让我们听听你的高见了?有什么好点子,或许可以拼上一两期,帮咱们摆脱现在的麻烦?"

"有啊,嗯,我一直在想,"我说,完全是随口一说,"我的意思是,福克斯和我有一个想法,找一些奇人异士做一个系列专访……"

"奇人异士?"他咆哮道,"你他妈什么意思?"

"嗯,你知道的,设一个全新的栏目,就普通的人物特写。或许可以叫它,呃……《蓝思探访》……"

他皱着眉头,同时也用力点了点头。"蓝思探访……那好,那好,你能不能给我举一个例子?"

"嗯,你知道的啦,就像,呃……'蓝思探访一位典型的俏皮少女'——一位可爱的俏皮少女讲述有关可爱的青少年如何把保鲜

---

① 罗尼的昵称。——译注

膜当作避孕套来用……等等,嗯,让我们想想看……'蓝思探访一个大块头的黑人女攻'……'蓝思探访《即刻手淫》的作者!'……那真是一个有趣的家伙。"

我谈兴越来越高,我意识到坐在我左边的福克斯抬起了一只手摸着脸,慢慢按摩,张开嘴巴,闭上眼睛。我没有看海克尔,但我知道他已经不再点头了。我硬着头皮往下说,"你们看啊,它可以成为一种正规的栏目,我们可以打造一个蓝思探访时间轴……'蓝思再度独家访问'。这个怎么样:'蓝思探访一位可爱的瘾君子鸡'……'蓝思探访一位古怪滑稽的前修女花痴'……'蓝思探访神话般的陈玫瑰,一位美丽的技术员,专事所谓法式震动棒的研究和开发……'"

"好吧,"海克尔说,"这个怎么样:'蓝思探访蓝思'——知道在哪儿吗?就在狗屎河里,而且没有桨划上岸!因为如果我们照你说的做,我们就会困在那儿了。"他摇了摇头,发出厌恶又怜悯的叹息。"哪,你还真有幽默感,小子,"说着,他又转向福克斯,"你说你在哪儿找到这么个奇葩的?天啊。"

跟往常一样,福克斯没有明显地尽力来维护我,只是假装在强忍一个哈欠,眼光躲着我们,继续在他的"思考本"上面涂鸦,每个烟灰缸旁边都放着一本。

"好吧,"海克尔边说边点上了另一支雪茄,"我出个主意怎么样?我的意思是,我可不想吓着你们,引起任何心脏病发作……因为我本人提出了一个点子,"他这样说着,脸上带着一副亲切的蛇的微笑,然后严肃地说,"在这场该死的游戏中混了27年了!"他呷了一口水,好像在尽力平息自己的恼怒,作为(照例如此)"这里唯一可以解救众生的人"。"现在,让我们来理一理这件事,"他说,"看看能否找到突破口。好吧,让我问你们一个问题:在这个时候杂志最热门的话题是什么?又是什么在搅起那些臭烘烘和闹哄哄的玩意儿?曼彻斯特的那本书①,对吧?禁止公开的那些段落,对不对?"当然,他指的是,一篇被炒得沸沸扬扬的有关暗杀肯尼迪总统的访谈文章——据称中间某些段落被勒令删除了。"好吧,现在这一切都还是些臭烘烘和闹哄哄的玩意儿——我不喜欢,你们也不喜欢。首先,这是对新闻自由的侵犯。第二,他们夸大其词,把什么都弄走形了。我是说那些段落里面到底有什么?知道我的意思吗?好吧,我们来以滑稽的方式杜撰这些可能被删掉的段落,怎么样?"

他看着我,缓缓眯起眼睛——表面上看是不想被雪茄的烟雾熏着,但却透着一种恶魔墨菲斯特般冷酷的效果。他明白我知道他的"想法"实际上是我几天前的一个晚上从《现实主义者》编辑保罗·克拉斯勒那里得到的,而且在上次午餐前会议提到过。他似乎在想我会不会忍不住说出来。看着像一个测试。我避开他的眼睛,在"思考本"上涂鸦。他朝着我的方向吐了一口烟,接着说:

"知道我啥意思吗?文章要写得轻松、滑稽,主要拿那些禁止文章公开发表的人开涮。弄成讽刺小品的样子。懂我的意思吗?"

---

① 指的是威廉·曼彻斯特 1967 年出版的《总统之死》(*The Death of a President*)。该书本是应肯尼迪夫人的委托所作,但后来肯尼迪夫人要求删去部分段落,引起了舆论争议。——译注

餐桌上似乎没有人懂。除了海克尔,我们的年龄都才30多或刚40岁出头,而且每个人在某种程度上都为总统的去世难受过。很难想象在这个话题上能写出什么滑稽可笑之处。

福克斯第一个开口,似乎有点痛苦。"呃,我不太确定我有没有理解,"他说,"你的意思是,模仿那本书的风格?"

"对,"海克尔说,"但要清楚一点,我们不说这是原件,我们说它声称是原件。而在编辑的按语里面,我们又质疑它的真实性!我这么说你们都明白了吗?"

"嗯,嗯,是的,"福克斯说,"但我不确定它怎么能做到有趣搞笑,呃,你懂的。"

海克尔耸耸肩。"所以呢?你不确定,我也不确定。没人能确定它是不是好笑。我们都试一试——只是尽力去搞,看能不能搞出点名堂。"

好吧!

那晚干完活儿,我拿起一份新的德塞美处方,到谢里登广场停下来买药。从药店出来我停顿了片刻,观察了一眼周边景物。这是一个梦幻般的夜晚——晚春的晚上,温暖的微风预示着美好的夏日夜晚即将来临——穿着超短裙的少女们飘然而至,像芭蕾舞演员,年轻的大腿闪着亮光。

夏天,我想,对超短裙来说将是一场苛刻的测试,因为那会儿天气变得太热,穿不了紧身袜、连体丝袜和诸如此类的东西了。那应该是相当有趣的现象。这时身体里突然冒起一股强烈的性冲动,我决定再去小餐馆那边,看看有没有什么特别带劲的,可以这么说吧,把我好好震一震。

真是奇怪啊,在那儿见到的第一个人竟然是那个早上给过我德塞美的年轻人,他弓着背趴在咖啡上,像冻住的圣人一般纹丝不动,他头上戴着太阳镜,仿佛戴着一顶嬉皮士的荆棘冠冕。我感觉他一整天都没有动过。但不是这样的,因为他现在穿了一件白色亚麻布西服,正坐在一个餐位上。他点了点头,简短而正式的样子,这样点头可能比只说"你好"亲近些吧。我坐在他对面。

"看起来你的问题解决了。"他说,一个浅浅的笑容,又点了点头,这次是冲着我那带药店标签的小纸袋。

我拿出了德塞美小瓶,迅速弹出一颗吞下去了,想着稍后要写点东西。然后,我抖出了四五颗,递给了那个年轻人。

"这是还你点利息。"

"好说好说,"他说着,把几粒药丸丢进了上衣口袋,停了一会儿问道,"你有没有想过试试德塞美之外的东西?"

"譬如什么吧?"

他耸了耸肩。"哦,你知道,"他说,无力地举了一下软绵绵的手,然后又笑了一下,"我的意思是你比我更了解你自己想要什么。"

在接下来的5分钟里,他证明了自己是我遇到过的最贪得无厌的推销员,尽管他年龄不大。他的经营范围很广,从新泽西州大麻开始,到某种被称为"旧金山急速球"(Frisco speedball)的毒品都有,这是海洛因和可卡因的混合物,还加了一点迷幻药("使它更逼真")。我们坐在那里,他远道跋涉而来的各种关系户都来了,走马灯似的转了起来,简直是一场名副其实的游行啊!貌似闲逛路过的,或挨着餐位溜达的,停下来只是匆匆打听要不要进货——有安眠药片、兴奋药、大麻……迷幻药有方块状的、小瓶装的、胶囊式的、片剂、粉剂……"这是印度大麻,亲,它黑得跟巧克力一样",致幻蘑菇、麦司卡林、佩奥特仙人掌花蕾(俗称纽扣)……柯散尼耳(cosanyl)、可待因、可卡因……晶体可卡因、可卡因粉末、卡罗糖浆状可卡因……还有速可眠、苯巴比妥、巴必妥酸盐……"液体大麻,东南亚原装的,罐子上面有印戳。"……那位年轻人(有人叫他特里克)时不时会转向我,说:"有没有兴趣?"

我答应买下一点(价值 30 美元)晶体可卡因,并再次买了两盎司的所谓"巴拿马绿色"的大麻("这可是'一口倒'啊,亲"),拒绝了进一步的引诱。这时候,一个穷困潦倒的家伙跌跌撞撞地走过餐位,重重地拍了贪心的特里克一下,停了一会儿,又迟疑地走向餐位,从他的大衣口袋里掏出一个皱巴巴的棕色纸袋,并打开让特里克看。这人我认识,他真名叫拉特曼(Rattman),但熟人都叫他"老鼠",甚至更亲切但莫名其妙地叫他"鼠刺人"。

"特里克,"他喃喃说道,几乎没有见他动嘴唇,"……特里克,你要不要来点'灯火'? 25 美分你全部拿走。"我们都朝袋子里看,是一种从未见过的东西——是些深色圆筒形小胶囊,棕黑色的胶粘在一起,末端是平的,显然是用塑料制成。大概有满满一把。那年轻人露出了厌恶、不高兴又疲惫不堪的表情。

"伙计,"他轻声问道,语气哀怨,抬眼看着拉特曼,"你咋还不去死呢?"

但后者无动于衷,只是做了一个狂笑表情,没出声,然后慢吞吞地走开了。

"那些,"我想知道,"到底是什么东西啊?"我这样问那个年轻人,一半原因是真有兴趣,一半是因为不知道而恼火。他耸耸肩,摆摆手,做出了一个漫不经心打发人的手势。"它们就被称为'灯火'……是用过的尼古丁过滤嘴。你知道啦,放在那种香烟烟嘴儿里的。"

"用过的尼古丁过滤嘴?有什么用呢?"

"好吧,你知道,在一杯咖啡中放上两三个——可以让你小小地兴奋一阵。"

"兴奋一阵?"我说,"你开玩笑吗?得了癌症怎么办?那里面可尽是焦油和尼古丁啊,是不是?"

"是的,嗯,你知道……是吧?"他干巴巴地窃笑着,"为了找乐子有啥不能豁出去的,对吧?"

对,对,对。

就是在这个时候他提到了这玩意儿——开头是以一种怪异的眼神打量我,然后叹了口气,露出疲惫的笑容,显出很克制的敬重表情:"听着,伙计,你尝过红分裂吗?"

"你说什么?"

"是的,你知道——疯子的血。"

"不,"我说,没有真正理解它的意思,"我应该没尝过。"

"嗯,那可是一种不同凡响的东西,宝贝,我可以告诉你。"

"嗯,嗯,你刚才叫它什么——我实在没弄明白。"

"'红分裂',伙计,它被称为'红分裂'——它是精神分裂症患者的体液……血,疯子的血液。"

"哦,我明白了。"事实上,我在《泰晤士报》最近的一篇文章中读到他们如何为一群自愿参加实验的囚犯（当然是非常正常、健康的男性）注射精神分裂症患者的血液——而效果在某些情况下是相当明显的躁狂症症状，在其他情况下是抑郁症——大约是一半对一半吧，我记得。

"但是，这可能是一个令人大大失望的事，不是吗？"

他摇摇头，阴沉沉地说："不是这种血液，这种可不会令人失望。你知道这是谁的血吗？"然后，他透露了来源——李勤，实际上是一个住在东村的名人，华裔象征派诗人，目前就身穿拘束衣住在贝尔维尤精神病院接受治疗。

"没有人，"他说，"亲，我的意思是没有一个人获得过这种兴奋的感觉，非常非常兴奋的感觉。"

我认为这可能是一个有趣的体验，但"做事谨慎"是我的格言（《泰晤士报》文章是非常粗略的），我还得知道更多关于这个所谓的红分裂、疯子的血的信息。"嗯，你知道，呃，它的药效能维持多长时间？"

他似乎有点含糊其词——对这个问题几乎露出了愠怒之色。"这是一次幻镜中的旅行，伙计——4个小时，如果走运的话，长达6个小时。这一切都看具体情况了。这是一个各种因素结合而成的问题——要看你的血与他的血如何相生相克了，你知道吧？"他停了一下，直勾勾地盯着我看。"我就告诉你这么多，亲，它融合了兴奋剂和STP（二甲氧甲苯丙胺）……"他使劲点了点头，"是这样的，融合了这两样，完完全全融合在一起。"

"真的吗？"

他一定觉得自己有点太唠叨了，强卖手法太过分了，因为这时候他的热情减了下来,点了点头。"是这样的。"他说,口气友好而严肃,声音小得几乎听不见。

"多少钱?"我最终还是问了,不知道还有什么别的办法可以进一步了解它。

"跟你说实话吧,"他说,"我这儿有一个关系户——一个病房服务员……你知道,一个男护士……他有你们所说的门道通往医院药房……与五楼的守卫做了一点小交易——五楼就是超级疯子们待的地方——他们都叫这儿'高五'①。这就是李勤待的地方。不管怎么说,他现在是按成本价卖的——我的意思是,他可能会多搞到些MDMA(亚甲二氧基甲基苯丙胺),或任何其他硬性毒品——从药房,然后他会去'高五'换取血液——你知道,就要新鲜、纯净、未掺杂别的东西的疯子的血——通常一次抽90毫升,这是正常的分量,大约一盎司,我猜……我的意思是他们用一根注射针管从那疯子身上抽取90毫升的量,然后加盖密封好针头,套上外包装放在一个绝缘盒子里。就好像它应该留在与体温相同的环境下,你知道吧?他们对此非常讲究——关于抽取的分量,还有如何保持新鲜和温暖,那一档子事。这样就行了,因为这就是一次的量——90毫升,如他们所说,'热气腾腾的'。"想到这个奇怪的意象他疲惫地笑了一下:"无论如何,重点是,他事先从来不知道价格,我的朋友不知道的,因为他永远不知道他会拿到哪一种MDMA。我的意思是,如果他只拿到50块钱的,那么他就要按这个价出卖红分裂,你懂吗?"

---

① "高五"即 high five,口语中有击掌相庆的意思。——译注

对我来说，凭着我在麦迪逊大道练就的悟性，这似乎是相当不合逻辑的。

"他难道不对'高五'那里的人保守秘密吗？"我问，"……你知道，告诉他们只拿到了他真正拿到的一半，其余的留到以后再用？"

他耸了耸肩，几乎是不高兴了。"他是一个讲诚信的人，"他说，"我的意思是他好像很古怪，他对麻醉品不是很感兴趣，只对交易有兴趣。我是说，就像他让他们计算拿到的 MDMA 值多少钱——他们告诉他值多少钱，他就按这个收取红分裂的费用。"

"这真奇怪。"我附和道。

"是的，这就像一个新的市场，你知道。我的意思是还没有确定的价格，他试图拓展一个客户群——你能出 50 块吗？"

我沉思着，他很勉强地露出疲惫的笑容，接着说："重点是，这个人很讲诚信，他永远不会骗你。"

所以在最后，协议达成了，他去安排交易。

红分裂的效果"如广告中"热炒的一样十分了得——以这次来说吧，是相当令人愉快的。感觉错位方面，它不像迷幻药，它不是一个"本质性的自我"获得新见解的问题，而是把吸食者变成了一个完全不同的人。所以，在某种程度上没有什么非常可怕的，只是特别怪异，而且结果出人意料，有点恶作剧的味道（碰巧，李勤不仅是一个了不起的疯子，他还是一个特爱说笑打趣的人）。大约早上 6 点，我开始着手处理所谓的"曼彻斯特段落文稿"。克拉斯勒可能会很恼火，我想，但管他妈的呢，你不能把点子也设置什么版权限制吧。我还打算好好向他致谢呢。"这下给保罗好好曝曝光。"怀着宽厚的想法,我拿起那支神奇的鹅毛笔。

开始的几个段落是相当平淡的,把重点放在保持风格与原来的作品一致。然而到第 6 章末尾,我真的开始编了:"……面无血色,无精打采,她偷偷走开了,远离了人群,游魂一般走向了黑沉沉的后机舱,棺木就停在那里。她进去了,随身关上了门,在门上靠着,灵火一样的光圈就罩在她低垂的头上。慢慢地,她抬眼看了看,然后向前跨了庄严的一步。她喘着粗气,眼前的恐怖景象吓得她猛地后退,砰的一声撞在舱门后面:她看到,在棺材里面那个德克萨斯人笨重的身影,棺盖推开了一半,他弓身驼背,向猛兽一样,把他猥亵的下体插入棺材中,其实是戳进了颈部的伤口里面。"

"老天爷啊,"她叫道,"多么令人发指啊!这一定是一起恋尸狂凶案!"①

大约 10 点我就写完了,吃了药,前往办公室。我直接进入福克斯的隔间(那个地方被称为"窝")。

"你知道,"我开口道,故意拖着孩子般的坦诚腔调,"我可能出错,但我想我已经弄出来了。"说着我把稿子递给了他。

"弄出什么了?"他冷冷地回答,"淋病?"

"你知道的,我们在上次午餐前会议讨论过的曼彻斯特的事情。"他读的时候,我踱着步,神经紧张地拍打着我的胳膊,显出一

---

① NECK-ROPHILIA 与 necrophilia(恋尸癖)同音,作者意图制造幽默效果。——译注

副志忑和谦卑的不知所措。"哦,当然,我应该写得更紧凑一点,明快一点,但我希望你会同意,精髓已经写出来了。"

好一会儿,他没有说话,只是坐在那儿,一只手扶着头,一直盯着最后一页。终于,他抬起了眼睛;他的眼睛里总是带着悲伤。

"你确实疯了是吗?"

"对不起,约翰,"我说,"我不明白你什么意思。"

他回头看着稿子,把手拿开了,好像那东西有毒。然后,他非常严肃地说:

"我认为你应该给你的脑袋做个检查。"

"我的脑袋好着呢,"我说,正要进一步解释,"我的脑袋……"但我突然感到非常厌倦。我很明显撞到了一头母牛,而这母牛甚至在愤世嫉俗的福克斯眼里也神圣不可侵犯。

"你看看,"他说,"我不是个古板的人,但是……"他轻轻碰了一下稿子,咳了一声,忍不住要吐的样子,"我的意思是,这是最……怪异的……下流的……嗯,我都不想说什么了。坦率地说,我认为你非常需要心理治疗。"

"你认为海克尔会赞成吗?"我非常坦率地问道。

福克斯眼睛望着别处,开始用手指敲着桌子。

"我今天早上很忙,所以,你懂的,如果你不介意的话……"

"我太过分了,是吗,福克斯?是这样吗?也许你已经忽略了事情的关键——想也没想过吗?"

"听着,"福克斯斩钉截铁地说,他双唇紧绷,一个手指举着,"你把这东西给别人看看,很可能有人会甩你一个大耳光!"说这话时,听得出他明确无误的激愤和怨恨——有点压不住的歇斯底里。

"你怎么知道我不是中情局的?"我悄悄地问,"你怎么知道这不是一场测试?"我盯着他,眼光里带着细微精明的审视。"有没有这种可能,福克斯,你貌似义愤填膺,事实上,这只是演戏?闹剧?猜谜?是一个行动,简而言之,为了保全自己,不受我连累?!"

他成功地把我置于了守势。但现在,深得华裔诗人老谋深算的真传,我判断,进攻就是最好的防御,因此,我要猛冲猛打。"是不是真的,福克斯,在这个预言故事里,你看到某种潜在的同性恋倾向,你在自己身上不幸也看到了?我敢说,如果你直面这些倾向,你就会被推到'恐惧和战栗'的边缘,就是这样。"我指望用克尔凯郭尔的典故把他的神志恢复过来。

"你疯了,狗娘养的。"他干脆地骂道,在办公桌后站了起来,双手攥紧又松开。他似乎正要向我扑过来,样子怪异、凶神恶煞。就在那时,我改变了战术。"好吧,听着,"我说,"如果我告诉你,这篇文章实际上不是我写的,而是一位华裔诗人?可能是一个疯狂的同性恋下三滥华裔诗人,你会怎么说?那我们可以客观地看待了,对不对?"

现在,福克斯在他自己正义的肾上腺素刺激下发了疯,看我懒洋洋地瘫在椅子上,不免得寸进尺,把他那把义愤之剑玩到了极致。

"好吧,杂种,"他说,高高地从上面俯视着我,"接着说,但要说得精彩哟。"

"好吧,呃,是这样的……"我就这样开始告诉他我服用红分裂的体验。我语速缓慢、从容不迫、神情严肃地娓娓道来,他慢慢冷静下来了。然后我告诉他我已经获得的一些见解,有关越南战争、卡修斯·克雷、切斯曼、罗森堡夫妇疑案①,以及各种有趣的事情。他简直不敢相信这一切。但是,当然,没有人真的相信——是不是呢?

---

① 卡修斯·克雷(Cassius Clay)即拳王阿里;切斯曼即卡里尔·切斯曼(Caryl Chessman),此人被称为"现代美国第一个因非致命绑架而被处决的人";罗森堡夫妇是冷战期间美国著名的共产主义人士,他们被指控在战争期间进行间谍活动,判决与死刑的过程轰动了当时西方各界。——译注

前往维加斯

亨特·S. 汤普森

毒品开始发挥影响时,我们已经到了沙漠边缘的巴斯托附近。我记得说了一些话,好像是"我感觉有点头晕;也许你应该开车……"突然我们周围响起了一阵可怕的轰鸣声,天空布满了看上去像巨大的蝙蝠的东西,全都向我们俯冲下来,尖叫着,绕着汽车潜游,车正以至少 100 英里的时速向拉斯维加斯飞驰。一个声音在尖叫:"圣洁的耶稣啊!这些该死的动物是什么?"

然后又是一片寂静。我的律师把他的衬衣脱掉了,在胸口上浇上啤酒,这样可以加快把皮肤晒成古铜色的过程。"你他妈的,大喊大叫的,到底要干吗?"他恶狠狠地问,戴着西班牙全罩式太阳眼镜还闭着眼睛朝太阳凝望着。"没什么,"我说,"轮到你开了。"我踩了刹车,把这辆大红色的鲨鱼轿车对准了高速路路肩。我想,没必要说起那些蝙蝠。这个可怜的混蛋很快就会见到它们的。

快到中午了,我们还有超过 100 英里要走。这将是一段艰难的里程。很快,我知道,我们都将完全嗨起来。但是,没有回头路，也没有时间休息。我们必须硬撑着往前赶。传说中的明特400沙漠越野挑战赛（Mint 400）的媒体注册检录已经开始了，4点之前我们必须到那儿，入住预定的隔音大套房。纽约的一家时尚运动杂志已经打理好订房的事儿，连同这辆我们花大价钱在日落大道上租来的巨大的红色雪佛兰敞篷车……我毕竟是一个职业记者；所以好歹我有报道这个事件的义务。

运动版编辑还给了我300美元现金，其中大部分已经用在极度危险的毒品上了。汽车的后备厢看上去就像一个警方流动麻醉品实验室。我们买了两袋大麻、75粒麦司卡林丸、5片强效LSD吸纸、半盐罐可卡因，还有全系列五颜六色的兴奋剂、镇定药、啸声药、笑气……还有一夸脱龙舌兰酒、一夸脱朗姆酒、一箱百威啤酒、一品脱乙醚和两打戊烷基。

所有这一切前一天晚上都准备好了，在洛杉矶县——从托蟠加到瓦兹之间，开着车在高速路上一通狂奔，我们带上了所有我们可以弄到手的。倒不是因为我们旅途上就需要这么多，而是一旦你开始认真收集毒品，那架势就是罢不了手，能搞多少就搞多少。

唯一让我担心的是乙醚。在世界上没什么比一个人陷入乙醚狂欢的深渊更无助、更不负责、更道德败坏的了。我知道我们很快就会对那肮脏恶臭的东西上瘾。可能在下个加油站就不行了。我们已经尝遍了几乎所有品种，现在——是的，该好好地长长地吸上一口乙醚了。然后在那种可怕的、口水乱流的痉挛昏迷状态走完下一个100英里。吸食乙醚后唯一保持警觉的办法就是吞服很多戊烷基——不是一次全吞，而是一次一点，量不大但要持久，足以让人在以90英里每小时的速度穿过巴斯托的时候保持注意力。

"伙计，旅行就该是这样的。"我的律师说。他俯身转身把收音机音量调大，随着打节奏部分哼唱起来，到唱词的部分他呻吟般地唱道："抽一口就越界了，亲爱的耶稣……抽一口就越界了。"

还抽一口？你这可怜的笨蛋！等你看到那些该死的蝙蝠再说吧。我几乎听不见收音机在播放什么……在座位最远的一边瘫卧着，正跟一台录音机较劲儿呢，录音机一直开着，放着那首《同情魔鬼》("Sympathy for the Devil")。那是我们唯一的磁带，所以我们经常放它，一遍又一遍，作为一种跟收音机疯狂叫板的东西。也是为了保持我们在路上的节奏。恒定的速度对降低油耗是有益的——而出于某种原因，当时看来这一点确实很重要。像这样的旅行当中，对于汽油消耗量必须小心。要避免那种让血液直冲脑后的猛烈加速。

我的律师早在我之前就看见那个徒步旅行的人了。"咱们让这小伙子搭段顺风车吧。"他说，我还没来得及开口争辩，车就停住了，这可怜的俄克拉荷马小伙子赶紧向车子跑过来，咧着嘴笑着说："我的天啊！我还从来没坐过敞篷车呢！"

"是这样吗？"我说，"嗯，你坐稳了吧，嗯？"

那小伙子急切地点了点头，我们的车咆哮着上路了。

"我们是你的朋友，"我的律师说，"我们可不像其他人。"

哦，基督，我想，他已经疯了。"别再说那种话，"我厉声说道，"不然我就把水蛭放在你身上。"他笑了，似乎明白了我的意思。幸运的是，车里面的噪音很大——在呼呼的风声、收音机声和磁带机声共同作用下——我们在说啥,后排坐着的小伙子根本听不见,或许他能听见?

我们能维持多久?我在想。我们还有多久就会在这个孩子面前呓语,语无伦次、含糊不清地说话?他会怎么想?这同一片孤寂的沙漠就是杀人狂魔曼森家族为人所知的最后家园。如果我的律师开始嚷嚷说蝙蝠和巨型蝠鲼正向着车上扑飞下来,他会不会产生不好的联想?如果是这样的话——嗯,我们将不得不砍下他的头埋在某个地方。因为不用说,我们不能放他走。他会立即向某个内地的纳粹式执法机构告发我们,他们就会像狗一样追捕我们。

耶稣啊!这话我说出来了吗?或者只是心里在想?我在开口说话吗?他们听见我说什么了吗?我瞥了一眼我的律师,他似乎还心无旁骛的——看着道路,以110英里左右的时速驾驶我们的大红色鲨鱼跑着。后座也没有传出什么声响。

我想,也许我最好和那小伙子聊聊。也许我能把事情解释清楚,他也会安安心心地休息。

肯定是这样。我从座位上转过身来,冲着他露出了一个大大的微笑……赞美说他的头形不错。

"顺便说一下,"我说,"有一件事你也许应该明白。"

他盯着我,眼睛也不眨一下。他是在磨牙吗?

"你能听见我说话吗?"我大声问。

他点点头。

"太好了,"我说,"因为我想让你知道我们正在去拉斯维加斯的路上,我们是去找美国梦的。"我笑着,"这就是为什么我们租了这辆车。这是唯一的办法。你明白吗?"

他再次点了点头,但他的神情很紧张。

我说,"我希望你了解整个背景。因为这是一项非常不祥的任务——就是说带着巨大的个人危险……见鬼,我把有啤酒这事全忘了。你想来一罐吗?"

他摇了摇头。

"来点儿乙醚怎么样?"我问。

"什么啊?"

"没关系。我们就直接说说这件事的核心吧。是这样的,大约24小时前,我们坐在比佛利山酒店的马球酒廊——就在露台上,当然——我们只是坐在那里,在棕榈树下面,这时候那位穿制服的矮个子就来到我身边,手里拿着个粉红色的电话,他说,'这是您一直在等的电话吧,先生?'"

我大笑,拉开了啤酒罐,泡沫撒到了后座上,到处都是,我还在不停地说话。"你知道吗? 他说得对啊! 我是一直在等电话,但我不知道是谁打来的。你听懂我的话了吗?"

那男孩的脸好像变成了一张面具,上面只有恐惧和困惑。

我冒冒失失地说:"我想让你明白,这个开车的人是我的律师! 他可不只是我在落日大道上随便找的傻瓜。可恶,你看他! 看起来长得不像你我,对吧? 那是因为他是个外国人。我想他可能是萨摩亚人,但这并不重要,是吧? 你对人种有偏见吗?"

"哦,绝对没有!"他脱口而出。

"我也不会。"我说,"因为尽管他的种族不一样,这个人是对我非常有价值的。"我瞥了一眼我的律师,但他的心思在别的地方。

我用拳头猛敲了一下司机的座位。"这是很重要的！真该死！这可是一个真实的故事！"汽车突然一歪，让人头昏目眩，然后又回到正道上。

"别碰我的脖子！"我的律师大叫。后座上的男孩看上去已经准备从车里跳出去逃命了。

我们的心灵感应越来越糟了——但是为什么？我感到困惑、沮丧。这车里就没法沟通了吗？难道我们已经堕落到了野兽的层次？

因为我的故事是真的。我很确定。我觉得，把我们旅程的意义弄得绝对明确是非常重要的事。实际上，我们当时一直坐在那里的马球酒廊——好几个小时——一边喝着加了麦司卡林的新加坡斯林酒和低度啤酒。电话来的时候，我已经准备好了。

那个小个子小心翼翼地走近我们的桌子，我记得，他把粉红色的电话递给我，我什么也没说，只是听着。然后我挂断电话，转脸看着我的律师。"总部打来的，"我说，"他们要我立即赶往拉斯维加斯，联系一位名叫拉色达的葡萄牙摄影师，他会交代细节。我只需要入住我的套房，他到时候会来找我。"

好一会儿，我的律师一言不发，然后他突然从座椅上清醒过来。"上帝啊，真见鬼！"我想我看清了局势。这次是真的有麻烦了！他把卡其色的汗衫塞进他的白色人造丝喇叭裤，并要求多喝点酒。"你会需要大量的法律方面的建议才能了结此事，"他说，"我的第一条建议是你去租一辆非常快的车，没有顶篷的，至少在48小时内远离洛杉矶。"他伤心地摇了摇头，"这样就把我的周末报销了,因为我自然会和你一起去——我们得武装起来。"

"为什么不呢?"我说道,"如果这样的事情是值得做的,就值得把它做好。我们需要马上搞一些像样儿的设备和大量的现金,以购买毒品和一台超灵敏的磁带录音机,好把一切录下来永久保存。"

"你这一次要报道什么?"他问。

"明特400,"我说,"这是在有组织体育竞赛史上最豪华的摩托车和沙丘越野车大赛——场面壮观,为纪念某个名为戴尔·韦伯的大佬而举办的,他拥有位于拉斯维加斯市中心的明特豪华大酒店……至少新闻稿是这么说的,我在纽约的朋友刚刚读给我听的。"

"好吧,"他说,"作为你的律师,我建议你买一辆摩托车。否则,你如何名正言顺地报道这件大事情呢?"

"我才不干呢,"我说,"我们可以从哪儿搞一辆文森特黑影?"

"那是什么?"

"一款神奇的摩托车,"我说,"新款型的,排气量大约是2000立方英寸,镁合金车架,每分钟4000转,能产生200制动马力,有两个聚苯乙烯泡沫塑料座椅,全车自重正好200磅。"

"听起来正合报道这场赛事的要求。"他说。

"的确是,"我语气肯定地说,"这家伙不太适合转弯,但在直道上它可快得不得了。它能超过起飞前的F-111轰炸机。"

"飞起来?我们能对付得了那么大的吗?"

"当然能啊,"我说,"我打电话给纽约要一些现金。"

排　毒

欧文·威尔士

这是一个非常美好的夏日的晚上,我出门上了街。我感觉自己两只脚下像是装了弹簧。当然今天是周四。上周末的药物已经被彻底代谢干净了,毒素都排出去了:出了大汗,拉了大便,还撒了尿;宿醉感也都过去了;心理上的自我厌恶感随着大脑里的化学机制不断清除而减弱,疲惫感也渐渐过去了,那对老肾上腺素泵总算又开始慢慢投入工作了,为下一轮用药做着准备。这种感觉,当你已经战胜了令人抑郁的宿醉感,身体和精神功能开始再次启动,仅次于美美地吸食一次摇头丸所得到的奇妙感觉。

在俱乐部,沃恩和老东西在玩保龄球,他向我点了点头,而那老东西抬头看了看我,一脸不高兴,我意识到,是我的影子挡住了他的视线,分散了他的注意力。定了定神,那老怪物把球推了出去,球滚啊滚,我认为他用力过大,但是没有,那狡猾的老东西得了个满分,因为这颗球打出了一个巴西式旋转,就是这样的,这个巴西式旋转球太他妈精彩了,它转着转着就回来了,像一只该死的回旋镖,又像一个鬼鬼祟祟插队的家伙,溜到沃恩集结厚重的防线后面,直冲着木瓶滚过去,悄无声息地推倒了。

我为老东西那漂亮的一投鼓掌欢呼。沃恩还有最后一投,但我不打算再看了,而是进到里面搞点喝的。我发现口袋里有一包冰毒,啥时候留下的谁他妈还记得。我把它拿到厕所里,并在水箱上把它切成一些小条。既然我要去聊保龄,我他妈也要聊得与众不同……我出来了,感觉劲头十足,像充足了电一样。我记得这玩意儿,几周前一点点地吸进去的。一次用鼻子吸进去好得多,就这玩意儿。

——最精彩的部分你没看到啊。沃恩说,像泄了气的皮球,——有你鼓劲儿的话,我没准儿能拿下那最后一球的。

——对不起,沃恩,我刚才瘾上来了,嗯。你得分了吗?

——没有,嗯,被我甩下了几条街!那老东西嚷嚷道。老东西穿着白色的长裤,蓝色的开领衬衫,戴着一顶遮阳帽。

我在那老东西背上拍一巴掌,——好样的,伙计!真是精彩的一投啊!刚好终局的时候打了一个小旋转球。我叫劳埃德,是沃恩的弟弟。

——你好,劳埃德,我叫埃里克。他伸出手,用工匠般的力气一握,感觉骨头都要碎了,——你们自己也玩保龄球吗?

——不,埃里克,我不玩,伙计;这可不是真正属于我的活动领域啊,你知道。我的意思是说我没有贬低这项游戏的意思,了不起的游戏……我是说有一天我正晃悠着,在电视上看着理查德·柯西那小伙子比赛呢……他原来在邮局上班的,对不对?那小伙子真打得一手好保龄啊……

我操,这个卢·里德这么快就命中目标了。

——哎,你想要点什么?沃恩喊道,对我这种激昂的说话方式有点尴尬。

——不用,不用啦,我去买吧。3杯啤酒,是吗?

——那是娘娘腔的尿。埃里克嘲笑着说,——给我来点特别的。

——为特殊的胜利来一杯特别的饮料,对吧,埃里克。我笑着说。老东西回头也冲我一笑,——你跟沃恩两人真够挂相的!

——是,对啊。沃恩接着说,——那你到底要不要去买呀?

我去了吧台,吧台后面的家伙说,你必须先拿一个托盘才能点东西,我开玩笑说我身上东西就已经够多了,他说简短的几句,有点像这家店的店规,这时候在队列中的一个小贱人递给我一个托盘,反正正好。我已经忘了所有他们在这种地方立的狗屁规则,也记不清那些头上打了布利尔发乳胶的小贱人,穿着轻便短上衣,上面还有俱乐部徽章,以及如何在打烊时间看到更多工匠醉酒倒地,简直比当年德国空军轰炸考文垂大教堂倒下的还多……现在我总算回到了座位上。

——干杯,伙计们!我喊着,举起了我的大杯子,——告诉你啊,埃里克,刚才看你打球之后,我就知道你稳赢了。这家伙跟保龄球有缘啊,我私下告诉我自己。那一记巴西式旋转球,伙计,真棒!哇,小子,你他妈真厉害!

——是啊,埃里克沾沾自喜地说,——那是一件我想我应该尝试的事情啊。我对自己说,沃恩实施的防御战术很好,但是,我想,尝试耍点小诡计从后门边上溜过去啊,也许能奏效的。

——是的,这是一个很好的出击。沃恩承认。

——真他妈的一击制胜。我告诉他。——你听说过全守全攻战术（total fitba）吗？荷兰人发明的，对吗？嗯，这个人，我向埃里克点了点头，——他就用了全守全攻保龄战术。你本可以在那里玩冲击波的，埃里克，尝试一下英超联赛那种虚张声势，声东击西的招数，但还是别，带点古风，来点艺术美。

那一大杯已经下肚了，沃恩去了吧台。

每次遇见我，他总是这样。他有一种责任感，要像已婚男子和父母那样负责任，所以每当他有一段自由支配的时间，他就会把分分秒秒都拿来喝酒。他还真能喝。谢谢他妈的老天爷我就好喝贝克散装啤酒。我绝不沾任何苏格兰垃圾酒，尤其是伊恩·麦克尤恩啤酒，廉价的邪恶有毒的马尿，它真是啊，绝不沾的。大杯继续灌，像流水一样的，冰毒仍然在发威，我几乎喘不上气来。问题是，好像是老埃里克被我们一顿吹吹拍拍和当时的氛围彻底搞疯了，好像是那老混蛋一口气就吸食进去好几条毒品。快速灌下一大杯之后，他又拿回来更多啤酒，当作醒酒的小饮。

——该死的！我说，——真是刮目相看啊，这家伙，真想不到，呃？

——是的，千真万确。沃恩微笑着说。沃恩看着我们，露出一个大大的，娇惯宠溺的微笑，意思就好像在说那些小家伙挺疯啊，但我真爱他们啦。这让我感觉跟他亲近了。

——你应该回去看看老妈老爸了。沃恩告诉我。

——是啊。我内心歉疚地附和着，——我一直在想着顺路回家看看，把这盘磁带给他们，我为他们录制的。车城唱片公司出的，嗯。

——那好。他们会很喜欢的。

——是啊,还有马文、斯莫基、阿丽莎啊。我说着,然后及时转移了话题,转过身看着埃里克,——听着,埃里克,你表演的保龄球特技真过瘾啊。我打开了话匣子。

——是啊,埃里克插话道,——差不多是抢先占了沃恩的上风,如果你们不介意我这么说,沃恩!埃里克笑了,——刮目相看啊!

——嘟-嘟-嘟-嘟,嘟-嘟-嘟……我哼起了《阴阳魔界》(The Twilight Zone)的主题曲,这时候我突然想起了点什么,——听着,埃里克,你的第二个名字是坎通纳吧,千真万确,对吗?

——哦,不是的,是斯图尔特。他说。

——是因为你那最后的一投很有点坎通纳的范儿。说完开始格格地笑着,一副飞行中尉的派头,埃里克也格格地笑着。——还差点把沃恩·瑞安的快车队彻底干掉了……

——好了,就这样吧,你们两个混蛋。沃恩气闷地喊道。

——哦啊,坎通纳。我开始叫着,埃里克也跟着叫起来了。有几伙饮酒的,还有几对老夫妻都远远地看着我们。

好像受到了怂恿,老埃里克和我一遍遍唱着坎坎调;然后是反复地喊着纳,纳,纳,纳,纳,纳,纳,纳,纳,纳,纳……

——嘿,得了吧,你们闹够了吗?这里有想喝酒快活一下的客人呢,一个板着脸的贱人,就是穿着轻便短上衣、上面还有俱乐部徽章的,冲着我们嚷嚷。

——好了,又没给你们惹事!老埃里克冲着她喊回去,然后压低嗓音对我们说,但实际上仍然大到每一个贱人都听得到,——他他妈的怎么了?

——别说了,埃里克……沃恩开口道,——劳埃德不是这里的会员。

——是啊,嗯,这小伙子已经登记了的。作为来宾登的记。是啊,确确实实。我们没有生事。像我说的,没有生事。埃里克摇了摇头。

——我们是按规矩来的,呃,埃里克。我傻傻一笑。

——这是千真万确的。埃里克语气不动声色地附和着。

——我认为是某位叫沃恩·比斯特的先生,可能是对最近体育比赛中的失利耿耿于怀,对不,坎通纳先生?他就是,你们说的那种,有点忍不住怒了。

——我是个保龄球员。埃里克咯咯笑着说。

——不是那么回事,劳埃德。沃恩气哼哼地说,——哦啊,我刚才想说你不是这里的会员,只是客人,带你来的人要为你负责。这就是我刚才想说的意思。

——嗯……不过也没出啥事嘛……埃里克嘟嘟囔囔地说。

——跟你原来去的那家俱乐部一样,劳埃德。那家在汇合地开的。俱乐部叫什么来着?

——纯洁之家。

——是的,没错。就像你是纯洁之家的会员,我来玩玩,而你就要登记,按……

——作为我的客人嘛。我哼了一声,想到这里禁不住哈哈大笑。我听见老埃里克也开始了。看这阵势我们好像都要晕倒了。

——作为您的客人……沃恩现在也开始说。我在想:这就是我倒霉啊。飞行中尉大人物,盘桓在令人沮丧的婊子之城的大都市……老埃里克开始喘着粗气,沃恩继续说,——劳埃德作为他兄弟的客人光临镇上的独家俱乐部,他经常光顾……

我们被一阵呛咳打断了,是老埃里克把刚喝进去的低度啤酒吐了一桌子。穿着轻便短上衣戴着俱乐部徽章的矮胖贱人马上就冲到他面前,一把夺掉了他的大酒杯。——好啦!出去,快着点!出去!

沃恩又把那酒杯抢了回来。——真他妈的没必要这样,汤米。

——就他妈的有必要了!够了。矮胖贱人厉声呵斥说。

——你没必要跑到桌子这边来,说什么够了。沃恩说,——因为我们根本就还没够。

我拍了拍埃里克的背部,帮这老东西站起来,穿过走道,进到厕所里了。——这是场战斗,一点不假。我扶着他,他大口喘着气,边喘边对着马桶一阵阵猛吐。

——哎呀,埃里克,你还好吧,伙计,没什么危险了。我给他打着气说。我感觉像在雷兹跟伍德西说话,他当时吸毒快要死了,可这次呢,这次是在一家保龄球俱乐部跟一个癫狂的老家伙在一起。

图书在版编目(CIP)数据

梦幻之巅:迷幻文学集萃 /(英)理查德・罗吉利(Richard Rudgley)编著;彭贵菊,熊荣斌译. —南京:南京大学出版社,2019.9(2022.1 重印)

书名原文:Wildest Dreams: An Anthology of Drug-Related Literature

ISBN 978-7-305-21758-6

Ⅰ.①梦… Ⅱ.①理…②彭…③熊… Ⅲ.①世界文学—作品综合集 Ⅳ.①I11

中国版本图书馆 CIP 数据核字(2019)第 044535 号

WILDEST DREAMS: AN ANTHOLOGY OF DRUG-RELATED LITERATURE
by RICHARD RUDGLEY
Copyright: © 2014 BY ARKTOS MEDIA LTD
This edition arranged with ANDREW LOWNIE LITERARY AGENT
through BIG APPLE AGENCY, INC., LABUAN, MALAYSIA.
Simplified Chinese edition copyright:
2019 NANJING UNIVERSITY PRESS
All rights reserved.

江苏省版权局著作权合同登记 图字:10-2017-454 号

出版发行	南京大学出版社
社 址	南京市汉口路 22 号　邮 编 210093
出 版 人	金鑫荣
书 名	梦幻之巅:迷幻文学集萃
编 著	[英]理查德・罗吉利
译 者	彭贵菊　熊荣斌
责任编辑	付 裕　陈蕴敏
照 排	南京紫藤制版印务中心
印 刷	徐州绪权印刷有限公司
开 本	880×1230　1/32　印张 14.125　字数 306 千
版 次	2019 年 9 月第 1 版　2022 年 1 月第 2 次印刷
ISBN	978-7-305-21758-6
定 价	72.00 元

网　　址　http://www.njupco.com
官方微博　http://weibo.com/njupco
官方微信　njupress
销售咨询　025-83594756

* 版权所有,侵权必究
* 凡购买南大版图书,如有印装质量问题,请与所购
　图书销售部门联系调换